Rebecca

WILNA ADRIAANSE

Rebecca

WILNA ADRIAANSE

Tafelberg

© W. Adriaanse 2004
Alle regte voorbehou
Tafelberg
'n druknaam van NB-Uitgewers
Heerengracht 40, Kaapstad 8001
www.tafelberg.com

Geen gedeelte van hierdie boek mag sonder die skriftelike verlof van die
uitgewer gereproduseer of in enige vorm of deur enige elektroniese of
meganiese middel weergegee word nie, hetsy deur fotokopiëring,
skyf- of bandopname, of deur enige ander stelsel vir
inligtingsbewaring of -ontsluiting

Omslagontwerp deur Susan Bloemhof
Foto van Wilna Adriaanse deur Christine Fourie
Geset in 12 op 14 pt Bembo
Gedruk en gebind deur Paarl Print,
Oosterlandstraat, Paarl, Suid-Afrika

Eerste uitgawe, eerste druk 2004
Tweede uitgawe, eerste druk 2009

ISBN 978-0-624-04820-6

Opgedra aan Deon, Cobus, Jaco en Johann,
die vier helde in my eie verhaal.

1

Die suidooster huil fluitend deur die luggate agter Rebecca en sy vryf haar hande oor haar arms. Dis koud hier onder in die parkeergarage. Op skool het hulle geleer die Kaap het 'n Mediterreense klimaat, maar sy dink daardie hoofstuk sal saam met die geskiedenisboeke herskryf moet word. Die Kaap kry deesdae donderweer en die suidoos waai net wanneer hy wil, sneeu val op Tafelberg en sy soek werk. Vreemde dinge is aan die gebeur.

Sy hoor stemme en loer agter die pilaar uit. Twee vrouens kom met klikkende hakke nader gestap en Rebecca skuif vinnig terug in die skaduwee van die pilaar. As sy moet raai, pas die donkerkop by die blou Peugeot en die kort, blonde een by die rooi Renault. Sy is besig om hierdie speletjie te vervolmaak, dink sy selfvoldaan. As sy nog baie langer hier moet sit, sal sy 'n verhandeling oor motors en hul eienaars kan skryf.

"Ek is so moeg, ek kan nie reguit kyk nie."

"Ek gaan nie vanaand by die gym uitkom nie," antwoord die ander stem. "Ek het vandag meer as genoeg oefening gekry."

'n Oomblik lank is weer net die klik van hulle hoëhakskoene hoorbaar.

"Ek gaan vir my 'n ryk man soek," laat die eerste stem weer hoor. "Ek wil beslis nie vir die res van my lewe so hard werk nie."

"Waarom verlei jy nie net jou baas nie? Hy is nie net ryk nie, hy is nog sexy ook."

"Ha! Ek vir Julian Hoffman verlei! Ek is bly jy dink ek is daartoe in staat."

"Hoe moeilik kan dit wees? Hy is ook maar net 'n man en jy is 'n mooi vrou."

"Baie dankie vir die vertroue in my, maar ek weet wanneer iets bo my vuurmaakplek is en glo my, hy is. Jy moet net sy meisie sien om dit te weet."

Die woorde word gevolg deur twee piepgeluide en Rebecca kyk vinnig om te sien of sy reg geraai het. Sy glimlag. Die blou Peugeot en die rooi Renault se deure is reeds oop.

"Ek sien jou môre," groet die een by die Renault en die ander een waai terug. Die motors trek weg en die reuk van uitlaatgas hang byna verstikkend in die garage.

Rebecca kyk op haar horlosie en sit weer terug op die skurwe sementmuurtjie. Die staanplekke is nou feitlik almal leeg, buiten die groot Mercedes, 'n BMW en 'n plat Porsche.

Sy het die ander dag gelees dat eienaars van Porsches meer geneig is om ontrou te wees. Sy kan nie onthou wat hulle van Mercedes- en BMW-eienaars gesê het nie.

Rebecca kyk skielik met meer aandag na die BMW en die Porsche. Om die een of ander rede het sy heeltyd die Mercedes dopgehou, maar sy besef skielik hy kan met enige van die drie motors ry.

"Julle is besig om my tyd te mors. Bel my wanneer julle weer die syfers nagegaan het. Ek het nie nou tyd hiervoor nie. Ek is laat vir 'n afspraak."

Rebecca loer om die pilaar en haar vel tintel toe sy Julian Hoffman herken. Uiteindelik is die wag verby. Sy staan van die muurtjie af op en stap agter die pilaar om. Dan gewaar sy vir die eerste keer die ouer man met die aktetas agter Julian. Sy huiwer net 'n oomblik.

"Doktor Hoffman?" Sy bly 'n paar tree weg staan. "Ek is Rebecca Fagan." Sy hou haar hande omhoog soos iemand wat hensop. Hy dink dalk sy is 'n sluipmoordenaar. "Ek is hier oor 'n werk."

"Hoe het jy in die parkeergarage gekom?" Sy donker wenk-broue trek na mekaar toe. Die man agter hom beweeg blits-vinnig tot langs Julian.

"Dit was nie moeilik nie. Julle sekuriteit is nie so goed nie." Sy wag nie vir hom om kommentaar daarop te lewer nie. "Ek verneem jou persoonlike assistent of wat jy hom ook al noem, moes weens gesondheidsprobleme bedank. Ek stel in die pos belang. Ek het 'n regsgraad. Nie dat dit veel sê nie, be-halwe miskien dat ek nie 'n klip is nie. Ek is egter 'n uitste-kende organiseerder, ek is ten volle tweetalig en het 'n goeie basiese kennis van Frans, Duits en Italiaans. Ek het nie 'n man of kinders nie en kan lang ure werk." Sy raak aan haar lang, donker hare wat steil teen haar rug afhang. "Ek gaan nie elke week haarkapper toe nie en gaan jou nie belas met allerhande persoonlike probleme en praatjies nie. Ek sien nie 'n sielkun-dige nie . . . alhoewel ek vir 'n paar maande met een uitge-gaan het, maar dit tel nie; ek is stiptelik en kan baie hard werk as dit moet. Verder is ek rekenaarvaardig, maar ek gaan nie jou briewe tik nie, ek gaan ook nie jou klere na die wassery neem of vir jou tee en koffie maak nie, maar ek sal sorg dat al hier-die dinge vir jou gedoen word. O, en ek gaan ook nie by jou slaap nie, maar ek kan dit ook vir jou reël as jy 'n probleem het om iemand te kry." Toe hy nog steeds net na haar staar, hervat sy: "Ek ken min of meer al die gewone vloekwoorde en dan miskien ook 'n paar waarvan jy nog nie gehoor het nie, so ek kry gewoonlik dinge gedoen." Sy bly effens uitasem stil terwyl sy haar fladderende hande in haar kakiejean se sakke druk en haar vingers sluit om die vyftigsentstuk wat sy onder-weg op die sypaadjie opgetel het.

"Juffrou, jy mag nie hier wees nie!" Die ouer man se stem is dringend en uit die hoek van haar oog sien sy hoe twee mans in uniform haastig nader stap.

Julian Hoffman lig sy hand asof hy 'n bevel uitvaardig, maar wat haar die meeste verbaas, is dat hy lag.

"Juffrou . . .?"

"Rebecca Fagan," help sy hom.

"As ek nie van beter geweet het nie, het ek gedink dis die eerste April." Hy begin omdraai.

"Dis nie 'n grap nie. Ek wil graag daardie pos hê."

"Waar kom jy daaraan?" Daar lê verbasing in sy donker oë.

"Ek was seker maar net op die regte tyd op die regte plek. Iemand ken gewoonlik iemand anders wat weer iemand ken wat inligting het."

Die sekuriteitsmense staan nou weerskante van hom, maar sy hand is nog effens gelig. Sy wonder wat sal gebeur as hy sy hand laat sak. Miskien reageer hulle soos waghonde en wag hulle net vir die teken voordat hulle haar verskeur. Hulle lyk dreigend genoeg.

Julian skud steeds laggend sy kop. "Verskoon my verbasing, maar hierdie is 'n nuwe ervaring vir my. Ek stel gewoonlik nie mense van die straat af aan nie, en wat laat jou in elk geval dink jy kan die werk doen?"

"'n Assistent bly 'n assistent . . . of dit vir 'n kok of 'n klerk is . . . dit bly die persoon wat moet sorg dat die vuilwerk gedoen word en dat die baas se hande skoon bly." Rebecca hou hom stip dop. Sy weet nie of dit uit vrees is dat hy iets onverwags kan doen nie en of sy net voorbereid daarop wil wees as hy dalk sy hand sou laat sak en die waghonde op haar loslaat. Terwyl sy na hom kyk, besef sy die glimlag om sy mond weerspreek eintlik 'n baie berekenende blik in die donker oë. Dis soos 'n goëlaar wat jou aandag verdeel.

"Juffrou . . . Fagan," onthou hy hierdie keer haar van. "Ek waardeer jou aanbod, maar ek het nog nooit iemand nodig gehad om my hande skoon te hou nie." Hy draai na die agterdeur van die Mercedes.

"As jy wil, kan ek ook vir jou mooi briewe van die predikant en skoolhoof bring," keer haar stem hom toe hy wil inklim. "Maar ek gaan nie jou intelligensie so onderskat nie. Ons albei weet wat daardie papiere beteken. As jy iets oor my wil weet, vra my. Ek het die afgelope twee jaar onder meer druiwe in Frankryk gepluk, in Italië op 'n olyfplaas gewerk, en in Duitsland was ek 'n kelner. Ek is stiptelik en ek steel nie papier, skuifspelde of enige kantoortoerusting nie. As jy 'n job gedoen wil hê, sal ek dit vir jou doen. Soos en wanneer jy dit gedoen wil hê."

"Op die oomblik wil ek graag van jou ontslae raak, want ek is laat vir 'n afspraak." Hy kyk op sy horlosie.

Sy lig weer haar hande omhoog. "Ek sal loop, maar belowe my jy sal daaroor dink."

Hy kyk haar met vernoude oë aan. "Laat jou naam en nommer by die personeelafdeling."

Die laggie wat oor haar lippe borrel, vertel hom presies wat sy van daardie idee dink. "Toemaar, ek sal jou die moeite spaar en jou sommer self weer kontak." Daarmee draai sy om en begin in die rigting van die groot roldeure stap. Die twee veiligheidswagte val weerskante van haar in.

Julian klim agter in die motor. Toe die ouer man agter die stuurwiel inskuif, kyk hy vlugtig om. "Moenie vir haar lag nie. Sy soek dalk rêrig net 'n werk."

"Dan sou sy gesê het sy wil 'n klerk wees of enige iets anders wat beskikbaar is." Julian skud sy kop. "As ek moet raai, sal ek sê iemand het haar uitgedaag om dit te doen, of sy is onder die invloed van een of ander middel."

"Sy lyk darem nie vir my gevaarlik nie," werp die chauffeur teë en skakel die motor aan.

"Hoe lyk 'n gevaarlike mens, Salie?"

"Ek weet nie, maar sy lyk maar soos vandag se jongetjies." Hy klik sy tong. "Shame, die kinders sukkel ook maar deesdae om werk te kry."

Julian maak sy aktetas oop en haal 'n lêer uit. Toe hulle om die pilaar ry, is die drie figure 'n entjie voor hulle. Julian kyk na die gemaklike swaai van haar heupe. Sy stap soos iemand wat weet sy word agternagekyk, dink hy. Nee, korrigeer hy homself dadelik. Dis nie heeltemal waar nie. Sy stap soos iemand wat nie omgee om agternagekyk te word nie. Dis wat 'n mens 'n ongeërgde stap sal noem.

5

Toe die motor langs hulle kom, lig sy haar hand in 'n groet en dan staan en wag sy doodluiters langs die veiligheidswagte dat die roldeure moet oopskuif. Julian kyk net vlugtig om en sy blik val op die swart woorde voor op haar wit T-hemp. *I think, therefore I am single.* Die woorde span oor die rondings van haar borste en hy is verbaas dat hy dit nou eers raaksien.

"Lot se vrou het in 'n soutpilaar verander toe sy teruggekyk het," waarsku Salie van die voorste sitplek af.

"Ek wil net seker maak hulle kry haar uit die gebou uit."

"Jy het wát gedoen?"

"Ek het vir hom in die parkeergarage gewag en gesê ek wil die werk hê." Rebecca lê agteroor teen die rusbank se kussings, haar kaal voete op die koffietafel.

"Dis nie soos 'n mens aansoek doen vir werk nie, Becca! My magtig, die man het seker gedink jy het êrens ontsnap. Waarom het jy nie 'n afspraak gemaak nie?"

"Ek hét gebel en die sot op die sentrale het my deurgeskakel na die personeelafdeling en daar het een of ander imbesiel gesê daar is nie so 'n pos beskikbaar nie. Met my tweede oproep het ek by 'n sekretaresse of so iemand uitgekom. Sy het my koel meegedeel dat hy eers oor twee weke beskikbaar is, maar dat ek in elk geval eers vir haar moet sê waaroor ek hom wil sien, en toe ek vir haar sê, het haar stem nog 'n paar grade gedaal en sy het my baie duidelik laat verstaan dat ek van my sinne af is: 'Doktor Hoffman is nie op soek na 'n assistent nie.'" Rebecca sê die laaste woorde deur stywe lippe en Deborah lag.

"Ek weet in elk geval nie wat jou laat dink het jy kan die werk kry nie. Koop die koerant en soek iets anders. Dis nie asof jy 'n CV het wat mense gaan laat kwyl nie."

Rebecca trek haarself regop teen die kussings en haar stem klink beslis toe sy praat. "Ek is vyf en twintig jaar oud en besit die klere aan my lyf en 'n paar stukkies in 'n rugsak onder my bed. Ek is intelligent, hardwerkend, eerlik . . . en watter eienskappe mense ook al belangrik vind. Ek is klaar met waitressing, ek het genoeg in klein buitekamertjies geslaap en in die son gewerk. Ek soek nou 'n regte job wat goed betaal. Ek wil vir my 'n blyplek koop en genoeg geld in die bank kry sodat ek weer eendag die pad kan vat, nie net om te gaan werk nie, maar om myself ook te verryk. Ek wil die luuksheid hê om dae lank in museums rond te loop of êrens langs 'n afgeleë strand saam met die dolfyne te swem. Ek vra nie baie nie, net genoeg sodat ek eendag 'n plek het om na toe terug te kom as ek te oud is om rond te loop."

"Maar doen dan aansoek by 'n regsfirma. Waarom wil jy nou een of ander man se assistent gaan wees?"

"Wat dink jy gaan ek by 'n regsfirma verdien? Ek gaan 'n klerk wees wat dag vir dag verslae en uitsprake moet navors. Ek is te ongeduldig daarvoor. Én . . ." Sy hou haar hand waarskuwend in die lug toe sy sien Deborah wil iets sê, ". . . ek kan bleddie goed organiseer en delegeer."

"Goed. Ek hoor jou," gee Deborah moed op. "Maar Julian Hoffman is seker nie die enigste werkgewer wat op soek is na bekwame personeel nie. Doen 'n bietjie navraag, gaan sien 'n agentskap, lees die koerant . . . êrens moet daar nog maatskappye wees wat iemand soos jy kan gebruik." Deborah is uiteindelik klaar met die verf van haar toonnaels en sy sit tevrede regop.

"Ek het nie gesê hy is die enigste een nie. Ek sál verder soek, maar aangesien ek gehoor het hy het dálk 'n pos beskikbaar, het ek gedink ek begin daar. Buitendien gaan ek ook nie êrens in 'n obskure kantoortjie sit nie. Dis nou 'n geval van alles of niks."

"Ek wens jou sterkte toe. Ek is maar te dankbaar dat ek nog 'n werk het, al dink jy dis vervelig om met rekenaars te werk."

"Ek dink nie dis vervelig nie, ek is net beter met mense as met masjiene."

Deborah bly haar 'n antwoord skuldig toe iemand aan die

woonstel se deur klop en sy opstaan om die deur te gaan oop-
maak.

Rebecca hoor William se stem en sy roep na hom. 'n Bos
donker hare en 'n baard kom eerste om die kosyn en dan volg
die res van 'n kort, blokkige man.

"En as jy so uitgestrek lê asof jy met vakansie is, ek dog jy
gaan vandag job hunting doen!" groet hy met die intrapslag.

"Ek hét my eerste onderhoud gehad en aansoek gedoen
vir 'n pos by 'n groot maatskappy," antwoord Rebecca op meer-
derwaardige toon.

"Vra haar waar was die onderhoud!" roep Deborah uit die
kombuis.

"Dit maak nie saak waar dit was nie, die punt van die saak
is, ek het die grootbaas self ontmoet en hy weet nou ek stel
in die pos belang." Rebecca laat haar nie van stryk bring nie.

"Sy het die man in sy parkeergarage ingewag en vir hom
gesê sy soek 'n job," kom Deborah praat-praat die klein sit-
kamertjie binne met 'n bottel wyn en drie glase.

"Van wie praat julle nou?" William kyk vraend van die een
na die ander. Die fyn sproete op sy voorkop is skielik meer
sigbaar omdat hy frons.

"Sy het vir Julian Hoffman by sy kar ingewag en haarself ge-
willig verklaar om sy persoonlike lyfkneg te wees." Deborah
skink die glase vol en beduie vir die ander twee om te kry.

William kyk met vonkelende oë na Rebecca en lig sy ge-
balde vuis. "Becca for president! Viva!"

"Die man kon haar laat arresteer het vir betreding van sy
eiendom," gooi Deborah koue water op William se uitgela-
tenheid.

"Deborah, as ek moet wag om by al hierdie potensiële
werkgewers onderhoude te kry, gaan ek oor vyf jaar nog nie
werk hê nie. 'n Mens moet soms die onverwagte doen om die
nodige aandag te trek. Op hierdie manier spaar ek hulle en
myself eindelose moeite. En, vaderland, die man kan mos sien
ek is onskadelik."

Albei se blikke draai na haar en twee paar wenkbroue lig asof hulle dit geoefen het.

"Het jy só gegaan?" Dis William wat na 'n paar slukke vra terwyl hy na die langbroek met die sakke op die bobene en die wit T-hemp kyk. "Moenie my verkeerd verstaan nie, ek dink jy lyk pragtig, ek wonder maar net."

"Wel, ek is jammer dat ek nou nie 'n pienk pakkie, hoë-hakskoene en beige kouse gehad het om aan te trek nie, maar my klere is skoon en heel." Sy snuif ongeërg aan die wyn in haar glas.

"Het jy al ooit van iets soos eerste indrukke gehoor, Becca?" wil Deborah weet. "Dis nogal belangrik, veral vir mense soos daardie. Jy probeer jouself nie aan so iemand verkoop terwyl jy soos 'n kruising tussen 'n feminis en 'n vryheidsvegter lyk nie."

"Die enigste ding wat te koop is, Deborah, is my vaardig-hede. En dit bly dieselfde, of ek nou klere aanhet of kaal is. Power dressing gaan my nie 'n beter kandidaat vir die pos maak nie."

Deborah kyk hulpsoekend na William. "Dis hopeloos en ek kan jou ook nie vra om te help nie, want dis net die tipe ding wat jy ook sal doen." Sy gee 'n diep sug asof sy moeg is. "As ek sy was, het ek my klerkskap by 'n regsfirma gaan doen en myself opgewerk tot waar ek my eie tjek kan uitskryf, maar nee, madam is mos te goed om die pad van al die ander aard-linge te neem. As sy besluit sy soek 'n werk, dan settle sy nie sommer vir enige werk nie. O nee, sý besluit hoe, waar en vir wie sy sal werk."

Rebecca gooi een van die bont kussings na Deborah. "Moe-nie prekerig word nie, dit pas jou nie. Ek is glad nie so uit-soekerig soos julle wil beweer nie. Ek wil net nie meer my tyd mors nie. As daar korter paaie is om my doel te bereik, dan gaan ek hulle neem."

"Amen," kom dit spottend van William. "Kom ons drink op die kortpaaie van die lewe."

Deborah snork misnoeg terwyl die ander twee hulle glase lig.

"Wat doen ons vanaand?" verbreek Rebecca die stilte.

"Daar speel vanaand 'n nuwe jazz band by die winkel. Ek het gesê ek sal 'n draai maak en van daar af kan ons nog besluit," antwoord William haar toe Deborah net skouers optrek.

Hulle spreek af hoe laat hulle mekaar by William se musiekwinkel kry en dan staan William en Rebecca op.

"Wil jy 'n lift hê?" vra William.

Rebecca knik. "Dit sal gaaf wees, aangesien jy daar by my plek moet verbyry."

"Wat byt op die oomblik vir Deborah?" wil William weet toe hulle in die motor sit. Hy sit die flikkerlig aan en wag vir 'n opening in die verkeer.

"Sy het die laaste tyd 'n paar dates from hell gehad." Rebecca draai haar kop om hom te help kyk vir aankomende verkeer.

"Wat het van Pierre geword?"

"Deborah het nog altyd eerder vir die bliksems as die prinse gegaan. Ek dink sy verbeel haar sy is nie goed genoeg vir die Pierres van hierdie wêreld nie."

"Is dit nie 'n besluit wat hý moet neem nie?"

"Hm, ek dink hy is nogal erg oor haar, maar sy is 'n masochis as dit by mans kom. Hoe slegter hulle haar behandel, hoe meer hou sy van hulle."

"Dink jy dit kan werk tussen hulle?"

"As hulle mekaar aanvaar soos hulle is en nie probeer verander nie. Mense moet mekaar vat soos hulle is en as jy nie kans sien vir die een nie, soek dan iemand wat presies is soos jy wil hê. Op daardie manier wag daar geen onaangename verrassings op enigeen nie."

"Sê die kenner van verhoudings!"

Rebecca kyk gesteurd na William. "As ek jy is, bly ek liewer doodstil. Ek sien ook nie juis vordering met jou projek nie."

Hy vee met sy hand deur sy hare en gee 'n selfbewuste laggie. "Ek moes jou ook nooit vertel het hoe ek voel nie."

"Ek is nie onnosel nie. En in elk geval lees ek jou soos 'n boek. Jy was van die eerste ontmoeting af belustig vir die mooie mizz Robberts."

"En wat het dit my nou al in die sak gebring? Ek wens net ek kan eendag 'n vrou se kop verstaan. Daarna sal ek 'n gelukkige man kan sterf. Dis seker nie te veel gevra nie en dis nie asof ek vra om jóú te verstaan nie." Hy kyk tersluiks na haar.

"Wat bedoel jy daarmee?"

"Sommige vrouens is rillers, ander is soos kookboeke – vol resepte, nog ander is romanses, maar jy, Rebecca Fagan, is 'n geslote boek. Ek weet nie waaronder 'n mens jou kan klassifiseer nie."

"Ek verkies dit op die oomblik so." Sy beduie vir hom na 'n stilhouplek. "Stop sommer hier, jy gaan nie nader plek kry nie."

"Jy weet ek is nie vreeslik kieskeurig of materialisties nie, maar dink jy nie dis tyd dat jy uit hierdie hool trek nie?" Sy blik gaan oor die verskeidenheid karakters wat bo-oor die balkonreling van die gebou hang en hy waai terug toe 'n paar vir hom waai. "Dit lyk soos die Verenigde Nasies."

"Ek het ten minste 'n bed en 'n kamer en ek het nog al my vriende. Die vinnigste wat 'n vriendskap tot niet gaan, is as 'n mens op jou pelle se nekke begin lê."

"Hoeveel keer het ek al vir jou gesê jy sal nie op my nek lê nie?"

Rebecca leun oor en soen hom op sy wang. "Glo my, dis beter so." Sy maak die deur oop en spring vinnig uit. In die wegstap lig sy haar hand om totsiens te sê, sonder om te weet of hy vir haar kyk.

"Wanneer stel jy ons aan die mooi musiekman bekend?" wil 'n blondekop- Hollandse meisie van die balkon af weet.

Rebecca lag op na haar toe. "Hy is nie beskikbaar nie."

"Dis wat jy altyd sê," roep 'n ander een beskuldigend.

"Hy is gay," roep Rebecca terug terwyl sy deur die voordeur verdwyn en die trappies twee-twee ophardloop.

"Ek dink jy wil hom net vir jouself hou," spot die blonde-kop toe Rebecca op die balkon uitstap.

"Wat wil julle in elk geval met 'n Suid-Afrikaner maak?"

"Ek vind Suid-Afrika en sy mense tog baie interessant," antwoord die donkerkop wat Rebecca vroeër verwyt het. "Of miskien moet ek sê ek vind die Suid-Afrikaanse mans tog interessant."

"Julle lyk soos aasvoëls op soek na prooi," klink 'n man-stem agter hulle op en 'n donker Keniaan kom staan met sy rug teen die balkonreling.

"Die vooruitsigte lyk maar skraal," sug die blonde meisie. "En Rebecca wil ons ook nie aan haar ryk vriende voorstel nie."

"Wie wil 'n ryk man hê?" Rebecca skud haar kop.

"Ons!" koor 'n paar stemme gelyk.

Rebecca draai om. "'n Ryk man is soos 'n granaat," roep sy oor haar skouer terug. "Al daardie rooi pitte lyk vreeslik be-lowend, maar op die ou end kry jy niks vir 'n klomp moeite nie."

"Ek gee nie om vir moeite nie," antwoord die donkerkop-meisie beslis. "En gelukkig weet ek nie hoe 'n granaat lyk nie!"

Rebecca waai oor haar skouer. "Dan moet jy miskien een in die hande probeer kry. Jy kan jouself baie moeite bespaar."

Sy stap die gang af en sluit 'n deur onder 'n trap oop. Die ligskakelaar is 'n toutjie wat uit die dak hang en toe sy dit trek, skakel 'n enkele gloeilamp in die skuins plafon aan. Die vertrek onder die trap is net groot genoeg vir 'n klein enkel-bed en 'n piepklein bedtafeltjie, maar dis ten minste privaat, dink Rebecca vir die soveelste maal.

Sy haal 'n handdoek van die haak agter die deur af en bid woordeloos dat daar warm water in die storte is. Dis gelukkig vroeg en die meeste inwoners het nog nie begin regmaak om uit te gaan nie. Dit maak egter ook nie saak nie. Teen dié tyd is sy in elk geval gewoond aan koue storte. En die beste verweer is om nie daaraan te dink nie. Dis 'n les wat sy vroeg in haar lewe geleer het. Sy tob nie oor dinge waaraan sy niks kan doen nie.

Toe die straal koue water haar tref, trek sy net haar asem in en blaas dit stadig weer uit voordat sy met energieke hale die dag se hitte begin afwas. Haar kopvel tintel byna pynlik van die koue water, maar hoe langer sy bly staan, hoe beter raak dit. Sy wens sy kan haar soos 'n hond droogskud. Die dag soos waterdruppels van haar lyf af laat wegspat.

2

Rebecca weet sy moet net geduldig wees. Die een of ander tyd sal sy 'n kans kry om deur die veiligheidsbeamptes te kom. Daar is in elk geval soveel mense by die laaste dag van die groot gholftoernooi dat die beamptes sekerlik hulle hande vol het. Selfs sy verkyk haar aan al die wie's wie wat hier vergader is. Afgesien van al die bekende gholfspelers is daar 'n groot aantal glanspersoonlikhede wat aan die liefdadigheids-toernooi deelneem.

Sy wonder stilweg wie die meeste by sulke geleenthede baat. Die bedrag geld wat aan die einde van so 'n toernooi aan die gelukkige instansie oorhandig word, is waarskynlik nie 'n kwart van dit wat die borge daaruit maak nie. Sy kyk na die versameling advertensieborde langs die baan. Dis asof mense nie meer hulle eie oordeel vertrou nie. Hulle het iemand no-dig om vir hulle te sê watter tipe tee en toiletpapier hulle moet gebruik. Die ergste is waarskynlik die sportwêreld. Daar is letterlik 'n skoen en 'n handskoen vir elke geleentheid. En bewaar jou as jy dalk met jou stapskoene gaan draf of jou draf-skoene vir tennis gebruik. Jy is gedoem om vir die res van jou lewe met 'n verkromde ruggraat en knobbeltone te loop.

Miskien moet sy 'n verspoegkompetisie aanbied. Sy is seker sy sal selfs daarvoor borge kan kry. Iemand sal wel iets bedink wat daar geadverteer kan word. Al is dit net 'n mondspoel-middel sodat jy met 'n vars asem kan spoeg.

Haar blik gaan oor die deelnemers wat met die laaste put-jie besig is en sy sien hoe Julian Hoffman afslaan. Dis 'n goeie hou en sy wonder waar kry hy tyd om soveel te oefen. Dis geen wonder 'n mens kry nie 'n afspraak by hom nie. Een vir een slaan sy medespelers ook af en sy begin stadigaan na die klubhuis beweeg. Dis waarskynlik haar beste kans om hom te sien.

Sy hoef gelukkig ook nie té lank te wag nie, en te oordeel na die ander se gelukwensinge lyk dit of hy 'n besonder goeie telling behaal het. Hy is steeds besig om te glimlag toe sy langs hom inval.

"Doktor Hoffman . . ."

Hy glimlag steeds toe sy blik op haar val en dan is daar, 'n oomblik lank, 'n vraag in die donker oë voordat hy antwoord: "Juffrou Fagan, waarom is ek nie verbaas nie?"

Sy is beïndruk. Hy het haar gesig én van onthou.

"Jy is 'n moeilike man om in die hande te kry." Die feit dat hy nie een van die veiligheidsbeamptes nader roep nie, gee haar moed.

"Ek moet ongelukkig werk vir my geld," laat hy droog hoor.

Sonder dat sy dit bedoel, gaan haar blik na die gholfbaan agter hom en haar wenkbroue trek effens vraend omhoog. Sy hoor hom lag en sy kry weer dieselfde gevoel as die dag in die parkeergarage. Asof sy lag net daar is om haar aandag af te trek.

"Jy sal my nie glo as ek sê hierdie is ook maar werk nie, nè?"

Sy skud haar kop. "Ek ken werk wanneer ek dit sien."

Steeds roep hy niemand nader nie en die paar mense wat geduldig staan en wag om met hom te praat, se hulp word ook nie ingeroep om van haar ontslae te raak nie. Rebecca besluit dis nou of nooit.

"Ek hoor jy het nog nie iemand aangestel nie. Ek stel steeds belang."

Sy donker oë trek na mekaar toe. "Moet ek bekommerd raak dat jy so baie van my doen en late weet?"

"Ek is onskadelik. Ek soek regtig net 'n werk."

"Kan ek 'n paar agentskappe aanbeveel?"

Rebecca skud haar kop. "Miskien moet ek myself beter uitdruk. Ek is kieskeurig en soek nie sommer net enige werk nie."

"Ek is bly, want dan sal jy seker ook verstaan as ek sê ek is kieskeurig oor wie ek in so 'n pos aanstel." Die blik in die donker oë weerspreek steeds die lagplooitjies om sy mond.

"Dis verblydend, want dit beteken jy sal net die beste wil aanstel."

"En jy reken jy is die beste kandidaat vir die werk?"

Rebecca knik ernstig. "Jy sal nooit jammer wees nie."

'n Baie mooi meisie verskyn langs hom en sy arm gaan asof werktuiglik om haar skraal lyf. Rebecca kan nie help om 'n oomblik te staar nie. Van die wortels van haar heuningbruin hare, tot by haar toonnaels, is sy die verpersoonliking van die woord perfeksie. Rebecca wonder wat die "informele" langbroekpak haar uit die sak gejaag het. Heel waarskynlik 'n bedrag gelykstaande aan 'n deposito vir 'n motor.

"Julian . . .?" Haar stem is soos fluweel. "Hulle wag vir jou om 'n foto te neem."

"Ek kom." Sy blik verskuif terug na Rebecca. "Kom sien my Maandagoggend agtuur."

"En hoe kom ek by al jou onderdane verby?"

Vir die eerste keer waaier daar plooitjies langs sy oë. "Ek dog jy sê jy kan alles doen."

Rebecca glimlag. "Ek sal Maandagoggend daar wees."

Hy knik en begin omdraai.

"Dankie," roep sy agter hom aan.

"Moenie so vinnig dankie sê nie. Ek is net op die oomblik in 'n goeie bui, ek het niks belowe nie."

Sy knik en kyk hoe hy saam met die mooi vrou wegstap. 'n Oomblik lank voel sy lus om 'n dansie te doen. Dit help soms om die onverwagte te doen.

"Wie is dit?" Angela kyk skuins oor haar skouer terug na waar Rebecca steeds met 'n wye glimlag staan.

"Iemand wat werk soek."

16

"Van wanneer af hanteer jy self personeelonderhoude?" Sy haak by hom in.

"Sy het Woensdagmiddag onder in die parkeergarage gewag en gesê sy wil Ernst se pos hê."

Haar helder lag klink op. "Dis nou wat ek opportunisties noem."

Julian antwoord haar nie en sy kyk met 'n effense frons na hom. "Jy oorweeg haar sekerlik nie vir die pos nie!" sê Angela verontwaardig en kom tot stilstand.

"Ek is nuuskierig waar sy aan die storie kom. Dis nie 'n staatsgeheim nie, maar ek adverteer beslis ook nie die pos nie."

Angela stap kopskuddend verder. "Die wêreld is vol vreemde mense."

"Dis onregverdig dat jy net vir die son kan kyk, dan raak jy bruin, en ek moet ure lê en dan raak ek net pienk." Irene kyk na Rebecca wat haar donker hare sit en uitborsel.

"Maar dink net hoe gaan my vel lyk teen die tyd wat ek veertig is, en dan is jou vel nog die ene room en perskes," spot Rebecca terwyl sy haar vriendin se beeld in die spieël dophou.

"Wat gaan jy aantrek?" ignoreer Irene Rebecca se woorde.

"Hoe bedoel jy wat gaan ek aantrek? Ek ís aangetrek."

"Dis 'n werksonderhoud, Becca. Nie 'n oudisie vir een of ander konsert nie." Sy kyk na die smaraggroen Indiese romp en skelpienk-en-groen bypassende moulose toppie wat Rebecca dra. Die romp sit net onder haar knie, die toppie vou vleiend voor oormekaar, en daarby dra sy 'n paar plat sandale. Sy maak haar hare argeloos in 'n los bolla agter haar kop vas en die enigste grimering wat sy dra, is maskara en 'n smeersel kleur aan haar lippe. Haar bene en arms is bruin gebrand na die naweek op die strand en op haar neus is daar 'n paar fyn sproete sigbaar. Die groen in haar klere laat haar vreemde groen-grou oë donkerder vertoon.

"Jy klink al meer na Deborah. Los my dat ek lyk soos ek

17

wil. Ek is skoon en my klere is heel en betaal. As hy teen my wil diskrimineer omdat ek nie 'n Gucci-pakkie dra nie, dan wil ek in elk geval nie vir hom werk nie."

"Ek wil net nie hê iets soos klere moet jou kanse verongeluk nie," paai Irene.

"What will be, will be, my goeie vriendin. Ek glo vas daaraan. Of ek nou vanoggend soos oorlede Coco Chanel daar instap, of net in my evasgewaad, die uitkoms is reeds in my sterre geskryf."

"Ek moet daar van jou verskil," lag Irene. "Ek dink tog jou kaal lyf gaan 'n verskil maak."

"Ek is byna lus en wed jou dat hy nie sal kyk nie."

"Nee, o hemel! Op die ou end sit jy in die tronk of in 'n inrigting en ons moet heen en weer ry om vir jou te gaan kuier."

"Ai!" Rebecca skud spytig haar kop. "Ek kon nou maklik 'n paar rand gemaak het."

"Is hy so aantreklik soos op die foto's?" praat Irene die onderwerp weg.

Rebecca trek haar gesig op 'n plooi. "Eintlik nog beter, want hy het 'n baie mooi stem en oë waaroor die meeste vrouens seker drome droom. Én hy het die sex appeal van Hugh Jackman en George Clooney. Jy moet sien hoe kyk die vrouens hom agterna."

"Ek dog die natuur sorg altyd vir balans." Irene pruil ontevrede. "Niemand is veronderstel om álles te kry nie."

Rebecca glimlag. "Troos jou daaraan dat hy darem ietwat meer boers as die menere Jackman en Clooney lyk."

"Wat beteken dit?"

"Ek weet nie. Hy gee my net die indruk dat hy nie ontuis op 'n plaas sal wees nie. Daar is sonplooie langs sy oë en hy het groot, sterk hande."

"Is jy seker dis soos 'n boer lyk?"

Rebecca knik. "Dis in elk geval my idee van 'n boer."

"Wil jy nie my motor leen nie?" Irene kyk na haar vriendin se mooi klere.

"Nee dankie. Hierdie tyd van die oggend is daar genoeg taxi's hier buite. Dankie dat ek jou so vroeg kon kom pla het vir 'n warm stort. Daar by ons is dit weer chaos vanoggend. Ek vermoed iemand het die warm kraan die hele nag oopgelos of hulle steel snags warm water."

"Wanneer kry jy vir jou 'n ander blyplek?" Irene sug soos William wanneer hy met haar daaroor praat, en Rebecca gee 'n wye glimlag.

"As ek hierdie job kry. So, jy moet vandag vir my 'n kers laat brand en al jou duime vashou." Dan is sy uit die vertrek en die voordeur klap agter haar toe.

"Ek het 'n afspraak met doktor Hoffman." Rebecca sê dit met al die gesag wat sy kan bemeester.

Die vrou agter die lessenaar kyk haar onbeskaamd op en af. Rebecca herken haar dadelik. Dis die rooi Renault se eienaar. Die een wat 'n ryk man soek. Sy is die verpersoonliking van kantoorelegansie. Netjies gesnyde blonde hare, 'n snyerspakkie en elegante skoene.

"U naam?"

"Rebecca Fagan." Rebecca weet nie of sy verlig of jammer is toe die vrou se kop knik nie. Sy was vandag reg om haar pad oop te baklei.

"Sit, asseblief. Doktor behoort binnekort hier te wees."

Rebecca gaan sit op een van die gemakstoele en bekyk die kantoor van hoek tot kant. Om hier te kon uitkom, moes sy onder in die portaal by 'n sekuriteitsingang haar naam in 'n boek skryf. En toe sy uit die hysbak stap, moes sy haarself deur 'n interkom aanmeld voor die glasdeure vir haar oopgegaan het. Die ontvangsvertrek is ruim en smaakvol gemeubileer. Irene sal beïndruk wees met al die antieke meubels. Links van haar kan sy 'n kantoor sien waarin 'n ouerige vrou by 'n rekenaar sit. Regs lei nog 'n deur na 'n vertrek wat soos 'n konferensiekamer lyk, en verder kan sy nie sien nie. Daar loop 'n gang regs om die ontvangstoonbank en sy neem aan die ander kantore is in die gang.

Sy wonder of hulle almal so vroeg begin werk. Nie dat sy omgee nie; sy het net altyd gedink kantoorure in die Kaap is van nege-uur af. Die foon op die lessenaar lui skielik en Rebecca skrik uit haar gedagtes op.

"Doktor sal jou nou sien."

Die vrou – sy het haarself as Anèl bekendgestel – staan op en stap voor Rebecca die gang af. Tot haar verbasing is daar net nog een kantoor, links uit die gang, en aan die einde van die gang 'n paar dubbeldeure. Die vrou klop liggies voor sy een van die deure oopstoot en vir Rebecca beduie om in te gaan.

Rebecca ruik koffie en sy hoop sy gaan ook 'n koppie kry.

Sy staan 'n oomblik stil toe die deur agter haar toeklik. Die kantoor beslaan die hele breedte van die gebou. Drie van die mure bestaan uit groot vensters. Haar blik beweeg van links, waar Tafelberg geraam in die venster lê, stadig oor Leeukop en Seinheuwel, tot by die Waterkantontwikkeling regs van haar. In die een hoek staan 'n konferensietafel en reg voor haar 'n groot lessenaar. Tussen die lessenaar en die konferensietafel is twee groot rusbanke en 'n gemakstoel om 'n koffietafel gegroepeer. Die kantoor is, soos die portaal, met pragtige antieke stukke gemeubileer. Oor die dik volvloermat lê drie mooi Persiese matte gestrooi. Sy moet keer of sy klop haarself op die skouer. Niemand het gedink sy sal tot hier kan vorder nie.

"Juffrou Fagan." Die man wat agter die lessenaar opstaan, lyk aansienlik anders as die glimlaggende man in gholfklere. Die glimlag is weg en al wat hy van Saterdag oorgehou het, is 'n sonbruin gesig.

"So, dis hoe die ander helfte van die bevolking hulle dae deurbring." Sy kyk met onverbloemde nuuskierigheid rond.

"Ekskuus?"

"Dis 'n baie indrukwekkende kantoor."

"Ek is bly jy hou daarvan," laat hy droog hoor terwyl hy om die lessenaar stap en sy hand formeel na haar uithou. Sy is verlig oor die ferm handdruk. Dis vreemd hoe klein dinge-tjies soms belangrik kan wees. Een van die dinge wat sy nie kan verdra nie, is mense met 'n pap handdruk. 'n Mens hoef nie 'n handdrukkompetisie te hou nie, maar sy gril vir 'n hand wat soos 'n dooie vis in hare lê.

"Kom sit, asseblief." Hy beduie na die rusbanke en sy besef die stoel is syne.

"Het jy iets op die hart, of kan ek maar 'n paar vrae vra?" val hy saaklik met die deur in die huis toe sy sit.

Rebecca beduie met haar hande dat hy kan voortgaan.

"Waar het jy gehoor ek soek iemand?"

Sy byt haar onderlip vas. Dis die een vraag wat sy nie nou gaan beantwoord nie. "Ek sal verkies om nie te sê nie."

Sy oë vernou en sy wonder effens angstig of hy haar nou gaan vra om te loop.

"Het jy 'n idee wat die werk behels?" verras hy haar.

Sy skud haar kop. "Nee, seker nie een honderd persent nie, maar ek vermoed daar sal nie van my verwag word om kern-splitsing te doen nie."

"En die res kan jy alles hanteer?"

Rebecca kyk hom vas in die oë. "Nie noodwendig nie, maar ek is seker die res sal ek alles kan leer doen."

"Waarom hier en waarom nou?" kom sy volgende vraag.

"Ek is lus vir 'n uitdaging en ek sal eerder iets met ver-skillende fasette doen as om dag vir dag dieselfde taak oor en oor te doen. Waarom nou? Want ek wil geld maak."

"Jy weet nie eens wat die salaris behels nie." Sy blik rus niksseggend op haar en sy wonder of hy kan poker speel.

"Nee, maar ek weet waarvoor ek bereid is om te werk en dit behoort in my behoeftes te voorsien."

"En waarvoor, as ek mag vra, is jy bereid om te werk?"

Toe sy die bedrag noem, bly sy uitdrukking onverander en sy is effe teleurgesteld. Dit beteken hy het sy emosies goed onder beheer.

"Ek het nie geweet dis my pos waarin jy belangstel nie."

Rebecca se reguit blik huiwer ook nie. "Ek het nie geweet jou pos is beskikbaar nie."

"Juffrou Fagan," ignoreer hy haar opmerking, "wat laat jou dink enigiemand sal jou so 'n salaris aanbied? Mense met jare se ondervinding kry nie eens soveel nie."

"Dis wat ek vir jou werd gaan wees." Sy bedink haarself egter blitsvinnig. "Nee, dis nie waar nie. Jy sal my waarde nie werklik kan koop nie, maar dit is waarvoor ek bereid is om my dienste en kennis aan te bied."

"Ek is versigtig om te vra watse dienste jy alles vir daardie bedrag aanbied."

"Ek het daardie eerste dag vir jou gesê ek sal in al jou behoeftes voorsien, nie noodwendig persoonlik nie, maar ek sal reël dat jy alles kry wat jy moet hê."

"Alles?"

Sy is trots op haarself dat sy steeds nie 'n oog knip nie. "Daar is 'n verskil tussen wat jy móét hê en wat jy wíl hê."

Net vir 'n oomblik lê daar iets soos geamuseerdheid in sy oë en Rebecca kyk smagtend na die koppie op sy lessenaar. Sy wonder of sy vir 'n koppie koffie kan vra.

"Hoe het jy onder in die parkeergarage gekom?"

"Ek het ingestap toe daar 'n motor uitgery het. Die veiligheidsbeamptes was besig om tee te drink en hulle het nie opgekyk nie."

"Ek kon jou laat arresteer het vir betreding."

"Maar jy het nie."

"Waarom wil jy geld maak?"

"Ek wil vir my 'n blyplek koop."

"Waar woon jy op die oomblik?"

"Ek huur 'n kamer."

"Het jy jou CV saamgebring?"

Rebecca hou 'n groot wit koevert na hom toe uit en hy trek 'n enkele vel papier daaruit.

'n Ligte frons lê tussen sy wenkbroue terwyl hy lees.

"Dis nie 'n baie volledige CV nie."

"Dis alles wat jy behoort te weet."

Hy skud sy kop. "Ék sal besluit wat ek behoort te weet."

22

Rebecca sug hoorbaar en die frons tussen sy wenkbroue verdiep.

"Doktor Hoffman, jy is 'n besige man en ek gaan nie jou tyd mors nie, maar ek wil ook nie myne mors nie. My akademiese rekords is beskikbaar as jy daarna wil kyk. Ek kan al die plekke waar ek sedert my skooldae gewerk het, kontak en vra hulle moet vir jou verwysings stuur waarin hulle verklaar dat ek 'n goeie werknemer was en nie gesteel het nie, maar ek en jy weet dis 'n mors van tyd. Hulle kan enige iets op daardie stuk papier skryf. Mense soos jy behoort deur die jare genoeg mensekennis op te gedoen het om te weet wanneer hulle iemand kan vertrou en wanneer nie. Jou voorgeslagte en jy het nie hierdie maatskappy gestig en uitgebou sonder om soms kanse te waag nie. Om my aan te stel is maar net nog 'n kans."

"Daar is 'n groot verskil tussen berekende en onberekende kanse."

"Waarom het jy my dan vandag laat kom?" Rebecca weet nie waar haar ergerlikheid vandaan kom nie. Dis 'n emosie waarmee sy baie spaarsamig omgaan.

"Jy het my Saterdag in 'n goeie bui gevang en ek het toevallig vanoggend 'n halfuur beskikbaar gehad."

Sy kyk op haar horlosie en staan op. "Jy is 'n gelukkige man. Ek het nie vanoggend 'n halfuur gehad om te mors nie."

"Hoe het jy geweet ek gaan Saterdag by die gholftoernooi wees?"

Rebecca trek haar skouers op. "Dis verbasend hoe nuuswaardig jou doen en late blykbaar is."

"Juffrou Fagan," keer sy stem haar toe sy by die deur is. "Het jy vir een oomblik gedink jy kan van die straat af in so 'n pos instap?" Vir die eerste keer slaan daar iets soos verbasing in sy stem deur.

"Ek weet ek kan die werk doen en ek was onder die indruk jy is 'n dapper man," laat sy oor haar skouer hoor.

Sy mond gaan oop, maar sy het reeds die deur agter haar toegetrek.

Buite die deur haal sy een keer diep asem. Dis die probleem met dobbel. Daar is altyd 'n kans om te verloor. Sy stap met 'n regop rug die gang af. Op hierdie oomblik is sy jammer sy het so vroeg opgestaan én dat sy nog nie eens 'n koppie koffie gedrink het nie. Hy kon haar baie moeite bespaar het as hy haar die eerste dag sommer net uitgegooi het.

Drie mans in donker pakke en aktetasse kom by haar verby en sy groet afgetrokke. Hulle groet terug en sy sien hoe een oor sy skouer terugkyk. Miskien moet sy vra of hulle nie vir haar werk het nie, dink sy grimmig. Of miskien moet sy sommer net vra of hulle nie vir haar 'n koppie koffie het nie!

"Jy begin jou dag op 'n interessante noot." Alec Barnard glimlag veelbetekenend vir Julian waar hy agter sy lessenaar staan.

"Waarvan praat jy?" Julian kyk vraend op.

"Ek praat van jou eerste afspraak, of was sy dalk gisteraand se laaste afspraak?"

Julian tel sonder 'n woord 'n skootrekenaar van sy lessenaar af op en stap daarmee na die konferensietafel. Die ander drie volg hom en oomblikke later sit elkeen met 'n oopgeslane rekenaar voor hom.

Twee uur later maak hulle vir die eerste keer hul skootrekenaars toe en begin opstaan.

"Stephen, sal jy asseblief agterbly? Daar is nog 'n saak wat ek met jou moet bespreek."

Die ander twee maak die deur oop en Stephen gaan neem op een van die rusbanke plaas terwyl hy diep sug. "Ek het nooit vannag geslaap nie. Die kleintjie het die hele nag geskreeu."

Julian gaan sit op die gemakstoel. "Ek dog julle het 'n au pair aangestel om julle te help."

"Ons het, maar Brenda glo 'n kind soek in die nag haar ouers."

Julian glimlag ietwat onwillig. "Sy is seker reg, maar liewer jy as ek."

24

Stephen sug weer en kyk dan vraend na Julian. "Wat wil jy nog bespreek?"

"Hoe vorder Martin se soektog na 'n plaasvervanger vir Ernst?"

"Daar is blykbaar 'n hele paar belowende kandidate. Hulle is besig met die laaste agtergrondondersoeke en behoort so oor twee weke met die onderhoude te begin."

"Ek wil hê jy moet vir my inligting oor iemand kry."

"Wie is dit?"

"Rebecca Fagan." Julian hou 'n enkele vel papier na hom uit en Stephen se blik gaan vlugtig daaroor.

"Is dit die meisie wat vanoggend by jou was?"

Julian knik.

"Waar kom jy aan haar?"

Julian druk sy vingers teenmekaar terwyl hy die storie vertel.

Stephen lag verbaas. "Sy verdien beslis 'n paar punte vir deursettingsvermoë en waagmoed."

"Of sy het ander redes waarom sy so graag die werk wil hê."

Stephen staan moeisaam op. "Ek sal kyk wat ek kan uitvind." Hy maak die deur oop, maar loer weer terug. "Terloops, ons het 'n uitnodiging na Angela se verjaardag gekry. Brenda wil weet of dit meer as 'n verjaardagparty gaan wees."

"Sê vir Brenda die tronke is vol nuuskierige mense."

"As ek so na die uitnodiging kyk, gaan dit 'n groot geleentheid wees."

"Hou op vis, Stephen. Ek het werk om te doen."

Stephen maak met 'n alwetende laggie die deur agter hom toe.

3

Rebecca luister ongeduldig hoe die telefoon aan die ander kant lui. Uiteindelik antwoord 'n slaperige stem.

"Gert! Uiteindelik. Is jy wakker?"

"Dit hang af wat jy met my wil maak."

"Ek kan nie meer vanaand saam met jou gaan nie."

"Wag! Watse dag is dit?" Hy kug heserig.

"Dis Donderdag."

"Waarom kan jy nie saamgaan nie?"

"Ek word deur iemand agtervolg en ek wil nie hê hy moet ons saam sien nie."

Daar is 'n stilte voor hy vra: "Hoeveel het jy gisteraand gedrink?"

"Ek is ernstig. Bly net 'n paar dae weg van my af."

"Waarom sal iemand jou wil agtervolg?" Hy klink skielik wakkerder. "Alhoewel, as 'n mens na al die karakters kyk wat jy ken, is dit seker ook nie snaaks nie."

"Ek vermoed jou neef het hom op my spoor gesit."

"Becca, jy weet ek het 'n grap gemaak toe ek gesê het jy moet vir die pos by Julian aansoek doen."

"Daar is sekere goed waaroor 'n mens nie grappe maak nie."

"Laat ek hom dan ten minste sê ek ken jou. Dit kan dalk help."

"Nee, jy het my belowe."

"Moet jy altyd koppig wees?"

"Gert, luister mooi. Ek gaan dit vir die laaste keer verduidelik. Ek glo nie daaraan om my vriende te gebruik nie. Nie vir 'n blyplek of 'n job nie. As hy weet ons ken mekaar, raak jy vir my verantwoordelik. Dis soos om vir iemand borg te staan. Jy gaan nie namens my getuig nie. End of story."

"Hy gaan tog een of ander tyd uitvind."

"Nie voordat hy besluit het of hy my 'n kans gaan gee nie. Daardie besluit gaan syne wees."

"Hoe seker is jy die man agtervolg jou en hoe weet jy die opdrag kom van neef Julian af?"

"My straatkontakte en my goed ontwikkelde sesde sintuig."

"Wanneer kan ek jou dan weer sien?"

"Ek sal jou bel."

"Iets laat my dink jy geniet hierdie cloak 'n dagger-spelery."

Rebecca gee 'n kekkellaggie. "Ek het hom gister op 'n stap-tog van sy lewe geneem. As hy na dese nie die stad ken nie, sal hy dit nooit ken nie."

"Onthou net, slim het sy baas gevang."

"Gelukkig weet ek nie wat die uitdrukking beteken nie."

"Kyk na jouself."

Rebecca knik. "Geniet die aand."

Hy gee 'n gepynigde kreun. "Ek het skoon daarvan ver-geet. Waar gaan ek op so 'n kort kennisgewing iemand kry om saam te neem?"

"Jy is so oulik as jy beskeie is. Ek wed jou jou swart boekie is alreeds oop en vyf minute van nou af staan daar 'n tou wat wil saamgaan."

"Probeer jy nou jou eie gewete sus?"

"Baai, Gert."

Al wat sy hoor, is 'n grom en sy skakel laggend Irene se selfoon af en sit dit op die bedkassie neer.

"Dankie en jammer dat ek jou al weer so vroeg kom pla het."

"Waarom trek jy nie sommer net in nie? Dit sal jou ein-delose taxi-ritte en staptogte teen die berg uit spaar en ek sal nie meer snags lê en wonder of iemand 'n mes tussen jou ribbes ingedruk het nie."

"Waarom sal iemand 'n mes in my ribbes wil steek? Ek het niks wat enige iemand wil hê nie."

"Mense word nie net vir hulle besittings vermoor nie, Becca. As jy die koerante lees, sal jy dit sien."

"Ek lees die koerante en ek sien ook dat onskuldige mense in 'n trein in Madrid klim en opgeblaas word. Ek lees van kinders wat van honger sterf en selfmoordbomaanvallers wat hulle lewe gee vir een of ander saak. Hoe beskerm 'n mens jou teen waansin, en is jy veiliger hier agter jou diefwering en sekuriteitshek as wat ek op straat is?"

"Jy praat soos 'n dom mens." Irene sit regop teen die kussings.

Rebecca staan op en strek haarself uit. "Ek sal graag langer wil kuier en met jou oor daardie stelling debatteer, maar daar buite is 'n man wat dolgraag wil weet wat ek alles vandag gaan doen én hy wil dalk nog foto's van my neem."

"As ek jy was, het ek polisie toe gegaan. Dis 'n skending van jou privaatheid."

"En al die pret mis!" Sy skud haar kop terwyl sy tot by die venster stap en afkyk straat toe. Daar word nog 'n warm dag vir die Kaap voorspel en selfs van hier af kan sy die donker sweetkolle op die man se hemp sien uitslaan.

"Miskien moet ek vandag Clifton toe gaan. 'n Dag op die strand kan hom net goed doen. Dink net aan die foto's wat hy vir Julian Hoffman kan terugneem."

"Rebecca, ek demp nie graag jou entoesiasme nie, maar jy wil nie hê topless foto's van jou moet op 'n potensiële werkgewer se lessenaar beland nie."

Rebecca kyk gemaak verbaas af. "Daar is niks met my borste verkeerd nie."

"Mooi of lelik, jy wil hulle nie êrens in 'n lêer hê," waarsku Irene beslis.

"Jy maak of ek gewoonlik topless rondloop." Rebecca pruil ontevrede.

"Dan verstaan jy my verkeerd. Ek ken net daardie kyk in jou oë en dit voorspel gewoonlik moeilikheid vir iemand."

Rebecca gaan staan voor die spieël. "Dink jy die rooi bikini gaan beter foto's maak as die gele?"

"Nie een van die twee nie. As jy nie jou klere kan aanhou nie, moenie strand toe gaan nie."

"Dit gaan so vervelig wees." Rebecca tel haar skouersak al sugtend op.

"Jy gaan eendag baie dankbaar wees oor hierdie stukkie raad." Irene trek die beddegoed oor haar skouer. "Loop nou. Ek kan nog 'n halfuur slaap voordat ek moet opstaan."

"Wat bedoel jy hulle weet nie waar sy woon nie?" Julian frons ergerlik.

"Lees die verslag. Hulle kon eintlik baie min oor haar uitvind. Sy is 'n enkelkind en albei haar ouers het in 'n motorongeluk gesterf toe sy ses jaar oud was. Sy het by haar ma se suster hier in die Kaap grootgeword, maar die familie woon nie meer hier nie en die kinders is redelik oor die land versprei. Volgens haar skoolverslae was sy 'n besonder skrander leerling en sy het haar B.Com.LL.B.-grade cum laude geslaag. Gedurende haar hoërskooljare was sy naweke 'n kelnerin by 'n restaurant en as student het sy ook saans en naweke by 'n restaurant in Stellenbosch gewerk. Nadat sy graad gekry het, het sy vir twee jaar verdwyn. Vermoedelik oorsee gaan werk. Sy het twee maande gelede weer haar opwagting gemaak." Stephen kyk op die vel papier in sy hand. "Die tiende Desember, om presies te wees."

"Het hulle iets oor vriende uitgevind?"

Stephen begin weer lees. "Daar is 'n paar saam met wie sy gereeld gesien word. Deborah Kriel, sy is 'n rekenaarspesialis, William Green het 'n musiekwinkel in Langstraat en Irene Robberts het haar eie klereboetiek in Kloofstraat. Hulle ken mekaar blykbaar van universiteitsdae af. Sy en die een met die klerewinkel was egter ook saam op skool. Hulle lyk almal redelik onskuldig."

"Woon sy nie by een van hulle nie?"

"Dit kan wees. Die verslag is nie baie duidelik daaroor nie. 'n Ander moontlikheid is dat sy in 'n backpackers' hostel in Langstraat woon. Een of twee van die foto's is geneem waar sy die gebou verlaat." Stephen soek tussen die foto's deur en hou twee na Julian uit.

"Maak jy nou 'n grap?"

Stephen trek sy skouers op. "Dit lyk my juffrou Fagan lei 'n interessante lewe. Wil jy hê ek moet verder probeer uitvind?"

Julian tel die pak foto's op en begin daardeur blaai. Die foto's is met 'n digitale kamera geneem en is van 'n baie goeie gehalte. Wat hom egter twee keer daarna laat kyk, is die feit dat dit byna net te goed is. Asof sy geweet het sy word afgeneem. Die foto's op die strand, waar sy met 'n wit kortbroek en rooi T-hemp staan, lyk byna asof sy poseer het. Haar donker hare is in 'n poniestert vasgebind. Tussen die T-hemp se soom en die kortbroek se band steek 'n stukkie bruin maagvel uit.

"Waar kom die foto's vandaan?"

"Die speurder was 'n bietjie oorentoesiasties. Jy kan hom seker nie kwalik neem nie."

Julian gee een laaste kyk voordat hy die foto's vir Stephen teruggee.

"Ek neem aan jy wil haar nie vir die onderhoude laat kom nie."

Julian skud sy kop. "Nee."

Stephen begin die foto's en papiere bymekaarmaak. "Sy is vrek fotogenies. 'n Man sal jou verkyk aan daardie vreemde kleur oë en groot mond."

"Ons is nie 'n modelagentskap nie, Stephen, en jy is 'n getroude man."

"Ek hoor dit kan 'n baie winsgewende bedryf wees." Stephen hou een van die foto's omhoog.

"So ook is bordele en dwelmhandel," antwoord Julian bars.

Stephen maak die koevert toe en staan laggend op. "Vir wanneer kan ek die onderhoude reël?"

"So gou as moontlik. Sê Anèl moet in my dagboek kyk."

Rebecca betaal die man agter die toonbank en tel die twee koue blikkies koeldrank op. Sy drentel stadig oor die plein en groet hier en daar iemand by 'n stalletjie. Die restaurante om die plein sit volgepak vir middagete en sonsambrele staan soos veelkleurige paddastoele op 'n hotelstoep. Die Mercedes is op 'n geel streep geparkeer en sy wonder waar die verkeerspolisie is. Of miskien geld daar 'n ander stel reëls vir mense wat met sulke motors ry. Die motorbestuurder, volgens Gert is sy naam Salie, sit op 'n muurtjie langs die motor, besig om koerant te lees. Rebecca gaan sit doodluiters langs hom en hou een van die koue blikkies na hom toe uit.

"Ek het gedink jy is dalk ook al dors gewag in die hitte."

Die koerant sak en sy bruin oë kyk verbaas op. Die verbasing word egter vinnig deur 'n frons gevolg.

Rebecca glimlag gerusstellend. "Ek is werklik onskadelik." Sy hou weer haar hande omhoog, soos op die eerste dag in die parkeergarage. "Ek soek net 'n werk."

"Juffrou moet die mense by die kantoor gaan sien." Hy kyk onrustig rond.

"Weet jy hoe moeilik is dit om werk te kry as jy geen ondervinding het nie? Niemand wil jou 'n kans gee nie." Sy maak een van die blikkies oop en neem 'n sluk. Die koeldrank loop koud in haar keel af en lê soet op haar tong.

Salie se blik gaan onseker oor haar.

"Ek is nie 'n dief of 'n moordenaar nie. Ek is hardwerkend en eerlik. Maar dink jy dit beteken iets?" Sy hou weer die ander blikkie na hom toe uit. "Ek het dit vir jou gekoop, jy kan dit net sowel drink."

Toe sy sien hoe hy aarsel, glimlag sy. "Dis geseël. Ek is nie besig om jou te vergiftig nie."

"Ek het ook kinders, juffrou. Ek weet dis nie meer maklik om werk te kry nie." Hy neem die blikkie, maar maak dit nie dadelik oop nie.

"Hoeveel kinders het jy?" Sy vee oor haar nek, waar sweetdruppels onder haar hare uitloop.

"Drie. Twee seuns en 'n dogter. Die oudste seun gee onderwys in Engeland, die dogter het na 'n gesukkel werk by 'n klerevervaardiger gekry. Sy is baie knap met naaldwerk maar wou nie gaan leer nie. En die kleintjie leer nog. Hy wil net met computers werk."

"Ek het ook 'n vriendin wat net met computers wil werk. Vir mý sal dit te vervelig wees."

Die grys kop knik. "Die kinders doen deesdae snaakse werke."

"Hoe lank is jou seun al in Engeland?"

"Hy is verlede jaar Julie oor en as alles goed gaan, kom hy darem Kersfees vir twee weke huis toe."

"Julle verlang seker baie."

Sy vinger krul om die blikkie se ringetjie en die gas ontsnap met 'n sisgeluid toe hy dit optrek.

"Ons is gelukkig. Ons kinders het ons nog nooit moeilikheid gegee nie." Sy stem is meteens sagter.

"Ja, die kinders kan deesdae so maklik in die moeilikheid beland." Sy neem weer 'n sluk en hy gee 'n kekkellaggie langs haar.

"Hoe praat juffrou dan nou soos 'n ou mens? Juffrou is self maar nog 'n kind."

"Op vyf en twintig was my ma getroud en het sy al vir my gehad," antwoord sy.

Sy grys kop skud. "Dis beter dat die kinders deesdae nie so vroeg trou en kinders kry nie. Hulle skei hopeloos te maklik en dan kry die kleintjies swaar."

Rebecca antwoord hom nie daarop nie. Sy laat eerder haar blik oor die plein gaan. Daar hang 'n tamheid oor alles en almal. Die hitte slaan in golwe vanuit die kegelsteentjies op. Eenkant is die vrou wat hare vleg met 'n kliënt se hare besig. Haar vaardige vingers is vandag ook strammer as ander dae.

Skielik staan Salie langs haar op en Rebecca se blik volg syne. Julian Hoffman is besig om 'n paar mans buite 'n restaurant te groet voordat hy in die rigting van die motor begin stap.

"Kan hy nie maar hierheen gestap het nie? Die kantoor is 'n hanetree hiervandaan."

"Hy moet twee-uur 'n lesing by die universiteit gee." Salie begin die linkeragterdeur oopmaak. "Baie dankie vir die koeldrank, en ek hoop juffrou kry gou werk."

"Ek wil net vir 'n minuut met hom praat." Haar stem is byna smekend.

Hy kyk onseker na haar. "Ek kan nie ja sê nie, juffrou. Hy gaan haastig wees."

Rebecca se blik gaan na Julian Hoffman wat nou 'n paar tree van die motor af is. Die ligte pak en wit hemp laat hom koel lyk. Sy sien in sy oë die oomblik toe hy haar gewaar en eien.

"Ek kom net hoor of jy van die foto's gehou het en of ek vir jou nog kan stuur," gee sy hom nie kans om te praat nie.

Tot haar onverwagse grimmigheid bly sy gesig uitdrukkingloos. Hy moet fenomenaal om 'n pokertafel wees.

"Ons ondersoek almal wat by ons aansoek doen vir werk."

"Aangesien jy nie my aansoek oorweeg het nie, stel ek voor dat julle die ondersoek staak. Julle is besig om my privaatheid te skend."

"Miskien het ek van plan verander."

"Dan stel ek voor julle stel my amptelik in kennis dat ek 'n kandidaat is en dat julle navraag oor my sal doen. Ek is seker dis wat julle met die ander kandidate gedoen het."

"Klim in." Hy beduie na die oop motordeur.

"Ekskuus?"

"Ek het 'n afspraak. Ons kan op pad daarheen gesels."

Rebecca weet nie waarom sy na Salie kyk nie, maar toe hy agter sy werkgewer se rug vir haar knik, skuif sy haastig agter in. Julian Hoffman klim langs haar in en Salie maak die deur toe voordat hy omstap en inklim.

"Hoe het jy geweet waar ek vanmiddag gaan wees?" spring hy haar voor.

"Sal jy my glo as ek sê ek het toevallig hier verbygeloop?"

Hy haal 'n gevoude bladsy uit sy baadjiesak en begin lees. "Nee."

"Ek het nie 'n ander verduideliking nie."

"Hoe het jy geweet jy word agtervolg?" Sy blik is steeds op die bladsy in sy hand en sy wonder of hy werklik weet wat hy lees, of alternatiewelik weet wat sy sê.

"Ek slaap in die nag."

Hy kyk skuins na haar toe op.

"Ek is 'n nuuskierige mens. Ek let dinge op, soms dinge wat ander mense nie sal raaksien nie."

"Waar woon jy?"

Rebecca kan nie help om te lag nie. "In Langstraat."

"Langstraat is lank." Hy vou die bladsy op en druk dit terug in sy sak.

"Ek is seker jy het foto's van my blyplek gesien."

"Ek het foto's van 'n backpackers' hostel gesien. Jy woon sekerlik nie daar nie."

"Het die maatskappy voorvereistes waar die werknemers mag woon?" Sy draai effens skuins op die sagte sitplek sodat sy hom beter kan sien.

"As daar nie is nie, moet 'n mens miskien 'n paar instel."

"Doktor Hoffman, nie almal van ons het soos jy 'n huis in Bishopscourt geërf nie."

Sy wenkbroue lig sigbaar. "En jy beskuldig my dat ek jou privaatheid aantas!"

"Dink jy jou woonadres is 'n staatsgeheim?" Dis haar beurt om spottend te lag.

"Nee, maar dit staan nie op die maatskappy se briefhoofde of in die telefoongids nie. Dit laat my besef jy moet dit ook êrens uitgesnuffel het."

"Sal jy beter voel as ek vir jou sê ek was nog nooit by jou huis nie? Ek ken net toevallig die adres."

"Wat weet jy nog alles van my of van die maatskappy?"

"Die maatskappy is deur jou oupa gestig en aanvanklik was hulle slegs betrokke in die drankbedryf. Onder jou oupa se

34

leiding het die familiesaak gegroei tot 'n volwaardige maatskappy met vertakkings in die visbedryf, voedselbedryf, eiendomme, mynbou, die wynbedryf en vervaardiging. Hy was bekend vir sy versiendheid en hy het 'n paar uiters winsgewende beleggings gedoen. Jou pa het na sy studie by die maatskappy aangesluit en dit het 'n paar jaar later 'n openbare maatskappy geword. Die familie het egter steeds die beherende aandeel behou. Jy was dertig jaar oud toe jou pa in 'n motorongeluk oorlede is. Die helfte van die direksie wou hê jy moet by hom oorneem, terwyl die ander helfte gevoel het jy het nie die nodige ondervinding nie. Jy is uiteindelik tog met 'n meerderheidstem as uitvoerende voorsitter in sy plek verkies. Vandag beheer jy 'n multibiljoenrandmaatskappy, met belange in 'n onnoembare aantal sektore. Julle het kantore in Londen, Amsterdam en New York. Daar is sprake dat julle kantore in Tokio en Los Angeles gaan open. Met jou pa se afsterwe was jy hoof van die Londense kantoor. Beide jou oupa en jou pa het eredoktorsgrade in die ekonomie ontvang. Joune is nie 'n eredoktorsgraad nie. Jy het dit verwerf voordat jy dertig was. Behalwe in die maatskappy se direksie, dien jy ook in 'n groot aantal ander direksies en rade. Die maatskappy is nou betrokke by die Natuurstigting, 'n groot aantal opheffingsaksies in agtergeblewe gebiede en die bewaring van historiese geboue in Suid-Afrika. Jou oupa leef nog en dien steeds in die maatskappy se direksie. Jou ma is weer getroud, met 'n Switserse nyweraar, en hulle verdeel hulle tyd tussen haar huis in Hermanus en syne in Genève. Jy het twee jonger susters. Die een is getroud met Stephen Walters, een van die visepresidente van die maatskappy. Die ander een is werksaam in die New York-kantoor. Jy woon in die huis in Bishopscourt, is nog nie getroud nie, maar het al vir 'n paar jaar 'n aan-en-af-verhouding met Angela Visser, wie se familie groot belange in die wynbedryf het. Sy en haar suster het 'n PR-maatskappy, maar hulle lê hulle eintlik toe op die reël van groot liefdadigheidsfunksies, soos die gholftoernooi verlede

Saterdag. Daar was 'n rukkie gelede gerugte dat julle verloof is, maar dis intussen deur haar kantoor ontken. Die skinder-rubriekskrywers verwag egter 'n verlowing voor die einde van die jaar." Rebecca bly effens uitasem stil.

"Is dit al?" Sy wenkbrou lig net effens.

Rebecca verwens hom onderlangs. Hy hoef nie beïndruk te wees nie, maar hy kan ten minste effens verbaas lyk. "Ek het nie nodig om meer te weet nie." Sy dwing haarself om skrams te glimlag.

"Kennis is mag, juffrou Fagan. 'n Mens weet nooit genoeg nie." Hy kyk op sy horlosie toe die motor stop. "Dankie, Salie." Dan verskuif sy blik na haar. "Ek neem aan jy sal jou pad terug stad toe vind."

Rebecca kyk op na die toegerankte geboue van die Universiteit van Kaapstad. Sy het aangeneem hy sal ten minste vir Salie vra om haar weer terug te neem.

"Ek sal regkom." Sy glimlag onbevange. Twee kan hierdie speletjie speel en sy gaan nie toelaat dat hy haar frustrasie sien nie.

Hy klim uit die motor en stap met gemaklike treë na waar 'n paar mans op hom staan en wag. Rebecca klim ook uit en 'n paar sekondes lank kyk sy hom agterna. Hy is 'n bliksem, besluit sy.

"Sal juffrou regkom?" Salie staan langs haar en sy verbeel haar sy sien iets soos verleentheid in die manier waarop hy haar oë probeer vermy.

"Jy hoef nie vir my 'juffrou' te sê nie. My naam is Rebecca. En ja, dankie. Ek ken die pad terug." Sy lig haar hand in 'n groet voordat sy teen die skuinste begin afstap.

Ná die lugverkoelde motor is dit skielik ondraaglik warm buite en sy voel hoe die sweet teen haar voorkop en onder haar haarlyn begin pêrel. Sy ignoreer dit egter. Dis die een ding wat sy aan haar kant het en wat Julian Hoffman miskien nie verstaan nie. Hy kon haar vandag anderkant die Hex-rivierberge ook afgelaai het en sy sou op 'n manier by die huis

36

gekom het. Hy kan haar tyd mors, maar verder kan hy niks van haar wegneem nie, want sy het niks. Sy wonder of mense aldag besef hoe gevaarlik dit is om niks te hê nie. Want om niks te hê nie, maak ook dat jy niks kan verloor nie, en in daardie wete lê 'n ongekende mag.

'n Uur later klim sy natgesweet in die middestad uit 'n taxi, en sonder om te dink, begin sy in die rigting van Langstraat stap. Sy kan nie eens haar eie voetstappe bo die gedruis van die stad hoor nie. Selfs haar gedagtes raak verstrengel met die uitlaatgasse en straatgeluide en die vibrasies onder haar voete. Sy koop 'n blikkie koeldrank by 'n kiosk en stap drink-drink die trap van die hostel op. Hierdie tyd van die dag is haar kamertjie onder die trap byna onhoudbaar warm en bedompig, maar sy sluit die deur en gaan lê toe-oë op die smal bedjie. Sy veroorloof haarself net een sug.

4

Irene kyk op toe Rebecca laatmiddag haar winkeltjie binne-stap. "Wat het van jou geword?"

"Wat bedoel jy?"

"Niemand het vir twee dae iets van jou gehoor nie. Ek en William was gisteraand by jou kamer en vanoggend weer, maar die deur was gesluit en niemand het jou gesien nie."

Rebecca trek haar skouers op. "Ek was maar in die rondte."

"Jy kan nie vir twee dae verdwyn en niemand weet waar jy is nie, Rebecca. Ons leef in gevaarlike tye."

"Wat byt jou?" Rebecca gaan sit op 'n gemakstoel voor die venster en kyk na die laatmiddagverkeer in Kloofstraat.

"Niks byt my nie, maar ek raak die hel in as jy maak asof jy niks aan iemand verskuldig is nie. Ek wil nie oor jou wak-ker lê nie."

"Jy hoef nie oor my wakker te lê nie. Goeie goed vergaan nie sommer nie."

"Moenie ligsinnig wees nie!"

Rebecca draai haar om sodat sy Irene kan sien. "Ek wil nie hê julle moet so bekommerd oor my wees nie. Dit laat my skuldig voel."

"Mense wat vir mekaar omgee, is oor mekaar bekommerd. Dis 'n bleddie feit van die lewe. Daar is niks wat jy daaraan kan doen nie. Al wat ek vra, is dat jy ons net nie meer bekom-merd moet maak as wat ons in elk geval is nie." Irene se stem versag effens.

Rebecca draai sonder 'n woord weer terug venster toe. Duiwelspiek lyk vandag vaal en ver in die dynserigheid. Hier bo teen die berg voel die lug effens skoner, maar die stad is al 'n paar dae lank toe onder 'n bruin lugbesoedelingskombers. Oorkant die winkel sit mense op die stoep van 'n klein restaurantjie. Lang glase bier word tam gelig. 'n Bus kom proesend die steil bult uitgesukkel en twee minibus-taxi's oortree binne 'n paar honderd meter 'n hele paar verkeersreëls. Dis soos 'n tafereel uit 'n film wat voor haar afspeel. En al is sy nog maar net twee maande terug, kan sy reeds weer die stad op haar tong proe. Iets hieraan is huis.

"O, amper vergeet ek. Hier het vanmiddag 'n man gebel wat sê jy moet hom dringend kontak. Hy was eintlik op soek na jou selfoonnommer en was baie verbaas om te hoor jy het nie een nie."

"Wie was dit?" Rebecca bly sit met haar rug na Irene.

"Stephen Walters. Ek het die nommer neergeskryf. Ken jy hom?"

"Ek weet van hom. Hy is een van die visepresidente by Hoffmans."

Irene kom agter die klein toonbank uit. "Is dit goeie nuus?" wil sy gretig weet.

"Ek weet nie."

"Is jy orraait?" Irene se kop sak laer asof sy Rebecca beter wil sien.

"Wat laat jou dink ek is nie orraait nie?" skerm Rebecca en staan op. "Waar is daai nommer?"

"Dis daar op die toonbank. Die nota met die groot NB in rooi."

Rebecca stap agter die toonbank in. "Kan ek jou telefoon leen?" Daar kom lê 'n onverwagte holte in haar maag. So asof sy haar vuis regdeur haarself sal kan druk.

Irene knik. "Jy weet jy mag soms kla?"

Rebecca gee 'n helder laggie. "As ek iets het om oor te kla, sal julle dit hoor."

Sy begin die nommer skakel en toe 'n vrou antwoord, gee sy haar naam en vra om met Stephen Walters te praat.

"A, juffrou Fagan! Uiteindelik! Ek het gehoop jou vriendin gee vir jou die boodskap. Dis nogal moeilik om jou in die hande te kry."

Rebecca antwoord hom nie en hy gee 'n kuggie. "Ek wil hoor of jy môreoggend agtuur psigometriese toetse kan kom aflê. Al die kandidate moet dit doen."

"Al die kandidate vir wat?" Sy trek sirkels op die nota met Irene se rooi pen.

"Jy het aansoek gedoen vir 'n pos by doktor Hoffman se kantoor."

Rebecca antwoord nie dadelik nie. "O ja. Ek het eintlik al daarvan vergeet. Hoe laat sê jy?"

"Agtuur."

"Ek sal in my dagboek moet kyk." Sy frommel 'n paar bladsye op die toonbank. "Dis baie kort kennisgewing." Sy begin sag neurie asof sy diep moet dink. "Goed, ek sal my ander afsprake probeer skuif."

"Dankie. Iemand by ontvangs sal vir jou wys waarheen jy moet gaan."

"Ek sal daar wees," groet sy.

"Waar moet jy wees? Wat wil hy hê?" Irene staan skielik voor Rebecca en laasgenoemde lag.

"Al die kandidate vir die pos moet môreoggend psigometriese toetse aflê." Rebecca strek haar arms soos 'n tevrede kat bo haar kop.

"En jy sê vir die man jy het iets anders aan! Is jy van jou sinne af?"

Rebecca glimlag. "Dit was sommer 'n oomblik se kinderagtigheid."

"Wat gaan jy aantrek?"

"Aangesien hulle my nou al in 'n kortbroek gesien het . . ."

Irene begin tussen die klere op die rakke rondsoek. "Hier êrens was 'n pragtige rok."

"Ek wil hulle nie te veel beïndruk nie." Rebecca gaan sit weer op die stoel voor die venster.

40

"Soos jy met die man gepraat het, behoort jy op jou knieë daar in te loop."

"Hoe het ek met hom gepraat?"

"Jy noem hom sommer 'jy' en 'jou'. Weet jy daar bestaan 'n woord soos 'u'?"

"Ek kan nie help dat ek in Engels skoolgegaan het en nie daai woord geleer het nie," spot Rebecca, maar toe sy Irene se gesig sien, sug sy. "Dis net 'n aanspreekvorm, Irene. Ek bedoel dit nie oneerbiedig nie."

"A, hier is dit," ignoreer Irene Rebecca se woorde terwyl sy 'n groen moulose rok ophou. "Dis jammer die rok het nie 'n baadjie by nie, maar selfs daarsonder sal jy baie professioneel lyk."

Rebecca bekyk die regaf rok wantrouig. "Ek sal 'n broek verkies. Met 'n rok sal ek te veel moet konsentreer om mooi te sit."

"Jy kan nie met 'n verdomde jean gaan nie!" Irene hou die rok na Rebecca uit. "Gaan pas dit aan."

Soos Irene voorspel het, pas die rok soos 'n handskoen en sy staar 'n paar oomblikke stil na Rebecca. "'n Mens vergeet soms hoe mooi jy werklik is."

"Dit was nog nooit 'n groot begeerte van my om mooi te wees nie." Rebecca draai in die rondte voor die spieël.

"Miskien pas die woord 'mooi' ook nie regtig by jou nie. Kom ons sê maar liewer jy is besonders."

"Besonders wat?" wil Rebecca fronsend weet.

"Besonder eiesinnig," terg Irene.

"Dis 'n baie mooi rok, maar ek gaan dit nie dra nie," besluit Rebecca en begin ook dadelik die ritssluiter lostrek. "As ek my vir die geleentheid opdress, gaan ek nie myself kan wees nie."

"Dis dalk waarom ek graag wil hê jy moet die rok aantrek," laat Irene droog hoor, en Rebecca lag hees van agter die afskorting.

"Hierdie is nie die tyd om koppig te wees nie," raas Irene toe Rebecca agter die gordyn uitkom.

"Ontspan, Irene. Ek sal nie in vodde gaan nie."

"Ek is bly ek hoef nie elke dag onderhoude te doen nie." Julian staan op waar hy langs die konferensietafel sit en rol sy skouers agtertoe.

"Het jy enige iemand gesien wat jou beïndruk het?" Stephen skink vir homself 'n glas water en skuif agteroor in die stoel.

"Hulle het almal baie goed in die toetse gevaar en almal is vreeslik ywerig en baie intens en vol teorieë en gretig om te beïndruk."

"Ek dink die jong man wat tweede hier was, is die beste kandidaat," onderbreek Martin Vorster se stem hulle. "Hy is akademies baie sterk en kom met uitstekende verwysings van sy huidige werkgewer."

"Wat van die meisie wat nou twee jaar in Singapoer gewerk het? Sy het self goeie verwysings en sy het bietjie meer ondervinding van die korporatiewe omgewing as hy." Stephen kyk na Julian wat intussen voor die venster gaan staan het.

"En sy is nog mooi ook," antwoord Julian met 'n knik.

"Ek het nie vandag my tyd gemors om vir jou 'n speelmaat te soek nie, Julian." Martin Vorster het 'n strengheid in sy stem.

Julian en Stephen kyk vlugtig na mekaar en om albei se monde huiwer 'n glimlag.

"Jy kan ook na haar kyk, Martin. Ek sal nie suinig wees nie."

Martin staan haastig op. "Ek gaan kleedkamer toe. Hoe laat kom die laaste kandidaat?"

"Vyfuur," antwoord Stephen.

Al drie mans kyk op hulle horlosies.

"As sy laat is, gaan ek loop," laat Julian grimmig hoor toe Martin uit die vertrek is. "Ek weet nie waarom ons vir haar moet wag nie. Sy is die een wat verleë is."

"Sy sê sy het ander afsprake ook en aangesien sy reeds gisteroggend s'n op kort kennisgewing moes verskuif, is hierdie die enigste tyd wat sy beskikbaar het."

42

"Twak!" Julian skink vir hom ook water en drink die glas in een asemteug leeg.

Op daardie oomblik kom Martin die vertrek binne en die ander twee word stil. Na 'n paar minute kyk al drie weer op hulle horlosies en Julian lyk verlig toe die telefoon op die sy-tafel begin lui.

Stephen antwoord en dan hou hy die gehoorstuk na Julian uit. "Dis Angela."

"Angela, ek is nog besig by die kantoor," laat Julian effens bruusk hoor.

Sy sê iets en hy knik. "Hmm . . . dit klink lekker. Ek het egter nog 'n onderhoud met iemand. Ek sal jou bel as ek hier wegry." Hy klink vriendeliker.

Julian het net die gehoorstuk neergesit, toe daar 'n ligte kloppie aan die deur is en Anèl binnekom, gevolg deur Rebecca.

Stephen stap nader en steek sy hand uit, terwyl Julian op sy horlosie kyk. Stiptelik vyfuur. Hy het 'n vae gevoel dat sy dit met opset so beplan het.

"Juffrou Fagan, ek is Stephen Walters." Rebecca skud sy hand en toe hy na Julian beduie, knik sy gemaklik. "Julle twee het al ontmoet," voeg Stephen ietwat oorbodig by.

Julian steek sy hand uit en sy neem dit woordeloos voordat sy na Martin draai en wag dat Stephen hulle bekendstel.

Dan word sy na 'n stoel langs die konferensietafel beduie, terwyl die ander drie oorkant haar plaasneem. Sy het verwag dat Julian Hoffman in die middel gaan sit en die vrae vra, maar tot haar verbasing sit hy twee stoele van Martin Vorster af, asof hy 'n toeskouer is.

"Dankie dat u gekom het. Sal u omgee as ek sommer dadelik met die vrae begin?" val die ouer man effens kortaf weg. "Ons het reeds die uitslae van die toetse ontvang, maar ons wil u graag self 'n paar vrae vra."

Rebecca luister stil. Sy knik nie eens haar kop nie.

Martin maak keel skoon en kyk na die papier voor hom

op die tafel. "Vertel ons asseblief wat u gedoen het nadat u afgestudeer het."

"Ek het vir twee jaar in die buiteland getoer en gewerk."

"Kan u vir ons die name gee van die maatskappye waar u werksaam was?"

Rebecca glimlag vlugtig. "Ek het druiwe in Frankryk ge-pluk, in Italië op 'n olyfplaas gewerk, en ek was 'n kelner in Duitsland."

Martin kyk oor sy leesbril na haar. Daar vorm 'n frons tus-sen sy wenkbroue. "Wat dink u behels die pligte van 'n per-soonlike assistent?" gaan hy voort toe sy nie verder uitbrei nie.

"Ek dink dit hang af van die behoeftes van die werkgewer."

"Kan jy meer spesifiek wees?"

Rebecca is bly die formele "u" het weggeval. "Nee."

"Hoe beplan jy dan om uitvoering aan die pligte te gee as jy nie weet wat dit behels nie?" Martin se mond vorm 'n streng lyn en sy stem is staccato.

"Meneer Vorster, ek is seker jy weet ook nie wat die pos behels nie. Dis 'n tipe pos wat oor tyd ontwikkel en nie noodwendig met 'n voorafpligtestaat kom nie."

Hierdie keer kyk hy effens langer oor sy bril na haar. "Wat dink jy is jou sterkste eienskappe en wat is jou swakste?"

Rebecca se blik wil-wil na die ander twee mans draai, maar sy keer haarself met 'n ysere wil. "Ek het heelwat sterk eienskappe, maar dié wat hier van toepassing is, is waarskyn-lik my vermoë om hard te werk en my eerlikheid." Sy hui-wer 'n oomblik voordat sy verder praat. "My swakste eienskap is seker my ongeduld. Hetsy met myself of met ander."

"Die pos behels nie vaste kantoorure nie. Gaan dit vir u 'n probleem wees?" Die "u" is terug.

"Ek is bewus daarvan en dit sal nie 'n probleem wees nie." Sy is seker teen hierdie tyd weet hulle sy is nie getroud nie.

"Watter salaris en byvoordele verwag u?"

Rebecca noem die bedrag wat sy die eerste dag vir Julian ook genoem het. Die man voor haar frons nou openlik, maar sy ignoreer dit. "Daarby verwag ek mediese en pensioenvoordele en 'n maatskappymotor." Sy wag vir kommentaar, maar tot haar verbasing is al drie mans 'n oomblik stil en dan is dit Martin wat voortgaan.

"Sal u enigsins gekompromitteer voel om saam met doktor Hoffman te reis en vir lang tye weg van die huis te wees?"

Rebecca swig byna voor die behoefte om haar blik te verskuif, maar sy dwing haarself om na die vraesteller te bly kyk. "Nee, dit sal nie vir my 'n probleem wees nie."

"Waarom, sal u sê, is u die beste kandidaat vir die pos?"

"Ek het nie ambisie om in die maatskappy bevorder te word nie, derhalwe kan ek op die werk fokus."

Martin maak die lêer voor hom toe en haal stadig sy bril af. "Is daar enige vrae wat u vir ons wil vra?"

"Was daar in die verlede probleme wanneer vroulike werknemers saam met doktor Hoffman op reis was?" Sy sorg dat haar stem nie haar glimlag verraai nie en sy hou haar blik op Martin.

'n Oomblik is daar stilte en dan antwoord Martin skerp: "Nee, juffrou. Daar was beslis nog nooit probleme nie."

Rebecca knik stemmig en toe hy vra of daar ander vrae is, skud sy haar kop.

Martin kom orent. "Dankie dat u gekom het, u sal binne die volgende paar dae van ons hoor."

Rebecca staan saam met die ander twee mans op en steek haar hand na Martin Vorster uit. Dan kyk sy vir die eerste keer na Stephen Walters en sy is verras toe sy tekens van 'n glimlag in sy oë gewaar. Sy knik vir hom toe hy haar hand neem.

"Ek is bly ons het ontmoet, juffrou Fagan."

Sy steek haar hand na Julian Hoffman uit en knik weer formeel. "Doktor Hoffman."

Sy hand sluit byna pynlik om hare en sy moet haarself keer om nie uit te roep nie. "Totsiens, juffrou Fagan."

Rebecca trek stadig haar hand uit syne en wag tot sy uit die vertrek is voordat sy onderlangs swets en haar hand vryf.

Toe die deur agter haar toegaan, sak al drie mans terug op hulle stoele en 'n oomblik lank hang daar 'n stilte tussen hulle.

"Ek dink ons kan die laaste kandidaat se naam met sekerte van die lys skrap." Martin begin sy bril se lense met 'n spierwit sakdoek poets.

"Op grond waarvan?" Dis Stephen wat vra.

"Ek weet in die eerste instansie nie hoe sy enigsins op die lys gekom het nie," ignoreer Martin die vraag.

"Ek dink sy het kwaliteite wat die ander nie het nie," sê Stephen met oortuiging. "Ek stem saam dat sy nie die ander se ondervinding het nie, maar ek dink sy is intelligent genoeg om vinnig te leer."

"Moenie jou deur 'n mooi gesig laat beïnvloed nie, Stephen," laat Martin ongeduldig hoor. "Ek is in elk geval nie oortuig dis 'n goeie plan om 'n vrou in hierdie pos aan te stel nie."

"Jy moet hoop niemand hoor jou nou nie, Martin." Stephen glimlag spottend. "Die president het nou die dag te velde getrek omdat daar nog maatskappye in die land is waar die vrouens nie gelyke kanse op aanstelling en bevordering het nie."

"Ek weet dis die era van gelyke regte, maar sommige poste is net eenvoudig nie vir vrouens bedoel nie."

"Wat wil jy sê, Martin?" Stephen kyk hom fronsend aan.

"Dink aan die komplikasies as sy op hom verlief sou raak. En dit sal nie die eerste keer wees dat so iets gebeur nie."

"Is dit 'n kompliment?" Daar is 'n spotlaggie om Julian se mond.

"Ek is bly jy vind dit amusant, Julian." Martin se stem is skerp, soos wanneer mens 'n kind aanspreek.

"As dit ons uitgangspunt is, behoort ons geen vrouens aan te stel nie." Daar is ongeduld in Julian se stem. "Jy behoort dadelik jou sekretaresse met 'n man te vervang."

Martin maak 'n gebaar met sy hand asof hy 'n lastige vlieg wegwaai.

"Jy het nog baie min gesê, Julian. Laat ons hoor wat jy dink; jy het nou almal gesien." Stephen kyk afwagtend na Julian.

Hy rek homself uit. "Hulle sal waarskynlik almal die werk kan doen."

"Wil jy hê ons moet nog verder soek?" wil Martin weet terwyl hy op sy horlosie kyk.

Julian skud sy kop. "Ek dink nie dis nodig nie. Julle het julle huiswerk goed gedoen. Laat ek net vannag hieroor dink."

Martin staan op. "In daardie geval sal julle my seker verskoon. Ek het nog 'n afspraak."

Julian en Stephen knik, maar bly sit toe Martin die deur agter hom toetrek. Daar heers 'n gemaklike stilte in die vertrek.

"Ek wonder waarom hy destyds besluit het om aan te bly na my pa se dood. Dis nie asof hy enige lojaliteit teenoor my het nie." Julian staar na die toe deur.

"Hy is lojaal teenoor die maatskappy en ek vermoed op 'n verdraaide manier voel hy effens verantwoordelik vir jou. Asof hy dink jou pa sou van hom verwag het om na jou te kyk."

Julian se wenkbroue lig spottend. "Ek sal graag wil hoor hoe jy tot daardie gevolgtrekking gekom het."

"Jy het voor hom grootgeword en hy was baie lief vir jou pa."

"As dit so is, sou ek juis verwag het hy moet my ondersteun."

"Ek dink hy is namens die ander hard op jou sodat jy op jou tone moet bly." Stephen stap na die kroegie teen die oorkantste muur en skink vir elkeen van hulle 'n bietjie whiskey in. Die ysblokkies rinkel ongewoon hard in die stil vertrek.

"Los nou eers vir Martin en sy idiosinkrasieë. Laat ek hoor wat jy rêrig van die groepie slimmes gedink het. Jy is nie 'n man wat gewoonlik eers oor 'n besluit moet slaap nie en ek het 'n vermoede jy weet presies wie jy wil aanstel. Ek sal graag wil weet waarom jy huiwer."

"As jy dan so baie weet, sê jy vir my wie is my eerste keuse."

"Juffrou Fagan."

Julian neem 'n sluk whiskey voordat hy glimlaggend vra: "Wat laat jou so dink?"

"Hulle almal is slim, maar sy is loshande die brightste en interessantste. Sy werk nie volgens handboeke nie, maar ek het 'n vermoede sy kry dinge gedoen, en sy is nie 'n naprater nie."

"Ek sou dink 'n werkgewer behoort haar juis daarom nie te oorweeg nie." Julian se wenkbrou trek omhoog terwyl hy sy glas in die rondte draai.

"Maar jy is nie enige werkgewer nie," spot Stephen. "Jy raak gou verveeld met mense wat net jou gedagtes en woorde eggo."

"Daar is grense vir alles en ek het 'n vermoede juffrou Fagan ken nie juis die grense nie. Sy is dalk net te eiewys vir so 'n pos."

"Jy sal nie weet voordat jy haar nie 'n kans gegee het nie."

Julian kyk skerp na die man oorkant hom. "Waarom is jy haar kampvegter?"

Stephen dink 'n oomblik voor hy praat. "Ek hou van haar guts." Hy lag skielik. "Net die feit dat sy daardie vraag gevra het, wys my sy is nie die bang tipe nie."

"Net die feit dat sy daardie vraag gevra het, laat my wonder wat sy nog alles kan doen," laat Julian fronsend hoor. "Sy het dit met opset gedoen."

Stephen lag weer. "Sê dit nie genoeg nie? Nie een van die ander sou dit gewaag het nie."

"Ek het nie mense nodig wat elke dag my gesag uitdaag nie."

"Goed, skrap haar dan van die lys. Wie was jou tweede keuse?"

Julian staan op en druk met sy handpalms op die lang tafel. "Laat Martin haar môre bel en sê sy word vir 'n proeftydperk van drie maande aangestel. Sy moet volgende Maandag, die tweede, begin."

"Dis baie kort kennisgewing." Op die vinnige besluitsverandering lewer Stephen geen kommentaar nie.

"As sy so graag die werk wil hê, moet sy maar 'n plan maak. Ek is nie lus vir 'n welsynsgeval nie. Sy het 'n groot mond, letterlik en figuurlik, en is vol selfvertroue. Laat ons sien of daar substansie in haar beloftes is."

"Iets sê vir my jy gaan nie jammer wees as sy nie die mas opkom nie." Stephen kyk met vernoude oë na sy jare lange vriend.

"Ek sal haar dieselfde kans gee as wat ek die ander sou gegee het."

"Hm . . . ek wonder," praat Stephen onderlangs terwyl hy sy notas bymekaar begin maak.

"Sy het nie jou simpatie nodig nie, Stephen. Alles wat ons van haar weet, dui daarop dat sy vir haarself kan sorg." Julian lig sy hand in 'n groet. "Sê groete vir my suster."

"Ek wonder of sy kan sing?" peins Stephen toe hy opstaan. "Met daardie hees stem sal sy 'n man aan die huil kan sing."

"Jou vrou en kind wag by die huis, Stephen." Julian verdwyn om die kosyn.

5

"Nie vonkelwyn nie, sjampanje!" bulder William toe die kelner die name van die beskikbare vonkelwyne aframmel. "Vanaand gaan die gepeupel feesvier! Bring die ramshoring en die luit!"

"En wie gaan betaal?" Rebecca kan nie ophou glimlag nie.

"Ek sal, vir my straf omdat ek ook maar een van die kleingelowiges was." Hy soen haar wang. "You are some piece of work, my dear!"

"Die man moet sy kop laat lees," kom dit van een van die ander mans. "As hy sy oë uitvee, het sy 'n staatsgreep uitgevoer en werk hy vir haar."

"Dis my plan, ja," knik Rebecca kastig ernstig, maar sy is so opgewonde dat sy met moeite kan stilsit.

"Jy sal nuwe klere moet kry," waarsku Irene, terwyl haar blik oor Rebecca se vaalblou denim en T-hemp gaan. Jy mag sexy in 'n denim lyk, maar dis nie regtig kantoordrag nie. Kom maak môre 'n draai by my, ek het 'n paar mooi goed ingekry."

"Ek kan nie jou klere bekostig nie, Irene. Jy weet dit."

"Jy kan my met jou eerste salaristjek betaal en ons kan 'n paar basiese stukke kies wat die illusie sal skep dat jy 'n kas vol klere het."

Rebecca hou haar kop vas en kreun teatraal. "Moenie vir my sê ek moet nou op hierdie ouderdom begin meng en pas nie."

"Moenie so meerderwaardig wees nie, jy sal sien hoe 'n mens met klere kan toor as jy slim koop."

Rebecca sug hoorbaar. "Ek sal kom kyk, maar ek belowe nie ek gaan koop nie."

"Sjampanje!" klink 'n ander stem op en almal draai na die nuwe aankomelinge wat tussen die tafels deurgestap kom. Die voorste man is 'n aantreklike bruinkop wat reguit op Rebecca afpyl. Hy word gevolg deur 'n sterkgeboude man met swart hare en mooi blou oë.

Die bruinkop kom vou sy arms om Rebecca en lig haar uit die sitplek. Sy laat hom laggend begaan.

"Ek hoor gerugte van groot dinge! Is dit waar?" Hy soen haar op die mond en sy lag uitdagend.

"Dit hang af wat jy gehoor het, Gert."

"'n Kantoor met 'n berguitsig . . . reg langs die grootbaas."

Rebecca knik. "Moenie vergeet van die salaris nie. Ek is 'n vrou wat een van die dae my eie blyplek kan koop."

"En ek hoop nog al die tyd jy sal by my kom intrek." Hy sak langs haar neer en sy moet opskuif. "Nog sjampanje!" beduie hy vir die kelner en die jong man knik gretig. Rebecca kan sien hy maak hom reg vir 'n reusefooitjie.

"Baie geluk." Die man met die swart kop buk ook oor Rebecca en soen haar wang. "Maar net vir die rekord, ek het nooit getwyfel nie."

"Dankie, Pierre," laat Rebecca plegtig hoor. "Ek sal sorg dat jy 'n plek in die nuwe wêreldorde kry." Sy kyk na die res om die tafel. "Vir die res van julle kleingelowiges, weg na die guillotines met julle!"

"O hemele, behoed ons!" kreun Deborah. "Marie Antoinette is gekloon!"

"Vertel eers, Becca!" Gert skink almal se glase vol. "Ek wil al die detail hoor. Het jy hom oor sy lessenaar of die liasseerkabinet verlei?"

"Waarom dink jy ek moes hom verlei om die job te kry?"

"My neef is 'n moeilike man om tevrede te stel. En alhoewel ek baie vertroue in jou het, het ek werklik nie gedink jou

CV gaan die deure laat oopgaan nie. Jy moet self erken, jy was verbaas."

Sy kyk gebelgd na hom. "Vir jou inligting, hy het my deur 'n privaatspeurder laat agtervolg, psigometriese toetse laat aflê en twee onderhoude met my gevoer. Sy lessenaar was hoegenaamd nie betrokke nie."

"Weet hy darem teen hierdie tyd jy ken my?"

"Nee, en hy hoef dit ook nie nou al te weet nie. Laat ek hom maar eers met my vermoëns dazzle."

Gert sit sy arm om haar skouers. "Ek is trots op jou, juffrou Fagan. My neef is 'n gelukkige man."

"Ek het dit reeds vir hom gesê," knik sy heel ernstig.

Die ander lag dawerend en van daar af raak die partytjie net al vroliker, totdat Rebecca kort na twee aankondig dat sy 'n werkende vrou is en haar slaap nodig het. Dit lok weer allerhande op- en aanmerkings uit, maar niks kan haar vanaand van stryk bring nie.

"Kom, ek sal jou gaan aflaai." Gert neem haar aan die arm en almal begin skielik aanstaltes maak om huis toe te gaan.

"Is jy regtig vanaand lus vir daardie dump van jou?" wil hy weet toe hy agter die stuurwiel van sy jongste BMW-sportmotor inklim.

"Wat is my alternatief?" Sy weet wat hy bedoel, maar sy moet altyd eers seker maak.

Hy kyk net skeefweg na haar en sy skud haar kop. "Nee dankie."

"Waarom speel jy hard to get?"

"Hoeveel keer wil jy nog hieroor praat?"

"Ek verstaan net nie wat jou beswaar is nie."

Sy gaap. "Ek het nou eers ander prioriteite."

"Jy het altyd ander prioriteite."

Sy sit haar hand op sy arm en voel hoe die spiere in sy boarm saamtrek. "Jy's verveeld, Gert, en ek is nie die oplossing nie."

Hy lag meteens asof hy moed opgee. "Ek moet net so elke

dan en wan seker maak dat jy nie intussen van plan verander het nie. Wie nie waag nie, sal nooit wen nie," spot hy.

Sy hoef hom nie te antwoord nie, want hulle het voor haar blyplek gestop en hy kyk met misnoeë na die groepe mense wat buite rondstaan. "Vader, Rebecca, hulle gaan jou nog hier doodmaak."

"Ek het niks wat hulle wil hê nie en as 'n mens hulle eers leer ken, is hulle nogal heel nice."

"Ek gaan nie aanbied om saam met jou te stap nie." Hy ril liggies.

"Liewer nie. Ek het 'n vermoede jy het dalk 'n paar goed wat hulle wil hê." Daarmee soen sy hom op die wang en klim vinnig uit die motor.

Daar word na haar geroep en 'n paar wil weet waarom haar vriend nie ook uitklim nie. Rebecca beduie laggend dat hy bang is en daar word spottend gelag.

Sy klim die trap vinnig op en tel haastig 'n handdoek in haar kamer op. Dis wat sy die meeste van 'n eie blyplek sal geniet. Haar eie badkamer. Maar sy sal tog ook die gedurige geraas om haar mis. Dis vreemd dat sy so dikwels na stilte hunker, maar nie seker is of sy dit sal kan hanteer nie. Gelukkig is sy gewaarsku dat sy hard sal moet werk. Dit pas haar, want sy kan nie te lank in haar eie geselskap deurbring nie.

Sy draai die stort oop en gee 'n kragwoord toe daar net 'n straal koue water op haar spuit. Dit mag Februarie wees, maar hel, sy is nie lus om elke dag koud te stort nie. Sy maak gou klaar en val na 'n kwartier moeg op haar bed neer. Toe sy haar oë toemaak, ontsnap 'n "dankie" deur haar lippe. Of eintlik is dit van êrens diep in haar. Daar waar sy lankal nie meer waag om te gaan nie. Dis 'n eenvoudige woord en kan nie werklik uitdrukking aan haar gedagtes gee nie, maar sy weet nie wat meer sy kan sê nie. Dis maklik om baie te praat, maar die jare het dit moeilik gemaak om regtig iets te sê. Selfs hier waar sy alleen onder 'n trap lê. Sy draai op haar sy en sê weer sag "dankie". Miskien is dit vanaand genoeg.

"Dit pas jou soos 'n handskoen." Irene bekyk haar vriendin van kop tot tone. Rebecca dra 'n sagte groen broekpak van linne en sy herken haarself byna nie. Sy is so gewoond aan die losser, meer informele klere dat sy besluiteloos in die rondte draai.

"Dis net omdat jy gewoond is om jouself in kostuums te sien. Daar is jou witgewaste los-my-uit-denims met die visser-manstruie in die winter, hierdie kyk-hoe-in-beheer-is-ek-romp en -top wat jy vandag dra, dan die haai-kyk-hoe-oulik-is-ek-klere wat jy gister gedra het. Jy dink jy trek sommer net aan, maar jy kom dit nie eens meer agter dat jy opdress vir elke geleentheid nie."

"En wat gaan hierdie suit sê?" Rebecca draai weer in die rondte.

Irene flikker haar ooglede. "Ek kan met enige van die mink-en-manure-kliek kompeteer."

Rebecca lag en begin die klere haastig uittrek. "Behoede my!"

"Kom, ons is nog nie klaar nie. Jy kort iets wits vir die somer." Sy haal 'n wit oopslaanromp en moulose toppie uit en gee dit vir Rebecca om aan te pas. "En hier is nou waar jy slim word en die groen en wit met mekaar kan meng."

"Ek het nie soveel geld nie," kla Rebecca, terwyl sy weer na haarself in die spieël kyk en teen haar sin beïndruk is.

"Ek het jou gesê jy hoef nie nou te betaal nie."

Rebecca skud haar kop. "Ek glo nie aan skuld nie."

"Dis nie skuld nie. Beskou jouself as 'n advertensie vir my klere."

"Trek ek regtig so vreeslik aan?"

"Nee, jy weet jy lyk altyd goed, maar ek dink net jy sal tog effens meer formeel moet begin aantrek." Irene beduie na nog 'n klomp klere wat oor 'n stoel hang. "En ongelukkig sal jy ook nie net natuurlike stowwe kan dra nie. Dit gaan te veel in 'n tas kreukel. Gelukkig is sintetiese en rekmateriale nou weer hoog in die mode." Sy beskou Rebecca met 'n skuinsgedraaide kop. "Eintlik is enige iets in die mode en jy is een van die gelukkiges wat selfs in 'n streepsak ook mooi sal lyk."

Na nog 'n paar minute knik Rebecca uiteindelik. "Goed jy het my oortuig, maar ek sal jou regtig eers kan betaal as ek my salaris kry."

"Dis reg, ek sal intussen by jou kom brood eet."

"Ek hoop nie jy wil botter ophê nie." Rebecca verdwyn agter die gordyn in.

"Wanneer gaan jy 'n blyplek begin soek?" vra Irene en begin die klere opvou.

"Gert moet eers na my finansies kyk. Die helfte van my spaargeld is hier en die ander helfte is nog in 'n oorsese bankrekening. Ek is nie seker presies hoeveel dit is nie en of dit enigsins genoeg is vir 'n deposito op 'n blyplek nie."

"Is jy opgewonde oor al die nuwe vooruitsigte?"

Rebecca kom neem op die ruim gemakstoel plaas en kyk hoe Irene die klere in groot bruin sakke verpak. "Soos 'n kind wat nie kon wag om skool toe te gaan nie, maar noudat die dag aangebreek het, nie meer seker is sy wil gaan nie."

"Ek het nie twyfel dat dit goed sal gaan nie. Jy het 'n goeie kop op jou lyf en was nog nooit bang vir harde werk nie."

Rebecca glimlag skeef. "Dankie vir die mosie van vertroue."

"Weet die familie jy is terug in die land?"

Rebecca bly so lank stil dat Irene die vraag herhaal.

"Nee. Ek sal hulle nog bel."

"Spaar liewer daardie geld."

Rebecca kyk vraend na Irene.

"Jy mors jou tyd met hulle, Becca. Dis sad, maar dis ongelukkig die waarheid. Hulle het nog nooit omgegee of jy in Siberië of in Seepunt is nie."

"Irene, ek wil regtig nie oor hulle praat nie."

"Ek ook nie; hoe minder ek van hulle weet, hoe beter."

"Hulle het my in hulle huis geneem toe ek nie ander blyplek gehad het nie." Rebecca se stem klink ingehoue.

"Hulle het 'n dak oor jou kop gegee. Dit was al." Irene sit haar hand oor Rebecca s'n. "Ek kan dalk nog die ander lot vergewe, want hulle is imbesiele, maar my magtig, sy is jou ma se suster. Sy was veronderstel om 'n ma vir jou te wees!"

"Sy het reeds vier kinders gehad, Irene. Dit was moeilik vir haar."

"Dis nonsens! Ek ken mense met ses en sewe kinders en almal kry genoeg liefde en aandag. Dit gaan nie oor die aantal kinders nie, dit gaan oor die ingesteldheid."

Rebecca staan op. "Ek is nie vanaand lus vir hierdie gesprek nie. Ek wil in die bed kom. Ek kan nie môreoggend verslaap nie. Daai man is kapabel en fire my voor daar nog kreukels in my nuwe klere is."

"Kom slaap vanaand by my. Ek sal vir jou 'n lekker bad intap en môreoggend is jy verseker van 'n warm stort."

"Moenie my probeer verlei nie." Rebecca tel die vier groot sakke op, maar Irene sit haar arms om haar vriendin se skouers.

"Ek wil graag hê jy moet vanaand by my kom slaap."

Rebecca probeer so ongemerk as moontlik sluk. "Ek sal later kom."

Irene skud haar kop. "Nee, ons gaan nou jou pajamas en toiletgoedjies haal en dan gaan ons huis toe. Anders bel jy net weer later en sê jy is nou te lui of daar het iets voorgeval."

"Ja, Ma." Rebecca se spotlaggie klink skielik hees en sy kyk weg.

"Skuif op." Irene trek die laken weg en glip langs Rebecca in die bed.

"Wat maak jy? Ek het al amper geslaap."

"Onsin, jy rol om en om soos 'n skaap op 'n spit." Sy skuif tot teen Rebecca. "My ma het altyd by ons kom lê as sy geweet het daar wag 'n moeilike dag op ons."

"Ek is mooi groot en ek is seker erger as kopaf kan dit nie gaan nie." Rebecca probeer haar bes om haar stem lig te hou.

"Hm . . . 'n mens is nooit te oud vir 'n bietjie TLC nie."

Rebecca voel hoe die knoop in haar begin skiet gee. "As jy te nice met my is, staan ek dalk nie môre op nie."

"Jy weet jy hoef nie altyd superwoman te wees nie, nè?"

"Dit maak my lewe baie eenvoudig," antwoord Rebecca met 'n sug. "Mense kry net swaar as hulle te hoë verwagtings het."

"Dis natuurlik om soms iets van die lewe of die mense om jou te verwag."

Rebecca lag meewarig. "Dieselfde reëls geld nie vir almal nie."

"Dis nie reëls nie, dis 'n menslike instink. As ek nou 'n vreeslike cliché mag aanhaal: jy verbeel jou jy is 'n eiland."

"Dit mag so wees, maar dis nogal 'n lekker eiland en ek pla niemand nie."

"Ja, Becca," sug Irene asof sy doodmoeg is. "Jy pla niemand nie. Dis dalk die groot probleem. Dit laat 'n mens nogal soms oorbodig voel."

Rebecca bly lank stil voor sy antwoord. "Die mense van Madagaskar het 'n spreekwoord wat lui: Cross the river in a crowd and the crocodile won't eat you."

"Dis juis my punt. Jy het ons nie nodig om deur riviere te stap of oor berge te klim nie."

"Waarom dink jy het ek teruggekom Kaap toe?"

Irene huiwer 'n oomblik. "Om te kom werk."

"Ek kon oorsee ook gewerk het."

Toe Irene haar nie antwoord nie, laat Rebecca stil hoor: "Ek is miskien net te trots om te erken ek is ook maar bang vir die krokodille. Soos vanaand."

"Is jy bang?" Daar is verbasing in Irene se stem.

"Ek weet nie of bang die regte woord is nie, maar ek het 'n vermoede dat een verkeerde tree my dalk duur te staan kan kom."

"Dit sal goed gaan." Irene druk 'n soen teen haar vriendin se voorkop voordat sy opstaan. "Slaap nou sodat jy môre baie slim kan wees."

"Dankie," roep Rebecca agter haar aan voordat sy op haar sy draai en haar oë toemaak.

Daardie nag droom sy van riviere en mense en krokodille wat met oopgesperde kake in die water dryf, maar toe sy die volgende oggend wakker word en Irene voor die bed met 'n skinkbord sien, glimlag sy.

"Ons het dit vannag oor die rivier gemaak."

6

Rebecca voel soos 'n graadeentjie op die eerste skooldag, maar afgesien van Irene, beplan sy beslis nie dat enigeen dit moet weet nie. Sy trek een van haar ouer swart langbroeke en 'n rooi-en-swart toppie aan en ignoreer Irene se versoek dat sy haar groen broekpak dra. Dis genoeg dat sy groen voel, dis nie nodig om so te lyk ook nie.

Haar kantoor is nie naastenby so groot en indrukwekkend soos Julian Hoffman s'n nie, maar sy het beslis ook nie rede om te kla nie. Die groot vensters kyk berg toe en al sou 'n uitsig oor die hawe ook mooi gewees het, verkies sy hierdie uitsig. Nou kan sy sien as Van Hunks sy pyp op Tafelberg stook en die suidoos soos 'n waterval oor die berg tuimel.

Die een muur bestaan uit 'n groot boekrak met 'n verskeidenheid lêers en boeke. Haar blik gaan vinnig oor die titels. Daar is regsboeke, boeke oor die politiek, oor die ekonomie, internasionale politiek, en nog vele ander.

Die lessenaar is 'n mooi antieke meubelstuk en haar stoel is 'n moderne hoërugstoel wat agteroor kan kantel. Voor die lessenaar staan twee gestoffeerde gemakstoele. 'n Duur donkerrooi-en-groen Oosterse mat lê bo-op die dik grys volvloermat.

"Moenie te geheg raak aan die uitsig nie," onderbreek 'n stem haar gedagtes. Sy draai met 'n gemaklike glimlag om.

"Ek dink die gevaar is groter dat julle te geheg aan my gaan raak."

Julian Hoffman gee een van sy enigmatiese glimlagte. "Moenie jou geld daarop verwed nie."

Rebecca stap om die lessenaar. "Ek wed selde op 'n verloorder."

"En ek nóóit nie." Daar lê 'n duidelike waarskuwing in sy woorde.

Rebecca se blik weifel nie, maar sy kan voel hoe haar vel ongemaklik saamtrek en haar maag 'n paar draaie gee. Om hierdie pos te kon kry was die maklike deel; om dit te hou, gaan aansienlik moeiliker wees.

Rebecca kan hom nie antwoord nie, want hy het reeds omgedraai en sy bly staan effe onseker om haar en rondkyk. Sy het nie 'n benul waar om te begin nie.

"Doktor het gesê ek moet jou rondwys," onderbreek 'n jong stem haar gedagtes en toe sy opkyk, herken sy die ander meisie wat die eerste dag onder in die parkeergarage was. Haar naam is Ingrid en sy is die ontvangsdame vir drie van die direkteure, verneem Rebecca en stap gehoorsaam agter haar aan.

Teen drie-uur die middag het sy al 'n klomp mense ontmoet. Sy kon die nuuskierigheid in almal se oë sien, maar niemand het iets gevra nie. In sommige kantore is sy openlik op en af bekyk, in ander is sy saaklik gegroet. Dit pla haar gelukkig nie. Sy was nog nooit afhanklik van ander mense se opinies nie.

Oorkant die portaal is nog 'n ontvangsvertrek wat die drie visepresidente van die maatskappy bedien. Hulle het elkeen hul eie tikster en daar is ook 'n komiteekamer en kombuisie. Nie een se kantoor is so groot soos Julian Hoffman s'n nie, maar almal is smaakvol ingerig met waardevolle antieke meubels, Persiese matte en hier en daar 'n ornament.

Martin Vorster, wat die onderhoud met haar gevoer het, heet haar formeel welkom en groet met die hand, maar Rebecca is redelik seker sy was nie sy eerste keuse nie. Waarskynlik nie eens sy tweede, derde of vierde keuse nie. Dis egter sy probleem.

Alec Barnard is ongeveer veertig jaar oud en lyk soos die

visepresident van 'n internasionale maatskappy. Van sy blonde hare wat netjies gesny is, tot by sy skoenpunte, is hy 'n stilis se droom. Alles is op die regte plek, met die regte naamkaartjie aan.

"Aangename kennis," groet hy glimlaggend toe Ingrid Rebecca voorstel. Hy laat gaan egter nie haar hand nie. "As die lewe aan daardie kant van die gebou jou te erg verveel, kan jy altyd stilletjies wegglip na ons toe." Sy hand vou net te warm om hare, en Rebecca weet hy wag dat sy dit uit syne trek. Mans soos hy hou daarvan om vrouens ongemaklik te maak. Dit laat hulle waarskynlik soos die spreekwoordelike alfa-man voel. Daarom wag sy geduldig tot hy klaar gepraat het en selfs dan maak sy seker hý laat eerste haar hand los.

"Dankie, ek sal dit onthou," antwoord sy.

Buite die deur sien sy hoe Ingrid haar vlugtig aankyk en Rebecca wonder of die vrou dink sy is onnosel genoeg om 'n man soos Alec Barnard ernstig op te neem.

"Hy is al twee keer geskei," kom die waarskuwing waarop Rebecca gewag het.

"Ek is jammer om dit te hoor," antwoord Rebecca ernstig terwyl sy wonder of dit die moeite werd is om te probeer verduidelik dat sy geensins by die maatskappy se skindernetwerk wil inskakel nie. Dit gaan haar nie aan wie wat doen, met wie, waar en wanneer nie.

Toe sy terug in haar kantoor kom, staan daar 'n reuseruiker blomme op haar lessenaar. Sy haal effens uit die veld geslaan die klein kaartjie tussen die blare uit en glimlag terwyl sy die paar woorde lees: *Geniet die uitsig, maar moenie van ons hier onder vergeet nie! Liefde. Gert.*

Rebecca glimlag steeds toe sy die ruiker op die tafel voor die venster gaan sit. Sy sal vanaand vir hom dankie sê.

Teen vyfuur die middag het sy al 'n paar keer tee en koffie vir Julian aangedra, heelwat lêers en dokumente heen en weer gedra en selfs namens Julian blomme bestel.

"Is dit vir 'n man of 'n vrou?" wou sy weet toe hy die opdrag gee.

Hy kyk vir die eerste keer werklik op na haar toe. "Dis vir 'n vrou."

"Moet die blomme iets spesifieks sê, soos byvoorbeeld dat jy jammer is oor iets, of moet dit 'n ander boodskap oordra?" Rebecca weet nie waarom sy dit so geniet nie. Miskien omdat daar 'n ontevrede trek om sy mond lê?

"Ek soek net 'n bos blomme, juffrou Fagan. Ek is nie besig met nuwe diplomatieke betrekkinge nie."

"Is dit vir 'n begrafnis, want dit sal uiteraard ander blomme moet wees?" Sy het moeite om die lag uit haar stem te hou.

"Ek wil dankie sê." Hy het weer sy kop laat sak en is besig om die sleutels van sy skootrekenaar te druk.

"'n Kennis of 'n vriendin?"

"Vriendin."

"Goeie vriendin?"

"Ja."

"Hoe goed?"

"Stuur net in vadersnaam die blomme, ek is seker jy het nie my bloedgroep nodig om dit te doen nie."

Terug in haar kantoor het sy dit oorweeg om vir Anèl, die ontvangsdame, te gaan vra waar hulle altyd blomme bestel, maar toe op die ingewing van die oomblik 'n kennis gebel en verduidelik wat sy wil hê. Sy was nog nooit lief vir stywe bloemisterangskikkings nie en as die spesiale vriendin daarvan hou, moet sy maar hierdie keer met iets anders tevrede wees.

Om die tyd verder om te kry, begin sy deur die lêers blaai. Daar is afskrifte van vorige toesprake. So ver terug soos Julian se oupa se jare. Rebecca begin lees en is gou verdiep in die taak.

"Jy lyk baie besig," onderbreek 'n stem haar en toe sy opkyk, staan Stephen Walters voor haar lessenaar. Hy was nie die oggend in sy kantoor toe Ingrid haar op die toer geneem het nie.

"Ek is besig om deur drie geslagte se gevleuelde woorde te lees." Sy kom orent, maar hy beduie vir haar om te bly sit, terwyl hy op een van die ander stoele gaan sit.

"En jou gevolgtrekking?"

"Dis my eerste dag en jy is familie. Ek dink nie ek moet nou al selfmoord pleeg nie."

Stephen se verbaasde lag weerklink in die vertrek. "Nou het jy my nuuskierig gemaak."

Rebecca skud haar kop. "Meneer Walters, ek praat dikwels voor ek gedink het. Moenie te veel in my woorde lees nie."

Hy staan op terwyl hy steeds glimlag oor haar woorde. "Ek hoop jy is gelukkig hier by ons."

"Dankie. Jy is die eerste een wat my dit toewens."

"Ek neem aan die blomme is dan nie van jou nuwe baas nie?"

Rebecca skud haar kop. "Ek het gelukkig nie blomme verwag nie."

Hy kyk op sy horlosie. "Ek het 'n vergadering met jou baas. Lekker lees." Daarmee draai hy om en sy hoor hoe hy aan Julian se deur klop voor hy dit oopmaak.

Sy hou van hom, besluit Rebecca. Volgens Gert was hy en Julian kamermaats op universiteit en het vele wenkbroue gelig toe hy destyds deur Julian se pa aangestel is, veral omdat hy die aanstaande skoonseun was, maar na drie jaar is hy eenparig deur die direksie as een van die visepresidente verkies.

Rebecca trek weer die lêer nader en begin lees. Dis geweldig interessant om die verskil tussen die drie geslagte se toesprake te sien. Veral omdat al drie dieselfde pos by die maatskappy beklee het. Wat egter bemoedigend is, is dat hulle siening oor die politiek en die maatskappy se plek in die ekonomie basies dieselfde gebly het. Hulle is nie napraters van die tye nie, besef sy. Hulle geld kan nie net weelde koop nie, maar beslis ook onafhanklikheid en 'n eie opinie. Sy het ook 'n eie mening en is nie skaam of bang om dit te gee nie, maar sy kan dit net bekostig omdat sy niks het om te verloor nie. Hulle kan dit bekostig omdat hulle sorg dat baie monde gevoed word. Twee verskillende wêrelde, maar op 'n vreemde manier dieselfde tipe vryheid.

"Wat maak jy nog hier?"

Rebecca is so ingedagte dat haar kop agteroor ruk. Julian staan in die deur. Hy het sy baadjie aan en hou 'n aktetas in sy hand vas. Sy knip haar oë en kyk op haar horlosie. Dis al oor ses.

"Ek is besig om al julle toesprake te lees." Sy kom orent. "Dis nogal moeilik om te glo twee generasies het soveel tot stand gebring."

"Drie generasies," help hy haar reg, maar sy skud haar kop.

"Jou geskiedenis moet nog geskryf word, doktor Hoffman. Ek dink dis nog te vroeg om nou al deel van hierdie glorie vir jouself toe te eien."

Sy oë knip stadig en net een keer voordat hy glimlag. "Miskien weet jy tog nie so baie van die maatskappy soos jy gedink het nie."

"Ek is bereid om te leer." Sy glimlag nou ook.

Hy kyk op sy horlosie. "Ek het 'n afspraak."

"Moet ek jou vergesel?" Sy weet dis nie wat hy bedoel nie, maar sy kan haarself nie keer nie.

"Dit sal nie nodig wees nie, dankie." Sy blik gaan na die ruiker blomme op die tafel voor die venster, maar hy lewer nie kommentaar nie.

"Mag ek dan ook maar huis toe gaan?"

Hy was besig om om te draai, maar draai terug toe sy praat en daar lê iets soos spot in sy oë, meen sy. "As jy dink jy het vandag jou geld verdien."

"Ek het al my opdragte uitgevoer."

"Hierdie pos gaan oor meer as opdragte uitvoer."

"Ek is bewus daarvan," sê Rebecca nadenkend.

Hy knik terwyl hy omdraai, asof die saak daarmee afgehandel is, en Rebecca kyk hom met 'n glimlag agterna. Julian Hoffman het nog baie om te leer. En die belangrikste is dat sy nie maklik geïntimideer word nie. Sy gaan sit weer, maar hierdie keer met haar voete op die lessenaar en haar stoel agteroor gekantel.

"Kyk hoe laat is dit! Het hy jou sommer die eerste dag al oortyd laat werk?" Gert trek haar by die voordeur in en soen haar op die mond.

"Ek het nie vandag veel gedoen nie." Sy skop haar skoene uit en stap kaalvoet agter hom aan oor die glimmende hout-vloer. In die kombuis haal hy 'n bottel wyn uit die yskas en twee glase van 'n oop rak.

"Het jy my blomme gekry?"

Sy stap nader en soen hom. "Dis 'n tipiese Gert-ruiker. Oordadig groot, maar baie mooi. Dankie. Ek waardeer dit."

"Wat het jy gesê, van wie kom die blomme?" Hy skink hulle glase vol en hou een na haar uit.

"Niemand het gevra nie. Miskien is hulle aan groter ruikers gewoond."

Hy brom iets en beduie vir haar dat hulle in die sitkamer moet gaan sit. Sy dakwoonstel is soos gewoonlik hipernetjies en lyk soos 'n ontwerper se droom. Van die reuseskilderye teen die mure tot by die wit-en-room gestoffeerde rusbanke en stoele. Gert glo nie aan tweede beste nie.

"Dis nuut." Rebecca tel 'n klein bronsbeeldjie van die koffie-tafel af op.

"Kan jy nooit kyk sonder om te vat nie?" wil hy weet toe hy langs haar op die rusbank kom sit.

"Nee. Ek is gesiggestremd. Ek moet voel ook."

"Nou sit daar weer vingermerke op."

"Jou huishulp sal bly wees om werk te hê." Rebecca vou haar bene onder haar in. "Waarom is jy so beneuk?"

"Ek en my pa het koppe gestamp."

"Dis niks nuuts nie."

Hy neem 'n sluk wyn voor hy antwoord. "Ek was net nie vandag lus dat hy my moet sê hoe om 'n saak te hanteer nie. Ek is nie 'n kind nie."

"Jy is sy kind."

"Becca, spaar my asseblief die preek vanaand. Ek is moeg."

Rebecca maak haarself geriefliker teen die sagte kussings. Sy sou graag haar voete op die koffietafel wou sit, maar hulle het al genoeg daaroor geargumenteer.

"Ek neem aan jy het nie vandag tyd gehad om na my geldsake te kyk nie," vra sy na 'n lang stilte.

"Ek het en as ons alles laat oorplaas, behoort jy genoeg vir 'n deposito te hê. Mits jy nie te weelderig wil gaan nie."

"Ek sal graag iets in die buiteland wil hou. Al is dit net genoeg om vir my 'n bord kos te koop as jou neef nie meer van my dienste gebruik wil maak nie."

"Ek sal al die papierwerk regkry, en as jy kom teken, kan jy sê hoeveel jy wil hê ek moet oorplaas."

"Dankie."

"Is jy seker oor hierdie job?"

Sy kyk vraend na hom. "Wat bedoel jy is ek seker oor die job?"

"Is dit regtig wat jy wil doen?" Hy speel met die hare in haar nek.

"Ek weet nie, maar ek gee nie regtig om nie. Hulle betaal my 'n baie goeie salaris en dit gaan sorg dat ek 'n blyplek kan koop."

"Ek verstaan nie jou beheptheid met 'n eie blyplek nie. Jy kan hier kom woon, of jy kan by Irene gaan woon of by enige van die ander. Waarom jou geld gebruik om in hierdie stadium eiendom te koop?"

"Ek het hard gewerk vir daardie geld en ek dink dis 'n goeie belegging. Ek kan dit altyd weer verkoop as ek nie daarvan hou nie."

"Jy moet leer om meer te ontspan, Becca. Jy kan soms so hipergedrewe wees."

"Sê die een wat elke jaar met 'n nuwe kar ry."

"Wil jy hê ek moet ook met taxi's en busse oor die weg kom?" kap hy terug en sy glimlag paaiend.

"Jy kan elke máánd ook met 'n nuwe een ry, ek gee nie om nie. Dis jou geld."

"Maar jy dink dis 'n vermorsing van geld." Hy skink hulle glase weer vol.

"Ek dink baie dinge is 'n vermorsing van geld . . ." Sy kyk om haar in die luukse vertrek. "Maar dis my siening."

"Jy moet die vyftiende April oophou, dis 'n Saterdagaand," verander hy skielik die onderwerp.

"Waarheen gaan ons?"

"Ek moet na 'n verjaardagparty gaan en ek wil hê jy moet saam met my gaan."

"Ek sal in my dagboek moet gaan kyk of ek beskikbaar is," spot sy en hy trek haar hare.

"Gaan dit 'n lekker party wees?"

"Daar behoort genoeg kos en drank te wees en die helfte van die Kaap sal seker daar wees."

"Hm . . . ek sal jou laat weet. Wat is die drag?"

"Duur, maar ek weet jy gaan jou nie daaraan steur nie."

Rebecca rek haar uit en gaap. "As jy vir my wil kos gee, moet jy gou maak. Ek is vaak."

Sy vingers speel weer met haar hare. "Jy is deesdae altyd haastig."

"Nee, ek was nog altyd haastig. Jy is net vanaand in 'n slegte bui."

"Bly vanaand hier. Ons kan jou klere gaan haal."

Sy rol haar oë dakwaarts. "Hier gaan ons al weer. Dis tyd dat jy 'n vrou kry. Nie 'n speelding nie, 'n regte vrou."

Hy leun oor en druk 'n soen teen haar lippe. "Jy is nie 'n speelding nie."

"Maar ek is ook nie die vrou vir jou nie."

"Mis jy nie die goeie tye nie?"

Sy sluk die laaste wyn in haar glas. "Die lewe gaan aan."

Sy blik versober. "Sal jy eendag vir my sê waarom jy so skielik weg is? Die regte rede en nie al daardie verskonings wat jy destyds gegee het nie."

"Ons was toe alreeds geskiedenis, Gert. Wat maak dit saak waarom ek weg is?"

"Omdat ons vriende is en waarskynlik altyd vir mekaar sal omgee."

"Jy is baie ernstig vanaand," probeer sy die oomblik verlig.

"Wat van een keer for old times' sake?" Sy oë lag skielik weer toe hy haar hand vang en probeer om haar terug te trek op die rusbank.

"Ek wil regtig nie uitsoekerig klink nie, maar nee dankie, Gert. Ek was al daar en ek het 'n paar T-hemde om te wys."

Hy staan ook op. "Ek wonder of jy aldag self weet wat jy wil hê."

"Op die oomblik wil ek 'n blyplek op my naam hê. En as die plek dalk 'n redelike konstante voorraad warm water het, sal ek niks meer vra nie."

"Foeitog, sy is met so min tevrede." Hy tel sy motorsleutels van die tafel in die portaal op. "Kom, laat ek vir jou gaan kos gee. Ek wil nie hê jy moet nog hongerte ook by jou vele ontberings tel nie."

"Wat sou ek sonder jou gedoen het?" Rebecca haak by hom in toe hulle in die hyser staan.

"Ek weet ook nie." Hy hou sy kop skuins en bekyk haar skielik met meer aandag. "Mis jy nie seks nie?"

Rebecca lag diep uit haar maag. "Wie sê vir jou ek het nie seks nie?" Sy vee trane uit haar oë.

"Ek ken jou, Becca. Jy slaap nie rond nie, maar jy is 'n sensuele wese. Deesdae is daar egter 'n hardheid of 'n afsydigheid teenoor mans wat ek nie verstaan nie."

"Daar is niks om te verstaan nie. Elke mens se lewe gaan deur fases en ek is op die oomblik met ander dinge besig."

"Dis nie normaal nie." Hulle stap uit die hyser en in die parkeergarage onder die gebou in.

"Ek het nie gesê ek lewe selibaat nie," lag sy.

"Jy hoef dit ook nie te sê nie, ek ken jou goed genoeg om te weet jy slaap alleen."

"Ek was nog nooit bang om alleen te slaap nie en in elk geval, jy is 'n beter vriend as wat jy 'n lover was," sê sy tergerig.

"As jy ooit daardie stelling in die openbaar herhaal, dagvaar ek jou vir laster. Die laaste ding wat ek in my lewe nodig het, is 'n klomp vriendinne!"

Rebecca lig plegtig twee vingers in die lug. "Scout's honour."

7

Die volgende maand vervaag vir Rebecca in nuwe gesigte, nuwe ervarings, indrukke waaroor sy saans in haar bed tob, en 'n nuwe lewenswyse. Sy is dikwels net na sewe-uur al op kantoor en gaan selde voor sewe in die aand huis toe. Dikwels raak dit selfs later. Sy is saans moeg en verduur gelate haar vriende se gespot omdat sy nie meer so laat kan kuier nie.

"Gee my net kans om fiks te word," raas sy een aand toe hulle weer wil uitgaan. "Ek is nog besig om 'n ritme te probeer vind!"

By die kantoor luister sy en lees alles waarop sy haar hande kan lê en algaande leer sy hoe die maatskappy werk. Hoe al die verskillende onderafdelings en menigte filiale inmekaarsteek en wie vir wat verantwoordelik is.

Sy dra vir Julian koffie en tee aan, maak notas en speel bode, maar sy kla nie, al vermoed sy haar voorganger het nie dié take vir hom gedoen nie. 'n Sesde sintuig waarsku haar dat sy op dun ys loop. Dit keer haar egter nie om soms uitgesproke haar mening te lug of kommentaar oor iets te lewer nie. Sy kla net nie.

Sy begin vergaderings saam met hom bywoon en kry begrip vir hoe hy 'n doktorsgraad voor sy dertigste verjaardag kon verwerf het. Hy het 'n vlymskerp verstand en 'n indrukwekkende geheue. Hy draai nie doekies om nie en laat dikwels mense in 'n vergadering sweet. Sy kom egter ook agter daar is mense wat hom toe-oë sal volg en dalk nog oor 'n afgrond ook vir hom sal loop. Hy glimlag maklik, maar handhaaf terselfdertyd 'n afstand en sy emosies word selde in sy oë weerspieël.

Hulle ontwikkel 'n taal en 'n kommunikasiewyse en vind 'n patroon. Hy drink soggens vroeg sy koffie terwyl hulle die dag se reëlings bespreek.

"Moet jy dit nie neerskryf nie?" onderbreek hy homself een oggend terwyl hy besig is om vir haar 'n lys opdragte te gee.

"Ek was jare lank 'n kelner; my geheue is baie goed ontwikkel."

"Hierdie is nie 'n bestelling vir hamburgers en chips nie."

"Ek het nie in hamburgers-en-chips-plekke gewerk nie, maar ek sal in die vervolg notas maak," het sy met 'n glimlag geantwoord. Haar een voorneme van die begin af was om hom nie toe te laat om haar te ontstel nie.

Sy ontdek dat hy 'n klein gimnasium en badkamer langs sy kantoor het, asook 'n privaat hyser. Dit verklaar sy klam hare soms vroeg in die oggend en die feit dat hy ongesiens kan kom en gaan.

"Dit moet gerieflik wees om nie 'n hyser met die gepeupel te deel nie," laat sy ingedagte hoor toe sy die eerste keer saam met hom daarin ry.

"Dit het sy voordele," het hy niksseggend geantwoord.

Hulle is soos twee boksers, besluit sy een aand voor sy aan die slaap raak. Hulle dans om mekaar asof elkeen enige oomblik 'n hou verwag. Sy kan nie dink waarom hy so voel nie, want hy het beslis letterlik en figuurlik die gewigsvoordeel. Sy het 'n vermoede háár neus kan eerder bloei of sy kan 'n blou-oog opdoen.

"Wat sou jy graag met jou lewe wou doen as jou van nie Hoffman was nie?" vra sy een aand toe sy hom gaan groet.

'n Oomblik lê daar verbasing in sy blik, voordat sy oë weer versluier. "Wat wil jy met dié brokkie inligting maak?"

"Aan die Sondagkoerante verkoop."

"Dis wat ek gedink het."

"Jy weet ek is nie ernstig nie," het sy haar onthuts verweer.

71

Hy het sy baadjie begin aantrek. "Ek weet, maar jy verdien nog nie die antwoord op daardie vraag nie."

"Wat moet ek doen om dit te verdien?"

"Bewys jy is so goed soos jy beweer het."

"Ek sal dit met graagte doen, maar dis effens moeilik as daar verwag word ek moet tee en koffie aandra en die algemene kantoorbode wees. 'n Kind kan dit doen."

Rebecca sien die flits van oorwinning in sy oë en sy kan haar tong raakbyt. Hy het hiervoor gewag en sou haar waarskynlik nog vloere ook laat was het.

"Dis nie 'n minderwaardige werk nie."

"Ek het nie so gesê nie, maar dis nie waarvoor ek aangestel is nie en ek is doodseker my voorganger het dit nie gedoen nie." Sy is jammer sy het hom dié stukkie oorwinning gegee, maar dit voel ook goed om dit van haar hart af te kry.

"Jou voorganger het vyf en twintig jaar hier gewerk. Hoe kan ek jou met groter take vertrou as ek nie weet of jy eers die kleintjies kan baasraak nie?"

"Het ek my nog nie bewys nie?"

"Jy is 'n baie ongeduldige persoon, juffrou Fagan. 'n Mens moet eers kruip voor jy kan loop."

"Ek was een van daardie kinders wat vroeg leer loop het."

Al antwoord wat sy daarop gekry het, was dat sy geduld moet aanleer. Daardie aand in haar bed het sy besluit hulle is eerder soos twee pokerspelers wat met hulle kaarte styf teen hulle bors speel. Nie een vertrou die ander een ten volle nie. Maar gelukkig is sy 'n ou pokerspeler!

"Ek hoop jy weet wat jy doen, doktor Hoffman. Ek wil nie my tyd mors nie," prewel sy hardop voor sy haar oë toemaak.

Rebecca is dankbaar toe April aanbreek en die dae nie meer so versengend warm is nie. Haar kamertjie was die afgelope tyd 'n kookpot en sy het dit soms oorweeg om liewer onder op die sypaadjie te gaan slaap. Sy kan egter by niemand kla nie, want hulle sal net weer sê sy moet by hulle kom bly. Die

versoeking is by tye groot, maar sy is te gewoond om vir haar-
self verantwoordelik te wees. Sy kan nie nou oornag verander
nie.

By die kantoor is sy so besig dat sy eintlik nie veel aan haar
woonplek kan dink nie, ook nie aan die feit dat sy al smag na
'n sagter bed, 'n eie kombuis en badkamer nie. Dis asof die
plek gedurig na kos ruik, dink sy waar sy by haar lessenaar sit.
Dis ook nie net een geur nie. Dit ruik meer soos 'n geveg tus-
sen die verskillende kulture. En soggens vroeg is die oorskiet-
pizza en die bakkie kerrie nie baie vriendelik met mekaar nie.

Rebecca onthou skielik sy moet Julian aan sy middagete-
afspraak herinner.

Hy kyk op sy horlosie en begin sy baadjie aantrek.

"Waar gaan julle eet?" vra sy sonder om te dink.

Hy noem die naam van die restaurant en sy knik goed-
keurend. "Bestel die gerookte eendbors in 'n framboos-en-
port-sous. Dis onverbeterlik." Sy lek byna haar lippe af.

"Watter wyn sal ons drink?"

Sy is nog besig om die bord kos voor haar geestesoog te
sien en antwoord byna werktuiglik. "'n Ryk merlot."

"Nagereg?"

"Hulle kaasbord met vars vrugte. Dis net genoeg en nie te
swaar nie."

"Watter pad sal jy aanbeveel?"

Sy gee vir die eerste keer werklik aandag, maar keer die
verleë glimlag wat sy kan voel aankom. Sy kyk op haar hor-
losie. "Hierdie tyd van die dag sal ek oor Kloofnek ry."

Hy knik formeel. "Dankie." Maar om sy mond lê tog spore
van 'n glimlag en dit bemoedig haar meer as enigiets anders
die afgelope maand.

Voor sy kan omdraai, hou hy egter 'n lêer na haar uit. "Kom
ons sien of jy werklik al kan loop. Ek moet vanaand 'n toe-
spraak by die Duitse Ambassade voor 'n paar Duitse nyweraars
lewer. Ek sal graag die toespraak op die laatste vyfuur wil hê."

"Vyfuur vandag?"

73

Sy wenkbroue lig vraend. "Is dit 'n probleem vir jou?"

Sy maak die omslag oop en blaai deur die inhoud. Daar is 'n paar los gedagtes neergeskryf en agterin is 'n paar koerantberigte en tydskrifartikels.

"Waaroor wil jy praat?" Haar verstand is besig om in die hoogste versnelling te werk.

"Hulle het gevra dat ek oor nywerheidsontwikkeling in Suid-Afrika moet praat."

"Dis 'n baie wye onderwerp." Rebecca weet sy moet stilbly, maar sy dink dis effens onregverdig van hom om haar op kort kennisgewing so 'n opdrag te gee en te verwag sy moet weet wat hy wil sê.

"Dit handel uiteraard oor moontlike samewerkingsprojekte tussen ons twee lande. Suid-Afrika het die afgelope paar jaar baie nuwe vriende gekry, maar dis belangrik om sy bande met 'n land soos Duitsland te behou. Duitsland sit egter op die oomblik met Oos-Duitsland en dis soos 'n bodemlose put. Hulle gaan nie sommer net meer hand-outs in Afrika doen as daar nie vir hulle ook voordeel in is nie."

Terug in haar kantoor sit sy eers 'n oomblik stil en toe begin sy vermoed dat hierdie eintlik net 'n toets is. Hy het waarskynlik reeds 'n uitgewerkte toespraak. Sy skakel egter haar rekenaar aan. Sy sal 'n toespraak skryf. 'n Goeie een. Hoe, weet sy in hierdie stadium nog nie, maar sy sal wel aan iets dink.

Teen vyfuur het sy genoeg koffie gedrink om 'n tenkskip te laat vaar, maar sy sit met genoegdoening agteroor. Dis 'n goeie stukkie werk, al moet sy dit self sê. Julian het egter die hele middag afsprake en sy moet tot halfses wag voordat sy dit vir hom kan gee.

Hy kyk nie op toe sy die kantoor binnekom nie en sy sit die omslag op sy lessenaar neer.

"Wat is dit?"

"Die toespraak vir vanaand."

Hy kyk op sy horlosie. "Dankie."

"Doktor Hoffman," begin sy en wag tot hy opkyk, "ek

weet jy gaan nie my toespraak lewer nie, maar ek sal dit waardeer as jy dit een of ander tyd ten minste net sal lees en vir my terugvoering sal gee. Dis die enigste manier hoe ek gaan leer wat jy wil hê."

"Waarom het jy die moeite gedoen om 'n toespraak te skryf wat nie goed genoeg is om te lewer nie?" Hy begin aan sy das rem.

"Ek dink dis 'n goeie toespraak, maar ek is nie so naïef om te dink jy gaan my nou al met so iets vertrou nie. Al wat ek vra, is dat jy dit net nie summier in die snippermandjie gooi nie. Ek sal graag jou eerlike mening wil hê."

"Ek sal dit lees," laat hy ingedagte hoor en dan sak sy kop weer oor die rekenaarskerm.

Julian se hande gaan vaardig oor die sleutelbord, maar hy bly vaagweg bewus van haar parfuum wat in die vertrek bly draal nadat sy die deur toegemaak het. Hy ken nie die geur nie. Dis nie blommerig nie, en beslis ook nie die geur van speserye nie. Dis 'n vreemde, vars reuk, besluit hy. Byna koel. Toe hy besef hy is besig om haar parfuum te ontleed, vee hy oor sy oë. Hy is moeg en nie lus vir vanaand se funksie nie. Hy oorweeg dit om Angela te bel en te vra sy moet saamgaan, maar hy weet sy hou nie van sulke kort kennisgewings nie. En verder is hy ook nie lus om vanaand vir iemand anders verantwoordelik te wees nie. Hy laat sak die rekenaarskerm en rek homself uit voordat hy sy das begin losrem en badkamer toe stap. Hy hou altyd 'n stel skoon klere by die kantoor vir sulke geleenthede en is dankbaar hy kan stort voor hy moet uitgaan.

Onder die stort keer sy gedagtes onwillekeurig terug na Rebecca. Die afgelope maand was eintlik suiwer hel vir hom. In die verlede kon hy 'n besluit neem en dan het hy sy oordeel vertrou, maar hy wonder al 'n maand lank oor sy oordeel wat haar betref. Hy weet nie waarom hy haar aangestel het nie. Stephen het gesê sy het guts en dis die rede wat hy vir homself ook gegee het, maar hy het nog nie heeltemal vrede gemaak met sy besluit nie. En tog is hy meer as tevrede met

75

haar werk. Miskien té tevrede. Hy sal moeilik weer saam met iemand werk wat onseker van hulleself is of wat hom die hele tyd probeer plesier. Hy druk sy kop onder die strale water en draai die koue kraan groter oop. Dit voel soos naaldprikke op sy kopvel. Miskien is die probleem dat hy sukkel om haar klein te kry, besef hy. Hy het nog altyd geglo alle vrouens is basies eenders of het ten minste dieselfde basiese geneigd-hede. Sy krap bietjie daardie teorie van hom deurmekaar en hy hou nie daarvan nie. Hy betrap homself soggens dat hy wonder wat die dag gaan oplewer. Dat hy wonder waarmee sy nog vorendag kan kom. Hy begin hom afdroog. Dis asof hulle twee met 'n speletjie besig is, dink hy. Die probleem is net hy weet nie watter speletjie nie en hy ken beslis ook nie die reëls nie. Al wat hy weet, is dat hy nie daarvan hou om te verloor nie.

8

"Jy werk laat," onderbreek 'n stem Rebecca toe sy Vrydag-middag lank na ses besig is om haar lessenaar op te ruim. "Die minste wat ek kan doen, is om vir jou êrens 'n drankie te koop."

Alec Barnard maak hom skuins op die hoek van die lesse-naar tuis.

"Dit klink lekker, maar ek is ongelukkig haastig." Sy kyk op haar horlosie. "Ek het 'n afspraak."

"Ons kan dit 'n vinnige een maak . . . net om mekaar darem effens beter te leer ken."

"Ons sal mekaar maar op 'n ander geleentheid moet leer ken."

"Is dit 'n belofte?" Sy oë gaan waarderend oor haar lyf.

"Ek maak nie beloftes as ek nie seker is ek kan hulle hou nie." Sy swaai haar handsak oor haar skouer.

"As jy bekommerd is omdat ons saam werk, kan jy maar ontspan. Die maatskappy het nie reëls wat sê twee kollegas mag nie saam 'n drankie drink nie."

"Ek sal dit onthou." Sy tel haar kantoorsleutels op en wag dat hy moet opstaan sodat sy die deur kan sluit.

"Geniet jou aand," groet hy toe hy verby haar loop en sy hand raak liggies aan hare. Te sag om te sê of dit met opset of per ongeluk was.

"Dis soos die tempels uit die Bybelse tyd," verduidelik Rebecca later die aand die struktuur by die kantoor vir Irene en William. "Net 'n paar priesters mag die allerheiligste betree.

77

Die uitverkore groepie wat soms na werk 'n dop in sy kantoor drink of sommer net 'n bietjie gesels. En van hierdie bevoorregtes is Stephen Walters loshande die gunsteling. Ek vermoed dis die enigste mens wat hy werklik vertrou."

"Is jy ook al een van die uitverkorenes?" spot William.

"Ek mag daar ingaan, maar verkieslik soos die tempelslawe agterstevoor op my knieë."

"Dis 'n prentjie wat ek my moeilik kan indink." Irene bekyk haar vriendin skepties.

"Ek probeer my bes, maar ek was nog nooit goeie materiaal vir 'n slaaf nie," laat Rebecca gemaak spytig hoor.

"Ek hoop jy besef hierdie is nie jou vorige werke waar jy almal kon hiet en gebiet nie." Irene frons nou. "Hierdie is die regte grootmenswêreld met base en klasse en werkskontrakte ensovoorts. As jy jou nie gedra nie, sal hulle jou fire. Daardie tipe mense laat hulle nie voorsê nie."

Rebecca skud haar kop terwyl sy na Irene kyk. "Dankie, Ma, ek sal dit onthou." Haar blik gaan na William. "Het jy nie ook vir my 'n stukkie goue raad nie?"

"Ja, moet tog nie in 'n geselskap in jou neus krap of aan tafel burp nie."

"Waarom sê jy my nou eers?" Rebecca rek haar oë gemaak ontsteld.

"Julle is nie snaaks nie," kap Irene ergerlik na die twee, wat haar uitlag.

"Irene, sy is nie 'n kind nie. Ek dink sy weet sy was donners gelukkig om hierdie job te kry en ek glo sy is slim genoeg om dit nie te beduiwel nie."

"Die problem is sy doen dit nie willens en wetens nie, sy kan haarself nie help nie," troef Irene.

"Dan is hierdie nou die tyd om te leer, maar Julian Hoffman en sy adjudante is ook nie gode nie. Ek sal teleurgesteld wees as ek moet uitvind sy verkrag haar eie beginsels net om 'n job te behou."

"Edele praatjies, meneer Green, maar jy weet net so goed

soos ek dit werk nie so nie. Hulle gee nie 'n bloue duit om wat sy dink nie."

"Hallooo!" onderbreek Rebecca hulle. "Ek waardeer julle besorgdheid, maar ek is nie van plan om my job te verloor nie en die dag as ek gefire word, sal ek sorg dat dit die moeite werd is."

"Is hy darem vriendelik met jou?" wil Irene effens gemoedeliker weet.

Rebecca trek haar voorkop op 'n plooi. "Sjoe, dis moeilik. Ons groet mekaar soggens; hy vra my nie hoe my aand was nie en ek vra hom ook nie hoe syne was nie. Ons deel soms 'n oomblik van humor, maar dis nou nie asof ons grappe met mekaar maak nie. Ek dink nie hy vertrou my al nie en ek weet hy dink ek is vreeslik uitgesproke, maar gelukkig het hy dit van die begin af geweet."

"Wat noem hy jou?" gaan Irene voort, aansienlik kalmer as 'n rukkie terug.

Rebecca maak haar mond oop, maar dan huiwer sy. "Ek weet nie eintlik nie. Ek dink hy noem my juffrou Fagan, maar noudat ek daaraan dink, is ek ook nie so seker nie."

"Ek hoop hy weet hoe gelukkig hy is om jou te hê," val William hulle in die rede. "Miskien moet ek dit eendag vir hom sê."

Rebecca leun oor en vryf William se hare nog meer deurmekaar. "Jy is my held en ek weet nie waarom maak hulle nie meer mans soos jy nie."

William se blik draai na Irene, maar sy kyk stip voor haar en Rebecca wens sy kan haar vriendin skud.

Rebecca is baie bang om dit selfs aan haarself te erken, maar sy geniet haar werk elke dag meer. Sodra sy bewustelik daaraan dink, voel dit of sy die een of ander teken moet maak om alle moontlike bose geeste af te weer. Sy het haar eerste salaristjek gekry en haar vriende die aand uitgeneem vir ete. Gert is besig om haar spaargeld oor te plaas en sy begin in die

stilligheid na die koerante se eiendomsbylaes loer. Tevreden-
heid is 'n snaakse ding, vertel sy haarself. Die dinge wat 'n
mens die een dag tevrede maak, kan die volgende dag dalk vir
irritasie sorg, maar sy dink sy is op die oomblik tevrede. Sy
staan agter haar lessenaar op en rek haarself behaaglik uit.

"Ek moet seker dankbaar wees dis 'n naeltjiering en nie 'n
neus- of lipring nie," onderbreek Julian se stem haar gedagtes
en sy laat stadig haar arms sak.

"Moenie te gou praat nie." Sy trek haar hemp reg.

Hy frons, duidelik ontevrede. "Ek hoop nie jy het planne
vir een van bogenoemde twee ringe nie."

"Sover ek weet, is daar nie sulke beperkinge in my kontrak
nie."

"Ek gee nie om nie. Gaatjies in die ore is genoeg. Die res
maak my naar. So, wees gewaarsku: geen verdere piercings vir
jou nie."

"En as dit onder my klere is?"

Hy kyk haar veelseggend aan. "Het jy masochistiese nei-
gings?"

"Nee, ek wonder maar net in hoe 'n mate my persoonlike
keuses beperk mag word."

"Hierdie is my kantoor, en ek sal besluit waarteen ek elke
dag wil vaskyk."

Sy knik plegtig. "Ek kry die boodskap. Ek sal sorg dat die
res nie sigbaar is nie."

"Juffrou Fagan, hierdie is nie 'n versoek nie; dis 'n opdrag.
Geen verdere ringe of gate nie. En jy hoef nie eens in jou
kontrak daarvoor te gaan soek nie. Dis my reël." Hy begin
omdraai maar steek in die deur vas.

"Ek soek 'n dokument vir die eerste vergadering." Hy be-
gin om te verduidelik waarna hy soek en Rebecca probeer
onthou waar sy dit gesien het.

Nadat sy die dokument vir hom geneem het, skakel sy
haar rekenaar aan en kontroleer die dag se afsprake. Haar blik
steek by die eerste afspraak vas. Sy weet nie waarom sy dit nie

vroeër besef het nie. Hulle het al met die vergadering begin en sy wil nie graag ingaan nie. Sy is ook nie seker of sy die boodskap oor die telefoon vir hom moet gee nie. As hy vrae het, sal hy dié nie voor sy gaste kan vra nie. Miskien weet hy dit in elk geval en dan is hy vies oor sy hom onderbreek het, praat sy verder met haarself. Maar as hy dit nie weet nie, gaan hy dalk vies wees dat sy dit nie vir hom gesê het nie.

Sy druk die knoppie op die wit telefoon, nie seker of hy gaan antwoord nie, maar uiteindelik hoor sy hom optel. Sy stem is kortaf.

"Kan ek jou gou sien?"

"Ek is met 'n vergadering besig."

"Dis belangrik." Vir die eerste keer vandat sy hier begin werk het, kan sy voel hoe haar handpalms klam raak en sy hou nie van die gevoel nie.

Die telefoon word in haar oor neergesit, maar 'n minuut later hoor sy die groot deur oopgaan.

"Ek hoop dis belangrik," kom Julian ergerlik haar kantoor binne.

Rebecca beduie vir hom om die deur toe te maak. "Ek was nie seker of jy dit weet nie, maar die Italianers is in groot moeilikheid. Hul oorsese vennoot is besig om die mat onder hulle uit te trek en hulle het die geld dringend nodig. Hulle gaan dit beslis nie vir jou sê nie, maar ek het 'n vermoede hulle sal drasties met hulle prys afkom as jy hulle effens druk."

"Waar kom jy aan die storie?"

"Vertrou my, ek sal dit nie vir jou gesê het as ek nie seker van my inligting was nie."

"Ek kan nie onderhandelinge op skinderstories grond nie. Ons wag al lank om hierdie maatskappy in die hande te kry en as ons die onderhandelinge laat skeefloop en iemand anders koop dit, gaan ek nie baie gelukkig wees nie."

Rebecca knik. "Ignoreer dan wat ek gesê het."

Julian stap met 'n frons uit haar kantoor en Rebecca kyk hom ergerlik agterna. Wanneer gaan die man leer om haar te vertrou?

Twaalfuur die middag hoor sy die eerste keer weer die deure oopgaan en sy laat sak haar kop toe die groep mans by haar kantoor verbystap. Sy hoor hulle in die portaal groet en dan kom maak Julian hom in haar deur tuis. Sy arms is voor sy bors gevou en Rebecca wonder wat die ontleders van lyftaal van die gebaar sal sê. Vir haar lyk dit of hy op die verdediging is.

"Waar het jy aan die inligting oor die Italianers gekom?"

"Ek het verlede naweek saam met hulle gekuier, of laat ek liewer sê, hulle was ook in die geselskap waar ek was."

"Dis seker nie inligting waarmee hulle te koop rondloop nie."

"Een van die voordele as jy baie praat, is dat mense dink jy kan nie hoor nie." Daar lê meteens 'n ander klank in haar stem. Dis 'n stukkie inligting oor haarself wat sy nie met baie mense deel nie: die feit dat sy soos 'n spons is. Min dinge ontgaan haar en min gesprekke, of sy daarby betrokke is of nie, ontglip haar ore. Die feit dat sy verstrooid en praterig voorkom, het haar al dinge laat sien en hoor waaroor sy 'n boek kan skryf.

"Jou inligting was korrek," antwoord hy terloops.

Sy knik haar kop plegtig. "Ek is bly. Ek hoop julle het die maatskappy vir 'n goeie prys gekry."

"Ons het."

"Dan kan ek seker kommissie verwag." Rebecca wonder stilweg waarom sy 'n dankie verwag het.

"Dit was jou plig om daardie inligting vir ons te gee. Jy is nie veronderstel om in eie belang op te tree nie."

"As ek in eie belang opgetree het, het ek vir hulle gesê hoe gretig julle is om die maatskappy te koop. Ek is seker hulle sou betaal het vir die brokkie nuus."

"Dis gevaarlik om 'n mens se waarde te oorskat," waarsku hy met iets wat lyk soos 'n glimlag. "Of om die een wat jou salaris betaal te dreig."

"Dit was nie 'n dreigement nie." Teen haar beterwete kan

sy haar stem hoor styg. "Ek probeer vir jou sê jy kan my vertrou. Die feit dat ek nie na hulle toe gegaan het nie, moet iets vir jou sê, dókter." Sy beklemtoon die laaste woord uit pure frustrasie.

"Klim af van daardie perd van jou, Rebecca. Ek het net kom dankie sê."

"You could have fooled me," laat sy droogweg hoor, terwyl die verligting warm in haar lê en sy vir die eerste keer sedert die oggend makliker kan asemhaal, maar hy hoef dit nie te weet nie.

"Hoe was jou dag?" wil Salie weet toe Julian daardie aand agter in die motor klim en homself gerieflik teen die sagte bekleedsel uitstrek.

"Ons het toe die Italianers se maatskappy gekoop."

Salie vang Julian se weerkaatsing in die spieël. "Wat op aarde wil jy met nog 'n maatskappy maak?"

"Ek wil keer dat ek verveeld raak."

Salie skud sy kop meewarig terwyl hy weer sy aandag by die pad bepaal. "Hoe gaan dit met Rebecca?" laat hy na 'n rukkie oor sy skouer hoor. "Laat jy haar nie te hard werk nie?"

Julian gee 'n spotlaggie. "Waarom kry jy altyd almal, behalwe vir my, jammer?"

"Jy het nie my jammerte nodig nie. Die mense om jou het. Jy is 'n moeilike man om mee saam te leef."

"So sê jy, maar ek verskil van jou."

"Jy weet, Julian," gaan Salie meteens ernstig voort, "ek het nou die aand vir Gertrude gesê dis so sad om na jou te kyk en dan die seuntjie te onthou wat ek geken het. Party dae wens ek jy wil die hele spul onder hulle gatte skop en iets anders gaan doen. En ander dae wens ek jy wil vrede met die job maak sodat jou siel kan rus. Jy het tog altyd geweet jy sal eendag in jou pa se stoel sit."

Julian luister in stilte en toe hy nie antwoord nie, kyk Salie skuins oor sy skouer. "Jy is besig om jou jare te waste en jy gaan een môre 'n ou man wakker word en jy gat wonder wat het van jou lewe geword."

Julian kyk dankbaar op toe hulle voor die huis stop en die hekke stadig oopswaai. Salie se gepraat maak hom vanaand meer kriewelrig as gewoonlik.

"Jy kan my maar ignore, maar jy weet ek praat die waarheid," kry Salie nog 'n laaste sin in voor Julian uitklim en haastig by die voordeur in verdwyn.

"Lady in red," sing Gert toe Rebecca Saterdagaand Deborah se voordeur oopmaak. Hy neem haar hand en laat haar in die rondte draai. "Hoe moet 'n man se hart dit hou?" wil hy van Deborah en Irene weet wat soos trotse ouers na Rebecca kyk.

"Ons het haar nie vir jou opgedress nie, Gert, so moenie snoep wees en die hele aand om haar draai nie. Ons is besig om vir haar 'n kêrel te soek."

Gert laat gly sy hande oor Rebecca se heupe. "Ek is beskikbaar en gewillig."

"Nee, jy het jou kans gehad. Ons soek nou nuwe bloed."

Gert kyk gebelgd na die twee agter Rebecca. "Moenie by my kom kla as julle eendag met 'n oujongnooi opgeskeep sit nie."

Rebecca lig haar hand in 'n groet en trek vir Gert by die deur uit. "Julle praat so baie, ek is besig om voor julle oë ouer te word."

In die motor laat hy sy blik 'n oomblik op haar rus. "Ek weet nie wat die uitrusting jou gekos het nie, maar jy lyk stunning."

Rebecca vryf oor die syerige rooi brokaatlap. "Ek ken 'n Indiërmeisie wie se familie die materiaal uit Indië invoer. Sy gee dit vir my teen 'n baie billike prys en haar ma kan baie mooi klere maak."

Gert raak aan haar hare wat sy agtertoe gekam het en losweg om 'n groot silwer haarnaald gedraai het. "You look very grown-up and very expensive."

Rebecca lig haar hand om 'n los haar van haar voorkop af weg te vee en die silwerarmbande klingel om haar polse. "Wie verjaar?" ignoreer sy die opmerking.

"Jy ken haar nie."

Hulle ry by die Waterkant in en Rebecca vra nie verder uit nie, maar toe hulle langs 'n kaai tot stilstand kom en sy 'n groot verligte seiljag sien, draai sy na hom. "Sjoe, is die prins van Monaco in die Kaap?"

"As hy op die oomblik in die Kaap is, is die kanse goed dat hy dalk vanaand hier sal wees," antwoord hy terwyl twee parkeerassistente die motordeure vir hulle oopmaak.

Twee netjies aangetrekte jong mans staan nader om hulle teen die loopplank op te help. Die oomblik toe Rebecca op die dek van die luukse jag staan, gewaar sy Julian waar hy skaars 'n meter weg langs Angela Visser staan. Sy draai met 'n vraende blik terug na Gert wat agter haar staan.

"Wat is die okkasie en waarom het jy my saamgebring?"

"Angela verjaar en ek was nie lus vir 'n aand vol komplikasies en 'n meisie wat haar aan alles en almal vergaap nie."

Hy neem haar aan die arm en hulle stap na waar die groepie reeds ander gaste verwelkom. Rebecca neem die prentjie voor haar in. Van Julian wat elegant lyk in 'n donker pak, wit hemp en maroen das tot by Angela in haar ligblou ontwerpersuitrusting met die kaal rug en soom wat net bo haar knieë sit en haar heuningbruin vel goed vertoon. Langs Angela staan 'n ouer man en vrou, maar albei kon ook uit 'n modetydskrif gestap het. Dit moet haar ouers wees, besluit Rebecca toe sy sien hoe baie Angela en die vrou na mekaar lyk.

"A, Angela, my skat!" Gert steek sy hande uit en neem Angela s'n in syne. "Soos gewoonlik slaan jy my asem weg." Hy soen albei haar wange. "Happy birthday and all the rest." Hy wens ook die man met 'n handdruk geluk en soen die ouer vrou se wang skrams voor hy na Julian draai. "Moet ek jou ook al gelukwens of is dit effe prematuur?"

Julian steek sy hand uit en gee 'n klein glimlaggie. "Ek was

85

nie daarvan bewus dat ek vandag iets gedoen het wat 'n gelukwensing verdien nie."

Gert neem Rebecca se hand en trek haar tot langs hom. "Laat ek julle gou voorstel, dis my vriendin, Rebecca Fagan." Hy beduie na Angela. "Angela Visser en haar ouers, Morné en Inge."

Rebecca skud al drie se hande en dra die nodige gelukwensinge oor voor sy na Julian kyk en knik. "Naand, doktor Hoffman."

"Ek hoef julle seker nie voor te stel nie," gaan Gert geselserig voort.

Julian ignoreer Gert se woorde en knik ook. "Rebecca."

Gert neem haar aan die arm. "So much for the formalities; kom ons gaan soek iets om te drink."

Rebecca laat haar gewillig eenkant toe lei, maar sy is bewus daarvan dat hulle agternagekyk word.

"Dit was cheap van jou," laat sy hoor toe hulle buite hoorafstand is. "Jy kon my gesê het wie se party dit is."

Gert trek haar nader en druk 'n soen teen haar hare. "Sou jy saamgekom het?"

"Miskien nie, maar dis nie die punt nie."

"Wat is die punt? Julian sou tog een of ander tyd uitgevind het ons twee ken mekaar."

Rebecca antwoord hom nie. Sy weet nie waarom sy vreemd ongemaklik voel nie. Dis nie iets wat sy dikwels ervaar nie, maar vanaand voel sy ontuis en sy is vies vir Gert omdat hy haar nie gesê het wie se partytjie dit is nie. Sy het nie 'n behoefte daaraan om sosiaal saam met hierdie mense te verkeer nie.

Gert druk 'n glas sjampanje in haar hand. "Drink and be merry, dis Frans en gratis."

Rebecca neem 'n groot sluk en die borrels lê effens branderig op haar tong. Sy kan net sowel die aand geniet. Deborah en Irene sal dit van haar verwag.

Soos hulle oor die dek beweeg, groet Gert oral mense en

Rebecca herken gesigte en name wat sy vantevore net in die koerante en tydskrifte gesien het. Van die gaste het sy al by Gert ontmoet en hulle lyk nie juis verbaas om haar te sien nie.

"Dis 'n verrassing!" klink 'n stem omtrent 'n uur later agter haar op en Rebecca draai om. Stephen Walters en 'n baie mooi donkerkopvrou staan agter hulle.

"Naand, meneer Walters," groet sy glimlaggend.

"Stephen, asseblief. Ek voel vreeslik oud as ek so formeel aangespreek word."

"Dis net omdat sy jonk en mooi is, anders het dit jou nie gepla nie," kap die mooi vrou na hom.

"Rebecca, laat ek jou voorstel aan my vrou, Brenda. En dit is Julian se nuwe regterhand," beduie hy na Rebecca.

Die twee vrouens skud hand en Rebecca kyk nie weg toe sy redelik openlik van bo na onder deurgekyk word nie. "Ek het al gewonder of ek jou ooit gaan ontmoet en of jy net 'n skepping van my man se verbeelding is. Ek het te veel goeie goed oor jou gehoor; ek hoop nie als is waar nie."

Rebecca glimlag. "Dis waarom ek my vlerke by die huis gelos het. Ek het gedink dit kan dalk 'n paar mense intimideer."

"Dis wat ek bedagsaamheid noem." Sy kyk na Stephen. "Sy's orraait. Jy kan haar maar huis toe bring." En vir Rebecca vra sy: "Is my broer 'n goeie baas?"

"Hy het sy oomblikke."

"Moenie dat hy jou intimideer nie. Hy en my dierbare man is te gewoond aan vrouens wat ja en amen op alles sê."

Stephen soen haar wang. "Jy vergoed vir al die meisies wat dit gedoen het, my skat." En dan klink hy onverwags sy glas teen Rebecca s'n. "Ek het nog nie kans gehad om geluk te sê met die toespraak nie. Ek hoor die *Financial Mail* het ook 'n afskrif gevra en dit was blykbaar in twee groot Duitse dagblaaie."

"Waarvan praat jy?" Rebecca frons verward en sy wonder vir 'n oomblik of hy haar nie met iemand anders verwar nie.

"Die toespraak wat jy 'n tyd terug vir Julian geskryf het. Dit was in ten minste een of twee plaaslike koerante."

"Ek het nog net een toespraak vir doktor Hoffman geskryf en ek is redelik seker hy het dit nie gelewer nie." Haar stem styg verbaas.

Nou frons Stephen ook. "Ek praat van die een wat hy by die Duitse ambassade gelewer het. Ek was daar en hy het gesê jy het die toespraak geskryf."

Rebecca knik ingedagte. Julian het nooit kommentaar op die toespraak gelewer nie en sy het ook nie weer navraag gedoen nie. Nou moet sy uitvind dit was 'n goeie toespraak én dat hy dit gelewer het, terwyl sy onder die indruk is dat dit êrens in 'n laai lê en stof vergader.

Op daardie oomblik roep iemand na Brenda en sy maak namens albei van hulle verskoning. "Ek sien nie alleen kans vir die mense nie, so ek gaan hom nou eers saam met my sleep."

Stephen kyk verskonend na Rebecca, maar sy glimlag gemaklik. Toe hulle wegstap, begin sy na Gert soek, maar hy is druk in gesprek met 'n paartjie en sy begin stadig na die agterkant van die boot beweeg. So lief soos sy vir mense en partytjies is, so min het sy vir hierdie klomp lus. Sy gaan staan by die reling en kyk uit oor die verligte Waterkantkompleks en die ligte wat in die water onder haar weerkaats. Kaapstad het deesdae 'n gewilde speel- en kuierplek vir die oorsese rykes geword, en as sy om haar kyk, is hulle vanaand goed verteenwoordig.

"Dis 'n dapper mens wat sy rug op een van Angela se partytjies draai," klink 'n vreemde manstem agter Rebecca op en sy kyk oor haar skouer. Die lig agter hom veroorsaak 'n ligkrans om sy kop en hy lyk vir haar soos 'n engel.

"Trust my engel om by sulke parties rond te hang," sug sy.

"Ekskuus?"

"Ek het so pas 'n visioen gehad van my bewaarengel wat my kom red."

"Your wish is my command." Hy buig effens. "Waarheen sal ons gaan?" Hy het 'n diep stem en Rebecca trek haar oë op skrefies om beter te kan sien.

"Êrens waar daar minder silikoon en meer plooie is."

'n Diep lag klink op en Rebecca kan nie help om ook te glimlag nie.

Hy tree onverwags nader en voordat sy besef wat aangaan, trek hy haar aan die hand na 'n leë bank. "Kom hou my geselskap. Ek het baie plooie."

Dis eers toe Rebecca langs hom plaasneem en hy vir 'n oomblik in haar skadu is dat sy hom herken. Sy glimlag skielik breër, al voel sy effens uitasem.

"Sjoe, ek het toe nie sommer enige engel nie, ek kry toe vir Gabriël self."

Sy diep lag vibreer in haar en sy staar skaamteloos na hom. Om die een of ander rede het sy nie gedink iemand soos hy sal 'n sin vir humor hê nie.

"Ek kan sien waarom jy verveeld is." Hy steek sy hand na haar uit. "Marcus Hoffman."

"Rebecca Fagan," laat sy met haar hand in syne hoor.

"Aangename kennis, Rebecca Fagan," groet hy formeel terwyl die lagplooitjies langs sy oë keep maar hy haar terselfdertyd ook openlik bekyk.

Rebecca staar nog steeds. Hy lyk effens ouer as op die foto's, maar terselfdertyd minder streng. Sy hare is silwergrys, maar sy oë is dieselfde donkerbruin kleur as dié van sy kleinseun. Sy gesig is eintlik net 'n ouer weergawe van Julian, besef sy.

"En? Slaag ek die toets?"

Rebecca se wenkbroue trek fronsend saam asof sy diep dink. "Uiterlik sou ek sê ja; of al die Hoffman-persoonlikheidseienskappe teenwoordig is, kan ek ongelukkig nie so vinnig sê nie."

"Ek het jou beslis nog nooit ontmoet nie, Rebecca Fagan, want ek sou dit onthou het, maar klaarblyklik reken jy jy sal 'n Hoffman-trek herken as jy een sien."

"Ek werk vir 'n Hoffman. Maak dit nie van my 'n expert nie?"

Verbasing flits oor sy gesig. "Nou toe nou. Dan aanvaar ek jy werk vir Julian." Hy glimlag. "Ek sou beslis geweet het as jy vir my gewerk het."

"Miskien moet ek my alliansie heroorweeg." Sy verkyk haar aan die skerp humor wat soos vlammetjies in sy oë brand.

"Ek is seker jy sal dit meer geniet as by my kleinseun," knik hy heel ernstig. "Maar mag ek net vra wat presies is dit wat jy vir hom doen?"

"Ek is in Ernst se pos aangestel."

Sy blik verskerp merkbaar en Rebecca weet nie waarom sy teleurgesteld voel nie. "En dié verbasing?" praat sy voor sy tyd gehad het om te dink. "Was ek oulik genoeg om tee te maak en lêers heen en weer te dra, maar nie goed genoeg om Ernst se werk te doen nie?"

"Moenie op jou perdjie spring nie, Rebecca Fagan. En moenie woorde in my mond lê nie. Ek is nog nie seniel nie." Hy kyk haar peinsend aan. "Ek wonder net waarom ek nog nie van jou aanstelling gehoor het nie."

"Sekere inligting is belangrik, ander is net nuttelose brokkies kennis. My aanstelling val seker onder laasgenoemde."

"Hm," laat hy effens ingedagte hoor, en sy vou haar arms voor haar asof sy haarself wil beskerm.

Voordat sy iets kan sê, glimlag hy. "Moenie skielik styf en stil raak nie. Vertel my liewer wat hulle deesdae met my maatskappy aanvang. Ek is seker hulle vertel my nie altyd alles nie, soos nou net weer bewys is."

"Ek is 'n baie lojale onderdaan, so moet my asseblief nie vra om geheime uit te lap nie," grap sy terug. "Aan die ander kant dink ek u kleinseun sal dalk baie bly wees om van my ontslae te raak."

"Waarom sê jy so?" laat hy fronsend hoor terwyl hy 'n kelner met 'n skinkbord vol glase sjampanje nader roep. Hy gee een vir Rebecca voor hy vir homself ook een neem.

"Ons het nie so 'n goeie begin gehad nie en ek dink nie hy vertrou my nie."

"Ek is nie goed met raaisels nie, jy sal duideliker moet praat." Hy lig sy glas maar hou haar oor die rand dop, en voor Rebecca haarself kan keer, vertel sy hom hoe sy aan die werk gekom het. Hy begin eers sag lag, maar geleidelik word die geluid 'n luide rammeling en Rebecca kyk verwonderd na die man voor haar. As sy veertig jaar ouer was, was sy nou smoorverlief. Nee, besluit sy. Sy ís smoorverlief.

Nie een van hulle sien die skaduwee wat oor hulle val nie en dis eers toe hulle opkyk dat hulle Julian sien. Hy staan met 'n vreemde uitdrukking na hulle en kyk.

"Dit moet 'n goeie grap gewees het," laat hy op sy niks-seggende manier hoor.

"Praat van die duiwel," roep Marcus met 'n breë glimlag uit. "En hy staan voor jou . . ." Hy beduie na die bank waarop hy en Rebecca sit. "Kom sit, Julian. Ek wil besigheid met jou praat."

Julian neem langs Rebecca plaas en sy moet effens opskuif. "Praat, ek luister." Hy neem 'n sluk van die drankie wat hy in sy hand het.

"Ek wil hê jy moet vir jou 'n ander persoonlike assistent kry."

Julian kyk vir die eerste keer na Rebecca, maar voor hy iets kan sê, gaan Marcus voort: "Ek wil haar hê. Jy het nie iemand soos sy nodig nie."

"En as ek mag vra, waarvoor het Oupa haar nodig?" Sy blik gaan stadig oor Rebecca, maar sy ignoreer die veelbetekenende kyk.

"Dit het niks met jou te doen nie."

"Dan is ek bevrees ek kan haar nie laat gaan nie."

"Gun 'n ou man 'n bietjie pret."

Rebecca kan nie help om te lag toe Marcus vir haar oogknip nie.

Julian staan op. Hy is duidelik nie lus vir die lawwe gesprek nie. "Verskoon my."

"As julle iets het om aan te kondig, moet julle nou gou

maak, Julian. Ek wil huis toe gaan," roep Marcus sy kleinseun agterna. Julian se blik rus net 'n oomblik op hulle voor hy omdraai en met lang treë wegstap.

"Ai, soveel aggressie en dit op so 'n mooi aand."

"Dis groot skoene wat hy moet volstaan. Dit kan nie aldag maklik wees nie," sê Rebecca ingedagte terwyl sy die breë skouers agternakyk.

"Niemand het gesê hy moet dit doen nie." Die stem wat oomblikke gelede vol humor was, is nou ernstig.

"Niemand het nodig gehad om dit vir hom te sê nie. 'n Mens stap nie maklik van so 'n erfenis af weg nie, al is dit nie jou eie drome nie."

Marcus se blik rus peinsend op haar. "Hoe lank ken jy hom?"

"Om en by twee maande."

Hy neem haar hand en 'n oomblik lank sit hulle in gemeensame stilte. "Ek hoop hy kyk goed na jou."

"Is dit waar jy al die tyd wegkruip?" onderbreek Gert hulle. Sy das sit al effens skeef en sy oë glim plesierig. Hy maak homself langs haar tuis en steek sy hand na die ouer man uit.

"Oom Marcus moet pasop vir haar. Sy kan enige man verlei."

"Naand, Gert." Hy kyk weer speels na Rebecca. "Dis nou bietjie laat om my te waarsku. Die skade is klaar gedoen."

Gert soen haar skrams teen die voorkop. "Ek kan jou ook nêrens heen saamneem nie."

Rebecca sien hoe Marcus met 'n ligte frons na hulle twee kyk, maar hy lewer nie kommentaar nie en sy staan op.

"Die mense staan tou om met die groot gryse te praat," grap sy. "Ek gaan u nie verder anneks eer nie."

"Moenie verskonings maak nie," laat hy gemaak afgehaal hoor, maar staan tog ook op toe 'n paar mense nader kom om hom te groet.

"Ons sal mekaar weer sien, Rebecca Fagan," roep hy agter haar aan en sy knik in antwoord.

Toe Rebecca die aand op haar smal bed lê, dink sy weer oor die partytjie. Die res van die aand het sy saam met Gert en 'n klomp vreemde mense gekuier. Hulle het later op die dek gedans terwyl 'n jazz-orkes in die agtergrond gespeel het. Daar was genoeg sjampanje om die *Titanic* te water te laat en die kos wat die hele aand op groot silwerskinkborde bedien is, was gastronomiese wonderwerke. Daar was mooi mense, nog mooier mense, mense met geld en mag, mense met nog meer geld en mag en dan was daar Julian en Marcus Hoffman. Die uitverkorenes. Die farao's, heersers oor baie. Mense staan tou om met hulle te praat, vir hulle te glimlag, hulle hand te skud, deur hulle raakgesien te word. 'n Enkele oomblik in hulle dampkring te beweeg.

Rebecca het van 'n afstand af dopgehou en gesien hoe die glimlagte aan- en afskakel. Hoe daar geluister word, geknik word, 'n hand uitgesteek word, iets gesê word. Die twee Hoffmans is albei effens langer as die gemiddelde man en dit was maklik om hulle tussen die mense raak te sien. Hierdie was hulle wêreld en hulle het ingepas, maar sy het tog die idee gekry Julian se aandag was nie altyd by die gesprekke nie. Die gryse Marcus het net makliker geglimlag en makliker gesels en Rebecca het gewonder hoeveel dit te doen het met die feit dat hy die stigter van die maatskappy is. Hy het nie meer nodig om hom teenoor iemand te bewys nie. Met Julian is dit egter nie die geval nie. Hy is steeds onder die vergrootglas; daar is beslis mense wat sit en wag om te sien hoe vinnig en hoe ver hy dalk kan val.

Sy skop die beddegoed van haar af en strek om die klein waaier aan te skakel. Die kamertjie is besonder warm na die koel seelug.

Haar gedagtes dwaal terug na Julian en sy wonder waarom sy hom vanaand jammer gekry het. Dis so 'n belaglike gedagte dat sy dit met moeite aan haarself erken, maar iets aan die waaksaamheid in sy oë het haar laat wonder of hy gelukkig is.

"Gaan jy saam met my huis toe?" Julian kyk skrams na Angela langs hom in die motor.

"Ek het niks by my nie en ek wil môreoggend laat slaap. As ek saamgaan, gaan ek net weer deur jou of die honde wakker gemaak word. In elk geval sien ek jou mos vir middagete."

"Jy het nie slaapklere nodig nie."

"Ek praat nie van slaapklere nie, Julian." Sy gee 'n laggie asof hy van beter behoort te weet. "Waarmee moet ek my gesig skoonmaak en wat trek ek môre aan?"

Julian wil sê sy kan haar gesig met seep en water was en môreoggend dieselfde klere aantrek tot sy by die huis kom, maar hy weet dis hopeloos. Daarom bepaal hy liewer sy aandag by die pad voor hom.

"Dit was 'n lekker partytjie, nè?" laat sy tevrede hoor. "Ek is bly ek het alles self gereël. Ek haat dit as iets verkeerd loop."

"Hm." Julian kry nie maklik hoofpyn nie, maar op die oomblik voel hy een agter sy oë klop.

"Daar het vanaand net een ding gekort om dit perfek te maak," gaan sy voort.

Toe Julian nie vra wat dit is nie, kyk sy skalks na hom. "Gaan jy my nie vra wat dit is nie?"

"Ek het gedink jy het alles wat jy wou hê," ontwyk hy die vraag omdat hy vermoed hy weet wat die antwoord is.

"Behalwe die man wat ek wil hê."

Hy hou sy blik op die verligte teeroppervlak.

"Ek is baie geduldig, Julian, maar ek gaan nie vir ewig wag nie."

Ondervinding het hom geleer om nie te antwoord nie.

"Ek verstaan net nie altyd waarom jy so traag is nie," gaan sy voort, en daar het nou 'n skerpheid in haar stem bygekom. "Dis nie asof daar al ooit iemand anders vir een van ons was nie. Ja, ons albei het hier en daar 'n fling gehad, maar dit het niks beteken nie. Almal weet tog ons is bestem om saam te wees. Ons het 'n geskiedenis; ons deel 'n wêreld. As daar een vrou is wat jou wêreld verstaan, is dit ek en al moet ek dit self sê, jy het my nodig. Mense dink aande soos vanaand is net 'n partytjie, maar ek en jy weet dit is veel meer. Ons verstaan die belangrikheid van sulke geleenthede."

Julian is dankbaar toe die groot huis voor hulle opdoem en hy draai effens te vinnig in die oprit in.

"Kom drink iets," nooi sy skielik weer gemoedeliker. "My pa-hulle behoort nog wakker te wees en hy het juis vanaand gesê hy het jou lanklaas gesien."

"'n Ander keer. Ek verwag vroeg 'n oproep." Hy stap saam met haar tot by die voordeur en wag tot sy dit oopsluit. Dan buk hy en sy mond sluit oor hare. Hy soek vanaand na iets, maar hy weet nie wat nie. Sy arms gaan om haar, en vir 'n oomblik leun sy teen hom voordat sy terugrem.

"Ek het nou 'n bad nodig," laat sy effens uitasem hoor en sy tree terug.

Julian druk sy hande in sy sakke. Nadat hy naggesê het, draai hy terug motor toe. Agter sy oë klop die hoofpyn nou erger en hy sit 'n oomblik stil agter die stuur voor hy die motor aanskakel en kantoor toe ry. Hy sal in elk geval nie nou kan slaap nie.

9

"Is jy en Gert . . .?" Irene bly veelbetekenend stil en Rebecca gooi 'n kussing na haar.

"Nee, ek en Gert is nie . . . wat dit ook al beteken. Ek was net saam met hom party toe."

"Wat presies het destyds tussen jou en Gert gebeur?" wil Deborah van die ander rusbank af weet. Dis Sondagmiddag en hulle drie sit met 'n fles koffie tussen hulle in Irene se netjiese woonstel. "Die een oomblik het alles nog reg gelyk en die volgende oomblik is als uit en jy is op 'n vliegtuig Europa toe. Sonder enige verduideliking. Jy het nie eens vir die gradeplegtigheid gewag nie."

"Daar het niks gebeur nie . . ." begin Rebecca, maar haar blik val op Irene en hulle wissel 'n stil kyk. "Ek was haastig om euro's te begin verdien."

"Wat?" Deborah kyk om die beurt na Irene en Rebecca. "Watse kyk was dit? Wat weet ek nie?"

Irene hou haar egter skielik besig om hulle koppies weer vol te skink.

"Komaan, Becca! Dis nie regverdig nie. Ek het jou al wie weet wanneer gevra wat gebeur het en jy het altyd net gesê niks nie, maar nou glo ek jou skielik nie meer nie." Sy draai vraend na Irene, maar dié skud net haar kop. "Dis nie my storie nie, Deborah."

"Ek sal jou eendag vertel, maar nie op 'n Sondagmiddag oor 'n koppie koffie nie."

"Wat is verkeerd met 'n Sondagmiddag?" Deborah kruis haar bene en sy lyk soos 'n kind wat haar regmaak vir 'n lekker storie.

"Dis laataandstories hierdie, en ek weet nie eens of ek jou wil vertel nie. Dit het drie eeue gelede gebeur en dis water onder die brug en af in die rivier tot by die see. En dis nie net ek wat betrokke is nie. So, kom ons laat dit asseblief daar."

Deborah se gesig val en die teleurstelling maak kepe langs haar mond. "Ek het gedink ons is pelle."

Rebecca wonder magteloos hoe hulle op die onderwerp gekom het. "Ons is, maar daar is dinge wat 'n mens liewer net moet vergeet."

"Maar Irene weet," speel Deborah haar troefkaart.

"Deborah, moenie kinderagtig raak nie," keer Irene ergerlik. "Ons is nie nou besig om te kyk wie is wie se beste maatjie nie."

"Ek was swanger." Die woorde val soos 'n bal in die sirkel tussen hulle en Deborah reageer soos iemand wat probeer keer het, maar dit tog nie kon vang nie.

"Ekskuus?" Sy kyk verwilderd van die een na die ander.

"Dit was Augustus van ons finale jaar. Ons was dom en onverskillig en Gert weet dit nie eens nie. So, dis nie iets waaroor jy ooit met hom mag praat nie." Rebecca se stem klink skielik hol.

"Het jy 'n baba gehad?" Deborah se gesig is wasbleek.

Rebecca skud haar kop, en Deborah vou haar palms opwaarts in 'n woordelose vraag. Irene begin weer die koppies volskink en Rebecca laat die vraag tussen hulle hang.

Toe Deborah praat, is haar stem net 'n fluistering. "Hoe, waar?"

"By 'n kliniek hier in die stad. Dit was nog heel aan die begin." Sy gee 'n vreugdelose laggie. "Of dis waarmee ek myself probeer troos."

"Ag heretog, Becca, en ek het nooit eens geweet nie." Deborah vee vervaard oor haar wange wat skielik nat geword het. Irene krul haarself in die hoek van die rusbank op en druk byna haar vuis in haar mond, maar sy kry ook nie die trane gekeer nie. Dis net Rebecca se oë wat droog bly. Droog en blink.

"Was daar nie . . . kon jy nie . . .?" praat Deborah deur die snikke. "Jou tannie, Gert se ouers . . .?"

Rebecca begin haarself liggies heen en weer wieg. " 'n Mens maak nie jou probleme iemand anders s'n nie."

"En Gert?" Deborah begin in haar sakke na iets soek om haar neus te snuit.

"Ons moes eksamen skryf. Ek dink nie dit was in daardie stadium deel van sy toekomsplanne nie. Ek dink nie eens hy is nou al reg vir so iets nie."

Deborah skud haar kop en vee haar wange met haar hempsmou af. "Jy was altyd so openlik uitgesproke daarteen."

Rebecca wieg stadiger. "A, my vriendin, dis so maklik om uitgesproke te wees as iets nie aan jou lyf raak nie."

Daar hang 'n lang stilte tussen hulle. "En nou?" verbreek Deborah dit met 'n hees stem. "Kan jy weer . . .?"

"Swanger raak, kinders kry?" voltooi Rebecca die sin. "Sover ek weet. Dit was nie 'n vuil agterstraatse plek nie."

"En hoe voel jy daaroor?"

"Deborah, asseblief!" Irene vee ergerlik oor haar wange en gee 'n snuif. "Watse simpel vraag is dit?"

"Ek het nie die luuksheid om daaroor te tob nie. Dit was soos met my ma-hulle se dood destyds. Die dag met die begrafnis het ek al geweet dit maak nie saak hoeveel ek nog huil nie, ek kan niks daaraan doen nie. En dan vind jy 'n manier om aan te gaan."

"Verwyt jy jouself?"

Rebecca sug en vou haar arms styf om haar lyf. "Wat wil jy hê moet ek vir jou sê? Ja, ek verwyt myself meer as wat ek ooit gedink het moontlik kan wees, ja, ek het ophou bid, want ek weet nie hoe om daar verby te bid nie, ja, ek dink steeds dis nie reg nie." Daar lê 'n gelatenheid in haar stem. "Maar weet jy wat was die ergste? Daardie een godverlate nag waarin ek wou glo ek hoef dit nie te doen nie. Waarin ek dit nie wóú doen nie, want weet jy wat? Dit was iets wat myne was." Sy begin weer wieg. "Daar is 'n beskrywing in een van die

Pooh-boeke waar Pooh wakker word en sien hoe Tigger vir homself in 'n spieël sit en kyk. Toe hy sien dat Pooh wakker is, sê Tigger opgewonde vir hom: 'I've found somebody just like me. I thought I was the only one of them.'" Rebecca keer nie die trane nie. "Ek was so lank die enigste een van my. Ek wou so graag net nog een van my hê."

Deborah strek haar hand uit om aan Rebecca te raak, maar laat hang dit net in die lug. "Ek is so jammer . . ." snik sy. "Ek is jammer ek het gevra . . ."

Rebecca vee oor haar wange. "Ek sou jou seker eendag vertel het."

"Dis waarom jy so alleen loop." Daar lê 'n stuk aanvaarding in Deborah se stem.

"Ek het my eie waansin in een nag leer ken," knik Rebecca. "Die waansin van begeerte en behoefte. Soos N.P. van Wyk Louw in een van sy gedigte skryf: 'Ken jy my nou? Het jy in die spieël gekyk en ken jy jou?'" Haar mondhoeke trek effens. "Ek het in die spieël gekyk en wat ek gesien het, het my banggemaak."

Niemand praat verder nie en na 'n paar minute staan Rebecca op. "Ek moet gaan. Ek moet nog gaan wasgoed was."

"Moenie nou gaan nie." Deborah vat hierdie keer Rebecca se hand.

"Nie jammerte nie, Deborah," keer Rebecca. "Ek kan dit nie verdra nie. Wees net my pel soos jy altyd was." Sy draai na Irene. "Baie dankie vir die lekker ete." By die deur draai sy om. "Ek het gedink William gaan vandag saameet."

"Ons praat nie op die oomblik met mekaar nie."

"Wat is dit nou weer hierdie keer?" Rebecca leun teen die kosyn.

"Niks nuuts nie."

Deborah staan op en kom terug met 'n lang reep toilet-papier waarmee sy haar neus snuit. "Sy is met niks tevrede nie," laat sy tussen blase hoor. "Sy dink mans soos William word in groot maat gemaak."

"Bly hier uit, Deborah," kap Irene na haar vriendin. "Dit het niks met jou te doen nie."

"Hy is my vriend ook en jy maak hom seer met jou vitterigheid," ignoreer Deborah die vermaning. "Ja, hy is dikwels laat vir 'n afspraak, ja, hy dra nie 'n horlosie nie en ja, hy lyk nie altyd soos 'n model nie en hy is nie vreeslik gepla met orde nie, maar dis 'n goeie ou daai. So goed soos 'n mens kan hoop om in hierdie lewe te kry. Gaan op een van my dates en jy sit vir William 'n kroon op sy kop."

"Êrens moet 'n mens grootword en begin om verantwoordelikheid te aanvaar." Irene se wange is nou rooi en in haar oë lê 'n magteloosheid.

"Waarvoor aanvaar hy nie verantwoordelikheid nie?" wil Deborah skerp weet. "Hy het sy eie besigheid uit niks begin en hy maak 'n groot sukses daarvan. Beslis nie op die skaal wat Becca se baas besigheid doen nie, maar hy lewe 'n goeie lewe. Hoeveel Suid-Afrikaners met so 'n klein besigheid is al in 'n oorsese tydskrif en 'n internasionale reisprogram genoem? Hy word gereken as 'n groot musiekkenner en mense stroom daarheen op soek na skaars plate en CD's. En jy bitch oor sy hare te lank is en hy nie betyds vir 'n afspraak is nie! Word wakker, my vriendin, en kyk om jou. Jou gat is in die botter en jy weet dit nie eens nie."

"As jy nie kans sien nie, moet jy dit liewer vir hom sê, Irene," voeg Rebecca nou vir die eerste keer haar stem by Deborah s'n. "Maar solank jy hom aan 'n lyntjie hou, gee jy hom hoop en dis wreed. As hy nie aan al jou verwagtinge voldoen nie, moenie verder julle albei se tyd mors nie."

Irene luister in stilte en Rebecca waai sonder 'n verdere woord 'n soen vir die twee vrouens voor sy die voordeur agter haar toemaak. Sy wil nou eers alleen wees. Alleen loop, soos Deborah sê.

Rebecca is besig om haar skoon wasgoed op te vou toe daar net voor agtuur aan haar deur geklop word. Sy oorweeg dit om nie te antwoord nie, want die kanse is goed dat dit een van die nuwe groep is wat die vorige dag gearriveer het, en wat nog die een of ander obskure vraag oor Kaapstad het. 'n Mens sou sweer sy is 'n ensiklopedie. Daar word egter dringend na haar geroep en sy maak die deur oop. Dis die jong Duitser wat voor die deur staan.

"Telephone."

"Wat?" Maar die blonde reus is al besig om weer die gang af te stap.

"Kurt, waarvan praat jy?"

"Daar is 'n oproep vir jou in die portaal," verwerdig hy hom om 'n volsin te sê, maar Rebecca glo steeds nie sy hoor reg nie. Sy het nog nooit in die vier maande wat sy hier bly, 'n oproep gekry nie. Sy hoor soms die foon lui, maar dis so ver soos haar kennis van die openbare telefoon onder die trap strek. Sy trek egter haar deur toe en drafstap vinnig die gang en die twee stelle trappies af. As iemand haar dié tyd van die aand hier bel, moet daar groot moeilikheid wees.

"Hallo!" antwoord sy uitasem.

"Waarom in godsnaam het jy nie 'n telefoon nie?"

Rebecca herken Julian se stem, maar die stemtoon is een wat sy nog nie gehoor het nie.

"Ek het nie geweet dis 'n voorvereiste vir die pos nie."

"Ek het jou by die kantoor nodig. Die vergaderings môremiddag in Johannesburg is vervroeg na môreoggend toe."

Sy kyk na haar slaapbroek en T-hemp. Nie vanaand nie, dink sy moeg. Ek sal môre weer slim wees, maar nie vanaand nie. "Ek sal oor 'n halfuur daar wees."

"Tien minute," laat Julian bars hoor en voeg nog iets by, maar dan word die verbinding verbreek.

'n Groep luidrugtige Hollanders het raas-raas by die voordeur ingekom. Rebecca hoop maar sy het min of meer die boodskap reg verstaan.

"Robert, moenie vir my sê dit kan nie gedoen word nie! Ek het julle lankal gewaarsku om die dokumente reg te kry en ek wil nie nou allerhande verskonings hoor nie. Ek is môre-oggend agtuur daar en dan verwag ek dit op my lessenaar!" Die verergde stem raak stil toe Rebecca die sydeur na sy kantoor oopstoot, maar dan klap die stem weer en sy sien Julian is op die telefoon. "As julle dit nie ontvang het nie, waarom het julle verdomp nie gevra nie!" Hy het 'n aandpak aan, maar die swart strikdas hang los om sy nek en die boonste knoop is losgemaak. Soos hy praat, raak hy ook van sy baadjie ontslae.

"Robert Carstens het nie die dokumente vir die mynregte laat opstel soos ons hulle 'n maand gelede gevra het nie en nou sê hulle dit kan nie gedoen word nie," lig hy haar in toe sy by hom kom. "Dit klink my hulle wil nou beweer hulle het nooit al die inligting van ons ontvang nie."

"Hulle sê jy het net die helfte vir hulle laat kry," onderbreek 'n ander stem hulle en Rebecca kyk kalm op na waar Stephen by die konferensietafel met 'n skootrekenaar sit.

"Ek het 'n week gelede self met meneer Carstens gepraat en gevra hy moet vir my ontvangs op skrif erken."

"Rebecca sê jy het ontvangs op skrif erken," praat Julian weer in die gehoorbuis. Sy weet nie in watter stadium het juffrou Fagan Rebecca geword nie.

"Hy sê hy het —" klap die stem weer na haar kant toe en dan hou hy die gehoorstuk met 'n kragwoord na haar uit. "Sorteer self die ding uit, julle mors my tyd."

Rebecca neem die gehoorstuk. "Meneer Carstens," groet sy verbasend kalm, "ek het jou op die sesde gebel en jy het daardie selfde dag per e-pos ontvangs van al die nodige dokumente erken. Ek het 'n getekende lys van al die dokumente wat julle ontvang het aangevra, en as jy naby 'n faksmasjien is, stuur ek dit gou vir jou deur."

Die stem aan die ander kant raak al driftiger, maar Rebecca haal diep asem. "Dan is iemand by jou kantoor besig om jou handtekening te vervals. Ek stuur vir jou die getekende lys en jy kan self uitvind wie namens jou geteken het. Ek dink nie dis ons probleem nie." Sonder 'n verdere woord sit sy die telefoon neer en stap die kantoor uit om die faks te gaan wegstuur. Daarna gaan sy terug na die groot hoekkantoor, waar Julian klaarblyklik nou met iemand anders op die telefoon praat. Sy stemtoon is effens kalmer, maar sy oë flits ergerlik heen en weer.

"Ek gee nie om nie. As hulle nie môreoggend die dokumente reg het nie, is die transaksie van die tafel af. Jy kan dit maar vir hulle sê."

Hy gooi die gehoorstuk neer en kyk afwagtend na Rebecca. "Het jy dit uitgesorteer?"

"Hulle het alles ontvang, ek vermoed hy speel vir tyd, want sy handtekening is onderaan die brief." Sy hou die brief na hom uit. Hy gee eers kyk daarna voor hy dit eenkant op die lessenaar gooi en dan sy rekenaar aanskakel.

Wat hy in sy driftigheid tik, weet sy nie, maar na 'n ruk kyk hy op en vra haar om vir hom sekere dokumente te bring. En gedurende die volgende uur en 'n half stap sy heen en weer tussen haar eie rekenaar, die liasseerkabinette en Julian Hoffman se kantoor. Stephen sit steeds by die konferensietafel. Toe die telefoon lui, tel sy die gehoorstuk op.

"Jy kan met my praat, doktor Hoffman het nie die dokumente gestuur nie, ek het."

Die stem dawer in haar ore en voordat sy kan sien wat hy doen, skakel Julian die luidspreker aan. Sy mond gaan oop asof hy iets wil sê, maar Rebecca hou haar hand waarskuwend omhoog. Hierdie is haar probleem en sy beplan om dit op te los.

Daar volg 'n heftige gesprek, en hoe langer die gesprek aanhou, hoe kalmer raak haar stem, totdat 'n mens sou sê sy klink gemoedelik.

"Dit was nooit deel van die ooreenkoms nie en julle het nooit daardie gegewens aangevra nie," verweer sy haarself toe hy met nog 'n teenargument kom. En toe hy haar woorde bevraagteken, laat sy met 'n glimlag hoor: "Meneer Carstens, sal ek vir jou die notule van die vergadering ook aanstuur?"

Sy verplaas haar gewig eweredig op haar voete en dis of sy

onbewus raak van die twee mans in die vertrek terwyl sy 'n volle vyf minute lank vir hom 'n uiteensetting van die oorspronklike ooreenkoms gee en dan vir hom verduidelik wat sy opsies vorentoe is. Daarna laat sy met 'n rustige stem hoor: "Meneer Carstens, jy het een keer met so 'n slenter weggekom; ek dink dis baie opportunisties van jou om dit 'n tweede keer te probeer."

Daar is 'n kort stilte voor Rebecca op dieselfde stemtoon voortgaan. "My advies aan jou is om môre die dokumente gereed te hê, die howe gaan nie so onnosel wees om twee keer vir dieselfde truuk te val nie. Goeienag."

"Waarvan praat jy?" Julian staan oorkant die lessenaar, sy wenkbroue byna teenmekaar getrek.

"Hy het in 1999 'n soortgelyke transaksie met Transkor aangegaan en hulle twee dae voor die tyd beskuldig dat hulle nie al die gegewens en dokumente tot sy beskikking gestel het nie. Transkor se regsverteenwoordiging was besonder onbevoeg en hulle moes op die ou end vir Robert Carstens vyf miljoen rand betaal vir kontrakbreuk."

"Weet jy iets hiervan?" Julian kyk na Stephen, maar hy skud sy kop.

"Bel vir Gabriel Green; hy was destyds die advokaat vir Carstens."

"Waar kom jy aan dié inligting?" Julian kyk haar steeds met 'n diep plooi op sy voorkop aan.

Rebecca sug hoorbaar. "Ek ken vir Gabriel. Dit was sy eerste groot saak en hy was baie bly om dit te wen. Transkor het destyds groot geld betaal om dit uit die koerante te hou, want hulle was besig om 'n vennootskap met 'n oorsese maatskappy te sluit en die negatiewe publisiteit sou die transaksie skade gedoen het."

Albei mans is 'n oomblik stil voordat Julian sy hand deur sy hare trek en vir Stephen vra hoe ver hy is.

"Ek is klaar." Hy kyk na Rebecca en glimlag bemoedigend asof hy wil sê alles is nie so erg soos dit lyk nie.

104

"Jy vlieg môreoggend saam Johannesburg toe," sê Julian in Rebecca se rigting.

Sy knik net. "Hoe lank gaan ons weg wees? Moet ek klere saamneem?"

"Jy moet môreoggend halfses op die lughawe wees. Ons behoort Dinsdagaand terug te wees."

Met die aanhoor van dié brokkie inligting begin haar verstand oortyd werk, want sy het nie 'n idee hoe sy so vroeg op die lughawe gaan kom nie.

"Is daar 'n probleem?" Julian se blik rus afwagtend op haar asof hy verwag sy gaan iets sê.

"Ek sal daar wees. Goeienag." Sy glimlag vir Stephen en wens hom ook 'n goeie nag toe voor sy omdraai en die deur na Julian se privaat hyser oopmaak. Sy druk die knoppie en hoor hoe die ratte en kabels begin werk, maar voor die hyser aankom, gaan die deur agter haar oop en die twee mans kom uit Hulle stap saam met haar in die hyser. Toe hulle onder in die parkeergarage kom, sê sy weer totsiens.

"Het jy gestap?" roep Stephen agter haar aan, en toe sy knik, bied hy aan om haar te gaan aflaai.

Rebecca begin om te sê dis nie nodig nie, maar Julian val haar in die rede. "Ek sal haar aflaai."

"Hoe beplan jy om môreoggend op die lughawe te kom?" wil hy weet toe hulle oomblikke later in die straat indraai "Het jy 'n motor?"

"Nee, ek sal 'n huurmotor neem."

"Daardie tyd van die oggend?"

"Doktor Hoffman, ek sal daar wees."

Hulle ry in stilte verder en Rebecca is nie verbaas om te sien hy weet waar sy woon nie. Die speurder het sy werk goed gedoen.

"Waarom woon jy hier?" Sy blik gaan oor die mense wat by die voordeur in- en uitkom.

"Dis gerieflik naby die kantoor en ek kry kans om my woordeskat uit te brei."

105

"Gaan pak jou goed en kom. Ons kan nie môreoggend laat vertrek nie," ignoreer hy die spot in haar stem.

"Ekskuus?" Rebecca was reeds besig om die motordeur oop te maak en kyk vlugtig om.

"Ons moet halfses op die lughawe wees. Hoe gaan jy so vroeg daar kom?"

"Ek het gesê ek sal daar wees."

"Gaan haal jou klere."

"En dan gaan slaap ek waar? Op die bankies in die lughawe?" Sy is nogal moeg en kan in haar verbeelding al haar bed onder haar voel.

"Ek dink dis effens luuks en dalk te veilig vir jou, siende dat jy verkies om te kyk of jy nie dalk een van die gelukkiges is wat in haar bed vermoor kan word nie."

"Doktor Hoffman, jy sal baie harder moet probeer om my te beledig." Sy kyk met 'n spotlaggie na hom. "Gaan jy hier wag of wil jy saamstap?" Tot haar verbasing klim hy uit, sluit die Mercedes met die afstandbeheerder en stap agter haar aan.

'n Paar meisies fluit van die balkon af en Rebecca glimlag stilweg. Sy wonder of 'n meisie al ooit vir hom gefluit het.

Hy klim stil agter haar teen die trap op en toe sy haar kamerdeur oopsluit, tree hy huiwerig binnetoe. Sy blik neem die kasgrootte-kamer met een kyk in.

"Hoe lank woon jy al hier?" Daar is nou verbystering in sy stem.

"Vier maande." Sy haal die groot rugsak onder haar bed uit en begin al die klere wat aan hangers in die kamer rondhang, netjies opvou. Laastens pak sy haar vier paar skoene en klein tassie met toiletbenodigdhede.

"Waar is die res van jou goed?"

"Watter res?"

Hy kyk na haar asof hy iets wil sê, maar dan tel hy net die groot rugsak op en begin daarmee in die gang af stap.

"Kan ek jou kamer kry?" roep een van die Hollandse mans

wat ook al 'n ruk daar woon toe hy hulle met die tas in die portaal sien.

"As jy jou lewe wil verloor, ja, ek is oormôre weer terug."

Nie een van hulle praat weer 'n woord met mekaar die hele rit nie. Rebecca wil in 'n stadium vra waarheen hulle gaan, maar die sitplek is baie sag onder haar en sy sal nie omgee as hy aanhou ry nie. Sy sal heerlik in die luukse sitplek kan slaap. Sy lig haar kop toe hulle uiteindelik by 'n groot smeedysterhek stilhou en hy 'n knoppie druk om die hek te laat oopswaai. Sy kan skaars glo dat hy haar na sy huis sal neem, maar dis beslis ook nie 'n hotel nie. Die oprit loop met 'n boog deur dofverligte tuine en dan doem daar 'n baie imposante huis voor hulle op. Groot dele van die huis is toegerank, maar sy kry tog 'n idee van die omvang van die gebou en sy wonder of hy alleen daar woon. Dit kan interessant wees as hy dié tyd van die nag met 'n ander meisie by die huis aankom en dit terwyl die mooie Angela vir hom in meters chiffon lê en wag.

"The manor, I presume . . ." kan sy nie help om te spot nie.

"Dit gaan dalk baie vervelig vir jou wees, maar troos jou dis net vir een nag." Hulle klim uit die motor maar stap nie na die groot voordeure nie. In plaas daarvan beduie hy na 'n kleiner geboutjie 'n paar meter van die groot gebou af en tot haar verbasing dra hy self haar rugsak.

"O nee, wag, ek word toe nie in die manor toegelaat nie. Dis die slawekwartiere vir my."

Al antwoord wat sy kry, is die deur wat oopgemaak word. Sy arm verdwyn om die deurkosyn en dan is daar skielik lig. Hy staan opsy sodat sy eerste kan instap en sy steek verbaas net binne die deur vas. Hulle staan in 'n ruim woonvertrek wat baie smaakvol ingerig is met groot gemakstoele en rusbanke. Regs van die voordeur is 'n klein kombuisie. Tussen die kombuisie en die woonvertrek lei 'n kort gang na twee slaapkamers toe. Hy skakel die een se lig aan en Rebecca vergaap haar aan die pragtige kamer in skakerings van wit en room. Tussen die twee kamers is 'n ruim badkamer met die sagste handdoeke en 'n groot glaspot vol lekkerruiksepe.

"Gelukkige slawe," laat sy mompelend hoor terwyl sy in die rondte draai.

"Ons moet op die laatste vyfuur ry. Sal jy wakker word?"

"Hoe dink jy raak ek elke oggend wakker?"

Hy kyk haar veelbetekenend aan. "Ek wil liewer nie aan die moontlikhede dink nie."

"Is dit veilig om hier te slaap?" Sy kyk na die vensters, maar die gordyne is toegetrek en sy kan nie sien of daar diefwering is nie. Toe haar blik vraend na hom terugkeer, lê daar duidelike verbasing op sy gesig.

"Jy slaap vir vier maande saam met karakters uit die uithoeke van die wêreld, waarskynlik nog rowers en moordenaars ook, om nie van die dierebevolking te praat wat in daardie hool rondkruip nie en dan bevraagteken jy my huis se veiligheid!" Hy skud sy kop in ongeloof.

"Net vir die rekord, ek slaap nie sáám met al my huismaats nie, ek slaap in my eie kamer."

"Jy vlei daai hokkie." Hy draai om en begin voordeur toe stap. "Kom sluit die deur."

"Ek dog ons is nou in Alcatraz . . . 'n hawe van veiligheid," mompel sy hard genoeg vir hom om te hoor.

"Dink jy nie dis effe gevaarlik om met daardie tipe advertensie op jou bors rond te loop nie?" wil hy oor sy skouer weet toe hy by die voordeur kom.

"Wat is hiermee verkeerd?" Rebecca kyk verbaas af na haar ligblou T-hemp.

"*I want you*," lees hy die swart woorde voor op haar bors hardop. "Dis nie net gevaarlik nie, dit klink redelik desperaat ook."

Rebecca stap nader terwyl sy aan die soom van die T-hemp trek en die materiaal span styf. Dan sien hy vir die eerste keer die kleiner letters onder die ander en hy lees hardop: ". . . *to leave me alone.*"

Sy verroer nie 'n spier nie maar is heimlik verbaas toe hy met 'n skewe glimlag opkyk. "Ek kry die boodskap."

Rebecca sluit die voordeur agter hom voordat sy bad-kamer toe stap en die krane oopdraai. Die engele was vanaand goed vir haar. En toe sy in die warm bad lê, wonder sy weer oor die klein stukkies genade wat soms oor haar pad kom. Dikwels wanneer sy dit die nodigste het. Sy maak haar oë toe. Die seer sal môre weer beter wees, verseker sy haarself.

10

"Die maatskappystraler!" laat Rebecca met 'n veelseggende sug hoor toe hulle langs 'n kleinerige straalvliegtuig stop. "Hoe sal ek ooit weer ekonomiese klas kan vlieg!" Sy druk-druk aan haar hare en pruil haar mond.

Julian wag nie vir Salie om sy deur oop te maak nie, maar klim self uit en sy volg sy voorbeeld.

Rebecca klim die trappies voor hom uit en toe sy binne kom, staan sy eers 'n oomblik stil om alles in te neem. Sy het al sulke stralers in flieks gesien, maar in haar wildste drome nie verwag om ooit eendag self in een te vlieg nie. Daar is sitplek vir twaalf passasiers, en twee uitvousitplekke agter in die kajuit. 'n Donkerkopmeisie groet vriendelik en beduie vir Rebecca dat sy kan kies waar sy wil sit. Die sitplekke is baie ruimer as die gewone vliegtuigsitplekke. Weerskante van die paadjie is daar vier sitplekke wat na mekaar toe gedraai is, en vier sitplekke wat soos gestoffeerde banke lyk, is weerskante van die kajuit teen die vensters. Sy neem op een daarvan plaas en Julian gaan sit oorkant die paadjie.

Die meisie bring vir hulle koffie nadat hulle opgestyg het en toe sy die koppies kom wegneem, begin sy ontbyt voorsit.

"Hoe kan jy in soveel weelde wakker word en so gemaklik reis en so moerig lyk?" verloor sy die stryd teen haar mond toe die meisie weer agtertoe verdwyn.

"Ek is nie 'n oggendmens nie." Hy eet vinnig asof hy op pad is êrens heen.

"Jy is beslis ook nie 'n aandmens nie, want jy het nou die aand by die partytjie nie veel beter gelyk nie."

"Is alles vir vanmiddag se vergadering reg?" verander hy die onderwerp.

"Doktor Hoffman, waarom was jy gisteraand so gereed om te glo ek het nie my werk gedoen nie?" Sy was 'n paar keer gedurende die nag wakker, maar sy voel steeds meer uitgerus as gewoonlik.

"Die dokumente was jou verantwoordelikheid. Hulle het dit nie gekry nie; vir wie stel jy voor moes ek verdink het?"

"Miskien kon jy my die voordeel van die twyfel gegee het."

"Dit het ek gedoen deur jou nie summier af te dank nie."

Rebecca se hande maak skielik 'n T-vorm. "Doktor Hoffman, ek dink dis tyd dat ons twee 'n paar dinge uitklaar voordat ons verder gaan. Ons het nie 'n goeie begin gehad nie en vandat ek vir jou begin werk het, is ons soos twee boksers in 'n kryt. Of eintlik laat ons my aan twee pokerspelers dink. Maar ek reken dit het tyd geword om ons kaarte op die tafel te gooi. Ons is veronderstel om aan dieselfde kant te wees." Terwyl sy praat, sien sy 'n visioen van haarself gestrand op die lughawe in Johannesburg, maar sy gee nie om nie. Sy kan nie vir hom werk as sy haarself elke dag eers van voor af moet bewys nie.

"Ek is bewus daarvan dat ek op papier nie die beste kandidaat vir hierdie pos was nie, maar jy het my nietemin aangestel en daarvoor sal ek jou altyd dankbaar wees. Ek weet ek kan hierdie job doen en ek gee jou weer my woord dat ek lojaal teenoor jou en die maatskappy sal wees; ek beplan nie om inligting uit te smokkel of om rond en bont te skinder oor jou as persoon of oor dit wat die maatskappy doen nie. As ek 'n fout maak, sal ek dit regmaak en as ek dit nie kan regmaak nie en dit het ernstige gevolge vir die maatskappy, sal ek bedank of jy kan my afdank, wat ook al die beste vir jou sal wees. Maar in ruil verwag ek ook lojaliteit teenoor my en vertroue in my. Ek dink nie dis te veel gevra nie."

"Waarom het jy my nie gesê jy ken vir Gert nie?" verras hy haar.

111

"Ek het nie gedink dis belangrik nie."

Sy oë vernou merkbaar. "Ek hou nie van mense wat my bedrieg nie."

"Gert het eendag in 'n grap vir my gevra waarom ek nie vir die werk aansoek doen nie. Dit sou onregverdig van my gewees het om hom hierby in te sleep. Ek wou die job hê maar as ek dit nie op my eie kon kry nie, dan wou ek dit nie hê nie."

'n Onverwagse glimlag trek aan sy mondhoeke. "Jy is óf vreeslik egoïsties óf jammerlik naïef. Dinge is selde so eenvoudig."

"Ek verkies dinge so eenvoudig. Dis waarom ek nie my kop vir jou gaan knik as ek hom eintlik wil skud nie. Ek speel nie speletjies nie en verwag ook nie om met handskoene hanteer te word nie." Sy hou haar hand op toe dit lyk of hy iets wil sê. "Ek is jammer as ek oneerbiedig klink; dis nie die geval nie. Ek het net nie geduld vir allerhande side-shows nie. Ek vra nie gunste en gawes nie. Al wat ek vra, is dieselfde kans wat jy enige van die ander kandidate sou gegee het as jy hulle aangestel het."

"Is jy klaar?" Die glimlag huiwer steeds om sy mondhoeke, maar sy oë lag nie saam nie.

"Nee, ek wil nog weet waarom jy my nie gesê het jy het my toespraak gebruik nie."

"Jy is veronderstel om elke dag die koerante te lees."

"Dankie, nóú weet ek dit." Sy knik haar kop. "Maar ek sou dit waardeer het om dit van jou te hoor."

"Nou weet ek dit," eggo hy haar woorde en dan gaan hy voort: "Terwyl ons nou hierdie openhartige gesprek het, wil ek jou ook net waarsku: ek gee nie maklik tweede kanse nie. Enige mens kan soms foute maak, maar as jy op enige manier nie jou woord teenoor my of die maatskappy hou nie, gaan daar nie 'n tweede kans wees nie."

Rebecca knik. "Ek verwag dit ook nie."

Julian maak die rekenaar toe en skuif agteroor op die sitplek. "Vertel my van jouself."

112

Rebecca is 'n oomblik uit die veld geslaan. "Jy het 'n verslag van 'n speurder. Wat wil jy meer weet?"

"Waarom het jy regte geswot, waar ken jy vir Gert vandaan, het julle 'n verhouding? Dis dinge wat nie in die verslag staan nie."

"Ek het genoeg verstand gehad om dit te doen, ek het Gert in my eerste jaar op Stellenbosch ontmoet en nee, ons het nie meer 'n verhouding nie."

"Beteken dit julle het een gehad?"

"Drie jaar lank."

"Is daar iemand anders?"

Rebecca glimlag. "Ek is op die oomblik bietjie besig."

"Waarom het ek jou nie vantevore saam met hom ontmoet nie?"

Sy trek haar skouers op. "Ek het nie 'n idee nie. Dit kan dalk wees omdat julle twee nie regtig 'n vriendekring deel nie, of miskien was dit die tyd toe jy in Londen gewoon het."

"Jy moet vir jou 'n selfoon en 'n ander blyplek kry. Ek kan nie so sukkel as ek jou wil hê nie," verander hy die onderwerp vir die soveelste keer.

Rebecca kan dit nie verhelp om terglustig te glimlag nie. "Doktor Hoffman, jy kan bly wees ek is vlug van begrip, anders het ek dalk nou allerhande gedagtes gekry."

"Juffrou Fagan, jy moet leer om soms die konneksie tussen jou brein en jou mond te gebruik. Jou mond gaan jou nog in moeilike situasies laat beland."

"Ek sal my bes probeer, maar dis nie altyd maklik nie." Sy strek haar soos 'n lui kat uit, onbewus daarvan dat Julian die beweging dophou.

"Ek weet nie wat die amptelike beleid by die kantoor is nie, maar ek sal dit waardeer as jy my Rebecca sal noem. Juffrou Fagan klink ietwat vreemd en ek gaan jou dalk nie altyd antwoord nie."

Hy knik net ligweg voordat hy weer sy rekenaar oopslaan. Rebecca hou hom 'n oomblik dop. Hy het mooi, sterk hande.

'n Mens kan sien hy doen nie handearbeid nie, maar sy hande toon tog tekens dat hy in die buitelug kom. Haar blik gaan na die pak klere wat hy vandag dra. As sy moet raai, sal dit iets soos 'n Hugo Boss of dalk 'n Fabiani wees. Aan die ander kant lyk dit of dit vir hom gemaak is. Elke soom en knoop is op die regte plek. Irene sal baie van sy klerekas hou, dink sy geamuseerd. Miskien kan sy hom eendag vra of Irene kan gaan kyk . . .

"Waar ken jy vir Gabriel Green vandaan?" praat hy sonder om op te kyk.

"Ek en sy broer is vriende en hy was saam met Gert in die klas."

"Nog 'n ou kêrel?"

"Nee. Ek het nie soveel tyd gehad nie."

Hy kyk skielik by die venster uit. "Gordel jouself vas, ons is besig om te daal."

"Wat is my verantwoordelikheid by die vergaderings?"

"Luister en leer. Jy het baie beloftes gemaak; laat ons sien of jy hulle gestand kan doen." Hy vee met sy hand deur sy kort hare. "Baie mense bevraagteken jou aanstelling. Ek hoop nie jy bewys hulle eendag reg nie."

Op die ingewing van die oomblik steek Rebecca haar hand na hom uit. "Jy sal nie jammer wees nie."

Julian neem haar hand in syne, maar antwoord haar nie. Hy wens die knaende onsekerheid oor haar wil bedaar.

114

11

Julian staan terug sodat Rebecca eerste kan instap, en sy huiwer net 'n oomblik. Stemme bedaar en op die meeste gesigte verskyn daar glimlagte toe Julian die vergadersaal binnestap. So ver soos hy groet, stel hy Rebecca voor en sy herhaal elke gesig en naam stilweg in haar gedagtes.

Die meeste mans is in donker pakke geklee en die drie vrouens wat teenwoordig is, lyk self formeel in snyerspakkies en ontwerperskoene. Rebecca is vir die eerste keer dankbaar vir Irene se raad. Sy dra 'n donkergroen langbroekpak en haar hare is heel sober agter haar kop vasgemaak. Sy voel gemaklik en vreemd professioneel. Miskien maak die vere tog soms die voël, dink sy geamuseerd.

Julian neem die voorsittersstoel in en tot Rebecca se verbasing beduie hy na die sitplek langs hom. Sy het 'n vermoede haar wittebroodstyd is verby. Van nou af gaan sy toenemend haar brood in die sweet van haar aanskyn verdien. Daar is egter nie tyd om haarself jammer te kry nie, want Julian verwelkom almal en dan begin hulle om stelselmatig deur die agenda te werk. Rebecca is dankbaar vir die agtergrond wat sy alreeds het, anders sou hierdie vergadering Grieks vir haar gewees het.

Julian kyk 'n paar keer na haar om syfers te kontroleer en sy neem haarself voor om in die vervolg nog beter voor te berei. Sy dink nie hy betaal haar om te sê sy weet nie.

Is jy wakker? Die nota skuif voor Rebecca se oë in en sy skryf so onopsigtelik moontlik: *Moet ek wees?*

Jou opinie van die spreker?

115

Senuweeagtig en ontwykend.

Waarom?

Rebecca weet sy het haarself as bekwaam bemark, maar sy het nooit gesê sy is 'n siener nie.

Kan iets te doen hê met die kontrak wat hulle toegeken het. Hy raak vaag sodra iemand daarna verwys. Maar hy is nogal slim.

Julian reageer nie weer nie en Rebecca luister met hernieude aandag na alles wat gesê word en is dankbaar toe hulle halfelf 'n teepouse neem. Almal staan rek-rek op toe groot trollies met koppies en teekanne ingestoot word. Op 'n aparte trollie is 'n verskeidenheid klein driehoektoebroodjies en keurige gebakte koekies.

'n Paar mense staan nader om met Julian te gesels en Rebecca stap om vir haar te gaan tee skink.

Twee jongerige mans kom staan by haar en stel hulleself voor. Hulle is verbonde aan een van die filiale in Johannesburg en wil weet waar sy vandaan kom en hoe lank sy al daar werk. Op die ou end gesels hulle so lekker dat hulle haar nooi om die aand saam met hulle te gaan eet. Sy wys die uitnodiging van die hand, maar belowe sy sal laat weet as hulle weer Johannesburg toe kom.

Toe die ander na hulle sitplekke begin terugkeer, stap sy ook terug na die kop van die tafel.

"Dankie vir die tee," laat Julian sag hoor toe sy langs hom gaan sit.

"Moes ek vir jou tee gebring het?"

Hy antwoord haar nie en begin weer met die vergadering.

"Ek is jammer oor die tee," maak Rebecca verskoning toe die vergadering uiteindelik verdaag en hulle buite die gebou in die Hoëveldse herfsson uitstap.

"Ten minste het een van ons dit geniet."

"Waarom wou jy weet wat ek van meneer Marais dink?" vra sy toe hulle agter in die BMW inskuif.

"Ek wou sien hoe goed jy mense ken en hoe vinnig jy 'n

situasie kan opsom. Ek is nog nie van al jou vaardighede oortuig nie, maar ek weet ten minste jy sal vir my 'n eerlike antwoord gee."

"Was ek reg?"

"Ek weet nog nie, maar ons vermoed al 'n rukkie dat daar iets nie pluis is nie. Die kanse is baie goed dat hy omkoopgeld ontvang het vir die kontrak."

"Waarom vra julle hom nie?"

Julian skud sy kop. "Hy sal dit eenvoudig ontken. Dis beter om hom net te laat dophou. Mense soos hy maak een of ander tyd 'n fout."

"Slaap jy rustig snags?"

Sy blik rus vraend op haar.

"Daar is soveel mense wat bedrog kan pleeg en soveel wat verkeerd kan gaan. Hoe hou 'n mens 'n oog oor alles?"

"Jy kan nie. Jy moet die mense vertrou tot hulle jou verkeerd bewys."

"Meneer Walters is die enigste een wat jy volkome vertrou," merk sy half ingedagte op. "En Salie."

Dis nie 'n vraag nie en hy reageer nie daarop nie.

Die vergadering met Robert Carstens is uitgestel tot drie-uur, maar voor daardie tyd is daar nog 'n paar afsprake wat Julian moet nakom en die motor neem hulle terug na Hoffman's se kantoor in Sandton.

Rebecca is baie verlig toe Robert Carstens en sy prokureur drie-uur met al die nodige getekende dokumente opdaag. Hy is 'n groot man met 'n rooierige gesig en 'n opmerklike kort humeur. Toe Julian Rebecca aan hom voorstel, maak hy 'n onhoorbare geluid en deur die loop van die vergadering betrap sy 'n paar keer sy glurende blik op haar. Sy ignoreer hom, maar hoop stilweg sy loop hom nooit een aand alleen in 'n donker straat raak nie. Hy is beslis nie lief vir haar nie.

Sewe-uur die aand staan Rebecca onseker in haar hotelkamer rond. Julian het by vriende gaan eet en sy kan nie besluit of sy haar familie wil gaan groet of nie. Na 'n paar minute se worsteling met haarself, skakel sy die ontvangstoonbank om 'n huurmotor te bespreek. Hulle woon in die ooste van Johannesburg, maar sy moet in haar adresboekie kyk om die straatnaam en nommer van die huis te kry.

Sy sit snaarstyf agter in die huurmotor en wonder waarom sy dit aan haarself doen. Hulle het in die twaalf jaar wat sy 'n huis met hulle gedeel het, weinig gehad om vir haar te sê. Die kanse dat hulle nou gaan bly wees om haar te sien, is nul. Sy gee nie oor die kinders om nie, maar sy vermoed êrens in haar is daar nog 'n sprankie hoop dat sy ten minste net een keer in haar lewe 'n gesprek met Engela kan hê. Miskien net een keer iets van haar ma in hierdie suster van haar herken. Miskien kan agterkom waarom die vrou nooit in staat was om met haar te praat nie. Dit was makliker om met die honde te praat as met haar.

Sy glimlag wrang vir haar melodramatiese gedagtes. Dit klink of sy 'n Orphan Annie was en dit was sy nie.

Irene kan nie verstaan waarom sy nie vir hulle kan kwaad wees nie, maar hulle het haar nie mishandel nie. Sy is nie honger bed toe gestuur of in die Kaapse winter met kaal voete skool toe gestuur nie. Daar was nie luukses nie, maar daar was genoeg kos en klere en met die geld wat haar ouers nagelaat het, kon sy na goeie skole en universiteit toe gaan. Baie kinders sal hulle siele verkoop om te hê wat sy gehad het, maar vir haar was dit nie genoeg nie en sy voel weer die jare se selfverwyt aan haar vreet. Miskien was dit die beste wat hulle kon gee. Miskien het hulle nie van beter geweet as om in die gang by haar verby te skuur nie. Daar was reeds vier kinders wat aandag en tyd geëis het. Wat maak dit saak dat die buurvrou of die Portugese paartjie by die hoekkafee sommer haar rapport geteken het. Dis geteken.

Rebecca onthou nog goed hoe sy op haar veertiende verjaarsdag haar hare bloedrooi gekleur het, en toe die skoolhoof vir Engela bel, was háár verweer dat hulle nie van haar kan verwag om polisieman te speel nie. Sy het reeds genoeg gehad wat haar besig gehou het. 'n Man en vyf kinders en geen huishulp nie. Dit was die laaste keer dat Rebecca hulle aandag probeer kry het.

Daar brand lig in die huis toe die huurmotor stop, maar sy klim nie dadelik uit nie en toe sy sover kom om die deur oop te maak, vra sy die bestuurder of hy 'n oomblik sal wag.

Haar niggie se man maak die deur oop en kyk vraend na haar deur die traliehek. Rebecca kan op sy gesig sien hy verwag dat sy iets aan hom gaan probeer verkoop.

"Naand, Stanley. Is tannie Engela hier?"

Sy wenkbroue trek eers saam voordat hy agter hom op 'n tafeltjie na 'n sleutel begin soek. "O, dis jy."

Rebecca waai vir die huurmotorbestuurder en hoop maar hy onthou sy belofte en kom laai haar tienuur op.

"Ek was vandag vir 'n vergadering in Johannesburg en het gedink ek kom groet."

"Ma, dis iemand vir Ma," roep hy na êrens in die huis.

Hy beduie haar na 'n vertrek links van die voordeur en sy stap voor hom uit. Twee kinders sit-lê op die banke en op 'n stoel sit haar niggie, Jackie, besig om wasgoed op te vou en in 'n mandjie by haar voete te pak.

"Nou toe nou, waar in die wêreld kom jy vandaan?" Jackie verskuif net in haar stoel en Rebecca is bly sy het nie nader gegaan om te groet nie.

"Ek het 'n vergadering in die stad gehad en gedink ek kom groet," herhaal sy die rede vir haar besoek.

"Ma!" roep Jackie nou ook effens ongeduldig.

"Ek kom . . ."

Daar is voetstappe en dan staan Engela in die deur. Haar blik gaan onbegrypend oor Rebecca, maar daar vliet die skadu van 'n glimlag oor haar gesig, of miskien is dit net die manier hoe die lig val, waarsku Rebecca haarself voor sy dalk opgewonde raak.

"Naand, Rebecca." Sy tree onseker vorentoe en Rebecca

gee haar 'n onbeholpe drukkie. Hulle het deur die jare nie baie aan mekaar geraak nie.

"Kom sit." Engela beduie na die enigste beskikbare stoel voor sy by haar kleindogter op die bank gaan sit.

Die kinders kyk nie op nie. Die seun stel net die klank van die televisie effens harder.

"Gaan dit goed met tannie?"

Die mond trek in 'n reguit lyn. "Ek het niks om oor te kla nie."

Daar is 'n skietery op die televisie en Rebecca moet eers wag tot die klank effens bedaar voor sy weer kan praat. "Hoe gaan dit met die ander kinders?"

"Seker goed. Ek hoor ook nie te gereeld van hulle nie. Dis ook so duur om deesdae te bel."

Rebecca proe die ergernis bitter op haar tong by die aanhoor van dié verskoning. Engela het altyd vir haar kinders verskoning gemaak. Hulle is nooit vir enige iets verantwoordelik gehou nie. Nie vir hulle luiheid, laksheid of onbeskoftheid nie.

Die klank op die televisie bereik weer 'n crescendo en Rebecca wil voorstel dat hulle in 'n ander vertrek gaan sit, al is dit die kombuis, maar die geraas pla blykbaar niemand anders nie.

"Waar woon jy deesdae?" praat Jackie vir die eerste keer.

"In die Kaap."

"Hulle wou vir Stanley ook Kaap toe verplaas het, maar ek het nee gesê. Dis net 'n nes vir die oorsese mense en die winkels maak jou bankrot met hulle hoë pryse."

Good for you, dink Rebecca geamuseerd en bejammer die arme Stanley wat woordeloos saam met sy kinders na die televisieskerm staar.

"Is jy al getroud?" Engela kyk na Rebecca se vingers.

"Nee, tannie. Ek is nog te besig," probeer Rebecca gemoedelik antwoord. "En ek weet nie of daar 'n man is wat vir my sal kans sien nie."

120

Niemand weerspreek haar nie en Rebecca het moeite om nie te lag nie. Hierdie is 'n sprekende voorbeeld van hoe meer dinge verander, hoe meer bly hulle dieselfde. As kind kon sy gesê het sy is lelik en dom en niemand sou eens probeer het om haar van die teendeel te oortuig nie. Dis eintlik vreemd dat sy enigsins 'n selfbeeld ontwikkel het.

'n Kakofonie bars weer op die skerm los en almal se koppe draai daarheen en die volgende vyf minute praat niemand nie. Rebecca kyk eers saam na die bloedige geveg, maar geleidelik begin haar blik deur die vertrek dwaal. Jackie is sigbaar in 'n ligblou-en-appelkoosfase. Van die gestoffeerde stel tot by die mat en gordyne is alles 'n wasige eenheid. Op die koffietafels en langs die televisie is 'n verskeidenheid ornamente uitgestal. Die meeste ook in skakerings van blou en pienk. Die gordyne se plooie is almal ewe groot en die voue is soos skerp mespunte. Jackie was nog altyd die netjiesste van die klomp.

"Bennie, haal jou voete van die bank af," laat Jackie skerp hoor en Rebecca ruk soos sy skrik. "Het jy darem werk?" gaan Jackie voort toe haar seun sy voete afgehaal het. Eers weet Rebecca nie of sy moet antwoord nie, want almal se oë is steeds vasgenael op die televisie.

"Ja, ek het 'n werk," antwoord sy toe niemand anders iets sê nie.

"Jy het seker baie geld oorsee gemaak." Stanley moet effens oor sy skouer kyk om Rebecca te sien.

"Die betaling was nie sleg nie."

"Hm, dis maklik om geld te maak as 'n mens 'n graad het en geen studieskuld het om terug te betaal nie." Jackie tel die wasgoedmandjie op en begin daarmee deur toe stap. "Gaan jy saam tee drink of drink jy deesdae net wyn en whiskey?"

"Tee sal lekker wees, dankie." Rebecca probeer ongemerk op haar horlosie kyk, maar sien daar is nog 'n driekwartier oor voor die huurmotor haar moet kom oplaai.

"Wanneer laas was tannie in die Kaap?" probeer sy weer 'n

gesprek aan die gang kry toe die drama op die televisie uiteindelik tot 'n einde kom.

Engela kyk na Stanley. "Ons was laas Desember af, maar dis ook maar ver om te ry. Riaan het gesê ek kan 'n bietjie by hulle kom kuier, maar ek sien nie meer kans vir die Kaapse winters nie."

"Riaan het sy werk bedank," maak Stanley ook weer 'n bydrae tot die gesprek.

"Wat doen hy nou?" Rebecca stel regtig nie belang om te weet nie, maar vra tog.

"Hy wil sy eie besigheid oopmaak. Hy sê hy is moeg om vir 'n baas te werk," antwoord Engela. "Riaan sal dit kan doen, hy het altyd 'n goeie kop op sy lyf gehad. Hy moes eintlik universiteit toe gegaan het."

Rebecca laat die opmerking aan haar verbygaan. Sy moes deur die jare genoeg hoor hoe bevoorreg sy was dat daar vir haar geld was om universiteit toe te gaan. Die feit dat die studiepolis slegs haar studie betaal het en sy haarself verder moes onderhou, is nooit genoem nie. Sy weet Engela-hulle het 'n bedrag geld uit die boedel ontvang. Sy weet egter ook daardie geld is beslis nie net vir haar onkostes gebruik nie.

Jackie kom weer die vertrek binne en sit die skinkbord op die koffietafel neer. "Ek hoop jy drink gewone tee, ek koop nie al daardie fancy gegeurde goed nie."

"Gewone tee sal reg wees, dankie." Rebecca neem die geblomde koppie en brand byna haar mond van haastigheid om klaar te wees voor die motor kom.

Rebecca sit agteroor teen die harde sitplek van die huurmotor en verwag om binne oomblikke die eerste tekens van 'n hoofpyn te voel. Sy maak haar oë toe en wag. Na 'n paar kilometer besluit sy dis te veel moeite om hoofpyn te kry. Daarom maak sy 'n uur later die klein yskassie in haar hotelkamer oop en haal die duurste botteltjie whiskey uit wat in die mini-kroeg beskikbaar is. Sy gooi 'n paar ysblokkies in 'n glas, skink die

geelbruin vloeistof stadig in en sak agteroor op die duur rus-
bank. Met haar skoene uitgeskop, lig sy haar bene oor die
armleuning terwyl sy die glas omhoog hou. "Na Zdorovia!
Prosit! Salut! To life! En 'n huis sonder blou en pienk orna-
mente!" Sy neem 'n groot sluk en stik byna. Dan hoor sy
weer Deborah wat vra of Engela haar nie destyds kon gehelp
het nie en sy gee 'n bitter laggie. "Ja, as ek dalk die hond was
wat kleintjies moes kry."

Rebecca het dikwels al gewonder hoe haar ma en Engela
susters kon wees. Die idee is omtrent so vergesog soos om te
glo 'n dassie en 'n olifant is familie. Maar blykbaar is daar ge-
noeg bewyse vir laasgenoemde teorie sodat sy sal moet glo
Engela en haar ma was susters. Miskien sou Engela meer per-
soonlikheid gehad het as sy nie met Bennie getroud was nie.
Oorlede Bennie het sy vrou met stil buie regeer. Sy kan nie
eens sê hy was 'n broeiende man nie, dit sou hom vlei. Hy het
sommer net stilstuipe vir die geringste ding gekry en dan
moes arme Engela paai en bederf. Rebecca neem weer 'n sluk
en voel hoe die whiskey 'n warm kol op die krop van haar
maag maak. Daardie mense laat haar altyd koud voel, maar sy
is bly sy het gegaan. Sy is nou eers weer genees van enige
illusies wat sy dalk gehad het.

12

"Bring die wyn saam," roep William oor sy skouer vir Rebecca. "Die kos is op die tafel," nooi hy die ander nader en sit die groot skottel hoenderbreyani in die middel van die ouerige eetkamertafel neer.

"Sou jy nie al die tafel afgeskuur het nie?" wil Gert weet terwyl sy hand oor die growwe houtoppervlak streel.

"Ek kry nie tyd nie en is eintlik nou half gewoond aan die look."

"Dis 'n mooi tafel," merk Deborah op toe sy gaan sit. "Dit gaan mooi lyk as dit gerestoureer is."

"Met die klem op as," brom Irene onderlangs en Rebecca gee haar 'n waarskuwende kyk.

William wag tot almal rondom die tafel ingedruk het voor hy sy glas lig. "Op die winter! May it be fierce and forceful en mag ons almal dankbaar wees as die lente aanbreek."

"Op die winter," klink 'n koor stemme op.

"En op mizz Fagan wat ons vir 'n slag weer met haar teenwoordigheid vereer." Hy lig sy glas in Rebecca se rigting en die ander volg sy voorbeeld.

"En op William vir sy tradisionele pot breyani saam met die eerste herfsreën," stel Rebecca ook 'n heildronk in. "En op pelle!" Haar blik vang dié van Deborah en hulle knik stil vir mekaar.

"OK, OK, ons drink op alles en almal, life, love, prosperity, die hele boksemdaais," voeg Gert by. "Laat ons nou net drink."

Borde word heen en weer aangegee terwyl William inskep.

"Hoe gaan dit in die korporatiewe wêreld?" Gert hou sy bord vir William, maar kyk na Rebecca.

"Die maatskappye vaar op die oomblik goed, plaaslik sowel as internasionaal. Daar is sprake van verdere uitbreiding na die Ooste, maar dit weet jy. Hulle verwag dat die ekonomie in die tweede helfte van die jaar selfs nog sal verbeter –"

"Ek het bedoel of my neef jou nog goed behandel en of die Lear lekker vlieg en of jy nie miskien êrens 'n mooi, gewillige, ryk vrou raakgeloop het wat van my 'n eerbare man wil maak nie?"

"O, jy wil moeilike vrae vra," spot Rebecca. "Ek kan nie oor jou neef kla nie, maar ek gee hom ook nie juis die kans om ontevrede met my te wees nie. Ek is 'n voorbeeldige werknemer."

"So voorbeeldig dat jy hom gevra het of hy hom nie skaam om in soveel weelde wakker te word en dan so beneuk op kantoor te kom nie." Gert se wenkbrou lig spottend.

"Hemel, Becca!" snak Irene.

"Ek het dit al vir jou ook gevra," verdedig Rebecca haar teenoor Gert. "Daar is miljoene mense wat nie kos het nie, wat nog te sê van 'n huis. Julle word soggens in weelde wakker, julle kan besluit hoe koel of warm julle stort moet wees, julle eet net die beste kos wat beskikbaar is en dan lyk julle soms asof julle, soos Atlas, die wêreld dra."

Gert neem eers 'n hap van sy kos voor hy praat. "Voorspoed het nog nooit 'n afwesigheid van probleme gewaarborg nie."

"Nee, maar voorspoed verseker ten minste dat jy nie vandag jou probleme op 'n leë maag hoef te face nie." Sy neem 'n sluk wyn en kyk vriend na Gert. "Waar kom jy in elk geval aan die storie?"

"Stephen het my vertel."

Rebecca kou in stilte aan die brokkie inligting terwyl sy wonder waarom Julian dit vir Stephen vertel het.

"Hy's nie rêrig 'n beneukte mens nie," kom Gert tot Julian

125

se verdediging. "Ek dink hy is aan die diep kant ingegooi en miskien raak hy soms net moeg vir al die verantwoordelikhede."

Rebecca onthou skielik haar belofte aan Julian om hom nooit buite die kantoor te bespreek nie en sy verander dadelik die onderwerp. "Hoe gaan dit in die musiekwêreld, William? Sodra ek 'n blyplek het, gaan ek vir my 'n goeie hoë-troustel of musieksentrum, of wat 'n mens ook al die goed noem, koop." Sy gee William nie kans om te antwoord nie. "En CD's. Ek wil baie CD's koop."

"Daar's 'n nuwe een van Norah Jones uit – jy behoort daarvan te hou," kry William eindelik 'n paar woorde in.

"Ek het dit nou die aand gehoor, dis baie mooi," beaam Deborah. "Net jammer my geselskap was nie so hot nie." Sy gooi haar hande in die lug. "Kan iemand asseblief vir my sê wat van die gemiddelde nice, straight mans geword het? Waarom kry ek altyd 'n idioot wat óf soveel bagasie het dat dit lyk of hy permanent 'n Venter-waentjie agter hom aansleep, óf ek sit opgeskeep met 'n Peter Pan wat sukkel om sy vlerkies weg te pak en groot te word."

"Ons is nie almal so nie," kom dit onverwags van Gert se vennoot, Pierre, wat tot nou toe nog nie veel gesê het nie, maar opvallend baie na Deborah kyk.

"Dis wat julle almal sê," kla Deborah. "Ek weet net nie of ek enigeen van julle kan glo nie."

Rebecca kan sien hoe Pierre na woorde soek en sy kry hom meteens baie jammer. Deborah het eenvoudig hierdie swak plek vir ouens wat haar nie goed behandel nie. En al kerm en kla sy, vermoed Rebecca sy kan haar nie 'n ander scenario voorstel nie. Sy is onwillekeurig agterdogtig wanneer 'n man goed is vir haar.

"Ek het finaal besluit ek is klaar met vrouens," kondig William staande aan. "Voordat ek nie een kry wie se kop ek kan verstaan nie, kom ek nie weer naby een nie."

"Die kanse dat jy een gaan kry, is omtrent so goed soos dat

onse Becs iemand gaan kry wat haar verstaan en ons almal weet dis 'n saak van onmoontlikheid."

Rebecca hou haar bord vir 'n tweede skeppie. "Dankie, Gert, dit klink baie bemoedigend."

"Ek probeer jou nie beledig nie. Ek probeer maar net vir William waarsku dat hy dalk baie lank sal moet wag."

"Daar is 'n verskil tussen nie 'n vrou verstaan nie en nie 'n vrou wíl verstaan nie," laat Irene fronsend hoor. "Ek het 'n vermoede jou probleem is laasgenoemde."

"Kinders, kinders," vermaan Rebecca kamtig. "Laat ons nou nie hierdie wonderlike Sondagmiddag met sulke gewigtige praatjies versuur nie. Laat ons liewer nog 'n keer ons glasies lig op ons gasheer en sy kulinêre vaardighede." Sy lig haar glas en die ander volg haar voorbeeld. "Sê my liewer waar ek 'n blyplek kan kry. Ek gee nie om vir 'n koue stort in die somer nie, maar dis hel op my gestel noudat die winter aan die kom is." Sy kyk na haar borste. "Die enigste voordeel daaraan is dat my boobs beslis nie gaan uitsak nie en ek nie selluliet onder al die hoendervleis sal kry nie."

Gert glimlag veelbetekenend. "Hoe seker is jy daarvan? Miskien moet ons inspeksie hou."

"Praat van boobs en boude," praat Deborah voordat Rebecca Gert kan antwoord, "dis een van die redes waarom ek vinnig 'n man moet kry; ek kan voel hoe alles progressief elke jaar al meer uitsak."

"Ag nee hel, Deborah, ons eet nog," protesteer Gert. "Spaar ons soveel grafika."

"Vrouens worry te veel oor hulle lywe," is Pierre se besliste mening. "Solank 'n vrou gemaklik is met wie sy is, is sy vir my mooi."

Deborah se blik draai stadig in sy rigting. "Jy sal maak dat ek met ander oë na jou begin kyk."

Rebecca kan sien Pierre sal nie omgee as sy dit wil doen nie, maar hy sê niks en sy laat haar blik 'n oomblik oor die ander rondom die tafel dwaal.

Hierdie is haar familie. Hulle deel hulle vreugdes, voorspoed en vrese met haar. Hulle drink en eet saam uit onpaar glase en borde en sit by 'n tafel waaraan jare se vernis soos skilfers hang, maar hulle is mense. Niks aan hulle is kunsmatig nie. Nie William met sy bont lapbroek, bergklimstewels en uitgewaste pienkerige hemp nie; ook nie Gert in sy Levijeans en wit Ralph Lauren-hemp nie. En êrens tussenin is Deborah, die soekende siel. Die een wat glo daar moet 'n prins op 'n wit perd wees, sonder die vaagste benul hoe 'n prins lyk. Daar is die serene Irene met die hopelose behoefte om vir William onder hande te neem sodat hy net effens meer in haar ordelike bestaan kan inpas. Wat so verlief op hom is dat 'n mens nie anders kan as om vir haar jammer te wees nie, maar wat nog nie kans sien vir 'n man sonder 'n horlosie en 'n pensioenplan nie. En Pierre is die skugter regsgeleerde. Die prins wat Deborah nog nie kan herken nie.

Sy glimlag onwillekeurig en wonder wat die ander alles oor haar sal sê. Die lekkerte is dat dit nie saak maak nie. Hulle is soos die klomp onpaar glase en borde. Daar is geen eenvormigheid nie, maar hulle maak die tafel en die lewe interessant.

"Ons gaan laat wees as jy nie nou opstaan nie, Julian." Angela trek haar baadjie aan en tel haar Prada-handsak van die stoel af op.

"Kom klim saam met my in die bed. Dis die eerste Sondag in 'n lang tyd dat ek nie weg is nie. Ek is nie lus om nou by mense te gaan kuier nie."

"Jy weet al lankal van die afspraak." Haar heuningblonde hare word agtertoe gegooi en sy haal 'n lipstiffie en kwassie uit en begin haar mond verf.

"Kan ek jou nie eens meer op 'n reënerige Sondagmiddag verlei nie?" Julian gaap en rek homself uit. Die uur wat hy geslaap het, was net te min.

"Die Wasserfalls en die Melcks gaan daar wees. Jy het hulle lanklaas gesien."

Julian sug byna hardop. Dis al wat hy nou nodig het: eindelose gesprekke oor die ekonomie, markte, wie weer watter maatskappy oorgeneem het, wie weer waar nog kantore geopen het. "Sê vir hulle ek kon nie kom nie."

"Ek sal dit nie doen nie. Jy verwag van my om saam met jou te gaan wanneer dit jou pas, nou verwag ek dat jy saam met my gaan." Sy draai van die spieël af weg. "Ek verstaan nie wat jou beswaar is nie. Hierdie is mense met wie jy besigheid doen. Dis jóú tipe mense. Jy speel saam met hulle gholf en dien saam met hulle in direksies."

"Dis juis die verdomde punt!" Hy gooi die kombers van hom af en staan op. "Ek doen dit sewe dae van die week, ek wil net soms 'n dag vir myself hê."

"Jy moes nooit kom lê en slaap het nie. Nou is jy sommer net grumpy. Was jou gesig en trek aan; dit sal jou laat beter voel."

Julian trek haar onverwags nader en sy mond sluit oor haar vars geverfde mond. Hy proe die bekende geur op haar lippe en sy vingers verstrengel in haar hare. "Die enigste ding wat my nou beter sal laat voel, is as jy saam met my in die bed klim," fluister hy teen haar mond.

Angela tree terug. "Dammit, Julian! Kyk hoe lyk my gesig nou!"

Julian se duim vee oor die rooi lipstiffiemerke langs haar mond voordat hy stil omdraai en badkamer toe stap.

"Brenda, is jou man by die huis?" Julian sit sy voete op die lessenaar en kantel sy stoel agteroor.

"Waarom bel jy so laat? Jy kan die baba wakker maak."

"Brenda, ontspan in vadersnaam tog net vir 'n slag. Jy is nie die eerste mens wat 'n baba het nie en dit sal haar ook nie skade doen om soms uit jou moordende roetine te kom nie. Die lewe is te kort om alewig so georden en geroetineerd te wees. Jy is besig om baie pret te mis. Wanneer laas het jy gelag?"

Brenda antwoord hom nie en Julian hoor hoe daar na Stephen geroep word.

"My vrou sê jy is in 'n baie slegte bui. Sy wil nie verder met jou praat nie."

"Ek wil ook nie met haar praat nie. Kom ons ry Stellenbosch toe en gaan sit in 'n bar tot ons warm is. For old times' sake."

"Dis die beste plan wat jy in 'n lang tyd gehad het; ek wonder net waar ons dié tyd op 'n Sondagaand een gaan oop kry."

"Dan koop ons een. Terloops, waarom het ons nog nooit 'n kroeg gekoop nie? Ons twee kan agter die toonbank werk."

"Dit klink weer eens na 'n briljante plan. Ek sal die cocktail-spesialis wees, siende dat ek nog altyd 'n geheime begeerte gehad het om daai bottels so in die lug te gooi." Stephen raak stil asof hy dink. "Weet jy, hoe meer ek daaraan dink, hoe meer weet ek ons gaan 'n groot sukses wees. Kort voor lank sal ons takke moet oopmaak."

"Nee, nie takke nie! Net ons en ons toonbank."

"Jy 'n lang Sondag gehad?" Stephen se stem verander merkbaar en Julian maak sy oë toe. Dis so maklik met Stephen.

"Middagete by die Vissers, saam met 'n internasionale wyn-clan. Laatmiddagdrankies by die Tylers, wat oorgeloop het in 'n ligte aandete en verdere k- . . . nonsenspratery. Ek is gatvol, Stephie."

"Jy moet geduldig met jouself wees. Dis nog nie drie jaar nie. Jy sal mettertyd fiks word hiervoor."

"Dis die probleem; ek weet nie of ek wil fiks word nie."

"Jy het altyd geweet hierdie is jou pad, my vriend, en daar was 'n tyd toe jy hierna uitgesien het. Wat is besig om verkeerd te gaan?"

"Ek weet nie. Ek het gedink ek is reg hiervoor, maar ek dink dit sou beter gewees het as ek nog 'n paar jaar lank sommer net een van die massa kon wees."

"Jy kan hierdie job doen, Julian. Toe-oë en met jou hande agter jou rug vasgemaak. Daar is iets anders wat jou pla."

Julian bly 'n oomblik stil. "Kan jy meer spesifiek wees?"

"Nee, dis iets wat jy vir jouself moet uitsorteer. Ek kan maar net spekuleer."

"Spekuleer, laat ek hoor."

"Waarom kom jy nie tot trou nie?"

"Ek het nie nou tyd daarvoor nie."

"Dit sal hoogstens 'n uur van jou tyd neem, aansienlik korter as julle voor die landdros trou en nie 'n onthaal hou nie."

"Wat wil jy sê, Stephen?"

"Ek wil niks sê nie, ek vra 'n vraag. Een waaroor jy dalk in 'n stadium sal moet dink."

"Ek skiet jou vir 'n dop en dan praat jy met my soos 'n ou vrou oor trou! So val die helde."

"Praat van helde: hoe gaan dit met jou en die briljante juffrou Fagan? Ek hoor sy was weer Vrydag haar gewig in goud en silwer werd met die opstel van daardie verslag."

"Hoe gaan dit met my en juffrou Fagan?" herhaal Julian die vraag en bly eers 'n oomblik stil. "Dit gaan seker goed met ons. Sy is stiptelik, skerp, slim en sexy; ek het nie rede om te kla nie."

"Ek het nie geweet jy let die sexy deel op nie."

"Ek is moeg, Stephen, nie blind nie."

"Ek is bly jy het haar aangestel," klink Stephen skielik ernstig. "Dis 'n bright girl daai en sy verdien hierdie kans."

"Jy en Salie is goeie agente vir haar. Hy herinner my ook kort-kort daaraan en dan is daar nog deesdae my oupa ook. Hy bel nie sonder om vir my te sê ek moet mooi na haar kyk nie."

"Alec sal dit met graagte namens jou doen."

Daar is 'n stilte voor Julian vra: "Wat bedoel jy?"

"Alec het sy visier op haar gestel en hy is baie opgewonde oor die vooruitsigte."

"Vra vir Alec of hy die term seksuele teistering ken. Ek gaan nie baie opgewonde wees as hy met so 'n klag teen hom sit nie. Ek het nie tyd vir sulke nonsens nie." Julian klink nou ergerlik.

"Julian, as ek my vrou nog vanaand wil wakker sien, moet ek nou bed toe gaan. Ek sien jou môre en as jy nie beter voel nie, sal ek vir jou 'n dop koop."

131

"Sê groete vir my suster en sê vir haar sy moet leer om te ontspan en die lewe te geniet. Ek wil nie sien dat sy net nog een van daardie gedrewe ma's word wat hulle kinders se lewens van geboorte af organiseer nie. Sy was nog altyd die een in die familie met potensiaal om 'n lekker mens te wees, moenie haar laat verval in al die society traps nie."

"Dis moeilik as dit al wêreld is wat jy ken," verdedig Stephen sy jong vrou.

"Dan moet jy sorg dat sy 'n ander wêreld leer ken." Daarmee sit Julian die gehoorstuk neer en maak vir die eerste keer sy oë oop.

13

Rebecca sit die dokumente op Julian se lessenaar neer en draai weer om. Sy steek in haar spore vas, want hy kom uit die badkamer gestap, besig om sy hare droog te vryf terwyl sy hemp nog oophang.

Asof hy skielik van 'n teenwoordigheid bewus word, laat sak hy die handdoek. Hy skrik sigbaar, maar dan tree die herkenning in en hy gee 'n skewe glimlag. "Jy's vroeg."

"En besef nou eers wat ek elke oggend mis," antwoord sy weer voor haar brein die woorde oordink het.

Hy begin sy hemp toeknoop. "Hoe dikwels het jou mond jou al in die moeilikheid laat beland?"

"'n Paar keer, maar dit het my ook al 'n paar keer gered." Sy begin deur toe stap.

"Gaan jy vir my koffie maak?" roep hy agter haar aan.

Rebecca kyk op haar horlosie maar sien dis nog bykans 'n uur en 'n half voor Anèl inkom.

"Vir die voorreg om die beroemde Hoffman-lyf te sien, kan ek seker 'n uitsondering maak."

"Jy weet daar is deesdae streng reëls rondom persoonlike op- en aanmerkings in die werksplek?"

"Doktor Hoffman . . ." Sy draai om en die kenmerkende fronsie lê tussen haar oë. 'n Seker teken van haar ongeduld. "Jy is 'n intelligente man en weet ek is besig om 'n grap met jou te maak. Ek is 'n intelligente vrou en weet vir wie ek so iets kan sê en vir wie nie. Seksuele teistering is 'n doelbewuste daad om iemand anders te intimideer en 'n persoon se waardigheid af te breek. Die mense wat dit doen, is eenvoudig en onnosel en verdien al die moeilikheid wat na hulle kant toe kom. My opmerking val nie in daardie kategorie nie. En as ek jou aanstoot gegee het, vra ek om verskoning. Ek belowe jou ek is nie besig om op jou te hit nie. Jy is nie my tipe nie."

Rebecca wag nie dat hy haar antwoord nie, maar in die kombuisie staan sy 'n paar oomblikke stil voor sy die ketel aanskakel. Miskien is dit tyd om 'n wag voor haar mond te sit. Die gemaklike verhouding met haar mansvriende veroorsaak dalk dat sy nie meer weet waar die grens is nie.

"Bring jou koffie en jou notaboek, daar is 'n paar goed wat ek wil hê jy vir my moet kry," vra Julian toe Rebecca die skinkbord voor hom neersit.

Sy huiwer eers, maar gaan tog terug na haar kantoor toe om haar beker koffie en haar groot notaboek te kry.

"Waaroor het jy jou so gewip? Jou opmerking het my nie aanstoot gegee nie."

"Dit het geklink of jy my waarsku."

"Miskien het ek jou net goeie raad gegee."

Rebecca skuif haarself gemakliker op die stoel voor sy lessenaar terwyl haar wenkbroue vraend lig.

"Alec Barnard het 'n redelik veelbesproke geskiedenis met vrouens."

Rebecca glimlag spontaan. "Ek belowe ek sal nie vir meneer Barnard sê hy het 'n mooi lyf nie."

Julian skud sy kop. "Jy moet 'n baie uitputtende kind gewees het."

"Ek was." Sy hou haar stem lig, maar dis of 'n skaduwee skielik voor die son verbytrek.

Julian neem 'n sluk koffie. "Het jy al vir jou 'n woonplek gekoop of woon jy nog in daardie besonder ruim penthouse?"

Rebecca het die eerste dag onder in die parkeergarage vir hom gesê sy sal hom nie elke dag met haar persoonlike stories verveel nie en sy het woord gehou. Daarom huiwer sy 'n oomblik voor sy antwoord. "Ek het gister die plek gesien wat ek wil hê, maar dis ongelukkig nie te koop nie."

"Ek het nie gedink jy sal jou deur so 'n klein stukkie detail laat onderkry nie." Daar lê spot in sy stem en sy grinnik.

"Hierdie pos wás beskikbaar, dis nie asof ek iemand uitgeskop het nie. Sover ek weet, woon daar mense in die huis; ek kan hulle seker nie uit hulle eie huis skop nie."

"Met jou kontakte in die onderwêreld is dit seker nie 'n té groot struikelblok nie."

Rebecca kyk met verskerpte aandag na hom. Hy is ongekend geselserig vanoggend. "Ek het nie adjudante nodig om my vuilwerk te doen nie." Sy het dit as 'n grap bedoel, maar sy oë vernou.

"Impliseer jy daarmee dat ek adjudante nodig het vir my vuilwerk?"

Rebecca sit haar koppie op die skinkbord neer voor sy agteroor sit. "Moet ek die vraag beantwoord?"

"Glo dit of nie, maar een van die redes waarom jy aangestel is, is jou eerlikheid. Ek het genoeg diplomate om my."

"Jy gebruik nie mense om jou vuilwerk te doen nie; jy gebruik hulle eerder as buffers tussen jou en die werklikheid van die posisie waarin jy is."

"Kan jy probeer om minder woorde te gebruik en meer te sê?"

"Ek vermoed jy het dit nooit voorsien om so vroeg jou pa se plek in te neem nie en jy kan nou nog nie heeltemal vrede daarmee maak nie. Nie omdat jy nie die job kan doen nie, maar omdat jy die hele tyd probeer om in jou oupa en jou pa se voetspore te volg. Jy is heeltyd bewus van hulle skaduwees oor jou. Dis waarom jy nooit werklik gelukkig lyk nie. Ek dink in jou onderbewuste glo jy jy neem net tydelik waar." Rebecca bly stil om asem te skep − eintlik ook in die hoop dat hy haar sal stop, want sy is heeltemal bewus daarvan dat sy soos 'n trein sonder remme is. Toe hy haar net afwagtend aankyk, gaan sy moedig voort: "Jou pa gaan nie terugkom nie. Hierdie is nou jóú werklikheid. Daar staan niemand meer agter jou of voor jou nie. Jy is die voorste en die agterste linie.

135

Van die drie Hoffmans is jy die beste gekwalifiseer om 'n sukses van die job te maak. Die element wat nog ontbreek, is 'n geloof in jou eie instinkte. Jy het jou op hierdie dag voorberei; jy kan niks daaraan verander dat dit gouer gekom het as wat jy gehoop het nie. Jy kan nou net verantwoordelikheid hiervoor aanvaar en in jouself glo. Die tyd het aangebreek om binne die maatskappy jou eie drome te droom en jou eie voetspore te maak."

Rebecca bly effens uitasem stil terwyl haar blik onseker oor sy gesig gaan. Gelukkig word daar aan die deur geklop en sy staan vinnig op. "Steek jou hemp in en druk die handdoek in 'n laai. Ek wil nie hê mense moet verkeerde gedagtes kry nie," sê sy skertsend, maar in haar lê 'n vreemde ergerlikheid. Hy moes nie vir haar die vraag gevra het nie. Sy kan nie doekies omdraai nie, al wil sy dit hoe graag doen. Maar daar is perke wat selfs sy behoort te ken, raas sy met haarself. Sy is nie meer 'n kind nie.

Stephen loer om die deur en Rebecca glimlag vir hom. "Goeiemôre, ek is net op pad om vir doktor Hoffman vars koffie te gaan maak. Kan ek vir jou ook bring?"

Stephen se blik gaan eers na die man agter die lessenaar voordat hy knik. "Dit sal lekker wees, dankie." Hy wag tot Rebecca die deur agter haar toemaak voor hy vraend na Julian kyk. "Het ek so pas iets onderbreek?"

Julian staan op en begin om sy hemp in te steek voor hy badkamer toe stap om sy das te gaan aansit en die handdoekie op te hang. "Niks belangriks nie."

Dit raak 'n blou Maandag en Rebecca het gelukkig nie veel tyd om verder oor haar vroegoggendgesprek met Julian te dink nie. Hy het 'n middagete-afspraak op Stellenbosch, gevolg deur 'n vergadering waarheen sy moet saamgaan. Stephen gaan ook saam, en met haar voor langs Salie, gesels die twee mans besigheid in die motor. Haar blik gaan oor die kaal wingerde en groen heuwels langs die pad, maar haar aandag is by die gesprek agter in die motor. Dit fassineer haar steeds om na hulle te luister. En al verstaan sy nie al die ekonomiese terme nie, is dit bemoedigend om te weet hoeveel sy al geleer het net deur te luister. Daar is 'n baie spesiale band tussen die twee mans, besef sy weer soos sy na hulle luister. Sy is dikwels by wanneer Julian met mense praat, maar daar is altyd 'n ander kwaliteit in sy stem wanneer hy met Stephen praat.

"Ek sal twee-uur by die universiteit wees," belowe Rebecca toe hulle voor die restaurant uit die motor klim.

"Wil jy nie kom eet nie?" wil Julian afgetrokke weet.

"Het jy my nodig?" Sy het moeite om vandag vir hom te kyk.

"Nee, dis net 'n ete."

"Dan sal ek verkies om bietjie rond te loop. Ek was lanklaas op Stellenbosch."

"Ek dink ook nie jy het my nodig nie," laat Stephen haastig hoor.

"Ja, ek het." Julian begin aanstap.

"Hel, Julian, jy gun my ook niks nie. Nou moet ek saam met 'n klomp professore gaan eet terwyl ek en Rebecca in Tollies of die Akker kon gaan sit het en mekaar vermaak het met onthoustories."

Julian lewer nie kommentaar nie en Stephen rek sy oë vir Rebecca voordat hy agter Julian inval.

Dis koud en Rebecca slaan haar jas se kraag hoër op teen die skraal windjie. Die dorp is besig en die hordes toeriste is baie opvallend met hulle kameras en die manier waarop hulle kort-kort gaan staan om na iets te kyk. Sy hoop nie Stanley word ooit hierheen verplaas nie. Jackie sal hierdie "nes" van buitelanders ook nie kan veel nie.

Sy steek in die deur van die blommewinkel vas en wag tot die man agter die toonbank opkyk. 'n Verbaasde glimlag sprei oor sy gesig. "Ek moet hallusineer, want ek weet ek is nie dronk nie." Hy kom agter die toonbank uit en vou Rebecca in sy arms toe. "Ek het gerugte gehoor dat jy terug in die

Kaap is, maar toe ek niks van jou hoor nie, het ek gedink jy's dalk weer landuit."

"Hallo, Bernie." Sy tree terug en beskou hom glimlaggend. "Nie 'n dag ouer nie – hoe kry jy dit reg?"

"Goeie gene, my skat, want ek rook nog steeds te veel, drink nog steeds Tassies en kuier steeds tot die party klaar is. Maar jy lyk of jy 'n extreme make-over gehad het. Nie dat jy ooit een nodig gehad het nie, maar die laaste keer toe ek jou gesien het, was jy redelik bleek en uitgeteer . . ." Hy bly ver-leë stil.

"Toe jy my laas gesien het, het ek so pas my eindeksamen geskryf en was ek omtrent 'n duisend ure se slaap agter," grap sy sy verleentheid weg.

"En nou jet jy in 'n maatskappystraler rond. Ek is trots op jou."

"So, jy hét al die skindernuus gehoor. Waarom het jy nie lankal kom kuier nie?" Sy gaan sit op een van die stoele, tel 'n geel roosknop op om daaraan te ruik.

"William het geklik, maar jy weet ek is bang vir Sodom en Gomorra. Die berg het maar geduldig vir Mohammed ge-wag."

"Ek het nie 'n ryding nie, so ek kon ook nog nie 'n draai kom maak het nie."

Bernie leun oor en druk 'n soen in haar hare. "Dis goed om jou te sien, kinta. Ek was so vrek bekommerd oor jou." Daar lê 'n mistigheid in sy oë.

"Dis goed om terug te wees." Sy sluk skielik swaar aan die knop in haar keel. Hier is soveel van haar herinneringe. Ber-nie was een van die eerste mense wat sy op Stellenbosch ont-moet het. Hy het net met sy eie blommewinkel begin en sy het hom soms op 'n Saterdag kom help as hy besig was. As betaling het hy altyd vir haar 'n bord kos gekoop. Vandag word sy naam genoem in al wat glanstydskrif is en hy vlieg die land vol om funksies se blomme te gaan doen.

"Nee o magtig, ons kan nie soos twee meisies op 'n Maandagmiddag sit en huil nie. Kom ons gaan soek 'n bottel wyn êrens. Johanna!" roep hy na iemand agter 'n afskorting. "Ek gaan uit. Kom verentoe en kyk dat die mense my nie rot en kaal besteel nie."

"Ek het nie regtig tyd om êrens heen te gaan nie," keer Rebecca. "Ek moet twee-uur saam met my baas by die universiteit 'n vergadering bywoon."

Hy kyk op sy horlosie. "Dan stap ek maar saam met jou. Dit gee ons darem 'n paar minute om te gesels."

Hy neem haar hand toe hulle buite kom en haak dit deur sy arm. "Ons gaan nie koeikarkasse uit slote grawe nie, maar sê net vir my of jy OK is."

"Ek is perdfris en gesond."

"Niks nagevolge nie?" Hy vra dit amper versigtig, asof hy nie regtig die antwoord wil weet nie.

"Niks waarvan ek weet nie."

Hy trek haar nader en hulle stap 'n paar oomblikke in 'n gemaklike stilte.

Rebecca snuif 'n paar keer diep. Dis soos om na jou ma se kombuis toe terug te gaan en al die bekende geure te ruik, dink sy effens weemoedig. Hierdie was haar eerste huis. Na die verstikkende stiltes van die huis waarin sy grootgeword het, kon sy nie genoeg kry van 'n plek waar daar altyd geluide en beweging was nie. Sy het nie omgegee om 'n kamer met iemand te deel nie. Sy sou dit met honderd mense ook gedeel het, solank sy net hier kon bly.

"As ek dit nie mis het nie, is dit jou baas wat daar uit die skip klim," onderbreek Bernie haar gedagtes.

Rebecca kyk op en sien hoe Julian en Stephen reg voor die universiteitsgebou uit die Mercedes klim.

"Ek wonder hoe dit voel om soveel geld te hê," sê Bernie ingedagte terwyl hulle nader stap.

"Nie so lekker soos wat jy dink nie."

"'n Mens sou sweer jy het die lotto gewen en weet waarvan jy praat."

"Kom ek stel jou voor," por Rebecca hom aan toe hy wil vassteek en haar groet.

"In my humble attire!"

"Hy kry jou dalk jammer en gee vir jou die helfte van sy fortuin."

Stephen het hulle intussen raakgesien, iets vir Julian gesê en beide mans staan en wag nou vir hulle.

"Doktor Hoffman, kan ek jou voorstel aan my vriend, Bernardt Jacobs." Sy wag tot die twee mans hand geskud het voor sy na Stephen beduie. "Meneer Walters."

"Aangename kennis," groet Stephen met sy gewone gemak.

Rebecca sit 'n hand op Bernie se arm. "Dankie dat jy saamgestap het. Ek sal jou bel."

Hy druk haar onbeskaamd teen hom vas en druk 'n soen in haar hare. "Kyk na jouself."

"Rebecca, hoeveel mense ken jy?" wil Stephen weet toe Bernie wegstap en hulle die trap begin klim. "Jy hoef nie tot op die getal te sê nie. So plus minus afgerond tot die naaste honderd sal werk."

Rebecca lag. "As jy vir ongeveer tien jaar van jou lewe 'n kelner was, sal jy ook baie mense ken."

"Is hy 'n kêrel?"

"Nee, hy is 'n goeie vriend."

"So sê jy van almal." Hy kyk haar ongelowig aan. "Êrens moet daar een wees wat meer as 'n vriend is."

"En wanneer moet ek vir hom tyd kry?"

"'n Mens maak tyd. As ek 'n vrou kan hê, kan jy seker 'n kêrel gelukkig hou. Hoe moeilik kan dit nou wees?"

"Deesdae vrek moeilik."

"Kan ons maar ingaan, of wil julle twee nog eers verder die kompleksiteite van hedendaagse verhoudings uitpluis?" val Julian hulle in die rede toe hulle voor die rektor se kantoordeur tot stilstand kom.

Dis oor ses toe hulle terug op kantoor kom en Rebecca tot haar verbasing 'n selfoon op haar lessenaar vind. Sy maak die boks oop en bekyk die kleinerige instrument. Daar is nie 'n nota by nie en sy weet nie van wie dit kom en of dit vir haar bedoel is nie. Sy stap met die boks na Julian se kantoor en klop liggies voor sy die knop draai. Hy staan met sy hande in sy sakke voor die groot vensters wat op die hawe uitkyk. In die skemerte is daar blink kabbels op die water sigbaar.

"Ek kry dié selfoon op my lessenaar. Ek weet nie vir wie dit bedoel is nie."

"Dis joune. Skryf die nommer vir my neer."

"Wie gaan die rekeninge betaal?"

"Dis een van jou voordele."

"Dankie. Ek sal dit nie misbruik nie." Sy skryf die nommer op 'n nota neer en sit dit op sy lessenaar.

Die telefoon lui en sy antwoord werktuiglik. Sy luister 'n oomblik voor sy die gehoorbuis na hom uithou. "Dis vir jou."

"Neem 'n boodskap."

Rebecca vra die persoon om 'n boodskap te laat en dan sit sy die gehoorbuis neer. "Juffrou Visser wil jou net daaraan herinner dat julle reeds sewe-uur by die teater moet wees."

Hy antwoord haar nie en sy stap stil terug kantoor toe. Sy is jammer oor die goed wat sy alles die oggend vir hom gesê het. Ten spyte van al sy voorregte en die luukses om hom, kan sy lewe nie altyd te maklik wees nie. Die laaste ding wat hy nodig het, is 'n werknemer wat vir hom sê hoe hy sy lewe moet lei. Sy wens sy wil net soms dink voor sy praat.

Vandat hulle die eerste keer Johannesburg toe was, gaan dit eintlik goed met hulle. Sy kan agterkom dat hy haar met al meer opdragte vertrou en sy doen haar bes om hom nie teleur te stel nie. Maar sy sal 'n wag voor haar mond móét kry.

14

Rebecca is die volgende oggend vroeg op kantoor en stap met lang treë die gang af. Die kantore is nog stil en sy hoop maar Julian is al daar. Sy wil dit so gou moontlik agter die rug kry. Sy klop en draai die deur oop. Hy sit aangetrek agter sy lessenaar en kyk afgetrokke op.

"Doktor Hoffman, kan ek asseblief gou met jou praat?"

"Is dit belangrik? Ek het agtuur 'n vergadering en ek is nog besig om deur hierdie notas te werk."

"Dis belangrik genoeg dat ek nie laas nag geslaap het nie en ek hou nie daarvan om wakker te lê nie."

Julian beduie na een van die stoele voor die lessenaar en sit agteroor in sy stoel, sy gesig stil.

"Ek wil verskoning vra vir die toespraak wat ek gister af-gesteek het. Dit was persoonlik en onnodig en ek is jammer daaroor."

"Het jy van mening verander of is jy net bang ek dank jou af?"

"Kan ons dit nie asseblief net by 'n verskoning los nie?" Sy kan voel sy is besig om ergerlik te word.

"Wat wil jy vir my sê – if I don't like your principles, you've got some more?"

"Nee, dis nie wat ek wil sê nie! Dit was net nie my plek of plig om daardie dinge vir jou te sê nie. Ek het jou daardie eerste dag gewaarsku dat ek uitgesproke is, maar ek is volwasse genoeg om te weet daar behoort grense te wees. Ek het hulle oorskry en ek is jammer."

"Jy is reg. Jy is dikwels te uitgesproke vir jou eie beswil, maar kom ons kyk hoe eerlik is jy as die kaarte op die tafel is en jy nie weet watter kant toe die dice vir jou gaan val nie, Rebecca. Glo jy in dit wat jy gister vir my gesê het?"

"Moenie dit doen nie. Ek het gesê ek is jammer. Wat wil jy hê moet ek meer doen?"

"Antwoord my, Rebecca. Dis nie 'n moeilike vraag nie. Het jy gister sommer net daardie klomp goed vir my gesê omdat jy slim gevoel het en lus was om iets te sê of is dit soos jy my sien?"

Rebecca staan nou regop en sy verwens hom vuriglik. Hier probeer sy volwasse wees en erken sy was onnodig uitgesproke. Waarom kan hy dit nie net aanvaar en die saak daar los nie? Hy kan haar ontslaan ook. As dit hom beter sal laat voel, kan hy dit ook maar doen. Maar sy wil vir een keer in haar lewe weet sy kan stilbly as sy wil. Sy hét beheer oor haar mond.

"Rebecca?"

"Dis soos ek jou sien. Jy het alles wat jy nodig het om 'n sukses van hierdie job te maak, maar jy gaan dit nie regkry voordat jy nie eienaarskap hiervoor aanvaar het nie. Jy is nie hier besig met huurpag nie. Dis joune. Neem dit en maak dit joune." Hoe verder sy praat, hoe meer verkrummel haar goeie voornemens tot hulle in 'n patetiese hopie voor haar voete lê. En sy neem hom kwalik daarvoor.

"Dankie."

"Dankie waarvoor?"

"Ek waardeer jou eerlikheid."

Sy draai haastig om voordat sy dalk nog iets kwytraak.

"Sal jy asseblief vir my die dokumente soek wat ek gister laat aanvra het? Ek kry dit nie op my lessenaar nie."

Rebecca knik voor sy die deur agter haar op knip trek. In haar kantoor moet sy eers 'n paar oomblikke stilstaan en rustig met haarself praat. Engela en haar gesin het altyd oor haar uitgesprokenheid gekla. Maar sy kon haarself nooit keer nie. Dit was baie dikwels die enigste manier om 'n reaksie uit hulle te kry. Maar hierdie is nie Engela of die ander nie. Sy wou vandag die oorwinning gesmaak het om een keer stil te bly.

Sy skakel haar rekenaar aan en begin na sekere inligting soek. Dit help nie sy tob oor onsin nie. Net na twaalf neem sy vir Julian dokumente en herinner hom aan sy ete-afspraak. Hy begin sy baadjie aantrek, maar toe sy wil omdraai, roep hy haar terug.

"Ek weet nog nie wat ek moet eet nie."

Rebecca herroep ingedagte die restaurant waarheen hulle gaan. "Die geroosterde salm met die romerige chardonnay-sous is baie lekker."

"Wyn?"

"Zinfandel."

Rebecca raak bewus van die glimlag om sy mondhoeke, en sy glimlag verleë. "Ek sal dit eendag afleer."

"Ek kla nie. Dit spaar my tyd as ek nie die spyskaart hoef te lees nie."

Die glimlag raak-raak aan sy oë en sy moet haarself keer om nie te staar nie. Vader, hy het mooi oë, dink sy, en voel vreemd tevrede dat sy dit nie ook nog vir hom sê nie.

"Jy kan nou maar van jou perdjie afklim. Ek is mooi groot en ek moes van beter geweet het as om jou opinie te vra."

"Doen my 'n guns en vra asseblief in die vervolg iemand anders as jy 'n mening soek. Ek is nie goed daarmee nie."

Daardie aand het Julian 'n vergadering met 'n Franse afvaardiging van een van Hoffman's se filiale. Dis 'n lang en ernstige vergadering en by tye raak die gesprekke heftig. Rebecca kan nie bekostig om 'n oomblik te ontspan nie. Tussen die gegewens en inligting deur wat sy kort-kort op Julian se rekenaar moet opdiep, moet sy nog die gesprek ook volg sodat sy die regte woorde kan probeer vind wanneer die partye mekaar nie kan verstaan nie. Haar Frans is effens verroes, maar soos die aand vorder, kry sy meer selfvertroue en kom die woorde makliker.

Dis byna nege-uur toe hulle eindelik die Franse in die portaal groet.

"Jy is 'n meisie met baie talente," laat Alec Barnard hoor toe hulle omdraai en na Julian se kantoor terugstap.

Rebecca lewer nie daarop kommentaar nie, maar begin net om die notas en lêers bymekaar te maak en op te ruim.

Alec strek sy arms bo sy kop uit. "Sjoe, ek is nou behoorlik honger. Die snoephappies was net genoeg om my eetlus aan te wakker. Hoe lyk dit, Rebecca? Ons kan net sowel gou saam iets gaan eet. Almal van ons het nie 'n kok wat nou met 'n warm bord kos regstaan nie." Hy kyk na Julian.

"Ek is jammer, ek het nog 'n afspraak," wys Rebecca die uitnodiging van die hand.

"Dis nog vroeg. Ek is seker hy sal bereid wees om nog 'n bietjie te wag."

"Ek is jammer, meneer Barnard. Ek kan nie vanaand saam gaan eet nie."

"Dan net 'n vinnige drankie. Net om dankie te sê vir vanaand. Die vergaderings met die Franse was nog altyd 'n kopseer vir my en Julian, maar vanaand het dit aansienlik beter gegaan. Ek weet nie of dit is omdat jy hulle taal kon verstaan nie en of hulle net so vir jou gekyk het dat hulle vergeet het om hulle normale bombastiese maniere uit te haal nie."

"Ek is bly as ek kon help," antwoord Rebecca terwyl sy die laaste lêers bymekaarmaak.

"Jy kan nie altyd 'n verskoning hê nie," roep hy agter haar aan. "'n Mens sou sweer jy is bang vir my."

Rebecca weet sy moet hom ignoreer, maar hy is soos 'n klip in 'n mens se skoen. "Op jou ouderdom het ek seker nie meer rede om bang te wees nie, meneer Barnard." Haar stem is onskuldig, byna asof sy besig is om hom te komplimenteer.

Sy bêre alles en skakel haar rekenaar af en toe sy terug in Julian se kantoor kom om te gaan nagsê, is hy net besig om sy aktetas toe te knip.

"Kan ek jou aflaai?" wil hy terloops weet, maar toe hy opkyk, huiwer daar 'n glimlag om sy mond.

"Dankie, ek het my sambreel vanoggend by die huis vergeet en ek sien dit het weer begin reën."

Salie wag onder by die motor en Rebecca begin hom uitvra na sy gesin terwyl hulle ry. Hy het al 'n paar keer vir haar koekies of beskuit gebring wat sy vrou gebak het en sy vra dat hy weer dankie sê vir Gertrude.

"Waar kan Salie jou aflaai?" wil Julian weet toe hulle 'n entjie gery het.

"By my penthouse, asseblief."

Langstraat lyk vanaand ongekend leeg en verlate in die reën toe hulle haar aflaai, en sy draf haastig die gebou binne. Sy is honger, maar nie honger genoeg om nou weer uit te gaan nie. Die gange is vanaand soos 'n yskas en die deur wat haar kamertjie afskort, hou nie die wind uit nie. En nou moet sy nog gaan stort, dink sy wrewelrig. En die kanse dat sy 'n maanmannetjie in die stort kan raakloop, is beter as dat sy warm water sal kry.

'n Gelui klink op en sy moet eers weer mooi luister voor sy besef dis haar nuwe selfoon.

"Ek het vergeet om vir jou te sê ons vlieg Sondagaand vir 'n week Londen en New York toe. Ons kantoor in Londen is vanjaar vyf en twintig jaar oud. Jy moet 'n aandrok inpak vir die funksie," kom Julian se instruksies. "Anèl tref al die reëlings, maar sorg asseblief dat ons twee een of ander tyd kans kry sodat ek vir jou kan sê wat alles moet saamgaan. Ek hoop nie jy het enige belangrike afsprake vir die volgende week nie."

"Dit beteken dus ek gaan saam?" Sy begin by voorbaat glimlag.

"Ja."

"Met die Lear of die lugdiens?"

"Ons vlieg gewoonlik met SAA; sal dit jou pas?"

"Voor of agter in die vliegtuig?"

"Ek hoor jy kyk motors. Het jy al een gekoop?" swaai hy die gesprek.

"Nee, maar ek het iets gesien waarvan ek hou. Die Land Rover Freelander."

"Waarom nie 'n BMW of 'n Mercedes nie?"

Rebecca lag terwyl sy kruisbeen op die smal bed gaan sit. "'n Mens kan hoor jy en Gert is neefs. Ek wil 'n 4x4 hê, want ek wil volgende jaar die Camel-uithouren gaan ry. Ek het van die ouens ontmoet wat dit al gedoen het, yummie . . ."

"Ek is seker hulle sal baie bly wees om te hoor jy is beskikbaar vir die span," laat hy droog hoor en Rebecca glimlag ingenome. Sy móét eendag teen hom poker speel.

"Sal julle my borg wees as ek gekies word? Ek kan dalk 'n foto van jou teen my voertuig plak."

"Ek wou nog altyd graag my gesig op 'n modderbesmeerde voertuig gesien het."

Rebecca lag hardop toe sy haar die prentjie voorstel.

"Nag, Rebecca."

"Nag, doktor. Dink maar aan my as jy jou warm bord kos sit en eet, 'n warm stort neem en in jou warm bed klim, terwyl ek koud en honger moet gaan slaap."

"Jy het dan gesê jy het nog 'n afspraak. Ek het aangeneem dit sluit aandete in. Het jy gelieg?"

"Ek lieg nooit. Ek het 'n afspraak met my bed."

"Dis vir my vreemd dat jou mond nog nie as 'n gevaarlike wapen geklassifiseer is nie."

"Dis nie my skuld nie. Ek was 'n klein kind en groter kinders het my graag geboelie. Die enigste spier wat ek kon ontwikkel, was my mond."

"Jy het 'n goeie job daarvan gemaak."

"Dankie. Ek sal dit as 'n kompliment aanvaar."

Na die gesprek beëindig is, bly sy ingedagte met die instrument in haar hand sit.

Sy wonder of Angela Visser by hom woon. Seker nie amptelik nie, dan sou die een of ander skinderrubriekskrywer dit al genoem het. Behalwe die dag by die gholftoernooi en die aand met haar verjaardag, het sy die meisie nog net twee keer vlugtig by die kantoor gesien. Rebecca was in haar eie kantoor en Angela het nie gegroet nie. Beide kere het sy duur en elegant gelyk. Vrouens soos sy word gebore en grootgemaak om met mans soos Julian Hoffman te trou, dink Rebecca terwyl sy haar handdoek neem en haarself staal vir die koue badkamer.

Julian wens hy kan die beeld uit sy kop kry, maar terwyl hy die bord kos eet wat Gertrude vir hom gebêre het, sien hy Rebecca in daardie belaglike hokkie wat sy 'n kamer noem, sonder kos. Hy moet eendag vir Gert oor haar vra. Sy moet tog vriende hê by wie sy kan woon. Hy wonder ook wat tussen haar en Gert verkeerd gegaan het.

Hy eet net die helfte van die kos voor hy die bord opsy skuif.

Rebecca wil net in die bed klim, toe daar aan haar kamerdeur geklop word. Sy maak versigtig oop en staar verbaas na Salie wat voor die deur staan. In sy hande hou hy 'n bruin papiersak en 'n bottel wyn.

"En dit, Salie?"

"Julian het gevra ek moet dit vir jou bring."

Rebecca loer in die sak. Daar is 'n foeliebakkie, eetgerei en 'n wynglas bo-in.

"Hy sê jy het nog nie vanaand geëet nie. En," val dit Salie by toe hy al wil omdraai, "hy sê hy het nie van die regte wyn gehad nie, maar hy hoop hierdie sal ook reg wees."

Rebecca bly kyk van die pakkie na Salie en weer terug na die pakkie in haar hand. En toe hy groet, lig sy net haar hand en prewel iets onsamehangends. Sy maak die deur toe, klim bo-op haar bed en maak stadig die foeliebakkie oop. Dis die geroosterde salm wat sy hom die middag aangeraai het om te eet, met fyn engelhaarpasta en geroosterde groente. Alles is nog warm en dit lyk of dit so pas ingeskep is. Die wyn is 'n goeie chardonnay en sy glimlag toe sy onder in die sak 'n kurktrekker ontdek. Sy weet nie of sy al meer verbaas in haar lewe was nie.

Met die eerste happie salm wat sy in haar mond sit, maak sy haar oë toe. Dit smaak hemels.

Rebecca lê lank met die selfoon se knoppies en speel voordat sy besluit om liewer 'n SMS te stuur. Sy steur hom dalk op 'n baie ongeleë tyd as sy bel. Daarom tik sy liewer 'n boodskap:

Dankie vir vanmiddag se left-overs. Dit was bedagsaam. Nie geweet jy is die doggy-bag-tipe nie.

Sy het skaars die selfoon neergesit toe sy 'n boodskap terugkry.

Jy skuld my honde!

Rebecca gee 'n hees laggie en skakel die lig af.

Aan die ander kant van die stad kyk Julian na die boodskap op sy selfoon en skud laggend sy kop. Left-overs! En dit nadat Salie vanaand al die pad terug is Kampsbaai toe om die kos te gaan oplaai!

Daardie nag droom hy van 'n besonder klein dogtertjie met groengrys oë en 'n vreeslike groot mond waaruit strome woorde vloei, maar hy kan niks hoor wat sy sê nie. En hoe harder sy probeer om hom te laat hoor, hoe groter word haar mond, totdat hy nie meer haar gesig kan sien nie. Dis 'n absurde droom wat hom in die voordag ontstemd wakker maak.

Rebecca sit die volgende oggend 'n bruin papiersak saam met 'n paar lêers op Julian se lessenaar neer. Hy kyk vraend daarna, maar sy is reeds weer by die deur uit. Toe hy die sak oopmaak, is daar 'n pak beeshoewe in, van dié waaraan honde so graag kou, en 'n pak hondebeskuitjies. Die beskuitjies lyk amper lekker genoeg om self te eet. Hy bêre die sak met 'n grinnik langs sy lessenaar.

15

"Ek is bly om te sien jy het vir jou 'n nuwe tas gekoop en jy vlieg nie met jou rugsak nie," is Deborah se kommentaar toe sy en Irene Sondagmiddag net na ses vir Rebecca oplaai.

"Moet asseblief nie my rugsak weggooi terwyl ek weg is nie. Daai sak en ek het 'n geskiedenis."

"Hoe weet jy nie iemand gaan in jou kamer intrek terwyl jy weg is nie?" Irene sit skuins gedraai op die voorste sitplek.

"Dis waarom ek al my aardse besittinkies by jou gaan los het. As hulle dan wil intrek, moet hulle maar. Ek is in elk geval nou moeg van koud slaap en koud stort."

"Sal ons weer huisvesting aanbied of sal ons wag dat sy vra?" Deborah kyk vlugtig na Irene.

"Dit kan haar net goed doen om 'n slag te vra," knik Irene. "Ons wil tog nie oorgretig klink nie, netnou dink sy ons soek presente uit Londen en New York."

"Ek gaan nie op 'n shopping spree nie."

"'n Box chocolates van die lughawe af sal in hierdie stadium ook al 'n treat wees," laat Deborah met 'n sug hoor.

"Onthou om jou rok uit te hang as jy daar kom," herinner Irene haar. "Verkieslik in die badkamer waar dit kan stoom."

"Ek sal onthou. Sê groete vir William." Sy kyk vir Irene terwyl sy dit sê.

"Ek het hom lanklaas gesien." Daar lê soveel verlatenheid in die woorde dat Rebecca aan Irene se skouer raak.

"Miskien is dit dan maar beter so. Julle was net besig om mekaar ongelukkig te maak en dis nie die moeite werd nie."

Irene bly haar 'n antwoord skuldig en Rebecca wonder moedeloos waarom die lewe soms sulke wrede truuks op mense speel. Waarom raak mense op mekaar verlief, net om uit te vind hulle is te verskillend om dit te maak werk.

"Have a wonderful time!" Deborah bring die motor op die geel streep tot stilstand en beduie vir die parkeerwag dat hulle net iemand aflaai.

Die drie vriendinne groet en Rebecca stap die internasionale vertreksaal binne. Haar nuwe tas se wieletjies rol girtsgirts agter haar aan. Haar blik gaan oor die mense, maar sy herken niemand nie en sy staan onseker eenkant. Nie seker of hulle afgespreek het waar sy moet wees nie.

Na omtrent twintig minute gewaar sy vir Stephen, maar staar verbaas na die twee trollies bagasie wat voor hulle uitgestoot word. By hom is sy vrou, 'n vreemde jong meisie en 'n baba in 'n stootkarretjie. 'n Entjie agter hulle gewaar sy vir Julian, Angela Visser en Salie, ook met 'n volgelaaide waentjie. Er heel agter kom Alec Barnard en Martin Vorster. Langs Martin stap 'n ouer vrou, baie stylvol aangetrek in 'n donkergrys broekpak. Die ander vrouens lyk beslis ook nie soos Rebecca daaraan gewoond is om te vlieg nie en sy is dankbaar Irene het haar uit haar witgewaste denim gepraat. Die swart denim, wit hemp en swart leerbaadjie pas beslis beter by haar medereisigers.

Daar word oor en weer gegroet en dan staan twee van die lugdienspersoneel nader en tussen hulle en Salie word die trollies na die inboektoonbanke geneem. Rebecca wil eers 'n opmerking maak oor die feit dat dié tipe diens nog nooit vir haar aangebied is nie, maar sy besluit dis goeie oefening om nou haar mond in toom te hou.

Hulle word deur 'n ander personeellid na die eersteklassitkamer begelei en tot Rebecca se verbasing sit Marcus Hoffman reeds daar met 'n whiskey in die hand, hard aan die gesels met 'n ander bekende sakeman. Daar word oor en weer gegroet; hy wil eers die baba bekyk en dan draai sy blik na Rebecca en hy hou sy hand uit. "A, hulle het jou onthou."

151

"Middag, doktor Hoffman," groet sy met 'n glimlag. "Dis lekker om u weer te sien."

"Jy loop rond as ek vir jou by die kantoor kom kuier."

"As ek geweet het u kom, sou ek beslis daar gewees het."

Marcus beduie na die ander man en stel hulle aan mekaar voor. Iemand kom neem hulle bestellings en Rebecca bestel 'n koppie koffie. Sy staan effens onseker rond.

"Ek is nie seker ons het al ontmoet nie," praat 'n stem langs haar en Rebecca kyk met verbasing om na Angela.

"Ek is Angela Visser."

Rebecca wil eers vir haar sê hulle het al ontmoet, maar sy kry dit reg om net haar hand uit te steek. "Rebecca Fagan."

"Jy werk by Julian-hulle?"

"Dis reg, ja."

"Is dit die eerste keer dat jy oorsee gaan?"

"Sy het vir twee jaar in die buiteland gewerk en sy was saam met Gert by jou verjaardag," onderbreek Julian hulle gesprek. Rebecca het nie besef hy was naby genoeg om te hoor nie.

"Was jy?" Angela se wenkbroue trek saam. "Daar was ook soveel mense."

Rebecca laat die woorde van haar afrol en wil die vrou die voordeel van die twyfel gee. Sy het nie rede gehad om haar te onthou nie. Rebecca is nie deel van haar wêreld nie.

Gelukkig kom die kelner met die koffie en Rebecca kan haarself daarmee besig hou. Die ander jong meisie is blykbaar die au pair en sy is pal met die baba besig. Rebecca kan voel hoe haar blik daarheen getrek word, maar sy keer haarself. Dis nie die eerste baba wat sy van naby ervaar nie, maar sy is teleurgesteld dat die hol kol steeds daar is. Sy het gehoop teen hierdie tyd sal dit al weg wees.

"Dit lyk my ek gaan tog daardie drankie en ete saam met jou kry," glimlag Alec toe hy net voor nege langs Rebecca in die ruim eersteklaskajuit inskuif. Hulle is so baie mense dat hulle omtrent die hele kajuit nodig het. Fia, die au pair, en die baba sit in die agterste ry. Rebecca is dankbaar dat sy drie rye daarvandaan sit, maar sy is nie vreeslik dankbaar oor die nag wat sy langs Alec Barnard moet deurbring nie.

"Dit lyk so, ja." Gelukkig is die sitplekke breed en gerieflik en sit hulle nie naastenby so ingedruk soos in die ekonomiese klas nie. Julian en Angela sit regoor hulle oorkant die paadjie, terwyl Marcus agter hulle, langs Martin en sy vrou sit. Stephen en Brenda is oorkant die paadjie regoor die baba.

Rebecca wens Irene of Deborah of William of een van die ander was hier sodat hulle saam met haar kon oe! en a! oor al die luuksheid. Nou moet sy ewe sereen daar sit en maak asof sy dit gewoond is. As sy net die een of ander opmerking kon gemaak het, sou sy ook al beter gevoel het.

Toe die kos kom en dis in deftige porseleinborde met silwereetgerei, besef sy waarom hulle altyd die gordyne tussen die ekonomiese klas en die bevoorregtes toetrek. Netnou veroorsaak die gepeupel 'n stormloop as hulle die deftige cuisine sien.

"Vertel my 'n bietjie van jouself," nooi Alec tussen die etery deur. "Ek weet baie min van jou."

"Daar is baie min om te weet."

"Dit kan nie wees nie. Waar woon jy, byvoorbeeld? Ek weet nie eens dit nie."

"In Langstraat."

Sy kan sien hoe sy oë net daardie oomblik vernou. "Ek het nie besef daar woon nog mense in Langstraat nie. Het jy 'n woonstel?"

"Ek woon in 'n backpackers' hostel."

Hy probeer nie eens sy verbasing wegsteek nie. "Dit moet interessant wees." Hy kou 'n oomblik in stilte. "Weet jy, ek dink nie ek weet wat jy gedoen het voordat jy by ons begin werk het nie."

Rebecca brand om te sê sy was 'n prostituut in Langstraat, maar wen, ná 'n worsteling, die geveg met haar mond. "Ek

153

was twee jaar oorsee en het eers Desember teruggekom Kaap toe."

"Ek het baie leë kamers by my – as jy dalk ander blyplek soek," nooi hy gasvry.

"Dankie, ek sal dit onthou."

Die baba begin skielik hoorbaar knies en Rebecca neem 'n groot sluk van haar wyn. Sodra hulle die borde kom wegneem, gaan sy slaap, besluit sy. Sy wil nie met Alec gesels nie en sy wil ook nie heeltyd babageluide hoor nie.

Na aandete verdwyn Martin se vrou in die kleedkamer en kom terug in iets wat soos 'n sweetpak lyk. Angela en Brenda volg haar voorbeeld en Rebecca wens Irene kan die klere sien. Sy wat Rebecca is, weet nie eens waar 'n mens sulke ontwerpersweetpakke koop nie. Sy het haar witgewaste denim en langmou- T-hemp ingepak om mee te slaap en toe sy uit die kleedkamer terugkom en sien haar sitplek is in 'n bed omskep, met wit lakens en al, moet sy haar lag inhou. Die oorhoofse ligte is reeds verdof, maar sy vang Julian se oog en aan die geamuseerde uitdrukking op sy gesig vermoed sy hy kan haar gedagtes lees.

Sy skuif onder die wit lakens in en bedank Alec se aanbod vir 'n glasie likeur.

Rebecca kyk hoe hulle vrag bagasie in die motors gelaai word. Sy voel uitgeslaap al het sy êrens gedurende die nag wakker geword en seker 'n halfuur lank gelê en luister hoe Brenda die kleintjie voed. Sy kon eers nie die geluide verstaan nie, totdat sy gehoor het hoe die kleintjie stik en Brenda haar sag vermaan om nie so gulsig te drink nie. Asof sy kan verstaan. Rebecca het stil gelê en luister en probeer om nie te dink nie.

Hulle vertrek in drie voertuie van die lughawe af. Brenda en die baba ry saam met Martin se vrou, Angela en Fia in een motor woonstel toe. Stephen, Alec, Marcus en Martin vertrek in 'n ander motor en Rebecca en Julian deel die laaste motor. Hy het 'n vergadering êrens in die stad.

Hulle het skaars weggetrek toe hy onderlangs na haar kyk. "Jy gaan bars as jy nie nou iets sê nie."

"Wat moet ek sê?"

"Dit moet 'n marteling gewees het om vir 'n hele aand so stil en op jou plek te wees."

"Ek het jou gesê ek kan as ek wil."

"Geen kommentaar of opinies vanoggend nie?"

"Niks." Sy sit sommer meer regop van trots.

"Het jy lekker geslaap?"

Voor sy haar kom kry, draai sy na hom en haar hande begin beduie. "Dink julle ooit aan die arme sardyne agter in die vliegtuig wat uit foeliebakkies eet en hulle wyn uit plastiek-glasies drink?"

Die oorwinning breek in die vorm van 'n glimlag oor sy gesig.

"Dis nie 'n opinie nie, ek vra maar net." Sy klik haar tong.

"Ek weet ek is bevoorreg, Rebecca. Wat wil jy hê moet ek doen? Sitplekke met iemand agter in die vliegtuig ruil? En wat van al die ander?"

"Maar dink net wat jy aan daardie gelukkige een se lewe doen. Miskien sal hy of sy nooit eens weer die voorreg hê om te vlieg nie, wat nog te sê eerste klas."

"Ek het nie gesien dat jy jou sitplek afgestaan het nie," laat hy droog hoor, en sy glimlag.

"Ek is een van die minderbevoorregtes."

"Dis lekker om armoede te pleit terwyl jy in eerste klas vlieg, nè?"

"Moenie hare kloof nie."

Langs sy oë plooi die lag onverwags en Rebecca kyk met verwondering na die aantreklike gesig.

"Waarom lag jy nie meer nie?"

"Ekskuus?"

"Ek praat van rêrig lag. Nie hierdie niksseggende glimlagte wat jy opsit nie. Ek praat van iets soos nou, waar 'n mens die lag in jou oë kan sien." Rebecca se woorde is skaars uit toe skud sy haar kop. "Ek is jammer. Die grensdraad was weer effens blurry."

"Ek was nie daarvan bewus dat ek nie rêrig glimlag nie, maar noudat ek weet, sal ek bedag wees daarop."

"Doktor Hoffman, kom ons gaan 'n ooreenkoms aan: ek sal probeer om minder uitgesproke te wees en jy luister nie na alles wat ek kwytraak nie. Dit gaan my baie sielewroeging spaar."

"Alec het jou gisteraand gevra wat jy gedoen het voor jy by ons begin werk het — jy was op die punt om vir hom 'n ander antwoord te gee as die een wat jy gegee het. Wat wou jy sê?"

"Het jy ons gesprek afgeluister en hoe weet jy ek wou iets anders sê?"

"Ek kon nie help om te hoor nie en ek ken jou darem al lank genoeg sodat ek jou ook soms kan lees."

"Ek wou vir hom sê ek was 'n prostituut."

Ongewone verbasing lê op Julian se gesig. Rebecca gee hom egter nie kans om iets te sê nie. "Hy dink omdat ek in 'n hool woon, is ek 'n gewillige prooi vir sy attensies."

"Hoe weet jy dis wat hy dink?"

"Baie mans in sulke posisies is geneig om so te dink."

"Nou raak jy beledigend."

Rebecca glimlag verskonend. "Ek is jammer." Sy sit skielik orent. "Vertel my liewer wat ons alles hier gaan doen. Dit lyk my ons moet net werk gesels, want enige ander onderwerp het die potensiaal om my in die moeilikheid te laat beland."

Hy begin om haar 'n bietjie agtergrond te gee oor al hulle afsprake.

"Na wie aard jy? Jou pa of jou ma?" onderbreek sy hom.

"Ek hoop my pa."

Sy draai haar kop skuins toe sy vir hom kyk.

"As jy my ma ontmoet het, sal jy verstaan."

"Ek is mal oor jou oupa."

"My oupa is mal oor jou ook."

"Dis jammer hulle maak nie meer mans soos hy nie." Sy sê dit byna peinsend terwyl sy na die besige Londen-verkeer kyk.

"Hoe moet ek nou voel?"

Rebecca kyk eers onbegrypend na hom voor sy besef wat sy gesê het. Sy glimlag wyd. "Ek is seker jy is nie te bad nie."

"Dankie, dit laat my baie beter voel." Hy skud sy kop en kyk ook by die venster uit.

Rebecca is op die punt om sy hare deurmekaar te vryf soos sy met William of Bernie sou doen, toe sy haar hand stilweg terugtrek. Die vlug moet haar verstand aangetas het.

16

Rebecca is Maandagaand stokflou gewerk, maar haar kop wil bars met al die nuwe dinge wat sy gehoor en gesien het. Sy ervaar nou 'n deel van die maatskappy wat tot dusver net name en syfers in lêers was. Maandagaand het sy vry en sy loop tot laat in die stad rond. Dis somer in Londen en sy geniet die laataandlig.

Die maatskappy se ruim en luukse woonstel waar hulle almal kan tuisgaan sonder om op mekaar se privaatheid inbreuk te maak, is naby Kensington-paleis en Rebecca wonder of sy ooit aan so 'n lewe gewoond sal kan raak. Sy is so gewoond om te spaar en haar sente om te draai en tevrede te wees met net die basiese goed.

Dinsdagmiddag eet sy saam met Julian en twee sakevennote van hom by 'n restaurant wat haar asem wil wegslaan. Sy is dankbaar sy het nie die pryse op die spyskaart gesien nie; dit sou beslis haar eetlus gedemp het.

In die motor kyk hy vraend na haar: "Jy weet daar is miljoene honger mense hier buite – het jy dit nie eens oorweeg om vir hulle 'n bietjie left-overs te bring nie?"

"As maatskappye soos Hoffman's hulle maatskaplike verantwoordelikhede nakom, sal daar nie miljoene honger mense op straat wees nie."

Hy skud sy kop. "Mag ek die dag beleef dat jy nie 'n antwoord het nie."

"Dan hoop ek om jou onthalwe jy raak baie oud," spot sy.

Die aand sit en werk sy saam met Julian deur 'n paar dokumente in die woonstel se ruim studeerkamer. Angela kom die vertrek binne en buk oor Julian. Haar lippe rus 'n lang oomblik teen syne voor sy omdraai en oor haar skouer sê: "Ons moet agtuur by die teater wees. Jy beter opskud." Sy kyk nie na Rebecca nie en Rebecca is skielik dankbaar sy het nog so min van haar gesien.

"Ons gaan nog 'n rukkie besig wees," roep Julian agter haar aan, maar sy waai net met haar hand asof sy die woorde wil wegwaai.

"Ek gee nie om nie. Jy het belowe ons kan hierdie vertoning gaan sien en ek gaan jou by jou belofte hou. Jy het my nou lank genoeg afgeskeep."

Julian antwoord nie weer nie, en Rebecca swyg ook.

"Ek kom nou agter jou stiltes praat nog harder as jou woorde," laat hy na 'n rukkie ingedagte hoor.

Rebecca kyk verbaas op en dan raak sy ergerlik. "Nee, magtig! Jy kan dit nie doen nie. Ek sal nog vir my woorde aanspreeklikheid aanvaar, maar ek weier dat jy nou al gedagtes aan my toedig."

Julian bly haar 'n antwoord skuldig, want Marcus kom die vertrek binne met die babatjie op sy arm.

"Het jy al my pragtige agterkleindogter behoorlik ontmoet?" Hy hou die baba uit na Rebecca, wat intussen opgestaan het. Sy bekyk die klein gesiggie met die donker haartjies en ogies wat heen en weer soek, en dan vou sy haar hande onbewustelik agter haar rug inmekaar.

"Kom, Rebecca Fagan. Hulle sê vir my jy is vir niks bang nie en sy sal nie byt nie."

Rebecca weet sy moet iets doen, maar op die oomblik kan sy nie dink wat dit is nie. Daarom bly staan sy maar net met haar hande agter haar rug inmekaar gestrengel en is dankbaar toe Marcus lag en die baba vir Julian gee.

"Raak 'n bietjie broeis. Ek wil nog 'n naamgenoot hê voor ek doodgaan."

Julian soen die roospienk wangetjie. "Ek is seker Stephen en Brenda sal binnekort vir haar 'n boetie gaan haal."

"Het jy 'n kêrel?" wil Marcus van Rebecca weet waar sy steeds eenkant met haar hande agter haar rug staan.

Dit neem 'n rukkie vir haar om te registreer dat hy met haar gepraat het en toe sy haar kop skud, kyk hy na Julian. "Wil jy nie met hom trou nie?"

"Ekskuus?" Rebecca is seker sy het nie reg gehoor nie en sy wonder skielik effens benoud waar Angela is.

"Hy en daai ander een gaan nooit tot trou kom nie." Hy neem weer die baba by Julian. "Hy kan net sowel iemand anders begin soek, want hy word nie jonger nie."

Rebecca weet nie of sy moet lag of simpatiseer nie. Toe Marcus egter vraend na haar bly kyk, skud sy haar kop. "Ek is seker hy sal iemand kry voor hy té oud is."

"Stel jy nie belang nie?" gaan Marcus voort asof hulle die weer bespreek.

"Ongelukkig nie, doktor."

"Ek weet hy het baie foute, maar jy kan slegter ook kry." Marcus begin deur toe stap en toe hy uit is, neem Rebecca weer by die lessenaar plaas.

"Ons kan 'n advertensie in die koerante plaas," kan sy haarself nie help toe Julian maak asof hy hulle nie gehoor het nie.

"Rebecca, my oupa het die verskoning van die ouderdom vir sy mond – jy nie. Bly stil."

Rebecca keer net betyds die giggel toe Angela vars aangetrek en perfek gegrimeer die vertrek inkom en ontevrede wil weet wanneer Julian gaan klaarmaak.

'n Uur later loop Rebecca vir Stephen en Brenda in die voorportaal raak toe sy op pad uit is. Albei is informeel aangetrek en sy ken hulle byna nie.

"Waarom kuier jy nie vanaand saam met ons nie?" wil Stephen weet toe hy haar gewaar.

Rebecca kyk na Brenda, en dié knik. "Stephen is vanaand lus vir kuier – kom saam, anders gaan ek hom mal maak."

"Jy sal my nie mal maak nie; ek wil net hê jy moet 'n slag

160

ontspan. Fia ken die kleintjie en sy sal ons bel as daar problome is. Wanneer laas was ons saam in Londen?"

Rebecca vermoed sy moet haar nie in hierdie twee se planne laat betrek nie. Hulle twee kan dalk doen met 'n aand alleen, maar beide van hulle nooi weer en op die ou end stap sy maar saam met hulle buitentoe.

Stephen sleep hulle eers na 'n eg Engelse kroeg vir 'n paar biere, daarna stap hulle kuier-kuier deur die strate en geniet sommer net die laataandlig en die somerhitte. Net na tien besluit hy uiteindelik dis tyd om te gaan eet en hy neem hulle na 'n oulike plek in Soho waar hy en Julian graag kuier as hulle tyd het.

Soos die aand vorder en Brenda meer ontspan, raak sy al meer geselserig.

"Ek hoop die arme Julian bly vanaand wakker en raak nie soos die vorige keer aan die slaap nie." Sy kyk na Stephen. "Ek hoop jy weet hoe gelukkig jy is om met my getroud te wees. Jy kon vir Angela gekry het."

"Ek sê drie keer 'n dag dankie daarvoor." Hy soen haar hare. "En twee keer meer oor 'n naweek."

"Wat sê Julian, waarom kom hulle twee nie tot trou nie?"

Stephen glimlag geheimsinnig en sy klik haar tong vir hom. "Ag toe nou, Stephen, ek weet hy praat met jou daaroor."

"Waarom vra jy hom nie self nie?"

Brenda skud haar kop. "Hy sal my net ignoreer, soos altyd." Haar blik verskuif na Rebecca. "Het jy hom nog nie gevra nie? Julle moet sekerlik oor baie dinge praat as julle so saam ry of saam werk."

Rebecca lag hardop. "Ons praat beslis nie oor sy liefdeslewe nie."

"Het jy nie 'n kêrel wat omgee dat jy so baie saam met Julian is nie?"

"Ek het nie 'n kêrel nie, maar as ek een gehad het, sou hy dit moes aanvaar het. Ek glo 'n mens kan nie paranoïes in 'n verhouding wees nie. Dis die gouste wat jy iemand verloor. As mense mekaar nie kan vertrou nie, is dit nie eens die moeite werd om te probeer nie."

"Buite-egtelike verhoudings is deesdae 'n baie gewilde sportsoort," laat Brenda met 'n reguit blik in Rebecca se rigting hoor.

"Fietsry ook, maar nie ek of een van my vriende ry fiets nie."

Brenda lag skielik. "Stephen het my al gesê jy is nie net mooi nie." Sy lyk verskonend. "Ek het jou darem nie beskuldig nie."

"Ek het aanvaar jy praat nie van my nie."

Brenda laat sak skielik haar gesig in haar hande en maak 'n vreemde geluid. "Môreaand dié tyd moet ek luister hoe my ma en my suster vir my vertel ek het vet geword en of ek nie iets aan myself kan doen nie."

"Waarom steur jy jou aan hulle?" vra Stephen. "Jy wil nie soos een van hulle lyk nie."

"Het jy al my ma en my suster ontmoet?" wil Brenda van Rebecca weet, en toe dié haar kop skud, sug sy. "Die überbitch en haar dogter."

Brenda moet die uitdrukking op Rebecca se gesig gesien het, want sy lyk dadelik verleë. "Jammer, dis sommer 'n stuk familiebagasie en ek bedoel dit nie so erg soos dit klink nie."

"Alle families het maar bagasie. Die grootte daarvan verskil net."

"Het jy 'n goeie verhouding met jou ma?"

"My ouers het verongeluk toe ek ses was. Ek het by familie grootgeword."

Brenda se wange verkleur. "Niks meer om te drink vir my nie. Ek is jammer – 'n mens kan sien ek is deesdae min in die openbaar." Sy draai na Stephen. "Dammit, Stephen, kan jy nie op my tone trap as jy hoor ek is op pad afgrond toe nie?"

"Brenda . . ." Rebecca moet 'n oomblik wag voor sy die ander vrou se aandag het. "Ek is nie sensitief daaroor nie. Dit was nie my skuld nie."

"Terloops, jy het seker al agtergekom Alec is redelik vasbeslote om jou beter te leer ken," verander Stephen onverwags die onderwerp.

"Ag nee," kreun Brenda. "Dan kan jy liewer vir my broer gaan."

"Jy laat dit nou klink asof Julian en Alec in dieselfde liga is," berispe Stephen haar. "Jou broer gaan nie vir jou lief wees as hy hoor wat jy sê nie."

"Dis nie wat ek bedoel nie." Sy kyk hulpsoekend na Rebecca. "Ek bedoel maar net as jy kans sien vir mans soos daardie, moet jy liewer met Julian uitgaan."

"Wat bedoel jy met mans soos daardie?" Stephen bekyk sy vrou met 'n diep frons tussen sy wenkbroue.

"Stephen, as ek jou eers ontmoet het toe jy klaar deel van die maatskappy was, dink ek nie ek sou met jou uitgegaan het nie. Dis nie 'n maklike lewe nie en 'n vrou moet hare op haar tande hê om daarby aan te pas. Veral as 'n mens nie uit so 'n omgewing kom nie." Sy kyk na Rebecca. "Daar is baie voorregte, maar glo my, jy betaal net op 'n ander manier daarvoor. Dit voel soms of 'n mens in 'n visbak lewe. 'n Tydskrif wou 'n artikel oor my babakamer doen. As ek met iemand anders getroud was, sou niemand 'n duit omgegee het hoe my babakamer lyk nie. So, wat is die kanse dat ek iets van 'n rak af kan gaan koop? Nul. Ek moes 'n ontwerper kry en die kamer is gedoen!"

"Wat het dit met Julian en Alec te doen?" wil Stephen steeds fronsend weet.

"Om so 'n lewe te maak werk, het 'n mens 'n man nodig wat soms nog onthou jy is daar. Wat soms nog tyd maak om by die huis te wees. Ek weet nie watter tipe man Julian vir sy vrou gaan wees nie, maar ek weet Alec is nie so 'n man nie. Dis waarom hy al deur twee huwelike is." Brenda se oë raak peinsend.

"En daarom moet Rebecca vir Julian gaan?" spot Stephen terwyl hy sy arm om Brenda se skouers sit en haar nader trek.

Sy knik. " 'n Mens kan nie kraam en borsvoed en dan nog logies ook wees nie. Ek dink maar net Julian sal 'n goeie man maak – mits hy die regte vrou kry." Sy glimlag verleë. "Nou weet jy van omtrent al die Hoffmans se geraamtes en skandale. Ek gaan nou stilbly en jy gaan ons vertel hoe 'n mens druiwe pluk en olywe oes."

Rebecca lê nog lank wakker nadat hulle na middernag by die huis gekom het, en oordink weer die aand se gesprekke. Sy het die aand bo verwagting baie geniet. Stephen is 'n gemaklike mens om by te wees en mee te gesels. Brenda se aanvanklike styfheid het grootliks te doen met die rol waarin sy haarself sien, maar soos die aand gevorder het, kon 'n mens al meer van Julian se humorsin in haar herken en Rebecca het begin verstaan waarom Stephen met haar getrou het. Sy is seker soos die tyd aanstap, sal Brenda al meer haar eie identiteit ontwikkel en wegbeweeg van die verstikkende wêreld waarin sy haar dikwels bevind. Stephen is die ideale man vir haar, dink Rebecca met 'n glimlag. Hy weet presies hoe ver hy daardie wêreld ernstig moet opneem en hoeveel net onnodige aanhangsels is.

Sy twyfel egter of dit so eenvoudig vir Julian is. Stephen kan nog soms 'n jean aantrek en in Londen se strate hand aan hand met sy vrou loop. Sy is nie so seker Julian het meer daardie luukse nie. Behalwe dat hy deesdae al 'n internasionaal bekende figuur is, word sy lewe grotendeels vir hom beplan. Sy vermoed die grens tussen Julian Hoffman die mens en Julian Hoffman die uitvoerende voorsitter is besig om vaag te word.

"Ek het gereël dat ons môreoggend gou ontbyt saam met die Andrewse eet voor jou vergadering, en môreaand ontmoet ons die Pattersons vir 'n drankie voor die dinee."

Angela trek haar skoene uit en stap badkamer toe terwyl Julian op 'n stoel voor die venster gaan sit en stadig sy das losmaak.

"Ek wil nie môreoggend saam met mense ontbyt eet nie,

en ek wil nie môreaand nog mense vir drankies ook ontmoet nie. Ek sien genoeg mense."

"Moenie moeilik wees nie. Ek kan nie nou die afsprake kanselleer nie," roep sy uit die badkamer.

"Jy kon my eers gevra het."

"Van wanneer af is jy so sku vir mense?" Sy staan nou in die badkamerdeur, besig om room aan haar gesig te vryf.

"Ek is nie sku nie, maar ek raak moeg daarvoor dat ek nooit meer 'n minuut vir myself het nie. As ek nie werk nie, is ons met sosiale afsprake besig. Dis belaglik!"

"Jy is nou net moeg. As jy eers geslaap het, sal jy môre-oggend beter voel. Jy hou van die Andrewse."

"Angela, dit gaan nie oor die mense nie. Jy is nie my agent nie. Ek het nie nodig om van een afspraak na 'n volgende te hardloop nie. Ons weet nie meer wat dit is om alleen iets te doen nie."

"Mense is belangrik. Dink jy jou oupa en jou pa sou so ver gekom het as hulle kluisenaars was? 'n Groot deel van hulle sukses kan toegeskryf word aan die kontakte wat hulle deur die jare opgebou het. Kontakte wat jy net in stand hoef te hou, dis klaar gevestig." Sy stap ergerlik nader. "En die minste wat jy kan doen, is om erkenning te gee vir die feit dat ek baie van die sosiale verpligtinge van jou skouers af-neem." Sy gee 'n wrang laggie. "En dit sonder 'n ring aan my vinger."

"Ek verwag dit nie van jou nie."

"Maar ek doen dit nogtans omdat ek weet jy het nie tyd daarvoor nie. Ek bel om te hoor hoe dit gaan, ek onthou ver-jaardae en herdenkings, ek stuur geskenke en reël kuiers. Ek gee nie om om dit te doen nie, want ek het ons nog altyd as 'n span gesien, maar jy raak toenemend moeilik en ek is nie meer lus vir die gedurige foutvindery nie. As jy jou eie dinge wil reël, doen dit of laat een van jou slawe by die kantoor dit doen. Ek het genoeg werk van my eie, ek het nie nodig om gratis vir jou te werk nie."

"Sal jy met my trou?" Julian sit agteroor op die stoel en sy blik rus peinsend op die vrou wat voor hom staan.

'n Lig gaan in haar oë aan en haar mond plooi in 'n glimlag. "Jy weet ek sal."

"En as ek môre bedank en iets anders met my lewe gaan doen?"

Die lig in haar oë verdof stadig en die glimlag raak onseker. "Waarvan praat jy?"

"Sal jy steeds met my trou as ek alles los en iets anders gaan doen?"

"Soos wat?"

Julian swaai sy das in die rondte. "Enige iets. Klasgee by 'n universiteit, gaan boer, 'n klein konsultasiemaatskappy oopmaak. Net ek, sonder enige finansiële bystand van Hoffman's."

Angela gee 'n laggie, maar haar blik flits onseker oor sy gesig. "Jy sal dit nie doen nie."

"Waarom nie? Het jy al gedink hoe bevredigend dit moet wees om van niks af iets te begin?"

"Nee, ek het nie so 'n behoefte nie. Ek is nie skaam vir dit wat ek gekry het nie."

"Ek is ook nie skaam vir dit wat ek gekry het nie – ek is net nie aldag seker dis wat ek regtig met my lewe wil doen nie. In elk geval nie soos ek dit nou doen nie."

"En wat dink jy sal jou oupa sê?"

"Om een of ander rede dink ek hy sal verstaan." Hy strek sy arms bo sy kop. "Rebecca het nou die dag 'n grap gemaak en gesê sy gaan volgende jaar vir die Camel-uithouren inskryf. Ek het gelag, maar in my binneste was ek jaloers dat sy selfs so 'n grap kan maak. Ek kan nie eens oor so iets 'n grap maak nie."

"Wie is Rebecca?"

Julian lyk 'n oomblik verbaas. "Die donkerkopmeisie wat vanmiddag by my in die studeerkamer was."

"O, is dit haar naam? Ek het gedink dis Rachel of so iets." Angela trek haar skouers op. "Jy is nou belaglik, Julian. Waarom sal jy aan so iets wil deelneem?"

Julian voel hoe 'n stramheid in sy kakebene trek. "Dis nie die punt nie! Die punt is, ek wil soms voel ek het 'n keuse hoe ek my lewe lei! Is dit so moeilik om te verstaan?"

"Maar jou lewe is Hoffman's. Jy is grootgemaak daarvoor."

Hy skud sy kop. "Nee, ek is Julian Hoffman. Ek is grootgemaak om hard te werk en 'n sukses te maak van dit wat ek aanpak."

Hy neem meteens haar hande in syne. "Dink daaroor, Angela. Dink of jy sal kans sien om nie meer die lewe te hê waaraan jy gewoond is nie."

Sy draai op haar hakke om en stap terug badkamer toe.

"Dink ook sommer daaroor of ons twee nog uit vrye wil bymekaar is en of ons 'n instelling geraak het en dit net te veel moeite is om die patroon te breek," voeg hy by.

"Ek dink nie jou oupa of jou pa het soveel issues gehad nie!" roep sy duidelik ontsteld uit die badkamer.

"Ek is nie my oupa of my pa nie en ek dink ook nie hulle sal dit van my verwag nie. Ek is redelik seker hulle sal wil hê ek moet getrou aan myself wees."

Die badkamerdeur word toegeklap en Julian sit vooroor op die stoel. Hy laat sak sy arms op sy bene terwyl sy blik op die luukse mat onder sy voete rus. In sy ore hoor hy 'n stem wat sê hy sal nooit 'n sukses van sy erfenis maak voordat hy nie eienaarskap daarvan aanvaar het nie.

17

Rebecca staan voor die spieël in haar kamer en bekyk haarself krities. Sy het nog nooit vreeslik oor klere gedink nie. Die paar stukke wat sy besit, is gerieflik en sy voel altyd goed daarin, maar dis so ver soos haar verbintenis daarmee gaan. Sy stres nie ure voor 'n spieël op soek na 'n sekere voorkoms nie. Maar nou staan sy al vyf minute lank voor die spieël en bekyk haarself op en af. Irene het vir haar die sysagte rooi rok uitgesoek. Dis 'n eenvoudige, regaf rok met smal skouerbandjies en 'n elegante lae rug. Daarby dra sy 'n lang sjaal van dieselfde materiaal. Haar hare is opgekam en met 'n brons kam vasgesteek. Die enigste juweliersware wat sy besit, is 'n paar maansteenoorkrabbetjies en 'n fyn, gerolde goue kettinkie. Sy het nie 'n idee hoe die ander vrouens gaan lyk nie. Miskien is sy hopeloos verkeerd aangetrek. Sy kyk 'n laaste keer na haar beeld in die spieël. Daar is niks wat sy verder kan doen nie. Sy het selfs haar oë liggies gegrimeer.

Stephen kom klop om te sê sy moet saam met hulle ry en sy gryp haastig haar klein aandhandsakkie en sjaal.

"Genugtig, ek is bly jy werk nie vir Stephen nie," fluister Brenda toe Rebecca by hulle in die voorportaal aansluit.

Stephen buig galant voor haar. "Mizz Fagan, jy lyk baie elegant vanaand en byna onherkenbaar."

"Dankie." Sy kyk na Brenda wat pragtig lyk in 'n swart skouerlose aandrok. "Ek is nie 'n groot kenner van die mode en die regte look vir die regte geleentheid nie, maar jý lyk soos 'n million dollars."

Brenda sit haar hande vlugtig op haar borste. "Dis nie aldag dat ek met 'n cleavage kan spog nie. Ek moet dit maar uitbuit solank ek kan." Sy kyk skalks na Stephen en Rebecca kyk haastig weg toe sy die blik sien wat die twee verwissel.

Die hotel se banketsaal waar die funksie gehou word, lyk feestelik in ryk skakerings van pienk tot wynrooi. Op die tafels pryk pragtige ruikers met kerse. In die middel van die swierige vertrek hang 'n groot kristalkandelaar wat die lig in kleurspatsels deur die vertrek weerkaats.

Rebecca staan 'n oomblik stil om alles in te neem. Bernie sal elke stukkie detail wil weet. Uiteindelik kyk sy op en sien hoe Marcus, Julian en Angela met twee vreemde vrouens staan en gesels.

"Wens my sterkte toe," laat Brenda onderlangs hoor terwyl hulle nader stap.

Rebecca stap stadig agterna, nie seker of sy veronderstel is om by die deur te wag of dalk buite die deur nie. Sy sien hoe Brenda en die twee vrouens mekaar met vlugtige wangsoene groet en dan besef sy dit moet die suster en die ma wees. Die ouer vrou is aantreklik, maar haar gesig het nie die sagtheid wat Brenda s'n het nie. Miskien is dit ook omdat sy blond is, dink Rebecca. Sy lyk koel. Die jong vrou langs haar is die ewebeeld van haar ma, met 'n stylvolle kort, blonde kapsel, ontwerpersaandrok en blou oë wat alles koel bekyk.

Hulle dra duur klere, nog duurder juwele en het 'n hovaardige houding, maar vir haar lyk hulle lagwekkend baie na haar eie familie met hulle koel stiltes. En dan het sy soms gedink sy is die enigste een met sulke afsydige familielede.

"Goeienaand," onderbreek 'n stem haar gedagtes en toe sy opkyk, staan Julian by haar. Sy sien hom elke dag in 'n pak klere, maar vanaand in 'n aandpak is hy die toonbeeld van die posisie wat hy beklee.

"Naand, doktor," groet sy stemmig terug, maar toe sy die duidelike verbasing in sy oë gewaar, glimlag sy vermakerig. "Nie gedink ek kan so lyk nie, nè?"

Hy glimlag spottend. "Maar gelukkig het die Fagan-mond

saamgekom, anders het ek jou dalk nie herken nie." Terwyl hy praat, gaan sy blik onbeskaamd oor haar. "Jy lyk baie elegant en –"

"A, as ek maar twintig jaar jonger was," onderbreek Marcus hulle terwyl hy Rebecca se hand neem en dit liggies soen. "Jy lyk soos 'n prentjie, Rebecca Fagan. Wil jy nie maar weer daaroor dink en met my kleinseun trou nie? Jy gaan vir my pragtige agterkleinkinders gee."

Rebecca se gesig plooi asof sy ernstig dink. "Ek kan dit oorweeg, maar wat kry ek uit die deal, doktor?"

Marcus en Rebecca kyk albei na Julian. Dan laat Marcus ietwat verskonend hoor: "Hm . . . seker nie veel nie, maar jy gaan 'n ou man baie gelukkig maak."

"Maar dan is nog net hy gelukkig," antwoord sy fronsend. "Wat van my?"

Marcus begin dawerend lag en die familiegroepie wat eenkant staan, kom nader gestap.

"Petra, kom ontmoet die vrou met wie ek sou getrou het as ek twintig jaar jonger was," sê hy laggend toe die ander by hulle staan.

"Rebecca, dis my skoondogter, Petra." Hy kyk vraend na haar. "Wat is jou nuwe van nou weer?"

Rebecca steek haar hand uit voor die vrou kan antwoord en vir 'n oomblik lê die skraal, koel hand in hare.

"En hierdie is my ander kleindogter, Leslie."

Daar word net geknik en Rebecca tree effens agteruit. Sy het seker nie nodig om praatjies met hierdie mense te probeer maak nie. Gelukkig kondig die maître d' die eerste gaste aan en die familie beweeg deur se kant toe.

"Wie is dit?" hoor Rebecca hoe Leslie vir Angela vra toe hulle by haar verbystap.

"Ek dink dis die nuwe een wat vir Julian werk."

Rebecca moet keer om nie te lag nie en sy kan nie help om Angela te bewonder nie. Die vrou kry dit reg om in 'n wêreld van haar eie te bestaan. Sy hoef nie voorsiening te maak vir mense en dinge wat nie deel van daardie wêreld is nie. Jare se bevoorregting het haar geleer wat belangrik is en wat onbenullig, en Rebecca val duidelik in laasgenoemde kategorie.

Soos die gaste aankom, verkyk Rebecca haar aan die bekende gesigte wat by die deur gegroet word. Sy wonder in 'n stadium wat die waarde van die vrouens se juwele vanaand is. Angela dra self 'n paar diamantoorkrabbes wat soos klein appeltjies aan haar ore hang. Rebecca kan sien sy is in haar element. Sy beweeg met grasie en gemak tussen die mense. Gesels en lag, raak hier aan iemand se arm en soen daar iemand rakelings teen die wang As Julian 'n goeie gasvrou soek, sal hy ver moet gaan om 'n beter een te kry.

Gelukkig sit Rebecca saam met ander jonger mense aan tafel en gou-gou kuier hulle baie lekker. Sy het al met sommige van hulle oor die telefoon gepraat, en sy geniet dit om hulle nou te ontmoet.

Later maak Marcus 'n kort, pittige toespraak voordat hy Julian aan die woord stel.

Rebecca skuif haar stoel sodat sy hom beter kan sien. Hy begin deur almal welkom te heet en vertel 'n staaltjie oor sy oupa. Hy het nie notas by hom nie en sy een hand rus ligweg in sy broeksak terwyl die ander een saamgesels. Hy gee 'n kort skets van die maatskappy se verloop oor die afgelope kwarteeu. Hy bring eer aan mense wat nie meer daar is nie en bedank almal wat steeds sorg dat Hoffman's 'n suksesverhaal bly.

"Elke generasie voel dat hulle in ander omstandighede lewe en dit is sekerlik waar, maar ek dink daar was lanklaas 'n generasie wat met soveel sekerheid kon sê: die wêreld het verander. Die term 'global village' is nie net 'n term nie. Dis 'n werklikheid wat ons elke dag beleef. Die ontwikkeling op die vlak van kommunikasie veroorsaak dat ons nie meer ou, gevestigde en beproefde oplossings vir probleme kan gebruik nie. Ons is verplig om na nuwe oplossings te soek. Oplossings wat dalk nog nie getoets is nie, maar wat voldoen aan die onmiddellikheid van ons tyd."

Rebecca luister verwonderd. Sy het hom nie met die toespraak gehelp nie en dis die eerste keer dat sy dit hoor. Die gaste luister aandagtig.

"Ek wil vanaand spesiale eer betoon aan my twee voorgangers. Iemand het 'n rukkie gelede vir my gesê dis ongelooflik wat twee generasies tot stand gebring het. Toe ek die persoon daarop wys dat dit drie generasies is, was die antwoord dat my geskiedenis nog geskryf moet word. Dat ek nog nie deel van hierdie roem vir my kan toe-eien nie." Hy glimlag. "Ek was nie vreeslik beïndruk met die opmerking nie, maar dit het my laat dink, en ek het besef as ons nog 'n hoofstuk van hierdie verhaal wil skryf, sal ons moet sorg dat ons voetspore trap. Dit sal nie noodwendig groter spore wees as wat ons voorgangers getrap het nie, maar dit sal verseker dat ons steeds vorentoe gaan en eendag die maatskappy aan 'n vierde geslag kan oorhandig."

Rebecca ervaar 'n vreemde verleentheid, maar ook byna iets soos dankbaarheid. Sy het nie gedink enige iets wat sy sê, maak regtig 'n indruk op hom nie.

". . . en dis belangrik dat elke geslag die kern van die maatskappy behou maar ook 'n eie identiteit vestig. Ek wil julle vra dat julle nie net saam met ons die pad vorentoe sal stap nie, maar dat julle sal help om Hoffman's se nuwe identiteit te help uitbou. Ek vra julle om saam met my 'n heildronk te drink op die pad wat ons gekom het, maar ook op die nuwe uitdagings wat voorlê."

Die gaste staan soos een man op en fyn langsteelsjampanjeglase word gelig. Rebecca sien hoe Marcus en Julian se blikke mekaar vind en teen haar sin voel sy 'n knop in haar keel.

Êrens deur die ete neem sy stilweg die gevoude kaartjie waarop die tafelnommer geskryf is en krabbel haastig agterop: *I sure can pick a winner – even in a parking garage.*

Sy vra een van die kelners om dit vir Julian te neem en

hou hom net dop tot die kelner dit aan hom oorhandig. Toe begin sy met die oulike ou langs haar gesels. Sy is nog besig om te praat toe dieselfde kelner by haar buk met 'n nota. Sy wonder waar hy die papier gekry het.

Onwaar. Die keuse was myne.

Sy probeer haar glimlag onderdruk ingeval hy haar dophou.

Die gaste kuier so lekker dat die eerstes eers na twaalf begin vertrek. Die jong mense by Rebecca se tafel nooi haar saam na 'n klub in die stad en sy gaan soek vir Stephen en Brenda om te sê sy sal self by die huis kom. Gelukkig het sy 'n sleutel.

Alec kry haar egter aan die arm beet en trek haar onseremonieel nader. "Ek het nog nie eens die kans gehad om vir jou te sê jy lyk pragtig nie." Sy hand gly hopeloos te familiêr teen haar rug af en Rebecca gee 'n tree terug.

"Baie dankie vir die kompliment."

"Aangesien dit ons laaste aand in Londen is, gaan jy darem seker vanaand saam met my daardie night cap drink."

Sy skud haar kop en probeer nie eens om jammer te lyk nie. Die man kry net nie die boodskap nie. "Ek het nou reeds ander planne gemaak."

"Jy kan my altyd saamnooi." Sy hande is nou op haar arms.

"Ek dink die crowd gaan bietjie jonk vir jou wees." Daarmee draai sy om om verder na Stephen-hulle te soek.

"Hoe kan jy vir my sê jy kan wegstap van hierdie lewe af?" vra Angela toe hulle in die kamer kom. Haar oë glinster tevrede asof sy onder die invloed van die een of ander middel is en Julian besef met 'n sug dat aande soos hierdie waarskynlik soos 'n dwelm vir haar is.

"Mense verskil, Angela. Jou drome is nie noodwendig myne nie."

"En jou toespraak vanaand? Was dit alles net leë woorde?"

"Nee, as ek aangaan, sal ek my eie pad moet stap. Ek sal my eie identiteit moet afdruk, my eie stukkie geskiedenis skryf."

Hy bly stil, maar toe hy die tevredenheid in haar oë sien, lig hy sy vinger. "Ek het gesê ás ek bly."

"Julian." Sy kom staan reg voor hom. "Ek het gedink oor wat jy my gevra het en ek het besluit om baie eerlik met jou te wees. Hierdie is die enigste wêreld wat ek ken. Ek kan vir jou sê ek sien vir iets anders kans, maar ek sal jok. So, jy sal maar moet besluit wat jy met jou lewe wil maak, want as jy besluit om dit alles te groet, sal jy my ook moet groet."

Julian glimlag skeefweg. "Waarom is ek nie verbaas nie?"

"Wat is met jou aan die gang?" Haar stem styg ontsteld. "Daar was nooit sprake dat jy iets anders wil doen nie. Wat het nou skielik gebeur? Waar kom jy skielik aan praatjies van uit-hourenne en jou eie besigheid? Mens sou sweer jy het 'n stamp teen die kop gekry."

"Miskien het ek." Hy sit sy hande op haar skouers en sy stem is baie ernstig toe hy praat. "Ek gaan nou vir jou iets sê wat ek al vantevore vir jou gesê het. Dit gaan nie werk tussen ons nie. Dit was gerieflik om maar net aan te gaan, almal het dit eintlik verwag, maar ons is nie meer sestien of selfs ses en twintig nie. Ons is nou mooi groot en die dinge wat pla, kan nie meer weggewens word nie. Daar is nie meer 'n eendag as ons groot is nie; hierdie is daardie eendag."

Angela rek haar op haar tone en soen hom ligweg op die mond. "Soos jy sê, Julian, ek het daai een al gehoor." Sy wil van hom af wegdraai, maar hy hou haar vas.

"Dit is die laaste keer dat ek dit vir jou gaan sê. Ons het goeie tye gehad, maar ons is besig om onsself te bluf. Hierdie is nie liefde nie, dis gerief."

Haar oë rek spottend. "Van wanneer af gaan 'n verhouding oor liéfde? Wat is dit in elk geval? Sentimentele snert vir mense wat 'n middelklaslewe lei." Haar vingers vou om sy baadjie se lapelle. "Ons is vir mekaar gemaak. Soos jou pa en ma en my ouers by mekaar pas."

"My pa was nie gelukkig nie en ek stel nie belang om te hê wat jou ouers het nie."

"Moenie beledigend raak nie."

"Ek is nie beledigend nie; ek is net eerlik. Ek sluit genoeg besigheidstransaksies; my huwelik gaan nie een wees nie."

Angela swaai in haar spore om. "Ek gaan nou slaap. Laat weet my maar as jy weer jou verstand teruggekry het." By die badkamerdeur draai sy om. "O ja, geniet New York, dis dalk die laaste keer dat jy daar kom. Dit klink my jy beplan om van nou af soos 'n kerkmuis te lewe."

18

Rebecca is die volgende oggend verbaas om te hoor die ander gaan nie saam New York toe nie. Sy is egter te vaak om lank oor almal se reisreëlings te wonder. Die motor kom laai haar en Julian tienuur op om lughawe toe te gaan. Hy praat nie in die motor met haar nie, behalwe om sekere instruksies te gee oor die vergadering later die middag.

Sy bly met moeite wakker en is bly toe hulle eindelik aan boord kan gaan. Sy hoop om 'n paar uur se slaap in te kry. In die vliegtuig verkyk sy haar weer eens aan al die luukshede van die eersteklaskajuit. Maar net toe sy haar sitplek agteroor wil kantel, haal Julian sy rekenaar uit en sy word aangesê om sekere gegewens vir hom te soek, terwyl hy deur 'n stapel dokumente begin lees.

"Dankie vader," laat sy hardop hoor toe die kajuitpersoneel na omtrent 'n uur begin om middagete voor te sit. Sy het nog net 'n glasie vrugtesap gehad toe hulle aan boord gekom het.

"Kan jy probeer om te konsentreer?" Julian kyk fronsend na haar.

"Ek is jammer, maar ek is baie vaak en honger." Sy strek haarself uit en wonder waarom hy vanoggend in so 'n besonder slegte bui is.

"Waarom kuier jy tot in die oggendure as jy weet jy moet die volgende dag werk?"

"Ek is jammer, doktor. Ek sal nie weer nie." Sy slaan weer die rekenaar oop en bid dat die bemanning gou hulle kos bring; dit behoort haar ook al beter te laat voel.

"Het jy die funksie geniet?" wil sy geselserig weet toe hulle elkeen met 'n bord kos sit.

"Dit het sy oomblikke gehad."

"Ek dink dit was 'n gepaste viering vir 'n baie spesiale mylpaal." Sy oorweeg dit om vir hom te sê sy het baie van sy toespraak gehou, maar om die een of ander rede laat dit haar steeds verleë voel.

"Kan ek jou broodrolletjie kry as jy dit nie gaan eet nie?" wil sy weet toe hy die helfte van sy kos onaangeraak los.

Hy hou die kleinbordjie met die rolletjie na haar uit. "Eet jy altyd so baie?"

"Ja. Ek het 'n baie vinnige metabolisme en ek glo daaraan om my kragte op te hou. 'n Mens weet nooit wanneer 'n groot hongersnood ons tref nie."

Hy haal weer die dokumente uit sy aktetas en begin stil lees terwyl sy op haar tyd klaar eet.

"Kan ek nie asseblief net 'n uur slaap nie? Ek belowe ek sal daarna my mond hou en baie hard werk."

Julian neem die rekenaar by haar en sy laat sak haar sitplek agteroor. "Baie dankie. Ek sal jou vergoed vir hierdie stukkie menslikheid."

Julian weet nie of hy al ooit iemand vinniger sien insluimer het as Rebecca nie. Sy het haar oë toegemaak asof sy nie 'n bekommernis in die wêreld het nie. Byna soos 'n kind wat na 'n besige dag eenvoudig haar oë toemaak. Na 'n halfuur krul sy haarself op asof sy koud kry en hy vra 'n kombers vir een van die bemanning. Toe hy die kombers oor haar gooi, prewel sy 'n byna onhoorbare dankie. Hy hou haar 'n rukkie dop en is verstom oor die metamorfose wat sy in haar slaap ondergaan. Dis 'n vreemde gesig om haar so stil en vredig te sien. Sy lyk byna weerloos.

Rebecca strek haar arms bo haar kop en wikkel haar skouers voor sy haar oë oopmaak. Sy glimlag lui toe sy sien Julian kyk vir haar. "Jy is 'n engel, baie dankie. Gee my nog 'n paar minute om alles aangeskakel te kry, dan is ek joune en –" Sy kom nie verder nie, want die lugwaardin kondig aan dat hulle binnekort gaan land.

"Wat bedoel sy ons gaan land?" Sy vee oor haar oë en probeer haar hare bymekaarvat.

"Jy het die hele vlug geslaap." Hy klink effens gemoedeliker as vroeër, maar lyk nog nie vreeslik geselserig nie.

"Waarom het jy my nie na 'n uur wakker gemaak nie?"

"Ek het nie kans gesien om met 'n half aan die slaap mens by 'n vergadering op te daag nie."

Rebecca glimlag breed. "Of jy was sommer net jammer vir my en kon dit nie oor jou hart kry om my wakker te maak nie."

"Of ek het dalk net die stilte geniet."

Rebecca het skielik 'n onverklaarbare begeerte om die mooi, sterk mond te soen, net om sy reaksie te sien. Sy onverstoorbaarheid glip soms onder haar vel in en irriteer haar sonder dat sy weet waarom.

"Ek gaan my mooimaak," ignoreer sy doelbewus sy woorde en staan op om haar hare te gaan kam en te kyk of haar klere baie gekreukel is.

Die maatskappywoonstel is 'n reuseplek wat op Central Park uitkyk. Drie personeellede wag hulle in toe die motor hulle daar aflaai.

Rebecca kyk in die deftige kamer rond. Hoe moet sy ná hierdie week weer terug na haar enkelbedjie onder die trap? Daar is egter nie veel tyd om haarself aan die weelde te verkyk nie, want hulle het drie-uur 'n vergadering en sy wil nog 'n skoon hemp aantrek. As daar een ding is waaroor sy baie dankbaar is, is dit dat Julian nie voorskriftelik is oor haar kleredrag nie. Sy probeer om nooit te informeel aan te trek wanneer hulle vergaderings het nie, maar sy dra allesbehalwe snyerspakkies en sykouse. As sy 'n somersrok of -romp dra, trek sy gewoonlik net sandale daarby aan. In die Kaap, waar dit nou winter is, sal sy donker skoolkouse en stewels saam met 'n

178

romp dra, of die meeste van die tyd 'n langbroek en hemp of trui of soms een van haar nuwe langbroekpakke.

Sy pak gou haar klere uit en snak behoorlik na haar asem toe sy die reusebadkamer met die stapel spierwit handdoeke en bak vol vanillasepe sien. Rebecca besluit om haarself ten minste een aand met 'n uur lange bad te bederf. Verkieslik met 'n glas sjampanje as sy kan.

Haar voorneme moet egter eers net 'n voorneme bly, want hulle kom Donderdagaand baie laat by die huis en sy stort net vinnig voor sy in die bed klim.

Vrydag en Saterdag raak die pas nog doller en sy begin benoud wonder of sy ooit haar uur lange badsessie ingepas sal kry. Sy kry respek vir die ure wat Julian onverpoos kan werk. Tussen die vergaderings en samesprekings en werksessies deur leer sy egter dinge van hom wat sy nooit geweet het nie. Sy leer dat hy van redelik eenvoudige kos hou; lief is vir biefstuk, rooiwyn en whiskey; nie aspersies eet nie en saam met elke ete aartappels sal eet as hy kan. Sy leer om vir hom tee en koffie in te skink soos hy daarvan hou; van watter soethappies hy hou en watter sy nie vir hom moet bring nie. Teen Saterdagaand kan sy vir hom 'n bord kos inskep wat hy sal opeet.

"Om te dink ek is in New York en al wat ek sien, is raadsale en direksiekamers," laat sy moeg hoor toe hulle Saterdagmiddag vyfuur uit die laaste vergadering stap en op pad is woonstel toe. Sy verkyk haar aan die stadslewe buite die motorvensters. "What a waste."

"Jy kan môre die dag afkry." Julian vee ook moeg oor sy oë. Rebecca kyk verras na hom. "Jy is my held!"

"Mits jy vanaand saam met my gaan," gaan hy onverstoord voort.

"Jy gaan by vriende eet. Ek dink nie jy het my nodig nie."
"Sakekennisse."

"Whatever. Waarom moet ek saamgaan?"

"Wat wil jy hê moet ek vir jou sê?" Hy het sy oë toegemaak en sy kop rus teen die kopstut.

"Die waarheid."

"Ek het nie vanaand lus om alleen daarheen te gaan nie. Is dit eerlik genoeg?"

Rebecca is 'n lang oomblik stil. "Sal ek my moet gedra?"

Sy mondhoeke trek liggies opwaarts. "Jy kan doen net wat jy wil."

"Kan ek vir hulle sê ek is jou skelmpie?"

"Jy kan sê jy is my vrou ook – ek gee nie om nie."

"Jy ís desperaat!" lag sy. "Goed, dis 'n deal. Ek sal saamgaan, maar môre wil ek heeldag rondloop."

"Mag ek iets baie persoonliks vir jou sê?" Rebecca stap laat-aand voor Julian die maatskappywoonstel binne.

"Kon ek jou al ooit in die verlede stop?"

"As daardie mense jou vriende is, is dit geen wonder jy is nie gelukkig met jou lewe nie."

"Wat bedoel jy?"

Rebecca draai om en sy lyk vreemd ontstig. "Ek het een-keer 'n aanhaling van 'n onbekende persoon gelees wat, vry vertaal, min of meer die volgende sê: 'n Vriend is iemand wat die lied in jou hart ken en wat dit vir jou kan sing wanneer jy dit vergeet het." Sy hou haar hand in die lug toe hy iets wil sê. "Ek weet dit klink soos iets uit 'n pienk boekie, maar daar steek 'n klomp waarheid in. Vriende is veronderstel om jou te ken, om te weet wie en wat jy is. Daardie mense het nie 'n cooking clue wie jy is nie, maar hulle weet bleddie goed wat hulle verbintenis met jou vir hulle beteken."

"Hulle is nie my vriende nie," laat hy hoor toe sy eindelik stilbly.

"Hulle dink hulle is." Haar oë blink ergerlik. "En jy laat hulle toe om te dink hulle besit 'n stukkie van jou!"

"Rebecca!" Sy hande sluit om haar boarms en hy wag tot sy effens bedaar. "Waaroor is jy so ontsteld? Niemand het iets aan jou gedoen nie."

Sy haal twee keer diep asem. "Ek weet, maar hulle het my

180

tyd gemors. En ek het daar gesit en gedink: hoe kan jy toelaat dat mense soos dié 'n hele aand van jou lewe in beslag neem? Die lewe is te kort daarvoor."

"It comes with the job," laat hy met 'n skewe glimlag hoor. "Dis in ruil vir die eersteklasvliegtuigkaartjies en 'n lekker bord kos."

"Dis 'n duur prys wat jy betaal." Sy draai om, maar vra oor haar skouer: "Het die plek 'n kombuis?"

"Ja, maar ek vermoed al die skerp messe is toegesluit."

Sy lag nie. "Ek het nou koffie nodig. Wil jy ook hê?"

"Dit sal lekker wees." Hy stap voor haar uit kombuis toe. Dis 'n netjiese, onpersoonlike ontwerperskombuis met kersiehoutkaste en chroomafwerkings. Tot haar verbasing maak hy homself op een van die toonbanke tuis terwyl hy kyk hoe sy deur kaste en laaie na die koffie en koppies soek.

"Dis maklik om oor iemand anders se lewe kommentaar te lewer, nè?"

Sy kyk op van haar rondsoekery, maar sy vra nie wat hy bedoel nie.

"Is jy met jouself ook so eerlik?" gaan hy voort.

"Ons is nie nou besig om oor my te praat nie." Sy begin weer kasdeure oopmaak terwyl sy ergerlik brom: "Watse tipe huis het nie koffiebekers nie!"

"Nou waarom praat ons nie 'n slag oor jou nie? Waarom mag jy kommentaar lewer oor alles en almal rondom jou, maar jy is untouchable?"

"Jy is welkom om kommentaar te lewer, mits jy weet waarvan jy praat." Rebecca plak twee fyn koffiekoppies in hul pierings op die toonbank neer.

"Ek weet jy is te intelligent om te doen wat jy nou doen." Hierdie keer is dit hy wat sy hand ophou toe sy hom wil onderbreek. "Moenie my verkeerd verstaan nie, ek kla nie. Ek wonder net waarom iemand met jou verstand en verbale vermoëns haar tyd mors om vir iemand anders te werk." Hy lig weer sy hand. "Ek is nie klaar nie. Waarom woon jy in 'n plek

181

waar jy nie aldag jou lewe seker is nie? Daar moet êrens iemand wees wat bereid is om jou huisvesting te gee."

"Dis my keuse."

"En as ek vir jou sê dis my keuse om aande soos vanaand deur te sit?"

"Dan verdien jy dit om ongelukkig te wees."

Julian lig homself van die toonbank en neem die skinkbord by haar. Hy wag dat sy voor hom uitstap sitkamer toe.

"Wie sê vir jou ek is ongelukkig?"

Rebecca skink die koffie en gooi ingedagte 'n teelepel suiker en melk in syne en dan roer sy dit ook nog voor sy dit vir hom gee.

"Ek sê so."

Julian glimlag spottend. "Die een wat alles en almal met 'n groot mond op 'n afstand hou. Wat niemand genoeg vertrou om haarself te wees nie."

Rebecca se oë vernou effens en dan lag sy onverwags. "Jy is besig om na strooihalms te gryp, doktor. Jy weet ek is reg; jy is net te trots om dit te erken."

"En jy, Rebecca, is 'n meester om die gesprek altyd weg van jou af te draai."

"Ons is nie besig om oor my te praat nie, jy is besig om sommer net wilde raaiskote te vat en jy hoop een tref die kol."

Daarmee sit sy haar leë koppie op die skinkbord en rek haarself lui uit. "Baie dankie vir die aand. Dit was leersaam."

"Rebecca . . ." Hy wag tot sy by die deur omdraai. "'n Mens kan net só lank vir jouself weghardloop, dan haal jy gewoonlik jouself in."

Sy draai met opset haar rug en lig net haar hand. "Ek sal dit onthou."

Toe sy in die kamer kom, val sy agteroor op die groot bed en staar 'n paar minute lank nikssiende na die plafon. Sy het nie die vaagste idee waarom vanaand haar ontstel het nie. Hulle gasheer en -vrou én die ander gaste was vriendelik genoeg, of so vriendelik soos 'n mens teenoor 'n werknemer kan wees. Een van die mans het selfs 'n ruk lank met haar gesels. En tog het sy gevoel hoe haar irritasie met elke minuut toeneem totdat sy moeite gehad het om haarself te beheer. Sy wou vir Julian vra wat maak hy daar. Sy wou hom daar wegneem en vir hom wys daar bestaan ander mense in die wêreld. Mense wat jou ken vir wie jy is en nie vir wat jy is nie. Hy het so tuis tussen die mense gelyk en tog was sy so jammer vir hom. Jammer dat al sy geld en mag hom nie kan vrywaar van 'n lewe waar die mens gereduseer word tot 'n bankbalans nie. Sy lag wrang omdat sy haar kan voorstel hoe verwaand haar gedagtes vir iemand anders moet klink. Sy lê in 'n kamer wat sy nie eens in haar drome kan bekostig nie en sy het so pas vir die man wat elke maand haar salaris betaal, gesê hy moet vir hom ander vriende kry. Haar arrogansie bereik by die dag nuwe hoogtes.

Sy staan op en stap badkamer toe om die bad se krane oop te draai. Dis hulle laaste aand in New York en as sy hierdie bad wil gebruik, sal sy dit nou moet doen. Maar toe sy minute later in die bad lê, is haar gedagtes so besig dat sy byna onbewus van haar omgewing is. Sy weet sy moet haar nie aan sy woorde steur nie. Dis nie asof hy haar ken nie. En tog bons sy woorde soos 'n rubberbal heen en weer binne haar. Sy wil nie hoor dat sy vir haarself weghardloop nie. Sy wil glo dat die donker gedagtes haar nie meer bangmaak nie. Dat haar emosies al begin afstomp het. Maar sy woorde laat herrys vanaand die herinneringe soos koggelende geraamtes uit die stof.

Sy begin haar met energieke hale was. Sy is net moeg gewerk. Môre sal sy weer beter voel en die gedagtes wat nou soos vibrasies deur haar trek, sal weer bedaar het.

Rebecca word vroeg die volgende oggend wakker en staan dadelik op. Julian het gesê sy moet vieruur terug wees, aangesien hulle sewe-uur op die lughawe moet wees. Sy het die vorige aand gepak en nadat sy gestort het, trek sy haastig aan.

Tot haar verbasing sit Julian agter die lessenaar toe sy by die studeerkamer verbystap, en sy loer in.

"All work and no play makes Julian a dull boy," laat sy van die deur af hoor.

Hy kyk op en vryf oor sy oë en sy wonder of hy ooit geslaap het. "Jy is vroeg op."

"First we take Manhattan and then we take Berlin," sing sy die ou Leonard Cohen-liedjie met uitgestrekte arms.

"Ek sal die owerhede laat weet," spot sy mond, maar onder sy stil oë lê skadu's en Rebecca wens sy wil ophou om die man jammer te kry. Sy kry nie eens haarself jammer nie.

"Waarom kom jy nie saam met my nie?" nooi sy sonder om te dink. "Wanneer laas het jy sommer net niks gedoen nie?"

"Ek moet werk." Hy beduie na sy skootrekenaar op die lessenaar.

"Wat is die ergste wat kan gebeur as jy dit nie doen nie?"

"Dan het ek môre twee keer meer."

"Jy kan op die vliegtuig werk. Dis 'n lang vlug." Haar oë vernou skielik asof sy so pas aan iets gedink het. "Tensy jy natuurlik nie saam met my op straat gesien wil word nie." Sy kyk af na haar denim en plat sandale en dan raak sy aan die wit T-hemp. "Ek dra ten minste nie vandag 'n slogan nie."

"Ek is dankbaar vir klein seëninge."

Rebecca frons. "Het jy 'n probleem met my kleredrag?"

"Ek gaan nie nou in 'n bespreking oor jou en jou kleredrag ingesleep word nie. Ek weet hoe lyk 'n mynveld as ek een sien."

Sy glimlag oorwinnend. "Lafaard." Dan versober sy onverwags. "Kom loop saam met my rond. Dit kan jou dalk weer dankbaar maak vir dit wat jy het."

Hy kyk 'n lang oomblik stil na haar voordat hy die rekenaar toeklap en opstaan, en Rebecca voel vreemd tevrede. Sy ignoreer die stemmetjie wat haar daaraan herinner dat sy nie regtig weet wat om 'n dag lank met Julian Hoffman te doen of te praat nie. Sy weet die kanse is baie goed dat hy hom óf gaan vervies omdat sy hom soos 'n toeris deur die stad gaan laat loop, óf hy kom dalk na 'n uur terug huis toe. Maar sy is bereid om die kans te waag. Niemand kon haar nog ooit van lafhartigheid beskuldig nie.

19

"Is jy seker jy is 'n vrou?"

Rebecca gaan staan stil op die sypaadjie en kyk vraend na Julian. "Wat bedoel jy?" Sy kyk af na haar borste. "Het ek oornag iets verloor?"

"Ons is ten minste al twee ure op straat en jy het nog niks gekoop nie. Jy het nog nie eens iets begeer nie!" Hy skud sy kop. "Jy moet erken dit klink nie heeltemal normaal nie."

"Ai, so 'n verstand en so min insig." Sy val glimlaggend langs hom in.

Julian druk sy hande in sy broeksakke. Hy het skielik die behoefte om soos 'n skoolseun haar hare 'n pluk te gee. Sy verwar hom meer as wat hy gedink het moontlik is. Hy hou haar al die hele oggend dop en die beeld wat kort-kort by hom opkom, is dié van 'n kind in 'n lekkergoedwinkel. Sy is egter so besig om haar aan die "winkel" te verkyk dat sy nie eens die "lekkers" raaksien nie. Geen mens kan so ongekompliseerd wees nie, dink hy byna wrewelrig. Of so tevrede!

"Waarom frons jy?"

Dis die ander eienskap wat sy het wat hom by tye onredelik ergerlik maak – die feit dat min dinge haar aandag ontgaan. Hy het hom nog altyd daarop beroem dat hy meester van sy emosies is, maar sy laat hom soms voel of hy 'n plakkaat om sy nek dra.

"Ek het nie gefrons nie."

"Jy het, maar ek gaan nie met jou daaroor argumenteer nie. Ek geniet myself te veel. Ek kan verstaan waarom diegene wat hier gebore en getoë is, nooit hier wil weggaan nie. Sing

Frank Sinatra nie juis: New York, New York, if you can make it here you'll make it anywhere, nie?"

"Hm, dis nogal waar woorde."

"Het julle dit nog nooit oorweeg om die maatskappy se hoofkantoor hierheen of Londen toe te verskuif nie?"

"Nee, ek dink 'n mens het tot 'n groot mate 'n verantwoordelikheid teenoor die plek waar jy begin het."

"Maar wens jy nie jy kan hier woon nie? Die geleenthede hier is net soveel meer."

Julian skud sy kop. "Ek woon baie lekker in die Kaap." Hy kyk vlugtig na haar. "En jy, waar wil jy woon?"

"Enige plek waar daar mense en beweging is." Sy beduie met haar arms rondom hulle. "'n Plek soos hierdie."

"'n Plek waar die geraas buite harder is as die geraas binne jou." Daar lê 'n beterweterige glimlag om sy mond en Rebecca klik haar tong.

"Speak not of what thee not knoweth!"

Julian moet weer bewustelik sy hande keer. Hy troos homself daaraan dat dit nie aan haar as persoon is wat hy wil vat nie. Dis eerder asof hy wil seker maak sy is nie die een of ander visioen van sy oorwerkte brein nie. Miskien is dit net hy wat haar sien, spot hy homself. Hy hoop van harte nie so nie, want niemand gaan hom glo as hy haar probeer beskryf nie. Dit sal makliker wees om te sê hy het 'n eenhoring gesien, besluit hy.

"Wanneer laas het jy so in 'n plek rondgestap?" onderbreek sy sy gedagtes.

Sy voorkop plooi, maar op die ou end moet hy sy skouers optrek. "Ek kan nie onthou nie."

"Weet jy dat die wêreld by jou verbygaan?"

"Weet jy dat jy nog nooit iets positiefs oor my lewe gesê het nie?" antwoord hy met 'n teenvraag wat haar laat vassteek.

"Ek het al."

"Noem een!" daag hy haar uit en Rebecca bly staan stil soos sy dink.

Na 'n lang oomblik kyk hy op sy horlosie. "Ons vliegtuig vertrek nege-uur. Hoeveel dae het jy nodig?"

"Ek weet!" roep sy opgewonde. "Jy het die beste persoonlike assistent wat daar is!"

Hierdie keer verloor sy selfbeheersing die stryd en sy hand vou om haar hare en hy gee dit 'n pluk. Sy lag met 'n wye mond en dit laat hom weer haastig sy hande in sy sakke druk. Hy wil soos 'n blinde sy vingers oor daardie mond laat gaan. Net om seker te maak sy oë bedrieg hom nie.

"Kom ons gaan eet," rooi hy ietwat bars. "Ek weet van 'n lekker restaurant hier naby."

Rebecca skud haar kop. "Ek is nie nou lus om met 'n mes en vurk te eet nie." Sy kyk hom met 'n uitdagende lig in haar oë aan. "Wanneer laas was jy op 'n moltrein?"

"Waarheen wil jy nou gaan?"

"Ons gaan Little Italy toe. Ek is lus vir 'n lekker pizza of iets morsigs soos spaghetti bolognaise."

Daar is nie meer sitplek in die trein nie en hulle moet soos vinke aan die oorhoofse handvatsels hang. Sy kan gemaklik onder sy arm inpas, besef hy half verbaas. Sy is soos die diere wat hulleself kan opblaas om groter te lyk. Sy gee permanent die indruk dat sy eintlik 'n amasone is.

"Is dit nou nie baie groter pret as agter in die Merc nie?" Haar oë blink vrolik op in syne.

"Hmm . . . ek sou hieraan gewoond kon raak, behalwe dat ek nie hier kan doen wat ek op die agterste sitplek van die Merc kan doen nie." Hy hou sy gesig ernstig en sien met kinderlike genoegdoening hoe die lag in haar oë plek maak vir onsekerheid.

"Ek neem aan jy verwys nou na werk."

"Jy neem verkeerd aan." Hy geniet homself al meer.

"Ek glo jou nie. Met Salie op die voorste sitplek!"

"Hy is al gewoond daaraan en dikwels weet hy nie eens daarvan nie." Sy blik gaan veelbetekenend oor haar gesig. "As ek wil, kan ek dit soms in 'n rekordtyd doen."

Julian weet hy moet hierdie oomblik onthou, want hy weet nie of hy haar ooit weer so sonder woorde sal sien nie.

Die trein skud en hulle lywe raak-raak aan mekaar, maar sy is skynbaar onbewus daarvan.

"Waarom lyk jy so geskok? Selfs ek het dit soms nodig."

"Ek besluit nog of ek geskok of beïndruk moet wees." Sy bly stil, maar tussen haar wenkbroue keep 'n diep frons.

"Dit het my al dikwels gehelp om deur 'n lang dag te kom."

"Doktor Hoffman, ek dink nie ek wil verder hoor nie." Sy staar voor haar uit.

"Die slim mense het al oor en oor bewys dat so 'n vinnige slapie baie terapeuties kan wees."

Hy hou haar onderdeur sy ooglede dop en sien die presiese oomblik toe sy begin verstaan, en tot sy groot vermaak word haar wange sigbaar pienk.

"Waaraan het jy gedink?" wil hy onskuldig weet.

"Jy weet bleddie goed waaraan ek gedink het!"

Die erkenning is so reguit dat hy moet lag terwyl sy een hand vlugtig oor haar wang vee.

"Geniet jy jouself?" Sy probeer haar bes om verveeld te klink.

"Om jou sonder woorde te sien? Onbehoorlik baie."

Sy lig haar ken net effens. "I tend to please."

Julian draai bewustelik effens weg sodat hy nie meer haar mond kan sien nie. Dit het 'n mens daarvan as jy 'n paar nagte feitlik nie geslaap het nie, dink hy ergerlik. Jy begin fantaseer oor visioene.

"Bêre jou geld, hierdie is my treat," berispe sy toe hy vir die pizza wil betaal.

"Ek gaan nie dat jy vir my kos betaal nie."

"Dis in elk geval jou geld, so hou op so vreeslik trots wees."

"Kan ons ten minste hier binne by die tafeltjies sit?" wil Julian weet toe die man agter die toonbank 'n groot pizzaboks aan hulle oorhandig.

"Nee, ons gaan daar oorkant in die park op 'n bankie sit."

"Waarom moet ons 'n Four Seasons eet? Waarom kan ek

nie net my eie een gekry het nie?" Hy kyk met misnoeë na die groot wiel.

"Jy sou net alles gevra het waarvan jy hou en daar is geen uitdaging in nie. Op hierdie manier stel jy jou smaakorgane aan nuwe sensasies bloot."

"Ek is seker jy was in 'n vorige lewe 'n tiran," sug hy terwyl hy sy eerste hap neem.

"Wat sal jy doen as iemand jou nou herken?" wil sy tussen happe weet.

"Vir hulle pizza aanbied."

"Nee, jy sal nie. Dit sal 'n groot verleentheid vir jou wees."

"Dink jy ek gee om wat mense van my dink?"

"Nee, maar daar is tog sekere grense wat jy nie meer kan oorsteek nie. En hierdie is een daarvan."

"Hou op allerhande aannames oor my maak, Rebecca. Jy ken my nie so goed soos jy dink nie."

"Sou jy vandag uit jou eie hierheen gekom het?" Sy wag 'n oomblik, maar toe hy nie antwoord nie, gaan sy voort: "En sou jy hierheen gekom het as Angela saam met jou hier was?"

"Wat is jou punt?"

"My punt, doktor, is dat jy nie sulke dinge doen nie en dat dit nogal 'n verleentheid sal wees as mense jou herken."

"Waarom het jy my dan saamgenooi?"

Sy vee haar mond af. "Ek het nie gedink nie."

Hy sit die skyf pizza waaraan hy wou hap terug in die boks en begin sy hande aan die klein papierservet afvee. Sy eetlus is meteens daarmee heen. "Is jy spyt jy het my saamgenooi?" Terwyl hy dit vra, wonder hy wanneer laas in sy lewe het hy gewonder of iemand by hom wil wees. Hy het nie eens geweet die vraag lê in sy onderbewuste nie.

"Nee, ek is nie spyt nie, maar ek het skielik besef ek het jou potensieel in 'n moeilike posisie geplaas." Sy staan op om die boks in 'n vuilgoedblik te gooi.

"Ek is mooi groot, Rebecca. Ek dink ek kan vir myself besluit waar ek geplaas wil word."

Sy glimlag gelate en hou haar hande omhoog. "Jammer. Ek is geneig om soms my eie belangrikheid te oorskat."

Hy antwoord haar nie en hulle begin in stilte verder stap. Naby die woonstel gaan staan hy by 'n klein kraampie om die nuutste finansiële tydskrifte en die Sondagkoerante te koop. Rebecca drentel 'n entjie verder tot by 'n kunsgalery. Sy kon nog nooit 'n interessante skildery verbystap nie. Haar blik val dadelik op een van 'n donkerkopmeisie wat by 'n pottebakkerswiel sit. Die meisie se kop is geboë, en 'n skaduwee val oor die een kant van haar gesig terwyl haar hande om 'n groot ronde pot gevou is. Dit is 'n pragtige skildery, maar dan lees Rebecca ook nog die woorde wat onderaan in 'n eenvoudige skrif geskryf is: *We make clay into a pot, but the emptiness within holds what we desire. A Zen saying.*

Sy staar na die woorde en in haar groei 'n vreemde verlatenheid. Maar tog kan sy nie ophou kyk nie. Dis 'n groot skildery, in sterk kleure. En dis byna asof die woorde en die prent mekaar weerspreek. Miskien is dit die grootte van die pot wat die woorde weerspreek, dink sy gefassineerd. Of miskien maak die woorde die grootte van die pot irrelevant. Asof dit nooit oor die pot gegaan het nie.

"Doen jy uiteindelik window shopping?" klink Julian se stem agter haar op en Rebeca knip haar oë maar draai nie om nie. Sy moet net nog een keer kyk en lees.

"As ek 'n huis en baie geld gehad het, sou ek dit vir my gekoop het," laat sy ingedagte hoor.

"Dis nie so duur nie en jy gaan mos 'n huis koop." Julian kyk na die treffende prent. Die skilder se naam is onbekend, maar sy instink sê vir hom dit gaan nie vir haar oor die beleggingswaarde nie.

"Ek het nie 'n groot behoefte aan 'n klomp besittings nie." Haar stem klink veraf en toe sy uiteindelik omdraai, is haar blik afgetrokke. Hulle praat nie weer verder nie en in die woonstel gaan elkeen kamer toe om seker te maak alles is gepak.

Hulle vlug word met 'n halfuur vertraag en teen die tyd dat aandete klaar bedien is, is dit al naby middernag. Rebecca gaan borsel vinnig haar tande en dan strek sy haarself op die gemaklike sitplek uit. Julian is besig om nog deur 'n paar dokumente te lees en sy mompel 'n goeienag. Doodbang hy sal verwag sy moet ook nou werk.

Dis doodstil en skemer in die kajuit toe Rebecca later wakker word. Sy weet nie wat haar wakker gemaak het nie en sy kyk eers na Julian. Tot haar verbasing sit hy agteroor met 'n glas in sy hand. Sy loer na haar horlosie.

"Sit en drink jy wraggies twee-uur in die môre?"

"Tyd is 'n relatiewe begrip. Êrens in die wêreld is mense nou besig om sundowners te drink."

"Spaar my die laatnagfilosofie."

"Komaan, Fagan, gesels met my. Ek kan nie slaap nie."

"Dis nie my skuld nie, waarom moet ek gestraf word?" Haar lyf voel swaar en haar ooglede nog swaarder.

"Jy kan môre by die huis bly." Hy swaai die glas stadig in die rondte.

"En Dinsdag?"

"Ek moet Dinsdag Johannesburg toe vir 'n vergadering." Hy sê dit asof hy tronk toe moet gaan.

"Jy het my nie daar nodig nie." Sy draai op haar sy sodat sy hom kan sien en trek die kombers hoër op teen haar nek. Haar hele wese begeer om te slaap.

"Waaroor wil jy gesels?"

"Enige iets." Hy neem 'n sluk. "Vertel my iets van jouself wat niemand weet nie."

"Soos dat ek vratjies oor my hele lyf het?"

"So iets, ja, maar ek glo nie dis 'n geheim nie."

"Ek sal daardie opmerking laat verbygaan, maar net omdat jy soms nice is."

"Dankie. Vertel nou."

Rebecca oordink die vraag met die nodige aandag. "Ek is soms bang vir die donker."

Sy gesig draai en sy kan selfs in die skemer die ongeloof in sy oë sien.

"Dis waar. My neefs en niggies het my met die donker banggemaak toe ek klein was."

"En tog loop jy snags in die strate rond."

"Korreksie. Ek moet soms alleen in die áánd stap, maar dis mos nie donker in die stad nie. En in elk geval is ek 'n voorstander daarvan dat 'n mens jou vrese moet konfronteer. Dit help nie jy hardloop daarvoor weg nie." Sy moet fluister, want om hulle slaap al die ander passasiers.

"En waarvoor is jy nog bang?"

Rebecca glimlag lui. "Wil jy nou in een nag al my geheime ontrafel?"

"Kan jy aan iets beters dink wat ons kan doen?" Hy neem 'n laaste sluk en die lugwaardin is byna dadelik daar om die glas by hom te neem. Hy kantel sy sitplek agteroor sodat hulle langs mekaar lê.

"Slaap is 'n goeie plan."

"Ons kan later slaap."

"Is jy nie 'n man wie se troukaartjies al gedruk is nie?" wil Rebecca weet toe hy ondeund glimlag.

"Nee."

"So die skinderstories is alles leuens?"

"Ek weet nie wat alles gesê word nie, maar ek weet ek beplan nie 'n troue nie." Hy sit skielik sy vinger op haar lippe. "Hoe de duiwel kry jy dit altyd reg om 'n gesprek so te stuur dat ons oor my praat? Ons was besig om oor jou en jou vrese te praat."

"Jy weet meisies soos sy word gebore en grootgemaak om vir mans soos jy 'n goeie vrou te wees," praat sy by sy vinger verby. "Daar is nie baie van hulle nie en jy sal ver soek om weer iemand te kry wat so perfek in daardie rol gaan pas."

"En vir wie gaan jy 'n goeie vrou uitmaak?"

Rebecca lag hees. "Hy moet nog gebore word."

"Dis redelik verwaand, selfs komende van jou af. Dink jy jy is so spesiaal dat geen man goed genoeg vir jou is nie?"

"Kom, kom, doktor. Sê nou eerlik of jy my in 'n huwelik kan sien?" Sy hou haar hand op. "Daarmee sê ek nie ek gaan nooit trou nie. Maar in hierdie stadium het ek nog nie iemand ontmoet wat mans genoeg is vir daardie job nie." 'n Glimlag trek aan haar mondhoeke. "As jou oupa jonger was, het ek hom gevat."

"Fagan . . ." Hy wag tot sy vir hom kyk. "Weet jy hoe voel ek as jy vir my doktor sê?"

"Groot en slim?"

"Soos Caesar teen die end moes gevoel het as Brutus naby was. Ek kry die behoefte om my rug dop te hou."

Rebecca se lyf begin skud soos sy lag. "Nou hoe wil jy hê moet ek jou aanspreek? U Edele?"

"Vir wie dink jy flous jy deur die kastig onderdanige aanspreekvorm? Beslis nie vir my nie. Watter naam kom by jou op as jy aan my dink? Sekerlik nie 'doktor' nie."

Sy wikkel haarself effens onder die kombers uit. "Ek weet nie. Ek praat nie met jou in my gedagtes nie en as ek aan jou dink, dink ek aan jou as 'n mens, nie 'n naam nie."

"En as jy oor my praat, wat ek seker is jy tog soms doen, al is dit net om iets te vertel wat by die kantoor gebeur het?"

Rebecca moet nou ernstig dink. "My baas of so iets."

"Of so iets." Hy skud sy kop in 'n moedelose gebaar. "Ernst het my op my naam genoem."

"Ernst was ses en vyftig. Hy kon jou pa gewees het."

"En jy is amper ses en twintig. Jy kan nie my dogter wees nie. So, wanneer jy weer op kantoor kom, skryf asseblief 'n memo aan jouself dat jy onthou om my iets anders te noem."

Sy knik plegtig. "Ja, baas."

Julian trek die kombers oor haar kop en maak sy oë toe.

20

Rebecca word laat wakker en strompel kombuis toe om vir haar te gaan koffie maak. Op die toonbank lê 'n briefie in Irene se handskrif. *Kom maak 'n draai as jy wakker is – ons kan êrens lunch.*

Met die koppie koffie, en die oggendkoerant wat in die kombuis gelê het, gaan klim sy terug in die bed. Dankbaar vir die stukkie luukse. Na 'n week op groot, sagte beddens was die gedagte aan die smal, harde bed onder die trap net te veel vir haar en sy het van die lughawe af vir Irene gebel om te hoor of sy vir 'n nag by haar kon kom slaap. Sy het die vorige dag net na drie by Irene se woonstel gekom en nadat sy gestort het, het sy byna dadelik aan die slaap geraak. Irene het Chinese wegneemkos gaan haal vir die aand, maar Rebecca was so vaak dat hulle nie veel gesels het nie. Die lang slaap het haar goed gedoen en sy voel nou uitgerus.

Sy begin deur die koerant blaai en lees hier en daar 'n berig. Soos gewoonlik oorheers moord, dood en geweld weer vanoggend min of meer elke opskrif. Miskien moet sy eendag 'n koerant met goeie nuus uitgee. Selfs in Suid-Afrika moet daar sekerlik nog goeie nuus ook wees, en sy dink nie nou aan die rand wat besig is om ongekend goed teen die buitelandse geldeenhede te vaar nie, want dit het blykbaar ook weer sy nadele. Sy dink aan werklike goeie nuus of berigte van mense wat wonderlike dinge reggekry het. Daar is soveel mense wat daagliks oorleef, ondanks alles wat teen hulle is.

Toe sy by die bylae oor eiendomme kom, lees sy stadiger. Sy sal nooit iets kan bekostig teen hierdie pryse nie. Jackie sou gesê het dis die buitelanders, lag Rebecca by haarself. Sy blaai verder, maar daar is niks wat sy kan bekostig nie, en dit wat binne haar prysklas val, wil sy nie hê nie. Irene en Deborah kan nie verstaan dat sy in die Backpackers' kan bly, maar so uitsoekerig is as dit by die koop van 'n huis of woonstel kom nie.

"Dis anders. As ek soveel geld gaan betaal, wil ek daarvan hou," het sy al 'n paar keer probeer verduidelik.

Sy maak die koerant toe en sit agteroor, maar dan onthou sy dat haar selfoon afgeskakel is en sy soek langs die bed daarvoor. Daar was vier oproepe van Gert. Sy tel haar horlosie van die bedkassie af op. Dis al oor tien. Sy skakel die nommer, maar na 'n rukkie kom die antwoorddiens aan en sy laat 'n boodskap dat sy wakker is en haar selfoon nou aangeskakel is.

Sy staan onder die stort toe haar selfoon lui. Sy maak haastig die deur oop en tel die klein instrument van die bad se rand af op sonder om behoorlik na die skerm te kyk.

"Gee my net 'n oomblik dat ek 'n handdoek om my kaal lyf draai, anders kry ek dalk pneumonie," sê sy en wikkel inderhaas die groot handdoek om. Sy stap met die foon kamer toe en spring onder die komberse in. "Hi, nou kan ons praat; ek is kuis en warm," laat sy effens uitasem hoor.

"Ek is bly om dit te hoor. Dit sal jammer wees as jy onkuis en koud is," klink Julian se stem in haar oor op.

"A, dis jy! Ek het gedink dis Gert wat weer bel."

"Ek is jammer. Ek sal jou nie ophou nie. Ek is eintlik net op soek na sekere syfers en ek weet jy het daarmee gewerk."

Sy saaklike manier laat haar sommer die komberse hoër teen haar keel optrek. "Watter syfers is dit?"

Hy noem die name van transaksies en sy moet konsentreer om te onthou. Weet die man nie daar bestaan iets soos vlugvoosheid nie! Gelukkig begin haar brein stadig aanskakel en kan sy vir hom die inligting gee.

"Dankie," groet hy haastig en dan sit sy met die stil foon teen haar oor.

Sy gooi dit eenkant toe en begin haar vinnig afdroog voor

sy aantrek. Miskien wil hy hê sy moet skuldig voel oor die dag by die huis? Sy skud haar kop. Hy is nie kinderagtig nie.

"Waar kom jy nou eers vandaan?" wil Irene weet toe Rebecca sewe-uur die aand by haar woonstel instap. "Ons was al bekommerd."

Rebecca druk Irene laggend teen haar vas. "Ek dink ek het 'n blyplek gekry."

"Waar?" Deborah kom uit die sitkamer met 'n glas wyn in die hand.

Rebecca skud haar kop. "Ek gaan julle nie nou al vertel nie. Ek is bygelowig oor sulke goed. Die eienaar het gesê hy sal my môre bel."

"Het die plek ten minste 'n dak en vier mure en warm water en so aan?" wil Irene bekommerd weet.

"Ek is verlief." Rebecca maak haar tuis op die rusbank en neem die glas wyn wat Deborah vir haar ingeskink het.

"Op die plek of op die eienaar?" wil Irene steeds met 'n bekommerde frons tussen haar oë weet.

"Die eienaar is vyf en sewentig en 'n wewenaar," lag Rebecca.

Die ander twee kyk na mekaar en Deborah laat selfvoldaan hoor: "Ek het jou gesê sy gaan eendag 'n ouer man vat. 'n Regte sugar daddy, en as ons ons oë uitvee, het sy van ons vergeet en jet sy rond tussen hulle vakansiehuis in die Alpe en sy privaat eiland in die Stille Oseaan." Sy kyk meewarig na Rebecca. "Die hartseer van hierdie hele scenario is dat jy waarskynlik nie eens gaan weet wat om met al die geld te doen nie."

"Miskien moet jy ons maar aan die oom voorstel," knik Irene. "Ons sal hom ten minste kan help om sy geld te geniet."

"Ek het nie planne om 'n arme ou oom te verlei nie en ek weet nie eens of hy geld het nie. Maar hy het die huisie wat ek begeer."

"Jy mag nie jou naaste se huis begeer nie, ook nie sy slaaf of slavin nie," begin Deborah aanhaal.

"Dan mag jy ook nie die voorraad in die helfte van die Kaap se winkels begeer nie," kap Rebecca terug.

"Dis anders. Dit behoort nie aan iemand nie."

Rebecca lag spottend. "Probeer daarmee uit die winkels stap sonder om te betaal en jy sal gou agterkom dit behoort wel aan iemand." Sy staan haastig op. "Maar praat van begeertes, I brought gifts!" Sy stap kamer toe en kom met winkelsakke terug wat sy aan hulle oorhandig.

"Jy moes nie!" spot Deborah terwyl sy haastig haar sak oopmaak en begin uitpak. Sy haal eerste die twee horlosies uit. "A, net wat ek nog altyd wou gehad het!"

Rebecca glimlag. "All fake, maar vir daardie prys kan 'n mens hulle met 'n rein gewete weggooi as hulle nie meer werk nie."

"Die een wat William vier jaar gelede vir my uit New York gebring het, werk nou nog," sê Irene terwyl sy haar horlosies sommer gelyk aan haar arm sit.

"Sjoe! En dit?" Deborah haal drie baie klein deurtrekkertjies uit die pakkie.

"Is hulle nie divine nie?" Rebecca kyk met trots na haar aankoop. "My baas het ook so gedink."

"Jou baas was by toe jy hierdie aankope gedoen het?" Irene laat sak haar stukkies onderklere. "Ek het nog nooit saam met 'n man so iets gekoop nie."

"Ek is seker dit was nie die eerste keer dat hy so iets gesien het nie en in elk geval is hy nie 'n man nie. Hy's my baas."

"Die foto's wat ek van hom gesien het, het my die indruk gegee dat hy baie beslis 'n man is," verskil Deborah. "Het hy iets gesê van die aankoop?"

Rebecca glimlag onwillekeurig toe sy aan Julian se reaksie dink. "Hy het gesê hy weet skielik waarom sommige meisies heeldag smile."

"Ek hoop nie ek hoef hom ooit te ontmoet nie." Irene klink sowaar effens verleë. "Hy gaan dalk heeltyd wonder of ek een van hulle dra."

197

"En ek het vir William musiek gebring." Rebecca hou nog 'n sak omhoog terwyl sy na Irene kyk. "Hoe gaan dit met hom?"

"Dit gaan goed."

Voor Rebecca kan vra of sy hom gesien het, knipoog Deborah. "Dis wat ons pillow talk noem."

"Vertel," hits Rebecca aan. "Sover ek weet, was dit nie deel van jou planne toe ek hier weg is nie."

"Dis onmoontlik om by mekaar te wees, maar dis hel om sonder mekaar te wees," terg Deborah en Irene se wange raak pienk.

"Ek is mal oor die man!" Sy gooi haar hande in die lug. "Is julle tevrede? Ek kan dit nie help nie. My tone krul nou nog van plesier as ek hom sien; hy kan met een kyk al my wilskrag laat verbrokkel en hy weet dit. Hy is nie my tipe nie en tog wil ek niemand anders hê nie." Sy bly uitasem stil. "Dit sou soveel makliker gewees het as William net nie William was nie."

"Jy kan hom altyd Koos noem," gee Rebecca raad terwyl sy en Deborah onderlangs glimlag.

"Ek gaan nie verder met julle hieroor praat nie." Irene stap kombuis toe en kom met nog 'n bottel wyn terug. "Julle verstaan nie dat 'n mens vir iemand lief kan wees maar nie altyd van die persoon kan hou nie."

"Jou probleem, Irene, is dat jy nes Deborah jou hele lewe lank vir die prins op die wit perd gewag het, maar omdat hierdie een op 'n swart perd ry, verbeel jy jou hy is nie die regte een nie." Rebecca skink hulle glase weer vol. "As jy jouself toelaat om wyer te dink, sal jy jou prins herken."

"Het julle geweet in die antieke Griekse mitologie was godinne baie belangriker as gode? Hulle beweer dis eers nadat die mens die man se rol in die voortplantingsiklus begin verstaan het, dat die mense gode begin aanbid het." Deborah druk haar neus in die wynglas en gee 'n diep snuif.

"Wat is jou punt?" wil Irene fronsend weet.

"Dink julle vrouens sou so naarstiglik na meneer Reg gesoek het as hy geen rol in die voortplantingsproses gehad het nie? Miskien is ons soektog eintlik net 'n selfsugtige strewe om onsself van uitwissing te red."

"Dan behoort dit interessant te wees om te sien wat die gevolg op die geslagsdinamika gaan wees as hulle ernstig begin om mense te kloon," peins Rebecca.

Irene skud haar kop. "As dit net oor voortplanting gegaan het, sou almal kinders gehad het, en ek weet van al meer pare wat kies om nie kinders te kry nie. Ek dink dit gaan eerder oor 'n emosionele behoefte."

"Jy kan sien die heer Green het weer sy magic gewerk." Deborah beduie met haar kop na Irene. "Die oë is vol sterre en haar hart is broos en sag."

Rebecca glimlag en raak aan haar bors. "Julle maak 'n ou vrou se hart so bly. Keep up the good work." Sy kyk na Deborah. "Sal jy jou laat kloon?"

Deborah mors byna van die wyn soos sy lag. "Ek kan nie eens aldag met myself oor die weg kom nie, wat wil ek met 'n mini-me doen?"

Voor iemand haar kan antwoord, begin Rebecca se selfoon lui en sy sien tot haar verbasing dis Julian se nommer wat op die skerm registreer. Sy kyk op haar horlosie; dis net voor agt.

"The house of ill repute, goeienaand. As u 'n blondine verlang, druk asseblief die hutsknoppie, vir 'n rooikop moet u die sterretjie druk en vir 'n donkerkop moet u eers bewys lewer van u manlikheid."

"Rebecca?" Dis 'n vreemde stem en sy loer verbaas na die skerm.

"Ja. Wie praat?"

"Dis Stephen." Hy lag. "Ek het nou net begin dink dis my gelukkige aand."

"Jammer om jou teleur te stel. Waarom bel jy van my baas se telefoon af?"

"Ek is net die boodskapper. Hy is op pad na 'n funksie en die strikdas wil nie strik nie en hy praat nou al in vreemde tale."

"Sê vir hom dis sy karma wat nie reg is nie. Hy moet dit nie op 'n strikdas uithaal nie."

"Ek sal hom sê." Sy stem versober. "Jy moet blykbaar môre-oggend reeds om sewe-uur vir diens aanmeld, want julle het 'n vergadering en jou teenwoordigheid word verlang."

"Ek sal daar wees. Hoe gaan dit met Brenda?"

"Dit gaan baie goed. Sy is net besig om reg te maak vir die doopfees en daarvoor wil sy blykbaar nog iets soos veertig kilogram verloor."

"Sê vir haar ek sê sterkte."

Rebecca hoor hoe iemand in die agtergrond praat en dan herhaal Stephen die boodskap. "Julian sê jy moenie môre laat wees nie."

Rebecca sug. "Ek sal nie."

"Dit klink my jy kuier," laat Stephen vraend hoor toe Deborah die een of ander opmerking maak en sy en Irene hardop lag.

"Het hy ook gesê ek mag nie vanaand kuier nie?"

Stephen lag. "Nog nie. Maar sy karma is besig om al swarter te word. Enige iets is seker nou moontlik."

"Vra vir hom hoekom bind hy nie sommer net 'n skoen-veter om sy nek nie, dit sal makliker wees."

"Julian," hoor Rebecca hoe Stephen met hom in die agter-grond praat, "Rebecca wil weet waarom bind jy nie sommer net 'n veter om jou nek nie."

Rebecca hoor 'n stem, maar Stephen lag net en herhaal nie wat Julian gesê het nie. "Bye, Rebecca. Lekker aand," groet hy, steeds met 'n lag in sy stem.

"Dis nou 'n nice man met 'n nice vrou," sug Rebecca. "Mense van wie julle nogal behoort te hou."

"Die vraag is of hulle van ons sal hou, ons is nie eintlik in hulle league nie."

Rebecca dink vir 'n oomblik na. "Ek het 'n vermoede hulle is in hul eie league."

21

Rebecca sit stil na Julian en luister terwyl sy die ander mense onderlangs dophou. Na al die tyd verstom sy haar steeds aan die manier waarop Julian se verstand werk. Sy het al agtergekom dat hy nie baie praat by vergaderings nie, maar wanneer hy praat, raak almal stil. Hy besit ook die vermoë om deur baie nuttelose inligting te sny en blitsvinnig by die kern van 'n probleem uit te kom.

Sy het hom al ergerlik in 'n vergadering gesien waar sy donker oë gevaarlik geflits het, en dit sou waarskynlik makliker gewees het as hy sulke tye sy stem wou verhef, maar sy stem raak net soos ysblokkies wat teen jou rug afgly en die hoendervleis op jou lyf laat uitslaan. Sy is nie regtig bang vir hom nie, maar sy sal nie graag aan die verkeerde kant van daardie kilheid wil wees nie, dit weet sy.

Hierdie is sy wêreld, besluit Rebecca by herhaling terwyl sy na hom luister. Hy is hiervoor gebore en sal waarskynlik 'n nog groter sukses as sy voorgangers wees. Dis nie wat hom moeg maak nie, besef sy terwyl sy kyk hoe sy hande saampraat. Hierdie deel kan hy toe-oë doen. Dis die deel wat op hom as mens aanspraak maak wat hom moeg maak. Hy het 'n groot behoefte om sy eie mens te wees. Om 'n stukkie van homself te behou. Sy oupa het dit reggekry, maar die maatskappy was toe nog nie so groot nie. Die aansprake op sy pa was reeds baie meer, en dit gaan net groter word vir hom. Die wêreld het werklik sy woon- en werkplek geword en dit vra 'n spesiale tipe ingesteldheid om op daardie vlak te beweeg. Hy is verantwoordelik vir die maatskappy in 'n al meer kompeterende millennium.

Sy is seker Angela skrik nie vir die lewe wat sy saam met hom sal lei nie. Dis waarvoor sy weer grootgemaak is. Hulle is die tipe paartjie wat op almal se uitnodigingslyste sal wees. Die perfekte paartjie en die gunstelinge van die sosiale blaaie. Net soos hy op hierdie ouderdom reeds wyd en syd deur finansiële tydskrifte en koerante aangehaal word.

Rebecca ervaar onverwags weer die knaende gevoel van jammerte. Hy het alles, maar hy kan nie 'n pizza op 'n park-bankie sit en eet nie. Ek is besig om sy wêreld uit my verwy-singsraamwerk te beleef, besef sy byna geamuseerd. Hy wíl waar-skynlik nie pizzas in 'n park eet nie. Dis sý wat daarvan hou.

Die vergadering verdaag en sy kan teruggaan kantoor toe om te begin voorberei vir 'n volgende vergadering en aan 'n toespraak te skryf wat hy die volgende dag nodig het. Sy blaai egter eers vinnig deur die oggendkoerant om te sien of daar enige berigte of artikels is waarin hy sal belangstel. By die sosiale foto's verstar haar blik skielik. Daar is 'n pragtige foto van Julian en 'n onbekende rooikopmeisie by 'n funksie die vorige aand. Volgens die onderskrif was dit sy metgesel vir die aand. Rebecca lees die woorde 'n paar keer en dan kyk sy met meer aandag om seker te maak dis nie Angela wat oornag rooi hare gekry het nie. Maar dis beslis nie Angela nie, tensy sy intussen ook 'n borsvergroting en ernstige rekonstruktiewe chirurgie ondergaan het. Die meisie het 'n laehals- groen aand-rok aan en haar hand rus gemaklik op Julian se arm.

Rebecca knip die foto uit en sit dit in 'n lêer wat sy later na hom toe moet neem. *Bly om te sien jy het die strikdas reg-gekry*, skryf sy op 'n nota en heg dit met 'n skuifspeld aan die foto vas. En dan krabbel sy onderaan: *Nooit geweet jy het 'n voorliefde vir silikoon nie.*

'n Uur later neem sy dokumente en lêers vir hom, maar hy is op die telefoon en sy sit dit net op sy lessenaar neer. Sy sien Julian eers weer kort voor middagete toe hy haastig kom sê hy is op pad na 'n middagete. Rebecca het teen daardie tyd weer van die foto vergeet en toe hy uit is, neem sy haar kans

waar om 'n huurmotor te bestel. Sy ry na die huisie teen Sein-
heuwel waar sy die vorige dag was.

Rebecca is net voor sewe die aand besig om dokumente te
liasseer en 'n paar laaste notas te maak toe die foto van hom
en die meisie uit een van die lêers val. Sy tel dit op en wil dit
net eenkant sit, toe sy die woorde onderaan haar nota sien.
Nooit geweet jy is die jaloerse tipe nie.

Sy glimlag. Waarom het sy gedink hy sal verduidelik? Sy
maak seker dat haar lessenaar skoon is voor sy haar handsak
neem en na sy kantoor stap om te gaan groet.

"Goeienag," groet sy heel ongeërg. Sy gaan hom nie die ple-
sier gee om te vra wie die meisie is en waar Angela was nie.

"Nag, Rebecca. Onthou asseblief, ons moet môreoggend
nege-uur in Stellenbosch wees."

"Ek sal betyds wees." Sy draai om deur toe, al vreet die
nuuskierigheid aan haar.

Toe sy by die deur kom, roep hy haar terug en sy begin
verlig glimlag.

"Ek gaan ook nou huis toe. Kan ons jou aflaai?"

Rebecca sluk haar glimlag. "My klere is nog by my vrien-
din in Oranjezicht. Dis effens uit julle pad."

"Die Mercedes behoort dit teen die bult op te maak."

Sy knik. "Dankie. Dit sal gaaf wees."

Salie glimlag toe hy haar sien en wil dadelik weet hoe dit met
haar gaan, en sy vra hoe dit met Gertrude en die kinders gaan.

"Sê asseblief vir haar baie dankie vir die blik beskuit. Sy is
besig om my gruwelik te bederf. Sê vir haar ek sal eendag self
kom dankie sê."

"Moet jy nie vir my ook dankie sê nie?" wil Julian met 'n
skewe kyk weet. "Dit kom seker uit my kombuis."

"Dit kom uit onse kombuis, Julian," berispe Salie. "Dis niks
van jou goed nie."

Rebecca glimlag breed. Dis soms bemoedigend om te hoor
daar is iemand wat nie vir hom bang is nie.

Hulle stop voor die woonstelblok en Rebecca maak haastig die deur oop sodat Salie nie hoef uit te klim nie. Net voor sy die deur toemaak, steek sy haar kop terug in die motor.

"Vir jou inligting, ek is nie die jaloerse tipe nie."

Lagplooie keep langs sy mond en sy maak haastig die deur toe. Maar sy is skaars by die trap, toe lui haar selfoon en sy gaan staan eers stil. Toe sy die naam op die skermpie sien, oorweeg sy dit eers om nie te antwoord nie, maar na 'n oomblik se huiwering druk sy tog die groen telefoontjie.

"Dis net jaloerse vrouens wat sulke opmerkings maak." Julian klink hoorbaar selftevrede.

"Hallo . . . hallo . . . ek kan jou nie hoor nie, die sein raak weg." Rebecca glimlag.

"Dis goed, dan kan jy nie hoor as ek sê joune is mooier nie. Kleiner, maar mooier."

"Jy is nie veronderstel om my borste raak te sien nie!" laat sy verontwaardig hoor. "Dis seksuele teistering."

"O, het jy weer 'n sein?" Sy stem klink onskuldig.

"Hoe kan jy so iets vir my sê?"

"Ek het gedink jy kan my nie hoor nie."

Rebecca glimlag. Sy móét teen hom poker speel en sy hoop sy klop hom so ver dat hy nooit weer sulke kanse sal waag nie. Mense wat haar jare langer as hy ken, doen dit nie eens nie, juis omdat hulle nooit seker is presies hoe haar kop werk nie. En dis soos sy dit verkies. Sy soek niemand in haar kop nie.

"Dit beteken steeds nie jy mag kyk nie."

"Ek kyk nie. Ek hou net van die lettergrootte as jy 'n T-hemp met 'n slogan dra."

"Kan jy poker speel?" verander sy die onderwerp.

"Watter student kan nie?"

"Sal jy teen my speel?" Sy begin stadig die trappies na Irene se woonstel klim.

"Sê waar en wanneer en ek sal daar wees." Daar is skielik 'n vreemde afwagting merkbaar in sy stem. Asof hy niks beters het om te doen nie. "En waarvoor gaan ons speel?"

Rebecca se voorkop plooi en dan laat sy effens ingedagte hoor: "Ek moet nog besluit, maar ek sal jou vroegtydig laat weet."

"Ek sien uit daarna." Hy laat dit soos 'n formele uitdaging klink en Rebecca wonder 'n oomblik of sy nie dalk te veel afbyt nie, maar aan die ander kant is sy loshande die kampioen onder haar vriende. Dis dalk tyd dat sy 'n slag haar vaardighede teen iemand anders toets.

"Dis so vrek koud, slaap nog vannag hier. Jy kan môre teruggaan." Irene kyk hoe Rebecca haar bagasie uit die kamer dra. Sy het reeds 'n huurmotor gebel.

"Ek het vir die maand betaal en ek moet in elk geval gaan groet en sê ek gaan nie volgende maand daar woon nie. Hulle was goed vir my; ek wil nie net verdwyn nie."

"Jy kan mos gaan groet sonder om daar te slaap."

"Daar lê baie herinneringe onder daai trap. Ek wil nog vir oulaas daar gaan slaap. Miskien sorg dit dat ek nooit vergeet hoe bevoorreg ek is nie."

Irene skud haar kop. "Op 'n vreemde, verdraaide manier klink jy soms skokkend baie na oorlede moeder Teresa."

"Ek wou nog altyd as sint Rebecca bekend gestaan het." Rebecca soen Irene teen die wang. "As alles goed gaan, maak ons een van die dae my huis se dak nat en dan hoef jy nie meer so bekommerd oor my te wees nie."

Irene maak net die voordeur oop en lig haar hand toe Rebecca teen die trap afstap.

Rebecca word twee-uur die oggend wakker toe 'n klomp raserige jong mense voor haar deur verbyloop, maar sy raak byna dadelik weer aan die slaap. Sy het die vorige dag vir haar 'n ekstra kombers gekoop en vir 'n slag kry sy nie koud nie.

In haar drome raak sy later van 'n vreemde reuk bewus en sy sukkel om wakker te word. Dis nie 'n aangename reuk nie. Sy ruik suur en alkohol en die volgende oomblik druk iets oor haar mond, en haar oë vlieg oop. Sy het moeite om te sien wat aangaan, maar sy weet sy kry nie asem nie en sy begin spartel.

"Lê stil!" klink 'n fluisterstem dringend teen haar oor. Haar angs is egter so groot dat sy nie dink nie en sy begin met haar vuiste na die stem slaan. 'n Hou ontplof teen haar kop en dan voel sy iets baie skerps teen haar wang, terwyl sy bloed in haar mond proe.

"Waar is jou geld?"

Rebecca skud haar kop en die beweging veroorsaak 'n verdere skietpyn deur haar skedel.

"Moenie lieg nie! Jy het nou 'n job." Sy hand klem nog oor haar mond en in 'n helder oomblik wonder sy hoe hy wil hê sy moet sê waar dit is terwyl sy nie kan praat nie.

"As jy skreeu, steek ek jou met die mes!" waarsku hy voor hy sy hand lig.

Rebecca trek eers 'n paar keer haar longe vol suurstof. "Ek het nie geld by my nie."

"Dan vat ek wat hier is. Jy kan weer koop."

Die ganglig syfer onderdeur die deur en sy sien hoe hy haar tas nader trek. "Pak alles daarin."

'n Koue woede neem van haar besit en terwyl sy stadig begin opstaan, val sy skielik met haar lyf teen hom en hulle albei beland hard op die vloer. Sy hoor hoe die mes uit sy hand val en sy probeer haastig orent kom. Êrens skreeu iemand dat hulle moet stilbly, en op daardie oomblik wil Rebecca byna lag. Hy is egter groter as sy en met die swaai van 'n arm val sy terug op die bed, terwyl haar kop hard met die muur kennis maak. Dan voel sy hoe twee hande om haar keel sluit.

"Gee net die goed, ek wil jou nie seermaak nie," sis hy uitasem, maar terwyl hy praat, klem sy hande krampagtig om haar keel asof hy nie beheer daaroor het nie.

Rebecca voel hoe haar gesig begin gloei en sy probeer na hom slaan, maar haar arms is te kort. Sy verslap haar lyf en wag 'n paar tellings voordat sy met al haar krag haar lyf omswaai, en toe die greep om haar keel effens verslap, skreeu sy so hard soos sy kan.

Stemme gil weer êrens en nog 'n hou tref haar wang en dan is daar voetstappe en geluide by die deur. Sy hoor haar naam, maar die volgende paar minute is niks baie duidelik nie. Hande tel haar van die vloer af op en sy hoor iemand praat van die polisie en 'n ambulans, maar sy skud haar kop. Sy makeer niks. Haar kop pyn net vreeslik.

Rebecca weet nie of sy 'n oomblik haar bewussyn verloor het nie, maar toe sy weer van haar omgewing bewus raak, is daar paramedici wat met 'n skerp liggie in haar oë skyn en haar dan op 'n draagbaar tel en onder in die straat in 'n ambulans laai. Rondom haar klink dit soos 'n Babelse spraakverwarring soos die ander inwoners in allerhande vreemde tale hulle skok en misnoeë te kenne gee. Een van die Hollandse meisies belowe om haar kamerdeur te gaan toesluit en 'n oog oor haar goed te hou tot sy terugkom.

Rebecca onthou betyds dat sy nou lid van 'n mediese fonds is en hulle neem haar na die privaathospitaal se ongevalleafdeling. Dis 'n jong, vroulike dokter wat aan diens is en sy ondersoek al Rebecca se kneusplekke en maak seker niks is gebreek nie.

"Ons gaan jou vir 'n dag hier hou," besluit sy toe sy weer met 'n liggie in Rebecca se oë gekyk het. "Jy het 'n paar harde stampe teen jou kop gehad."

"Dis nie nodig nie. My kop is net seer." Rebecca raak liggies aan haar gesig. "En my wangbeen."

"Ons gaan net seker maak," verseker die meisie haar en Rebecca word na 'n kamer gestoot waar hulle vir haar 'n hospitaaljurk aantrek. Daarna kry sy 'n inspuiting teen die pyn.

"Kan ons iemand bel?" wil die verpleegster weet toe sy die duvet oor Rebecca vou.

"Nie dié tyd van die nag nie, dankie." Sy sal môre vir Irene of Deborah bel en vra hulle moet haar klere gaan haal en eers by hulle hou. Sy kan haar net indink wat hulle alles gaan sê. En toe begin sy vir die eerste keer daardie nag bewe.

"Sjoe, girlie, was jy aan die ontvangkant van 'n domestic violence case?" wil 'n dagverpleegster weet toe sy die volgende oggend in Rebecca se kamer kom.

"Nee, gelukkig nie, anders was daar moord." Rebecca wil glimlag, maar dit voel of haar gesig gaan kraak as sy dit probeer.

"Die polisie is hier om jou te sien. Ek het gesê hulle moet net wag dat ons eers al jou vitals check." Sy sit 'n koorspen onder Rebecca se tong en haar vingers vou om Rebecca se pols. Sy bekyk die kneusplekke en skud haar kop. "Ek hoop jy hou van pers, want jy gaan nog 'n rukkie in daai kleur vaskyk."

Die polisie kom later in en tot Rebecca se verbasing het hulle 'n verdagte aangekeer. Een van die ander inwoners het hom vroeër die aand in die gang gekry en later weer by die voordeur en hom herken as 'n werklose jong man wat soms daar kom slaapplek soek. Dis waarom niemand dit vreemd gevind het toe hulle hom daar gewaar het nie. Sy vingerafdrukke is ook oral in Rebecca se kamer. Toe Rebecca wil weet hoe hy in haar kamer gekom het, lag die polisieman: "My kind sal daardie slot kan oopmaak."

Toe hulle weg is, maak Rebecca haar oë toe. Hy gaan van aanranding aangekla word. En vir die eerste keer wonder sy wat sou gebeur het as sy nie terugbaklei het nie. As sy maar alles vir hom gegee het. Maar dis haar goed. Dis al wat sy besit. Tog kry sy op die oomblik 'n goeie salaris en kon weer vir haar klere gekoop het.

Haar gedagtes spring heen en weer soos 'n voël op 'n tak. Die een oomblik vol empatie en deernis vir iemand wat niks het nie, maar aan die ander kant kwaad omdat hy so 'n uitweg gekies het. Dan onthou sy sy moet die kantoor bel.

Anèl moet vir hom gesê het dis sy, want toe hy antwoord, is sy stem bruusk. "Waar is jy? Ons moes al gery het."

"Ek kan ongelukkig nie vandag kom werk nie. Ek is jammer, maar ek sal môre daar wees."

"Ek hoop jy maak 'n grap." Sy hoor hoe hy in die agtergrond met iemand anders ook praat en sy is nie seker vir wie hy wat sê nie.

"Ek is jammer vir die ongerief, maar ek kon nie vroeër bel nie," maak sy weer verskoning.

"Dammit, Rebecca, jy moet leer jy kan nie in die week so kuier dat jy nie soggens kan kom werk nie."

Sy maak haar mond oop om hom te antwoord, maar hy het reeds neergesit. Haar hande bal een keer in vuiste en dan ontspan sy doelbewus haar vingers. Sy kon hom seker gesê het wat gebeur het, maar sy deel nie maklik haar persoonlike lewe met 'n werkgewer nie. Die personeel by die restaurante waar sy deur die jare gewerk het, het haar soms eindeloos geïrriteer wanneer hulle elke dag 'n ander drama kom vertel het. Sy was later oortuig hulle skep die helfte daarvan self, net sodat hulle iets het om oor te praat of 'n verskoning het om nie te werk nie.

Rebecca begin weer 'n nommer skakel en toe William antwoord, huiwer sy 'n oomblik voor sy praat.

Hy onderbreek haar nie en Rebecca is verlig dat sy hom eerste gebel het. Die ander sou nou met haar baklei het. William belowe om haar goed te gaan haal en eers by hom te hou, en dan wil hy weet of sy iets nodig het.

"Ek is fine, William. Ek dink hulle is oorversigtig."

"Ek sien jou later," groet hy.

Rebecca slaap byna die hele oggend nadat hulle haar weer ingespuit het teen pyn. Die verpleegpersoneel maak haar wakker vir middagete, maar dis te pynlik om te eet en sy stoot later die skinkbord opsy. Sy het net weer teen die kussings teruggesak toe William met 'n groot bos blomme die kamer inkom.

Hy buk oor haar en sy lippe lê koel teen haar voorkop en dan kyk hy in haar oë en haar hart trek saam. Sy kan die pyn in sy oë sien, asof hy seergekry het.

"Ek gaan nie met jou baklei nie. Nie nou nie, maar eendag as jy beter voel en nie meer soos 'n spiritsdrinker lyk nie, gaan

209

ons twee 'n lang gesprek hê. En daardie dag wil ek niks van jou hoor nie; vir een keer in jou lewe gaan jy luister."

"Moenie so ernstig lyk nie. Dit lyk baie erger as wat dit is."

"Becca, don't push your luck. Jy het op die oomblik 'n voorsprong; moenie dat ek my voorneme vergeet nie."

Rebecca druk sy hand en hy kom sit langs haar op die bed. "Wil jy my vertel of sal ons oor seks en rock 'n roll praat?"

"Ek sal vertel, maar moet asseblief nie te veel kommentaar lewer nie."

William kuier 'n uur lank en toe moet Rebecca weer vir 'n inspuiting vra. Sy raak daarna aan die slaap en word eers wakker toe hulle aandete kom neersit. Gelukkig is daar sop by en sy probeer 'n paar monde vol eet. Dis effens beter as om iets te probeer kou.

'n Kwartier voor besoektyd gaan die deur oop en Irene en Deborah loer met groot oë in. Rebecca sien hoe albei se oë vol trane skiet en sy voel skuldig. Hulle is so goed vir haar.

Deborah begin huil nog voor sy by die bed is en sy sit net haar kop teen Rebecca s'n en bly 'n oomblik so staan. Irene is wasbleek en sy druk Rebecca styf teen haar vas.

"Bliksem, Becca!" snuif Deborah tussen die trane deur. "Jy kon dood gewees het."

"Niemand praat nou van doodgaan nie," raas William. "Onthou wat julle belowe het."

Deborah vee die trane met die agterkant van haar hand af en glimlag bewerig. "Hy gaan ons uitskop as ons jou ontstel."

"Hy is 'n rots," grap Rebecca om die knop in haar keel weg te kry. Sy wil hulle nie so ontsteld sien en weet sy is die oorsaak daarvan nie.

Die twee meisies sit die pakkies neer wat hulle saamgebring het. Albei trek 'n stoel nader, terwyl William op die voetenent plaasneem.

"Liewe vader!" klink 'n stem van die deur af op en Gert kom ingestap met 'n reusebos blomme. "Waarom het jy nie gesê jy wil 'n face-lift hê nie?"

210

Rebecca glimlag stram. "Ai, en ek het gehoop julle gaan nooit uitvind nie."

Gert soen haar versigtig teen haar hare. "Ek het jou al beter sien lyk, maar dis 'n interessante kleurskakering, veral saam met die hospitaaljurk."

Rebecca is dankbaar vir die grappies, want as sy na haar vriendinne kyk, is hulle nog veels te stroef.

"Irene gaan die voorkoms in haar winkel bemark," skerts sy terug.

Gert wil weet wat gebeur het en Rebecca begin kortliks vertel, maar sy het skaars begin toe die deur oopgaan en Pierre ook inkom. Hy kom effens verleë nader en Rebecca sien hoe Deborah hom onderlangs sit en dophou.

"Beïndruk ons en sê jy het 'n bottel wyn saamgebring," laat Deborah hoor toe hy klaar gegroet het. "Ek het nou iets sterks nodig."

"Ek is jammer ek het nie, maar ek sal na besoektyd vir jou 'n dop koop, as jy wil." Hy sê dit sonder om regtig na haar te kyk en Rebecca moet 'n glimlag keer. Kan grootmense so onbeholpe met mekaar wees!

"Jy het baie oproepe gemaak," spot sy vir William.

"Dit was nie nodig nie, ek het sommer net die Deborah Times gebel."

"'n Mens het 'n verantwoordelikheid om mekaar op die hoogte van belangrike inligting te hou," verdedig Deborah.

Die groep kuier tot na besoektyd en loop eers nadat die verpleegster hulle twee keer kom vra het om te gaan. William belowe hy sal haar die volgende oggend kom haal en Rebecca vra dat Irene vir haar klere vir die kantoor moet saamstuur.

"Jy kan nie môre gaan werk nie. Is jy van jou sinne af?"

"Dis 'n baie besige week by die kantoor. Hulle hou binnekort direksievergadering en ek het nog baie om te doen."

William en Irene skud gelyktydig hulle koppe en toe hulle by die deur is, roep Rebecca agter hulle aan: "Stuur 'n serp en grimering saam!"

211

22

Rebecca weet nie of sy al ooit meer moeite met haar voorkoms gedoen het nie. Irene het haar oranjerooi broekpak saamgestuur, met 'n rooi serp wat sy nie ken nie. Sy het haar hare 'n paar keer geborsel totdat dit los en lank om haar gesig en skouers hang. Ongewoond daaraan om 'n onderlaag te gebruik, het sy versigtig begin, maar gou besef dit sal nie maklik wees om die kneusmerke oor haar wang te bedek nie. Sy het egter haar bes gedoen. Aan die plek langs haar oog waar die mes se punt haar skrams gevang het, kan sy nie veel doen nie, maar gelukkig word dit byna deur haar hare bedek. Die serp verbloem die rooipers hale teen haar keel.

William het eers weer geraas omdat sy werk toe wou gaan, maar haar op die ou end tog gaan aflaai en haar laat belowe sy sal bel sodra sy klaar gewerk het.

Rebecca stap net na agt haar kantoor binne en kyk eers na die dag se program op haar rekenaar voor sy diep asemhaal en na Julian se kantoor toe stap.

Sy klop liggies voor sy die deur oopmaak. Hy sit agter sy lessenaar en kyk nie op nie.

"Goeiemôre, ek is jammer ek is laat." Sy hou haar stem lig.

"Jy darem besluit om te kom?" Hy kyk van die rekenaar af op en sy sien hoe sy oë vernou.

"Rowwe nag gehad?"

"Nie te erg nie."

"Hoe ver is jy met die toespraak?"

"Gee my net so 'n halfuur. Ek wil net gou nog 'n paar gegewens kontroleer."

"Ons het elfuur 'n vergadering met die mense van Global Strategies. Ek soek hulle laaste briewe." Hy gee nog 'n paar opdragte voor Rebecca kan loop.

Net voor die vergadering elfuur begin, gaan Rebecca eers weer kleedkamer toe om haar grimering op te knap. Gelukkig is almal so besig dat hulle nie werklik tyd het om met aandag na haar te kyk nie.

Maar nou sit sy langs Julian by die konferensietafel en sy kan voel hoe sy blik kort-kort na haar draai. Dis egter 'n moeilike vergadering en by tye lyk dit of hy sy humeur wil verloor, maar oudergewoonte raak sy stem net killer, totdat Rebecca wonder of die kantoor se lugverkoeling nie dalk aangeskakel is nie. Sy is ook besig om hoofpyn te kry, maar sy probeer dit ignoreer. Daar is pille in haar handsak wat sy sal drink sodra hulle verdaag.

Toe hulle eindelik klaarmaak, stap Julian saam met die gaste tot in die portaal en Rebecca begin lêers en notas bymekaarmaak. Julian kom stil agter haar die vertrek binne en sy draai na hom toe om iets te vra, toe die deur oopgaan en Stephen met 'n bekommerde blik inkom. Hy pyl reguit op Rebecca af en sit sy hande op haar skouers.

"Ek het nou net eers gehoor! Genugtig, Rebecca, die man kon jou doodgemaak het." Hy vee versigtig haar hare agtertoe en bekyk haar gesig met aandag. Voor Rebecca kan keer, draai hy die serp om haar keel los en sy gesig is vol afgryse toe hy die merke teen haar keel sien.

"Jy moes by die huis gebly het, of verkieslik in die hospitaal." Hy kyk na Julian. "Waarom het jy my nie gesê nie? Brenda het dit nou net eers by Gert gehoor."

"Ek weet nie waarvan jy praat nie." Sy stem klink vreemd hees en toe Rebecca opkyk, sien sy hoe sy blik op haar keel rus.

"Sy is eergisternag in haar bed aangeval. Die man het blykbaar 'n mes gehad." Stephen raak aan die snymerkie langs haar oog en dan skud hy sy kop terwyl Rebecca se blik onwillekeurig terug na Julian gaan.

"Moenie sê jy het my gewaarsku nie," skerm sy by voorbaat half ergerlik.

"Ek sal nie." Hy trek sy baadjie uit en gaan sit agter sy lessenaar.

"Maar dis wat jy dink." Sy weet nie waarom sy nou ontsteld is nie.

"Jy wil nie weet wat ek dink nie." Hy skakel sy rekenaar aan.

"Julian, sy moet huis toe gaan. Sy kan nie so werk nie. Salie kan haar met my motor neem."

Die donker oë lig ongeërg. "Sy kan maar gaan. Sy moet net vir Salie sê op watter straathoek sy wil afklim."

"Wat bedoel jy?" Rebecca voel duiselig.

"Jy het 'n death wish, juffrou Fagan, en jy gaan jouself baie tyd spaar as jy sommer net op straat gaan bly. Jou wens behoort spoedig vervul te word."

"Julian, dis nou onnodig," kom dit skerp van Stephen.

"Jy kan my ook sommer tyd en moeite spaar en nou al bedank. Ek sal verkies om so gou as moontlik 'n plaasvervanger aan te stel."

Rebecca voel hoe haar hande begin bewe en sy druk hulle in haar sakke. "Ek sal vandag nog my bedankingsbrief vir jou bring." Sy begin deur toe stap.

"Nee, wag eers!" Stephen stap voor haar in en hou haar terug. "Wat is nou hier aan die gang? Niemand gaan bedank nie." Hy kyk na die man agter die lessenaar. "Julian?"

"Sy kan voorlopig aanbly, maar dit gaan nie so goed lyk as die koerante skryf een van ons werknemers is doodgemaak terwyl sy op straat gewoon het nie." Hy kantel sy stoel agteroor en bekyk Rebecca met 'n ysige blik. "Ek is nie lus vir daardie tipe publisiteit nie."

"Julian, dis nou genoeg." Stephen se oë flits ergerlik. "Waarheen moet Salie jou neem?"

"Ek sal self regkom, dankie." Hierdie keer laat sy haar nie keer nie en stap sonder 'n verdere woord uit die kantoor.

Stephen gooi sy hande in die lug terwyl hy na Julian kyk.

214

"Wat de donner is jou probleem? Kyk hoe lyk sy en jy gooi haar uit."

"Ons is nie 'n welsynsorganisasie nie, Stephen. As jy haweloses wil huisves, doen dit, maar nie hier nie."

"Jy is van jou sinne af!" Stephen kyk na die deur waar sy so pas uit is. "Gaan vra haar om verskoning."

"Ek hoef niemand verskoning te vra nie. Ek het so pas besef sy is soos een van daardie wilde kinders wat soms êrens in 'n hondehok of aan 'n ketting in die bosse gevind word. Sy kan dalk 'n taal praat en al die regte geluide maak, but she answers to her own tune. En dit maak nie saak hoeveel keer 'n mens haar gaan probeer mak maak nie, daardie oerstem in haar is te sterk. Die beste is om haar te los, want albei van ons gaan, vreemd genoeg, skuldig voel die dag wanneer sy vermoor word." Hy hou sy hand waarskuwend op. "Jy sal hoor ek gebruik 'wanneer' en nie 'as' nie, want dis 'n voldonge feit."

"Ek kan nie glo jy sê sulke goed nie! Sy het van die eerste dag af nog net haar beste gegee. Selfs Martin moes nou die dag erken haar aanstelling was 'n goeie besluit. En nou wil jy haar ontslaan omdat sy aangerand is! Ek sal moer graag die logika daarin wil hoor." Hy skud weer sy kop. "Mense word elke dag aangerand!"

"Stephen, ek het werk om te doen." Julian se kop sak oor sy rekenaarskerm, maar oomblikke nadat hy die deur hoor toegaan het, staan hy op en stap tot voor die venster. Sy hande gaan oop en toe asof hy met oefeninge besig is. Hy staar nikssiende by die venster uit. Die woorde "witwarm woede" kry vir hom betekenis en hy hoop om haar onthalwe hy sien haar nie weer nie. Hy sal dalk nie so vriendelik wees nie.

Rebecca lê opgekrul op William se rusbank met 'n warm kombers oor haar gegooi. Sy het 'n uur gelede weer twee pille gesluk en die hoofpyn is vir die eerste keer besig om effens te bedaar.

215

"Dis gaaf van jou baas om te sê jy kan huis toe gaan." Hy sit by haar voete en sy hand rus gemaklik op haar bene.

"Mm . . ."

"Is jy seker jy wil nog nie iets eet nie?"

"Nee dankie. My kakebeen is nog nie lus vir kou nie." Sy kyk afgetrokke na die beeld op die televisie. "Ek het nie geweet jy het 'n TV gekoop nie." Sy is verbaas dat sy dit nie vroeër opgelet het nie.

"Ek het ook twee nuwe hemde én 'n nuwe baadjie." 'n Glimlag pluk aan sy mondhoeke.

Rebecca kyk skielik aandagtig na hom. "Én die hare is effens korter en die baard is getrim! As ek nie van beter geweet het nie, sou ek sê jy probeer iemand beïndruk."

Sy oë trek plooitjies. "Maar gelukkig weet jy van beter."

"En hou jy van jou nuwe voorkoms?"

"Voorkoms is nie 'n ding waaraan ek beplan nie. Dit gebeur maar so geleidelik. Dis waarom dit nie regtig vir my 'n issue is nie."

"Maar dit is vir die skone Irene."

William knik langsaam. "Ek probeer dit nie meer verstaan nie."

"Sy is baie lief vir jou, William. Ek hoop jy besef dit."

"As dit maar so eenvoudig was." Hy maak sy oë toe en laat sak sy kop agteroor teen die kussing. "Langenhoven het gesê: Alle godsdiens is liefde en alle liefde is afgodsdiens. Ek is nie seker wat presies hy bedoel het nie, maar dit laat my tog wonder of ons nie maar in ons harte na 'n afgod soek nie. As 'n mens nou heeltemal filosofies hieroor wil raak, kan jy seker sê die mens het 'n behoefte om homself te aanbid, maar om dit makliker te maak, probeer skep ons daardie ewebeeld wat net soos ons lyk en dink. Ons herken nie meer die proses nie en daarom verwar ons dit met liefde. Ons poets daardie beeld en hou dit mooi blink, maar op 'n dag begin dit roes en verweer en dan is ons so ontnugter. Dan herken ons skielik nie meer daardie beeld nie. Intussen was dit nog altyd daar, ons wou dit

216

net nie sien nie. Met ander woorde, is Irene vir my lief of vir die potensiaal om 'n beeld van haarself uit my te skep?"

"As ek jou reg verstaan, bestaan daar nie iets soos liefde nie."

"Wat is liefde, Becs?" Hy trek sy vingers deur sy hare. "Is ek lief vir Irene omdat ek nie genoeg na haar kan kyk nie, omdat ek nie genoeg met haar kan gesels nie, nie genoeg van haar lyf kan kry nie, nie omgee of sy goed of sleg lyk nie? Omdat ek haar kan soen voordat sy nog in die oggend haar tande geborsel het, en soms in die nag na haar kan lê en kyk? Of is sy ook maar net die afgodsbeeld wat ek geskep het?"

Rebecca lag skewerig. "Ek is nie 'n kenner nie, maar ek dink dis liefde. Miskien ook net omdat jou ander teorie te ingewikkeld is vir my om te verstaan."

"Ek hoop maar dis liefde, want as dit nie is nie, wil ek dit liewers nooit ervaar nie. Hierdie gevoel is erg genoeg."

"Het ek vir jou gesê ek het 'n huis gekoop?" Haar stem klink vreemd gelate en hy sit meteens regop.

"Hoe . . ." Hy gee 'n ongelowige laggie. "Ek bedoel, waar en wanneer en hoekom hoor ek nou eers daarvan?"

"Dis een van die ou gerestoureerde huisies teen Sein-heuwel en dis blote geluk dat ek dit gekry het. Ek het nou eendag daar geklop en vir die oom gevra of hy nie wil ver-koop nie. Ek dink hy is baie alleen, want hy het my ingenooi en vir my foto's van sy oorlede vrou gewys en tee gemaak en vertel dat hulle veertig jaar gelede uit Engeland na Suid-Afrika geëmigreer het. Hulle het nooit kinders gehad nie en die familie wat nog leef, woon in Engeland. Ek het byna drie ure lank by die oom gekuier. Op die ou end het hy gesê as ek vir hom 'n alternatiewe blyplek kan kry, sal hy die plek teen 'n billike prys aan my verkoop, want hy hou van my. Ek is van hom af na al die nabygeleë aftreeoorde en ouetehuise en die engele was aan my kant, want ek kry toe vir hom 'n mooi eenslaapkamerwoonstelletjie by 'n ouetehuis hier bo teen die berg. Ek het die matrone die son en die maan belowe as sy die plek vir hom gee. Sy het my seker jammer gekry, want sy het ja gesê, mits hy dadelik kan intrek. As die plek te lank leeg staan, sal daar blykbaar allerhande vrae wees. Die oom het gister gaan kyk en Gert het my vandag gebel om te sê hy het geteken en is sommer haastig om te trek. Volgens Gert moet dit iets te doen hê met die twee hupse tannies wat hom daar verwelkom het. Hy sê die oom se oë het sommer weer begin blink."

"Jy move, nè!" William glimlag verwonderd. "Eers 'n killer job en nou 'n huis!"

Rebecca voel hoe dit binne haar saamtrek, maar sy sê niks. Sy gaan hom nie vanaand met nog van haar probleme opsaal nie. Sy wil dit nog nie eens aan haarself erken nie. Vandat sy vanoggend uit Julian se kantoor gestap het, het haar kop oortyd gewerk. Op die ou end het dit haar hoofpyn so vererger dat sy besluit het sy sal môre verder dink. Volgens Gert het sy genoeg geld vir die deposito en sy sou oorgenoeg gehad het vir 'n maandelikse paaiement, maar nou sal sy hoogstens drie of vier maande in die huisie kan woon voor sy sal moet verkoop. Sy het dit oorweeg om vir die oom te gaan sê sy kan nie met die koop deurgaan nie, maar volgens Gert is hy so opgewonde oor sy nuwe woonplek dat sy dit nie oor haar hart kon kry nie. Eintlik weet sy dis net 'n verskoning. Vandat sy die eerste keer daar ingestap het, was dit of sy iets aan die huisie herken. Asof hulle twee 'n geskiedenis het. Sy en die huisie met sy hortjiesvensters en klein binnehoffie vanwaar 'n mens die see kan sien as jy op die muurtjie staan. Sy begeer nie dikwels in haar lewe iets nie, maar sy begeer om 'n rukkie daar te woon. Al is dit net om haar wonde te lek.

Die voordeur gaan oop en Deborah en Irene kom met sakke en kosreuke die woonstel binne. Tot Rebecca se verbasing kom Pierre ook agternagedrentel. Miskien is Deborah uiteindelik besig om groot te word of miskien het Pierre net agtergekom hoe haar kop werk.

"Julle twee lyk soos ou getroudes," merk Irene met 'n vreemde onseker klank in haar stem op.

"Sy is jaloers," fluister William vir Rebecca, maar hard genoeg dat almal kan hoor.

"Nee, ek is nie." Irene begin die kos uitpak en William stap tot agter haar, sit sy hande op haar heupe en laat sy mond teen haar nek afgly.

"Ja, jy is." Sy mond is by haar oor en Rebecca sien hoe sy hoendervleis kry en effens uitasem glimlag.

"Los!" Deborah stoot hulle opsy. "Hier is kinders in die vertrek."

William begin hulle van Rebecca se huis vertel en op die ou end word daar 'n bottel rooiwyn oopgemaak en Deborah maak 'n toespraak.

Rebecca is doodmoeg toe sy in die bed klim en sy sluk weer twee pynpille. Sy het 'n groot behoefte om haar kop toe te trek en nie weer op te staan nie, maar sy weet sy sal weer opstaan. Julian dink sy het 'n doodswens, maar dis nie waar nie. Sy het blykbaar 'n onblusbare begeerte om te bly leef. Daar was al 'n paar keer in haar lewe toe sy geweet het dit sal makliker wees om te bly lê, maar as sy haar kom kry, is sy weer regop en reg om voort te gaan. Gert het eenkeer gespot en gesê hulle sal haar nooit kan verdrink nie, want sy sal soos 'n rubberbal net weer terugskiet oppervlak toe. Sy dink nie hulle verstaan altyd hoe sterk 'n mens se oorlewingsdrang is nie. Sy sou waarskynlik ook nie geweet het hoe sterk hare is nie, as sy nie in 'n stadium 'n besluit daaroor moes geneem het nie.

23

Rebecca stap laatmiddag tevrede William se woonstel binne. Sy het die oggend 'n bos rose en 'n bottel wyn vir die oom geneem om dankie te sê. Hulle het tee gedrink en op die ou end het sy hom sommer gehelp om van sy goed uit te sorteer. Op haar aanbeveling het hulle 'n klomp goed eers in bokse gepak sodat hy later rustig in sy nuwe woonplek kan besluit wat hy wil hou en waarvan hy ontslae wil raak. Gert was nie verkeerd nie, dink sy geamuseerd. Daar is 'n vreemde lig in die oom se oë en 'n haastigheid in sy bewegings. Rebecca het beloof om die volgende dag weer in te loer en miskien kan hulle twee gaan kyk watter van sy meubels hy wil saamneem.

Sy is bly sy was die hele dag besig, want haar gedagtes dwing aanmekaar in die kantoor se rigting en sy moet haarself doelbewus keer om nie daarheen te gaan en te probeer om met Julian te praat nie. Sy ken hom miskien nog net 'n paar maande, maar sy weet hy is nie 'n onredelike mens nie. Hy was dalk net nie in 'n goeie bui nie.

Haar mond krul in 'n spotlag. Die man het haar summier ontslaan en sy is besig om vir hom verskonings te soek. Die houe teen haar kop was beslis harder as wat sy gedink het.

Rebecca sorg dat sy die res van die week so besig bly soos haar seer lyf en kop haar toelaat.

"Wanneer begin jy weer werk?" wil Irene weet toe hulle Saterdagaand op pad uit is.

"Ek is nog nie seker nie." Rebecca hou haar stem lig en

hoop nie een van die ander vra 'n vraag waarop sy nie so maklik kan antwoord nie. Sy troos haarself daaraan dat sy nie vir hulle jok nie. Sy weerhou net inligting en dis nie dieselfde as 'n leuen nie.

"Tequilas vir almal!" roep sy vrolik uit toe hulle die kuierplek instap. "Dis nie aldag dat 'n mens jou eerste huis koop nie."

Hulle almal lig hul glasies en Gert maak 'n gepaste toespraak voordat almal gelyktydig 'n glasie ledig.

"En nou drink ons op William en Irene!" roep Gert toe die kroegman nog 'n rondte skink. "Mag die opmaak lank en gelukkig wees!"

Almal se koppe kantel agteroor toe hulle sluk.

"En wat van my?" roep Deborah. "Ek wil ook getoast word!"

"Toast sommer jouself, ons sal daarop drink," roep William met sy een arm om Irene.

Deborah lig haar glasie hoog. "Op prinse wat op swart perde ry!" Sy glimlag vir Irene en Rebecca. "Mag hulle lank lewe!" Haar blik draai na Pierre, en Rebecca besef dis waarskynlik 'n boodskap wat net sy en Irene verstaan. Deborah kyk skielik met 'n ander lig in haar oë na Pierre.

"Van wanneer af is jy 'n prins?" Gert se glasie huiwer op pad na sy mond.

"Drink net, Gert, en los die detail vir my!" roep Deborah met 'n plesierige blos op haar wange en 'n byna koorsige lig in haar oë.

Dit raak 'n raserige aand en Rebecca-hulle kom eers Sondagoggend drie-uur by die huis. Sy laat sak haar seer lyf stadig op die bed in William se spaarkamer neer en raak liggies aan haar keel. Sy het hopeloos te veel gepraat en gelag. Dis asof die seer aan die buitekant nou ook binnetoe deurgeslaan het. Maar dit was 'n lekker aand. Sy het lanklaas tyd gehad om so saam met almal te kuier. En dit het haar gedagtes besig gehou, want om die een of ander rede het sy begin om in haar gedagtes elke gesprek wat sy en Julian al gehad het, te probeer herroep. Sy is verbaas hoeveel sy woordeliks kan onthou en vies omdat soveel haar laat glimlag. Sy gaan daardeur soos 'n wetenskaplike iets sal dissekteer. Op soek na daardie een woord of sin wat vir haar sal verduidelik waarom hy haar so maklik kon laat gaan.

Sy het gedink hulle kom goed oor die weg. Daar was 'n vreemde gemaklikheid tussen hulle asof hulle mekaar al jare ken. Sy weet sy het haar werk goed gedoen. Hy het dit nooit juis gesê nie, maar haar verantwoordelikhede het toenemend groter geword en sy moes al meer vergaderings saam met hom bywoon. Sy besef sy was baie uitgesproke by hom, maar alhoewel hy dikwels kommentaar daarop gelewer het, is sy doodseker dis nie die oorsaak vir sy besluit nie.

Rebecca trek die duvet tot teen haar ken en draai op haar sy. Sy kan net sowel slaap, want sy gaan nie die antwoord op haar vraag kry nie, dink sy gelate. Dit sal opgeteken word saam met ander onbeantwoorde vrae in haar lewe. Die waaroms waarop sy lankal nie meer antwoorde verwag nie. Haar gedagtes raak stil en haar lyf raak swaar, en in daardie oomblik tussen slaap en wakker weet sy sy mis hom. Sy weet nie waarom nie. Miskien mis sy maar net die werk, troos sy haarself. Maar dis met Julian se beeld in haar kop wat sy aan die slaap raak.

"Hier is 'n lys van die kandidate wat destyds aansoek gedoen het. Martin sê hy soek die lêer terug." Stephen sit die omslag op Julian se lessenaar neer en neem oorkant hom plaas. "Jy wou my sien." Daar is 'n merkbare koudheid in Stephen se stem.

"Ek het intussen iemand nodig om my te kom help. Ons het oor twee weke die groot direksievergadering in Johannesburg en ek het massas werk."

"Vra vir Martin. Hy ken die personeel beter." Stephen se blik rus niksseggend op Julian. "Is dit al waaroor jy met my wou praat?"

"Nee."

Stephen se wenkbroue lig vraend. "Is dit belangrik? Ek wil graag vanaand effens vroeër by die huis kom."

Julian hou 'n brief na Stephen uit en hy lees dit vlugtig. Dis 'n brief waarmee Rebecca haar bedanking indien en vra dat dit onmiddellik van krag sal wees. Sy is bereid om die res van die maand se salaris te verbeur.

Stephen gooi die brief op die lessenaar neer en staan op. "My voorstel sal wees dat jy dit vir die personeelafdeling gee om in haar lêer te sit. Dis gewoonlik wat 'n mens met 'n bedankingsbrief doen. Daar is administratiewe prosesse wat afgehandel moet word. Ek het nie geweet jy ken nie die prosedure nie."

"Stephen, laat staan jou mislikheid. Ek is nie daarvoor lus nie." Julian vee oor sy oë.

"Jy is 'n bleddie lafaard!" Stephen kyk hom spottend aan. "Die dag met haar onderhoud wou jy haar aanstel, maar jy het gewag dat ek dit vir jou sê en nou wag jy weer dat ek vir jou sê jy moet haar terugvat. Forget it! Sorteer jou eie probleme uit. Dit het niks met my te doen nie. Ek werk ook maar net hier." Daarmee draai Stephen om en stap deur toe, maar hy praat oor sy skouer terug: "O, terloops, net sodat jy weet. Brenda het haar Sondag doop toe genooi. Brenda weet nie wat gebeur het nie en ek sal bly wees as jy dit nie voor die tyd vir haar sê nie. Dis genoeg dat jou ma en jou suster hier gaan wees, sy het nie nóg stres nodig nie." Hy hou sy hand omhoog asof Julian iets wou sê. "Ek weet die ete is by jou huis, so as jy ernstige probleme daarmee het, sê dit nou. Jy gaan nie Sondag 'n scene maak nie."

"Geniet jy die moral highground?" Julian se mond trek skeef in wat 'n glimlag kan wees.

"Geweldig baie."

"Beplan jy om een of ander tyd af te klim sodat ek met jou kan praat?"

Stephen stap stadig terug en toe hy gaan sit, lig hy sy voete op die lessenaar. "Dit hang af wat jy vir my wil sê. As jy byvoorbeeld wil sê jy was 'n absolute idioot en 'n bliksem en jy verdien nie mense soos sy en ek nie, sal ek dalk begin luister. Maar ek gaan nie na verskonings luister nie."

"Ek was kwaad." Julian se stem styg weer. "Sy het my die vorige oggend gebel om te sê sy kan nie kom werk nie. Sy het nie gesê waarom nie en ek was nie baie gelukkig nie; dit was 'n besige dag en ek het haar hier nodig gehad."

"Sy is geregtig op siekteverlof." Stephen staan op, raak doenig by 'n kabinet en kom met twee glase whiskey en ys terug. Hy sit die een voor Julian neer en neem weer oorkant die lessenaar plaas, sy bene hierdie keer lankuit voor hom.

"Enige ander mens sou gesê het waarom hulle nie kan kom werk nie."

"Sy is nie enige ander mens nie, dit weet jy."

"Waarom maak jy altyd vir haar verskonings?" Julian neem ergerlik 'n sluk en stik byna.

"Waarom maak sy jou so kwaad? Sy werk net vir jou." Stephen neem ook 'n sluk en dan kou hy tydsaam 'n ysblokkie fyn. "Miskien het sy geweet wat jy van haar woonomstandighede dink en daarom wou sy jou nie vertel nie."

"Is ek verkeerd?"

"Julian, ek het gesê ek is nie lus vir verskonings nie. Dit maak nie saak hoe kwaad jy was of hoe verkeerd sy was nie. Jy het jou soos 'n sot gedra. End of story. En hierdie kastaiings sal jy maar self uit die vuur moet krap. Ek beplan nie om dit vir jou makliker te maak nie." Stephen sluk die laaste bietjie whiskey in die glas. "Ek gaan nou huis toe." Hy staan op. "Solank jy jou net Sondag gedra."

"Jy is nie die naam vriend werd nie," roep Julian agter hom aan.

"Op die oomblik verkies ek om aan jou as my werkgewer en swaer te dink, want ek het nie idiote vir vriende nie." Stephen maak die deur agter hom toe en Julian bly sit en staar nikssiende na die glas in sy hand.

Hy het nie hiervoor lus of tyd nie. Miskien is dit beter so. Hy verstaan nie aldag hoe haar kop werk nie en dit maak hom moeg. Hy het nog nooit daarvan gehou om te raai nie.

Die telefoon lui en hy tel dit eers na die derde luitoon op.

"Doktor, dis byna sewe-uur. U het gesê ek moet u herinner dat u 'n afspraak het." Anèl klink byna verskonend en Julian moet die irritasie wegsluk.

"Dankie." Hy sug toe hy die telefoon neersit. Hy is nie seker hoe die nuus van hom en Angela so vinnig uitgelek het nie, maar die uitnodigings het feitlik dadelik begin instroom en hy is dankbaar dat hy op die oomblik so besig is. Daar is niks verkeerd met die vrouens wat hom uitnooi nie. Hy is net nie in 'n bui vir uitgaan nie en ook nie om die hele aand vrae te beantwoord nie. Dis asof almal dieselfde handboek gelees het. Hulle wil weet oor sy belangstellings, wat hy in sy vrye tyd doen, wat hy van New York/Londen/Parys dink. Hoe moeilik dit moet wees om so 'n groot organisasie te beheer. Selfs die meisies wat hy goed ken, verander heeltemal sodra hulle alleen is.

Angela het al twee keer gebel, maar gelukkig was hy werklik te besig om lank te praat. Sy was blykbaar weer Europa toe.

Julian staan op. Dit help nie hy sit en tob oor sy lewe nie.

Rebecca word stadig wakker asof sy bang is die oomblik gaan verby. Haar eerste oggend in haar eie huis. Sy maak haar oë een vir een oop en bid dat dit nie 'n droom was nie. Dat sy werklik gister hier ingetrek het. Haar mond plooi in 'n tevrede glimlag. Sy lê op haar groot dubbelbed onder 'n wynrooi-en-oranje oortreksel van sy en wol. Langs die bed staan 'n ou bedkassie wat afgeskuur is, maar die res van die kamer is leeg. Die hortjies voor die vensters is nog toe en die enigste lig kom van die vensters in die kort gangetjie.

Diep in haar roer iets en sy ervaar 'n emosie wat voel soos verlies. En die gevoel het te doen met hierdie plekkie. Sy weet dit. Sy het dit van die eerste dag af geweet. Maar nie nou nie, praat sy haarself aan. Vandag gaan sy net geniet. Sy gaan kaalvoet op haar skoongewaste houtvloere loop en in haar pajamas op haar rooi rusbank sit. Maar eers gaan sy die musieksentrum aanskakel en 'n CD luister. 'n Geskenk van William. Sy gooi die swaar deken af en stap in die kort gang af, verby die spierwit badkamer en 'n ekstra kamer tot in die portaal. Op die kombuistoonbank staan nog 'n bottel sjampanje wat Gert die vorige aand hier gelos het. Haar blik gaan oor die groterige woonvertrek. Teen die oorkantste muur staan haar rooi rusbank. Saam met haar mooi slee-bed, die enigste nuwe aankope. Die twee gemakstoele met hul outydse blommepatroon het sy by 'n tweedehandse winkel raakgeloop.

Rebecca maak die Franse deure oop en stap op die binnehoffie uit. Haar kaal voete krul onwillekeurig op toe sy op die koue, mosbegroeide stene staan, maar sy haal diep asem. Dis haar plek, dink sy verwonderd. En op hierdie oomblik vra sy niks meer nie. Dan hoor sy êrens iets wat soos 'n wekker klink en sy besef dis hare wat sy gestel het omdat sy bang was sy verslaap. Nou is sy eers jammer sy het Stephen en Brenda se uitnodiging aanvaar. Sy wou vandag net hier gebly het.

"Moet ons kerk toe ook gaan?" Rebecca kyk afgetrokke hoe Gert voor die ou kerk stop.

"Is dit nie die doel van 'n doop nie?" Hy skakel die motor af en kyk na haar. "Waaroor is jy so op jou senuwees? Jy ken omtrent almal wat daar gaan wees en jy lyk stunning. Die donkerpers rok pas mooi by jou oë én by jou kurwes." Sy hand gly oor die stukkie knie tussen die soom en haar lang stewels. "Ek kan nie besluit of jy meer smart as sexy lyk of andersom nie. Maar wat jy ook al probeer het, dit werk. Los net daardie kombers in die kar." Hy beduie na die bont paisley-sytjalie wat sy saam met die rok gekoop het. Dis in skakerings van swart, donkerrooi en pers en Irene was gaande daaroor toe sy dit sien.

"Ek kan nie, dis deel van die uitrusting en daarsonder gaan ek verkluim."

"Ek het nog nooit 'n meisie laat verkluim nie." Hy kyk met 'n stout glimlag na haar en sy skud net haar kop.

Die kerk is vol toe hulle instap, maar Gert se ouers beduie dat daar nog plek by hulle is. Hulle sit redelik voor in die regtervleuel van die kerk. Rebecca het hulle ontmoet toe sy nog op universiteit was en alhoewel hulle altyd vriendelik met haar was, ken sy hulle nie juis nie. Sy het nooit 'n hele naweek af gehad dat sy saam met Gert huis toe kon gaan nie. Hulle groet egter vriendelik toe Gert met haar langs hulle inskuif. Noudat sy Julian se ma ontmoet het, wonder sy eintlik hoe die vrou en Gert se pa broer en suster kan wees. Sy pa se oë is aansienlik warmer as sy suster s'n.

Reg oorkant hulle in die middelblok gewaar sy vir Stephen en Brenda. Langs Brenda sit Julian en dan sy ma en sy ander suster, Leslie. Die twee vrouens se uitrustings lyk soos besonder eksklusiewe ontwerpe deur 'n modehuis. Brenda lyk egter vir Rebecca mooier in haar eenvoudiger roomkleur pakkie.

Gert waai vir Brenda en Stephen glimlag vir hulle. Rebecca draai haar kop, maar nie vinnig genoeg nie en vir 'n oomblik ontmoet haar blik Julian s'n. 'n Warm kol brand op die krop van haar maag, maar sy ignoreer dit. Sy word nie maklik geïntimideer nie en gaan hom nie toelaat om dit nou te doen nie. Sy hou haar blik niksseggend terwyl sy stadig haar kop draai, byna asof sy verveeld is.

Toe die diens begin, wens Rebecca sy het nie gekom nie. Sy skuif ongemaklik in haar sitplek rond tot Gert vraend na haar kyk. Sy skud net haar kop toe hy wil weet of iets verkeerd is, en sy is vir haarself kwaad dat sy nie gesê het sy voel nie lekker nie. Maar die babatjies word al ingedra en sy weet dis te laat om op te staan. Daar is drie wat gedoop word en al drie is kriewelrig. Toe die water op hulle voorkoppe land, ruk hulle handjies verskrik en een begin hartroerend huil. Die geluid eggo in haar, maar sy sit doodstil, haar blik op die vrou wat haar baba probeer troos. Sy raak bewus van haar hande wat mekaar vasklem en haar naels wat merke in haar palms druk. Maar sy verroer nie 'n spier nie, te bang dat sy sal opstaan as sy nou beweeg.

Uiteindelik is die diens klaar en sy haal diep asem toe hulle buite die kerk kom. 'n Paar van Stephen se kollegas en ander sakekennisse kom groet, en tot haar verbasing wil almal weet hoe dit met haar gaan en wanneer sy weer terugkom. Vir almal sê sy sy is nog nie seker nie en hoop maar hierdie een leuen in haar lewe sal haar vergewe word.

"Waar word die ete gehou?" wil Rebecca weet toe hulle in die motor is en Gert wegtrek.

"By Julian. Hy is die peetpa en daar is genoeg plek vir al die mense. Ek dink hulle het 'n markiestent in die tuin laat opslaan. Petra steur haar nie juis aan haar kleinkind nie, maar jy kan seker wees sy sal sorg dat niemand die doop vergeet nie. Alles in daardie familie word met 'n doel gedoen en 'n doop is maar net nog 'n geleentheid vir networking."

Rebecca wil eers vir hom sê sy dink nie almal in die familie is so nie, maar sy wil verkieslik nie nou oor die Hoffmans praat nie.

Die hek swaai oop toe hulle aankom en Rebecca verkyk haar aan die reuselandgoed wat agter die hoë mure lê. Die huis dateer uit Cecil John Rhodes se tyd en is 'n ontwerp van sir Herbert Baker. Sy sien die gastehuisie links van die voordeur waar sy daardie een nag geslaap het. 'n Nag wat nou voel of dit ligjare gelede was. Daar is al heelwat motors in die oprit, maar Gert kry 'n parkeerplek. Toe hulle uitklim, haal hy die geskenke agter uit sy BMW se kattebak.

Rebecca het nie 'n idee wat gee 'n mens vir 'n baba wanneer sy gedoop word nie, maar tussen haar en Irene en Deborah het hulle 'n paar oulike goed raakgeloop en alles in 'n groen-en-pienk kolle-boks verpak. 'n Reuse- pienk strik versier die pakkie verder.

Sy het haar voorgeneem om nie te kyk nie, maar sy kan

nie help toe hulle die portaal binnestap nie. Dis tydskrifma-
teriaal. Die donker houtpanele teen die mure, 'n trapreling
wat groots en indrukwekkend met 'n boog na bo loop. Egte
kristalkandelare en die regte periodemeubels. Dis soos 'n
goed bewaarde museum, dink sy. Maar sy kan Julian nie hier
sien nie. Dis geen wonder hy is soggens so vroeg op kantoor
nie. 'n Mens sal verdwaal tussen al hierdie styfheid en nie-
mand sal eens daarvan weet nie. Sy keer die jammerte net
betyds. Dis 'n neiging wat sy vinnig sal moet afleer. Haar hele
huisie is omtrent so groot soos hierdie portaal, en sy kry hóm
jammer.

"Kom ek neem jou eers op die grand tour," nooi Gert toe
'n deftig aangetrekte kelner hulle na buite beduie. "Of was jy
al hier?"

"Nee, maar dis nie nodig nie."

"Julian sal nie omgee nie, as dit is waarvoor jy bang is. Ek
dink nie hy kom in 'n kwart van die plek nie."

Hulle stap deur formele sitkamers en woonvertrekke, deur
slaapkamers wat lyk of hulle al jare toestaan, deur gange met
portrette van voorgeslagte en nuwer familiefoto's. Daar is meer
badkamers as wat sy kan onthou.

Gert maak nog 'n deur op die boonste verdieping oop.
"Dis Julian se kamer en ek vermoed die enigste wat nog ge-
bruik word. Behalwe as Petra en Leslie kom kuier."

Rebecca wil nie kyk nie, maar sy kan ook nie wegdraai
nie. Dis 'n baie groot kamer met dieselfde houtpanele wat
deur die hele huis gebruik is. 'n Reusehemelbed staan teen
die een muur, met antieke bedkassies weerskante. Daar is 'n
groot wastafel met 'n paar geraamde foto's, onder meer een
van hom en Angela. Voor die kaggel staan twee gemakstoele
en 'n ottoman wat met leer oorgetrek is. Die donkerrooi gor-
dyne hang van die dak af en sy sien die deure maak op 'n
balkon oop. Dis 'n mooi kamer, maar daar kort persoonlik-
heid. Soos deur die hele huis. 'n Mens kry nie die gevoel dat
daar iemand leef nie en as dit nie vir die boeke en tydskrifte

op die bedkassies was nie, sou die kamer ook nie veel anders as die ander gelyk het nie.

Die studeerkamer regs van die voordeur is die enigste vertrek wat gesellig lyk en Rebecca vermoed dit het te doen met die dakhoogte-boekrakke met duisende boeke daarop. Die lessenaar lyk soos die een by die kantoor, net netjieser. Daar is ook 'n kaggel met 'n rusbank en twee stoele en ook 'n ottoman wat lyk of daar soms voete op rus.

Rebecca begin kriewelrig raak en hulle stap buitentoe waar 'n groot markiestent op 'n nog groter grasperk opgeslaan is. Die tuin is op verskillende terrasse gebou en sy wonder of Julian ooit in die tuin kom. En as hy daar kom, wonder sy of hy dit geniet.

"A, die trotse ouers en die peetpa," groet Gert toe hulle by die tentopening kom. "Laat ek eers gelukwens." Hy soen Brenda en skud hand met die twee mans.

Rebecca wens ook vir Stephen en Brenda geluk en tot haar verleentheid wil Brenda eers weet hoe dit met haar gaan. Sy trek die tjalie effens af sodat sy die merke teen Rebecca se keel kan bekyk.

"Hy behoort aan sy voete opgehang te word en rooimiere moet in sy klere gegooi word," is Brenda se bloeddorstige slotsom.

Rebecca is dankbaar dat sy eers kans kry om haarself voor te berei; sy probeer nogtans die oomblik so lank moontlik rek. Maar op die ou end moet sy na Julian draai. "Middag, doktor Hoffman."

"Middag, Rebecca. Ek is bly om te sien dit gaan beter met jou." Sy mond glimlag, maar Rebecca ken al daardie glimlag en sy weet dit strek nie tot by sy oë nie.

Gelukkig kom Marcus aangestap en hy druk Rebecca onseremonieel teen hom vas. "Ek het jou gesê jy moet by my kom bly." Hy glimlag, maar dan raak sy stem ernstig. "Jy moet versigtig wees, Rebecca Fagan. Ons leef in 'n wrede wêreld en ek is bekommerd oor jou."

Rebecca knik, want sy weet nie wat sy moet sê nie. Die erns in sy stem en oë veroorsaak 'n warmte in haar. Dis ongewoon vir haar dat relatief vreemdes oor haar bekommerd is.

"Ek het Becca eers op 'n toer van jou huis geneem," verduidelik Gert en Rebecca verwens hom. Netnou dink Julian sy wou sy huis sien.

"En?" Sy blik rus byna uitdagend op Rebecca se gesig.

"Dis 'n pragtige huis, doktor."

"Ek is bly jy hou daarvan, Rebecca." Nou lê daar openlike spot in sy oë, maar sy ignoreer dit. Sy weet nie wat sy verwag het nie, maar beslis nie dat hy met haar sal skoorsoek nie en sy besef dit sou makliker gewees het as hy kil was, want nou wil sy hom antwoord. Sy wil hom vertel wat sy van sy huis dink en vra waarom bring hy nie net iets van homself in die kasarm in nie. Iets wat dit vir hom lekker sal maak om hier te wees.

Rebecca ruk haarself met byna bomenslike krag reg. "Ons moet seker gaan sit." Sy kyk na Gert en hy knik.

"Dis 'n lekker sirkus, nè?" Stephen sak langs Rebecca by die tafel neer. Almal het al klaar nagereg geëet en daar word nou koffie en likeurs bedien.

"Ek is seker almal sal dit onthou." Sy glimlag vir hom. "Veral die funksiekoördineerder, wat seker hierna kan aftree."

"Dis lekker om jou weer te sien." Sy oë versober. "Hoe gaan dit?"

"Dit gaan goed. Soos jy sien, lyk ek nie meer heeltemal of ek in 'n treinongeluk was nie en my spiere wil darem ook nie meer met elke beweging uitmekaar skeur nie."

"Werk jy weer?"

Rebecca lag hardop. "Ek dink nie dit sou slim wees om met so 'n bloupers gesig te gaan aanklop vir werk nie. Jy het gehoor wat my eksbaas alles oor my te sê gehad het."

"Jy het gehoor?"

Sy knik. "Ek was so verslae dat ek 'n oomblik buite die

deur bly staan het, en toe maar skandelik afgeluister het. Dankie vir al jou ondersteuning."

"Waarom lyk julle twee so ernstig?" Brenda kom maak haar langs Stephen tuis. "Ek is so bly jy het gekom."

"Dankie vir die uitnodiging. Dit is 'n nuwe ervaring vir my."

"Ek het vandag besluit die volgende Waltersies word êrens in 'n rivier gedoop en ek nooi net the very nearest en dearest. En verkieslik moet my ma nie eens weet daar is nog 'n baba nie."

"Jy lyk pragtig." Rebecca kyk waarderend na die jong vrou. "En wonderlik kalm en in beheer."

"Jare se ondervinding, my skat. Jy is nie Petra se dogter en dan stres jy oor so 'n party nie." Die uitdrukking in haar oë weerspreek haar woorde en Rebecca wonder wat dit met dié familie is dat sy soveel van hulle jammer kry.

"Ek het vir my 'n huisie gekoop," probeer sy die oomblik verlig. "As julle eendag regtig verveeld is, kan julle by my 'n dop kom drink."

"Kan ons nie sommer nou gaan nie?" Brenda maak of sy wil opstaan.

Stephen wil weet waar dit is en Rebecca gee vir hom die adres en verduidelik hoe om daar te kom.

"Ek het nie geweet daar is nog plekke beskikbaar nie. Eiendom in daardie area is op die oomblik feitlik onbekombaar met al die ontwikkelings wat daar rondom plaasvind."

Sy vertel vir hulle die storie van die ou oom en Stephen lag kop agteroor. "Niemand kan jou ooit van onoorspronklikheid beskuldig nie."

Hulle gesels nog 'n rukkie en Rebecca beloof dat sy die een of ander tyd 'n draai by hulle sal maak. Toe hulle opstaan, begin Rebecca na Gert soek. Hy het oomblikke gelede nog by die tafel agter hulle gesels. Nou is hy egter nêrens te sien nie. Sy sien wel hoe Julian en Angela eenkant in 'n ernstige gesprek is. Albei glimlag kort-kort as iemand hulle groet, maar hulle lyftaal glimlag beslis nie. Rebecca besluit om 'n kleed-kamer te gaan soek.

Die kelners beduie haar na die gastebadkamer wat uit die portaal loop. Sy en Gert was nie hier in nie, maar daar is geen verrassings nie. Dit lyk soos die res van die huis.

Sy trek weer die deur agter haar toe, maar voordat sy op die stoep kan uitstap, kom Julian van voor af en sy kan nie anders as om effens opsy te staan nie.

"Geniet jy dit?" wil hy weet toe hy haar sien.

"Dit is 'n nuwe ervaring vir my." Sy wil by hom verbyloop, maar hy staan die deur vol.

"Ek wil graag met jou praat." Hy beduie na sy studeer-kamer aan die onderpunt van die gang. "Dit sal nie lank neem nie."

"Ek en Gert is eintlik op pad. Hy wag seker al vir my." Re-becca glimlag. "Baie dankie vir jou gasvryheid en die lekker ete."

"Vyf minute, Rebecca, dis al wat ek vra."

"Ek is nogal haastig. As dit oor my selfoon gaan, ek sal aan die einde van die maand die rekening betaal. Dis net gerieflik om nie nou 'n nuwe nommer te kry nie. Ek sal ook môre ingaan kantoor toe om my kantoor te ontruim en al die laaste papierwerk met meneer Vorster uit te sorteer." Sy steek haar hand uit. "Baie dankie vir alles. Dit was 'n interessante tyd en 'n goeie leerskool."

Julian ignoreer haar hand en neem haar aan die arm, maar Gert kom op daardie oomblik van buite af in. "O, hier is jy. Kom, laat ons gaan groet." Hy steek ook sy hand na Julian uit. "Dankie vir die party. Ek sien uit na die volgende een, veral as dit joune gaan wees."

Julian antwoord hom nie en Rebecca kyk ook nie weer om toe hulle uitstap nie. Sy wil beslis nie hoor wat hy nou te sê het nie.

24

Rebecca is bly om terug by die huis te wees en Gert kan haar nie met swaarde en stokke sover kry om weer later saam met hom uit te gaan nie.

"Moet in vadersnaam nou net nie 'n huishoender raak nie," waarsku hy toe hy haar by die deur groet.

"Loop nou," hits sy hom aan. "Ek het 'n afspraak met my huis en drie gaan nou 'n crowd wees."

Hy skud sy kop. "Ek hoop jy weet hoe weird jy is."

Sy maak die voordeur toe en gaan trek dadelik haar oudste jean en 'n langmou-T-hemp aan. Daarna stap sy weer deur die vertrekke en verlustig haar van voor af. Toe gaan lê sy op haar bed en maak haar toe met 'n sagte kombers wat sy by Deborah present gekry het.

Rebecca weet nie hoe lank sy geslaap het nie, maar dis donker toe sy wakker word. Sy stap gaap-gaap kombuis toe om koffie te maak. Terwyl sy daar is, haal sy 'n paar van die groot kerse uit wat sy by Irene present gekry het en sy steek hulle aan. Een kom op die toonbankie tussen die kombuisie en die woonvertrek. 'n Paar sit sy sommer op die vloer in die woonvertrek neer. En dan skakel sy net die staanlamp langs die rusbank aan. Dit het intussen begin reën en sy sit 'n paar stompe in die klein kaggel. Die oom het haar verseker die skoorsteen is oop en dat die kaggel goed werk. William het gesorg dat sy hout kry. Net voor sy met haar koppie koffie gaan sit, sit sy drie CD's in die speler. Almal geskenke van William. Norah Jones se stem vul die vertrek en Rebecca kreun hardop. Hierdie moet die hemel wees.

Die klop aan die deur kom so onverwags dat haar hart skielik 'n ruk gee. Sy stap traag voordeur toe en hoop dis iemand wat iets bedel, want sy wil nie nou geselskap hê nie.

Sy sluit die deur oop en haar mond wil oopgaan. Julian staan onder die klein afdakkie. Sy een skouer rus teen die kosyn en hy lyk skielik vreesaanjaend groot in sy swart jas.

"Hoe de duiwel kan jy die deur oopmaak sonder dat jy weet wie aan die ander kant is!"

"Ek sal nie weer die fout maak nie."

Sy begin die deur weer toestoot, maar sy voet keer haar.

"Dis slegte maniere om 'n deur in iemand se gesig toe te maak." Hy stap die portaal binne en sluit die deur agter hom voor hy belangstellend begin rondkyk.

"Jy het tog niks beters van my verwag nie?" laat sy met 'n skouerophaal hoor.

"Dis nog slegter maniere om gesprekke af te luister."

"Daar word nie sosiale vaardighede in die bosse geleer nie."

Hy ignoreer die opmerking terwyl hy die woonvertrek met aandag bekyk. "Jy gee nuwe betekenis aan die woord 'spartaans'."

Rebecca het net 'n paar warm wolsokkies aan haar voete, maar sy probeer haar effens langer rek. "Dankie, dit was presies die styl wat ek wou hê."

"Ek hou hiervan." Hy trek sy jas uit en gooi dit oor een van die stoele se leunings.

"Ek kan gelukkig sterf." Sy kyk hoe hy hom op die ander gemakstoel tuismaak en sy baklei teen die ergernis wat warm in haar nek opstoot. Sy gaan niks daarmee bereik nie.

"Staak die sarkasme, Fagan. Dit pas jou nie. Ek het nie gekom om te baklei nie."

Rebecca gaan sit op die rusbank en trek haar bene onder haar in. "Waarom het jy gekom?"

"Om te kom hoor wanneer jy terugkom werk toe."

Rebecca begin onverwags lag. 'n Regte spotlag. "Ek is

jammer as ek vanaand effens stadig is, maar ek is nie seker ek weet na watter werk jy verwys nie. Kan dit dalk die een wees waaruit jy my ontslaan het?"

"Ek het jou nie ontslaan nie." Daar lê 'n frons tussen sy wenkbroue, maar sy steur haar nie daaraan nie.

"That, my dear, is a debatable point, maar laat ons nie nou daarop ingaan nie. Ek vermoed jy het agtergekom jy kan nie sonder my klaarkom nie en daarom gaan jy nou die betekenis agter jou woorde plooi om jou te pas. Maar kan ek jou 'n tip gee? Jy gaan my nie op hierdie manier terugkry nie. So, probeer maar weer."

"Die mense staan tou vir daardie pos." Sy donker blik rus byna uitdagend in hare.

"Ek weet, maar jy soek my," daag sy terug terwyl sy moeite het om die meerderwaardige glimlag te keer.

"Ek het nie nou tyd om iemand anders op te lei nie."

"Nie dat jy my opgelei het nie. Maar aan die ander kant: ek het nie opleiding nodig nie, nè, want ek is die beste. Dit was jou gelukkige dag toe ek onder in jou parkeergarage ingestap het."

"Beskeidenheid was nog nooit juis 'n begrip waaraan jy jou gesteur het nie." Hy strek sy bene voor hom uit, sy oë half versluier agter sy donker wimpers.

"Jy is besig om my tyd te mors, doktor Hoffman. Jy het nie hierheen gekom om my te beledig nie; altans, ek hoop nie so nie, want dan het jy jou tyd ook gemors."

"Wat wil jy hoor?"

"As 'n begin sal dit gaaf wees as jy vir my sê waarom jy so onredelik gereageer het. Daarna kan jy vir my sê waarom jy al daardie lelike dinge oor my gesê het." Sy byt haar onderlip vas asof sy dink. "Dáárna kan die nodige verskonings aangebied word en as die grand finale kan jy probeer om my 'n aanbod te maak wat ek nie kan weier nie." Sy glimlag soet vir hom. "Hoe klink dit vir 'n plan van aksie?"

"En as ek nie van jou plan van aksie hou nie?"

Rebecca staan op en begin voordeur toe stap. "Dit was gaaf van jou om in te loer."

"Eendag gaan daai mond van jou jou lelik in die steek laat en ek weet nie of ek jammer sal wees nie."

Sy staan 'n entjie weg en kyk hom met soveel onverbloemde pret in haar oë aan dat Julian homself moet keer om nie na haar toe te loop nie. Hy is nie seker wat hy daar wil doen nie, maar enige iets sal beter wees as om hier te sit en net na haar te kyk.

"Het jy iets om te drink?"

"Ek het nie whiskey nie, maar hier is rooiwyn. Seker nie waaraan jy gewoond is nie, maar aangesien hierdie my huis is, sal jy maar moet drink wat ek aanbied." Sy stap om die toonbank en kom met 'n bottel en twee glase terug.

Hy neem die bottel by haar en skink vir hulle albei.

Sy gaan sit weer op die bank en kyk afwagtend na hom.

"Ek was baie kwaad vir jou." Sy stem het die spotklank verloor en sy blik rus op die glas wat hy met albei hande vashou. "Eerstens, omdat jy daar gewoon het. Dit was net hardkoppigheid en niks anders nie. Ek het begrip vir jou onafhanklike geaardheid, maar nie tot so 'n mate dat jy jou eie lewe in gevaar stel nie. Ek is seker jy moet vriende hê by wie jy kan woon. Tweedens, omdat jy nog nie 'n motor gekoop het nie en steeds snags alleen rondloop. Derdens, omdat jy nie vir my gesê het wat gebeur het nie. Ek het gedink ons het 'n redelike goeie verhouding met mekaar. Dit was 'n klap in die gesig om dit by Stephen te hoor." Hy kyk vir die eerste keer op. "Dit wat betref my reaksie. Waarom ek die res gesê het? Ek dink uit frustrasie. Ek het my nog altyd daarop geroem dat ek 'n goeie mensekennis het. Dis belangrik in my werk om mense vinnig en akkuraat te kan opsom, maar geen van daardie reëls werk vir jou nie. Die patroon wat vir die res van die wêreld werk, is blykbaar nie op jou van toepassing nie. Dit maak dit soms moeilik om saam met jou te werk. As ek nie weet op watter deuntjie jy reageer nie, kan ek nooit seker wees hóé jy gaan reageer nie. Ek wou jou nie beledig nie. Dis werklik soos ek voel. As ek jou seergemaak het, is ek jammer. Ek dink jy is 'n besonderse mens en ek het groot waardering vir die werk wat jy vir my doen. Ek wil jou nie graag verloor nie."

Rebecca sit doodstil, aanvanklik steeds met die glimlag om haar mond, maar soos hy praat, word die glimlag al flouer en sy begin rusteloos wonder of sy werklik sy redes wil hoor. Dis makliker as hy met haar baklei. Sy het nog nooit vir 'n aanslag van voor af geskrik nie, maar op die oomblik voel dit of hy presies weet waar haar weerlose kant is. En dis slegs haar handjie vol goeie vriende wat soms insae agter die mure kry én dan net so ver soos sy hulle toelaat.

Julian neem 'n sluk van die wyn en rol dit eers op sy tong rond voor hy dit sluk. "Wat die aanbod betref – wat van die voorreg om my feitlik elke dag te sien." Hy glimlag en Rebecca haal byna hoorbaar asem, verlig dat die ernstige oomblik verby is. Sy skud haar kop.

"Jammer, daai een kan ek weerstaan. Probeer weer."

"'n Week in Rome of Parys. Jy kan kies."

Haar voorkop plooi. "Hm . . . vakansie of werk?"

"Vakansie, maar dit sal help as dit saam met een van ons vergaderings daar val." Sy oë glimlag nou saam en Rebecca wonder waarom sy skielik die plooitjies langs sy oë met haar vingers wil natrek.

"A, jy gee met die een hand en neem met die ander een . . ." Sy skud haar kop. "Daar moet iets beters in jou magic sak wees, want ek hoop jy het geweet jy gaan magic nodig hê om my terug te kry."

"Jy is baie moeilik om tevrede te stel. Miskien moet jy maar vir my sê wat jy wil hê?"

"Laat ek jou huis vir jou regmaak." Tot op daardie oomblik was Rebecca vas van plan om 'n verhoging te vra. Sy besluit oombliklik om weer 'n afspraak by 'n dokter te maak. Dis nie net haar kop wat seergekry het nie; haar brein moet beslis ook 'n stamp weghê.

"Wat makeer my huis?"

"Dis nie 'n huis nie. Dis 'n mausoleum wat deur jou ma opgerig is. Ek het altyd gewonder waarom jy nooit haastig lyk om huis toe te gaan nie."

"Die meeste van die meubels het my oupa en ouma bymekaargemaak en dit moet vir die volgende geslag bly."

"Al die meubels kan bly. Hulle pas by die huis. Maar daar is ander dinge wat 'n mens kan doen om dit meer leefbaar te maak. Ek is eintlik verbaas dat jy dit nog nooit laat doen het nie."

"En nou wil jy hê ek moet jou toelaat om dit te doen?" Hy probeer nie eens sy verbasing wegsteek nie.

"Beskou dit as jou boetedoening."

"En as ek nie daarvan hou nie?" Hy skink weer hulle glase vol.

"Dink jy ek het gehou van die dinge wat jy oor my gesê het?" Sy kyk in sy oë terwyl sy die vraag vra.

Julian skuif duidelik ongemaklik op die stoel rond. "Ek wil jou nie weer beledig nie, maar wat weet jy van binnehuisversiering?" Sy blik gaan oor die kaal vertrek. "Ek het gesê ek hou hiervan, maar ek dink nie dit gaan in my huis werk nie."

"Jy is reg, ek weet absoluut niks daarvan nie, so miskien is dit beter dat jy maar vir my 'n plaasvervanger soek. Ek soek net 'n killer-verwysing na al my deugde en jy moet dit self onderteken. En as hulle my vra waarom ek weg is by jou, sal ek sê jy kan my nie meer bekostig nie. Niemand hoef ooit te weet jy was eintlik 'n bangbroek nie."

Hy sak laer af in die diep stoel en Rebecca wil vir hom sê hy moet hom nie té tuis maak nie, maar sy doen dit nie. Die prentjie van hom in haar sitkamer is so vreemd dat sy vermoed dit kan dalk net 'n droom wees. "Wanneer wil jy tyd kry om my huis oor te doen?"

"Ek gaan dit nie self doen nie. Ek gaan net die opdragte gee."

"En waar woon ek intussen?"

Rebecca trek haar mond op 'n tuit. "Waarom gaan bly jy nie by Stephen-hulle of in 'n hotel nie? Dit behoort nie té lank te neem nie." Sy skud skielik haar kop. "Of jy kan in die gastehuisie bly. Dis mooi genoeg. Hulle hoef nie daaraan te verander nie."

As antwoord leun hy net vooroor en gooi nog twee stompe op die vuur; dan sit hy weer terug en strek sy bene lankuit.

"Hierdie is seker nie regtig al besittings wat jy beplan om te hê nie?" Sy blik gaan weer oor die vertrek.

"Besittings clutter net my lewe onnodig. Wanneer ek die dag hier oppak, vat ek weer net my rugsak. Alles wat nie daarin pas nie, moet bly."

"Ek hoor jy sê 'wanneer'. So asof dit 'n voldonge feit is dat jy weer eendag gaan oppak."

Sy trek haar skouers op. "Ek is die spreekwoordelike rolling stone."

"Waarvoor is jy bang? Wat dink jy gaan gebeur as jy te lank op 'n plek bly?"

Rebecca lag helder. "Daar is geen diepliggende redes nie. Ek is net nie die tipe persoon wat jare op dieselfde plek kan bly nie."

"En as jy nou die dag iemand ontmoet en jy wil by hom wees? Gaan jy verwag hy moet agter jou aan swerf?"

"As daardie dag ooit aanbreek, sal ek daaroor dink. Dit help nie ek breek nou my kop oor iets wat dalk nooit gebeur nie."

"En intussen leef jy net uit jou rugsak. Is dit nie effens benouend nie?"

Rebecca trek haar skouers op. "Ons kan nie almal eenders wees nie."

"En wat as jy eendag iets raakloop waaroor jy mal is en dit pas nie in jou rugsak nie?"

"Dis waarom ek nie my lewe onnodig kompliseer nie. Ek weet presies hoe groot my rugsak is."

Hy antwoord nie en 'n lang oomblik is dit net Norah Jones se hees stem wat hoorbaar is: "Come away with me in the night . . ." Rebecca weet nie waarom sy opkyk nie, maar die oomblik toe sy dit doen, vat haar lyf vlam. Julian se oë rus peinsend op haar en sy kyk haastig weg.

"Reën, kaggelvuur, rooiwyn en Norah Jones; jy sal maak dat ek heelnag hier bly sit," laat hy byna ingedagte hoor en Rebecca soek naarstiglik na iets om te sê. Iets anders as ja, asseblief.

"Rebecca . . ." Hy wag tot sy weer opkyk. "Waarom het jy my nie van die aanranding vertel nie?"

Sy is so besig om beheer oor haar lyf te probeer kry dat sy moeite het om die regte woorde te vind. "Ek het daardie eerste dag al vir jou gesê ek gaan jou nie met my persoonlike stories ophou nie. Ek het nog altyd 'n broertjie dood gehad aan mense wat al hulle stories by die werk kom vertel." Haar eerste woorde klink maar wankelrig, maar haar stem word gelukkig sterker soos sy praat. "Miskien was ek ook maar net te trots omdat ek geweet het wat jy sal sê."

"Jy weet wat in my lewe aangaan." Sy blik rus steeds peinsend op haar. "Waarom vertrou jy my nie met wat in jou lewe aangaan nie?"

Sy probeer haarself in 'n kleiner bondel opkrul. "Dis anders. Die aard van my werk vereis dat ek weet wat in jou lewe aangaan."

"En die aard van ons verbintenis vereis dat ek ook moet weet wat in joune gebeur."

"Voel jy vir die hele personeel verantwoordelik?"

"Tot 'n sekere mate, maar almal deel nie my lewe soos jy dit deel nie. Almal het my nog nie kaalbolyf gesien of weet hoe lyk my slaapkamer nie." Daar is 'n bietjie spot in sy glimlag.

"Gert het —" begin sy verduidelik, maar hy keer haar.

"Moenie jou sin vir humor verloor nie. Dit was 'n grap."

Sy staan op. "Ek gaan vir my koffie maak, wil jy ook hê?"

Sy sal nou enige iets gaan doen net om onder sy donker oë uit te kom. Selfs die kombuisvloer was ook.

Hy staan ook op en rek homself lui uit en Rebecca word bewus van 'n vae teleurstelling wat oor haar kom. Sy maak haarself vanaand bang, dink sy ontsteld.

"Dit sal lekker wees. Ek kyk solank die res van jou huis."

"Moenie verdwaal nie," probeer sy spot toe sy sien sy sal hom nie kan keer nie. "En moet aan niks vat nie!"

"Hier is niks om aan te vat nie!" roep hy uit die leë kamer. En dan oomblikke later: "Jou bed lê baie lekker."

"Staan dadelik op. Hoe moet ek 'n vreemde man se reuk op my bed verduidelik?" Die water begin kook en sy skink dit op die koffiepoeier. Miskien moes sy die kookwater uit-gegooi het en van voor af water gekook het. Dit sou die hele proses effens vertraag het en haar hopelik tyd gegee het om beheer oor haar stem en emosies te kry.

"Aan wie moet jy dit verduidelik?" Hy kom die klein kom-buisie binne en dit voel vir haar of sy nie genoeg asem kry nie.

"Ek het dalk 'n kêrel wat jaloers is."

"Jy het nie 'n kêrel nie. En as jy een het, dink ek nie hy deel jou bed nie."

Sy hou haar blik afgewend. "En wat maak jou skielik 'n kenner op die gebied van my liefdeslewe?"

"Jou mond is baie groot, maar ek is bereid om alles wat ek het daarop te verwed dat jy nie op die oomblik jou bed met 'n man deel nie. En ek dink nie dit gaan soseer oor preutsheid nie; ek dink eerder jy is bang vir intimiteit."

"Vat jou koffie." Sy hou die groot pienk beker na hom uit. "En weerhou jou van onderwerpe waarvan jy niks weet nie." Sy skuur by hom verby en gaan krul haarself weer in die hoek van die rusbank op. Julian gooi eers weer hout op die vuur voor hy ook gaan sit.

"Onthou jy nog van die direksievergadering volgende Maandag in Johannesburg?"

Sy knik. "Ja, ek onthou. Ek het nog al my breinselle. En ek

weet dis die rede waarom jy hier is. Jy kan dit nie sonder my doen nie." Sy is verlig hy het uiteindelik die onderwerp verander.

Sy oë lag. "Jy was nog altyd besonder flink van begrip. Daar is egter 'n klein probleempie. Ons moet Vrydag al vlieg, want ek het nog 'n paar dinge wat ek wil gaan doen."

"Hierdie Vrydag? Ek kan nie al weer my huis so gou alleen los nie. Waarom kan ek nie Sondagaand of Maandagoggend vroeg opvlieg nie?"

"Ek gaan jou nodig hê."

"Ek hoop jy begin nou al spaar vir my kerskous. Ek verwag 'n bonustjek wat die maatskappy gaan seermaak."

"Ek wil jou iets vra," ignoreer hy die opmerking. "Hou jy uit beginsel nie van babas nie?"

Rebecca lig die koffiebeker tot by haar mond maar neem nie 'n sluk nie. Sy laat dit net so half voor haar gesig bly. "Ek is nie seker ek weet waarvan jy praat nie."

"Ek het jou die paar keer dopgehou wanneer Brendahulle se kleintjie naby was en dis byna of jy bang is vir haar. En vandag in die kerk . . . daar was iets anders in jou oë. Dit was asof die hele geleentheid jou banggemaak het. Asof jy nie daar wou wees nie."

"Jy was veronderstel om na die predikant te luister," lag sy die vraag weg. "Nie om vir my te sit en kyk nie."

Julian vee deur sy hare. "Jy het die mees frustrerende gewoonte om vrae te ignoreer wanneer dit jou pas. Probeer asseblief om net soms 'n reguit antwoord te gee."

"Ek ken nie babas nie. Is dit reguit genoeg?"

"Ek ook nie, maar ek is nie bang vir hulle nie."

"Is hierdie 'n belangrike gesprek?" Sy neem 'n groot sluk en brand haar tong.

"Seker nie, maar ek moet êrens begin om jou te leer ken. Ek vertrou reeds my maatskappy se geheime aan jou toe en nou gaan jy nog my huis ook oorneem."

"Waarom vra jy nie liewer my skoengrootte nie?"

"Ek ken jou lyf . . . dis tyd dat ek jou kop leer ken."

Rebecca weet sy woorde beteken niks, maar dit voel weer of haar bloed skielik warm word en dit maak dat sy buite wil gaan asem skep.

"Beplan jy om ooit kinders te hê?"

"Dis soos die vraag oor 'n man. Ek sal eendag daaroor besluit. Ek dink net nie 'n baba pas lekker in 'n rugsak nie."

"Is jy bang jy is nie 'n goeie ma nie?"

"Watse vraag is dit?" Twee rooi kolle vorm op haar wange, maar Julian se wenkbroue bly gelig.

"Antwoord my, Rebecca. Dis 'n eenvoudige vraag."

"Jy ken my geskiedenis."

Hy skud sy kop. In sy oë kom 'n uitdrukking wat sy soms al om die vergadertafel gesien het en sy skuif ongemaklik rond. Hy gaan nie ophou voordat sy hom nie geantwoord het nie.

"Ek weet jy het by familie grootgeword. Dit sê nog nie vir my waarom jy nie kinders wil hê nie."

"Mense kry te maklik kinders, en in elk geval, ek het jou gesê ek soek nie onnodige bande nie. Ek kan nie kinders by die tweedehandsewinkel gaan aflaai wanneer ek die dag oppak nie."

"Ek dink jy sal dit geniet om 'n ma te wees."

Rebecca knip haar oë een keer stadig en dan glimlag sy breed. "Ek is seker daar is nog heelwat dinge van my wat jy glo jy weet."

"Wat het destyds tussen jou en Gert verkeerd geloop?" verander hy die onderwerp en haar mond gaan oop en toe soos die spreekwoordelike vis op droë grond.

"Gert, my neef," verduidelik hy asof sy werklik nie weet waarvan hy praat nie. "Julle is duidelik erg oor mekaar. Wat het verkeerd gegaan?"

Rebecca probeer onthou of sy iets onder haar langmou-T-hemp dra, want sy kry onverklaarbaar warm, maar sy onthou betyds dat dit net haar kantbra is. "My lewe was effens meer gekompliseerd as syne en ek kon nie altyd genoeg aandag aan hom gee nie. Dit was nie altyd maklik vir hom om geduldig te wees nie."

"En nou?"

"Nou is ons vriende." Sy gee 'n skewe laggie. "Ek weet dis uitsonderlik, maar op die een of ander manier kry ons dit goed reg. Ons is nie regtig destyds met kwade gevoelens uitmekaar nie."

"En jou familie? Sien jy hulle? Waar woon hulle?"

Rebecca lag uitasem. "Moet jy nie al êrens anders gewees het nie?"

Hy skud sy kop en maak hom net gemakliker in die stoel. "Hoe kan ek nou loop terwyl jy al my gunsteling-CD's speel? Terloops, het jy geweet ek is mal oor Joe Cocker ook?"

"Nee, ek het dit nie geweet nie."

"Familie, Fagan, vertel!"

Sy vertel vir hom van Engela en die kinders en dat sy nie juis weet waar almal woon nie en dat sy hulle selde sien.

"Het jy nie ander familie nie?"

"My pa was 'n enigste kind."

Hy lyk weer peinsend, asof hy aan 'n volgende vraag dink.

"Doktor Hoffman, ek gaan nou slaap. As daar nog inligting oor my is wat jy graag wil hê, gee vir my 'n lys van jou vrae en ek sal dit probeer beantwoord."

Hy skud sy kop terwyl hy stadig opstaan. "Hierdie manier is beter." Hy gaan sit sy koffiebeker op die kombuistoonbank neer en begin sy jas aantrek.

"Dankie vir die kitskoffie en die gesels."

"Moenie my koffie beledig nie." Sy staan in die portaal en wag dat hy sy jas toeknoop.

"Jy kan my huis oordoen," laat hy hoor toe hy by haar kom, "maar ek het ook 'n paar voorwaardes. En dis ononderhandelbaar."

"Wat is dit?"

Hy lig sy duim in die lug. "Jy koop môre 'n motor sodat

jy nie meer snags op straat is nie." Sy wysvinger lig. "En jy kry 'n sekuriteitshek by jou voordeur."

Rebecca knik instemmend. "Ja, baas."

Julian lig sy hand en voordat sy besef wat hy gaan doen, raak sy vingers liggies aan die geelpers merke teen haar keel. "Hy het jou baie seergemaak."

Sy vingers is warm teen haar vel en Rebecca voel hoe 'n ligte bewing deur haar trek en dan slaan die hoendervleis koud en knopperig op haar lyf uit. Haar laggie is te hard. "Jy moet sien hoe die ander ou gelyk het."

Sy hande vou onverwags om haar gesig. "Sjjt . . ." Hy fluister dit teen haar lippe. "Jy hoef nie altyd sterk en slim te wees nie." En dan, vir 'n oomblik, sluit sy mond oor hare en Rebecca voel hoe alles in haar stil word voordat 'n verblindende paniek haar beetpak. Hy het egter reeds sy kop gelig en is al besig om die voordeur oop te maak voor sy tot haarself kom.

"Sluit die deur," beveel hy effens hees van die stoepie af voor hy in sy motor klim.

Sy bly staan lank met haar rug teen die deur en probeer om die bewing te laat bedaar. Haar aanvanklike vreugde dat sy kan teruggaan werk toe, is besig om deur 'n vae onrus vervang te word. Dis soos iemand wat 'n voorbode kry, dink sy. Behalwe dat sy nie weet waarom sy skielik bang is nie.

25

Maandagoggend vroeg bel Rebecca vir Bernie op Stellenbosch. "Hi ek hoop jy's al wakker ek het 'n job vir jou maar jy moet Kaap toe kom en gou ook." Sy sê alles sonder om asem te haal.

"Waar's die brand, girl?"

"Wanneer kan jy kom? Dit moet voor Vrydag wees, want dan gaan ek weg en ek is eers weer Dinsdag terug."

"Kan jy my sê wat die job behels? Moet ek iets saambring?"

"Net jouself en jou ongelooflike kreatiwiteit . . . en baie entoesiasme en 'n klomp waagmoed."

"Dit klink of jy van 'n lyk ontslae wil raak."

"Jy kan sommer my huis ook kom kyk én as jy ja sê, kan jy oorslaap. Ek sal spesiaal nog 'n bed gaan koop."

"En as ek nee sê?"

"Jy sal nie." Sy huiwer. "Maar as jy nee sê, vertel ek vir almal van daardie blondekop met die vreemde fetisj."

"Dit is presies waarom 'n mens geen vriende moet hê nie! Veral nie die soort wat geheues soos olifante het nie."

"Laat weet wanneer jy kan kom," groet sy laggend.

Daarna bel sy vir Gert. "Ek moet dringend 'n kar koop. Sal jy vir my uitvind of daar êrens 'n Land Rover Freelander beskikbaar is? Asseblief."

Die derde oproep is na William. Sy weet hy het onlangs 'n veiligheidshek by sy winkel laat aanbring.

Dan eers stap sy met haar notaboek na Julian se kantoor. Vir die eerste keer vandat sy hom ken, het sy moeite om in sy oë te kyk, maar sy dwing haarself. Sy het êrens in die nag besluit dat die vorige aand maar net nog 'n rondte in die voortslepende pokerspeletjie tussen hulle was.

"Goeiemôre." Sy hou haar stem lig en vrolik. "Jy het nege-uur 'n afspraak en halfeen 'n middagete-afspraak. Het jy ont-hou dat Martin vandag verjaar en dat jy vanaand 'n liefdadig-heidsbal moet bywoon?"

Julian hou haar dop terwyl sy praat. Die enigste teken dat sy senuweeagtig is, is haar oë wat nie stil is nie. Hulle flits heen en weer asof sy haastig is.

"O ja, en ek neem dalk nog vanaand iemand om na jou huis te gaan kyk, maar ek sal met Gertrude en Salie reël."

Hy knik en dan sit hy agteroor. "Ek het laas nag van jou gedroom."

"Ek hoop dit was 'n nagmerrie." Sy staan onbewustelik 'n paar tree weg asof sy haar gereed maak om te vlug.

"Dit was alles behalwe 'n nagmerrie. Ons was op pad na 'n funksie en jy het baie mooi en baie gelukkig in 'n sexy rooi aandrok gelyk."

"Jy het my dalk met iemand anders verwar. Drome kan baie vaag wees." Haar blik bly 'n paar sentimeter bo sy kop huiwer.

"Ek het jou nie verwar nie. Maar miskien was ons nie op pad na 'n funksie nie, miskien het ons teruggekom van 'n funksie af . . . daardie deel is effens onduidelik. Maar ek weet ons was in 'n slaapkamer. Ek kan net nie onthou of ek besig was om jou te help aantrek of te help uittrek nie."

Rebecca se blik rus 'n oomblik op sy gesig. Sy is nie die enigste wat 'n dokter moet gaan sien nie. Hy hou haar onver-stoord dop en sy draai om. "Ek het al geleer 'n mens moet nie te veel in drome sien nie. As ek my aan al my drome moet steur, sal ek myself al laat sertifiseer het."

"Miskien was dit nie 'n droom nie, maar 'n gesig. My een oumagrootjie was met die helm gebore."

Rebecca rek haar treë. "Ek sal *Huisgenoot* laat weet. Jy sal

248

groot nuus wees as jy skielik oornag so 'n vermoë ontwikkel het."

Die lag wat agter haar rug opklink, gee haar hoendervleis en sy maak haastig die kantoordeur agter haar toe. Sy hoop hy gaan binnekort met vakansie. Soveel stres sal enige mens na 'n ruk laat gesigte sien.

Julian lui die deurklokkie 'n tweede keer terwyl hy teen die deurkosyn leun. Die deur gaan uiteindelik oop en Stephen staan met 'n gestreepte slaapbroek en 'n T-hemp voor hom.

"Wil jy die dooies opwek?"

"Slaap julle al?" Julian wag nie vir 'n antwoord nie, maar stap verby Stephen die huis binne.

"Nee, ons het gesit en wag in die hoop jy sal dalk kom kuier," laat Stephen bytend hoor.

"Ek het hulp nodig." Julian stap heel eie in die studeerkamer in en maak hom op die rusbank tuis.

Stephen skakel 'n staanlamp aan en gaan sit oorkant hom op 'n gemakstoel. "Het jy 'n pap wiel of het jy 'n minderjarige meisie in die kar?"

"Kan jy probeer om ernstig te wees!"

"Wat verwag jy? Ons voordeurklokkie lui nie gewoonlik eenuur op 'n Dinsdagoggend nie. Ek het verwag iemand bring 'n doodstyding. En toe is dit net jy wat te lekker party gehou het."

"Ek kan nie besluit wat die grootste nagmerrie was nie, die party of die meisie."

"Lê haar lyk in jou kar?"

"Stephen, asseblief!"

Stephen vee oor sy oë. "Wat's aan die gang?"

"Ek is besig om iets te doen en ek weet nie of ek my motiewe vertrou nie."

"Steel jy geld by die maatskappy of besoek jy bordele?"

"Verdomp, Stephen, kan jy asseblief probeer om ernstig te wees? Dis nie 'n grap nie."

"Jy maak ons eenuur in die nag wakker en dan mompel jy iets van hulp wat jy nodig het omdat jy duistere motiewe het. As jy tog net in volsinne wil praat, kan ek dalk verstaan wat aangaan."

"Ek gaan die naweek plaas toe."

Stephen lê agteroor in sy stoel. "Dit klink nie té demented nie. Inteendeel, ek dink dit kan jou net goed doen. Ek wens ons kon saamgaan."

"Rebecca gaan saam."

Stephen wag 'n oomblik vir Julian om verder uit te wei, maar toe hy swyg, lig Stephen sy wenkbroue. "Laat ek kyk hoe goed my begrip dié tyd van die nag is. Jy en Rebecca gaan die naweek plaas toe. Is daar iets wat ek dalk mis?" Hy sit sy voete op die koffietafel. "Is dít die deel waar jou motiewe duister word?"

"Sy weet nie ons gaan plaas toe nie. Sy dink ons gaan Johannesburg toe."

Stephen vee oor sy gesig. "Oh boy, dit gaan nog 'n lang nag word." Hy gaap eers voor hy verder gaan. "Is daar 'n rede waarom sy nie mag weet julle gaan plaas toe nie?"

"Ek is bang sy sê nee."

"Waarom sal sy nee sê?"

"Ek weet nie. Dis waarom ek hulp nodig het. Ek dink nie meer logies nie."

Stephen sit agteroor en sy mond begin ontspan in 'n stadige glimlag.

"Moenie vir my daai kyk gee nie. Ek is nie 'n kind nie."

"Die gevoel bly dieselfde, of jy dertien of drie en dertig is en 'n mens kan op enige ouderdom net sulke onnosel goed aanvang ook."

"Stephen!" klink Brenda se stem skielik vanuit die portaal op. "Wat gaan aan? Wie is dit?"

"Jou broer."

Brenda kom die studeerkamer binne en kyk besorg na Julian. "Wat is fout? Wie is dood?"

"Niemand is dood nie. Ek wou net met jou man praat, maar 'n mens sou sweer hy borsvoed ook. Sy brein en joune is op die oomblik omtrent ewe stadig."

"Waaroor wou jy met hom praat? Kon dit nie wag tot môre nie?"

"Nee."

"Hy en Rebecca gaan die naweek plaas toe, maar sy weet dit nie. Sy dink hulle gaan Johannesburg toe. So, as ons nou mooi daaroor dink, kom dit seker op ontvoering neer."

"Ek dink dis presies wat sy nodig het ná die aaklige ding wat met haar gebeur het," laat Brenda opgewonde hoor.

"Maar die vraag is of sy motiewe so altruïsties is soos dit klink?" glimlag Stephen terwyl hy Brenda op sy skoot neertrek.

"Miskien moet jy gaan slaap sodat ek en my suster 'n intelligente gesprek kan voer." Julian gluur na Stephen.

"Is jy verlief op haar?" wil Brenda onverstoord weet terwyl haar arm om Stephen se nek gaan.

"Ek is drie en dertig jaar oud. Ek dink ek is by die verlief-stadium verby."

"OK, is jy lief vir haar?" laat Brenda haar nie afsit nie.

"Ek ken haar ongeveer vyf maande. Hoe moet ek dit weet?"

"Ek het Stephen net 'n uur geken toe weet ek ek wil eendag met hom trou. Almal het nie jare nodig nie."

"Ek was Sondagaand by haar huis," vertel Julian afgetrokke. "Die plek is so groot soos 'n vuurhoutjieboksie; in die vuurhoutjieboksie is 'n bed, 'n bank en twee stoele. O ja, en 'n hi-fi waarop sy na Norah Jones en Joe Cocker luister. En sy lyk so gelukkig soos iemand wat die lotto gewen het of eintlik baie gelukkiger." Hy skud sy kop. "Ek ken nie sulke vrouens nie. Ek het nie 'n clue hoe haar kop werk nie."

"En nou wil jy haar die naweek saam plaas toe neem in die hoop dat jy sal agterkom hoe haar kop werk?" vra Brenda.

"Ek weet nie waarom ek haar wil saamneem nie."

"Mense verskil, my dierbare broer. Het jy dit nooit geweet nie?"

251

"Ek weet mense verskil, maar hulle verskil binne die menslike raamwerk. Hulle behoeftes val almal binne sekere parameters. Hier en daar is sekere klemverskille en uitsonderings, maar juffrou Fagan val binne geen parameter nie. Dis of sy met haar eie stel reëls van een of ander planeet af hier aangekom het."

"Wat wil jy hê moet ons vir jou sê?" Stephen gaap weer en begin Brenda se been streel.

"Ek weet nie."

"Ek hoop nie hierdie gesprek kom ooit by die res van die direksie uit nie, want hulle gaan ernstige bedenkinge hê oor jou besluitnemingsvermoë."

"Sy gaan my huis oordoen."

Brenda se wenkbroue lig verras en Stephen se hand raak stil.

"Dit was die voorwaarde waarop sy teruggekom het werk toe. Dat sy my huis kan oordoen sodat ek daarvan sal hou om huis toe te gaan, want sy dink dis 'n mausoleum en dis waarom ek so baie weg is." Hy skud sy kop. "Sy vra nie 'n salarisverhoging nie, sy stel nie belang in 'n oorsese trip nie. Sy wil my verdomde huis oordoen."

"Wat bedoel jy dit was haar voorwaarde?"

"Hy het haar laas week gefire nadat sy aangerand is," lig Stephen sy vrou in.

"Ek het haar nie gefire nie. Ek het gesê sy kan net sowel nou bedank . . ." Hy kyk vererg na Stephen. "Miskien moet jy stilbly."

"Julian." Brenda se stem is skielik ongewoon ernstig. "Jou ondervinding met vrouens strek so ver soos Angela en kie. Meisies soos hulle het nog nooit vir jou enige uitdaging gebied nie. Jy ken hulle koppe beter as wat hulle dit self ken. En daarmee sê ek nie hulle is dom nie; jy ken net die agtergrond waaruit hulle kom. Wees versigtig dat Rebecca jou nie net fassineer omdat sy anders is nie. As hierdie weer een van jou en Angela se bekende resesse is, gaan soek iemand anders om haar mee te vermaak. Rebecca is 'n baie oulike girl en sy verdien nie om deel van jou en Angela se speletjies te word nie."

"Ek het darem 'n slim vrou," laat Stephen trots hoor en soen haar hand.

Julian se oë vernou merkbaar. "Ek en Angela is geskiedenis."

"So het jy in die verlede ook al gesê en as ons ons oë uitvee, kom jy weer met haar hier aan," lewer Stephen weer kommentaar.

"Sê jou man moet stilbly. Hy het duidelik nie 'n idee waaroor dit gaan nie."

"Hy praat ongelukkig die waarheid, ouboet. Ek weet nie watter genot jy en Angela uit hierdie speletjies van julle put nie, maar dis seker julle saak. Maar ek sê weer: Rebecca is nie die meisie om jou intussen mee te vermaak nie. Bly weg. Keep off the grass. Danger zone. Al daardie tekens moet voor jou opspring."

Julian sit vooroor en laat sy arms op sy bene rus terwyl hy na die mat onder sy voete staar. "En as hierdie gevoel nie weggaan nie?"

"Dan kan ons net vir jou bid," lag Stephen meewarig.

Julian staan stadig uit die stoel op. "Hoe de duiwel kon Pa toegelaat het dat jy met so 'n moroon trou?"

Brenda druk 'n soen in Stephen se hare en kyk dan spottend na haar broer. "Jý het hom by die huis aangebring!"

"Hm. Ek moes ook my kop laat lees het." Hy vryf Brenda se hare deurmekaar. "Lekker slaap en dankie vir die raad. Gee vir my peetkind 'n soen."

Stephen staan ook op en stap agter Julian voordeur toe. Toe hy die voordeur oopsluit, kyk die twee mans 'n oomblik na mekaar. "Ek dink nie dis tydelik nie, Julian," laat Stephen sonder die spot van vroeër hoor.

Julian gee 'n bitter laggie. "Ek ook nie en dit maak my banger as wat ek al ooit vir iets was." Hy vee deur sy hare. "Nou weet ek nog nie wat ek die naweek moet doen nie."

"Neem haar saam, maar vir die regte redes. Maar as dit enigsins iets met Angela te doen het, moenie eers daaraan dink nie."

Stephen se hand rus 'n oomblik op sy vriend se skouer. "Sy is 'n baie oulike girl, Julian. Pas haar op. Ek het 'n vermoede haar vel is nie so dik soos sy wil voorgee nie." Hy glimlag gerusstellend. "Jy het al 'n paar hase uit die hoed gehaal. Ek het die volste vertroue dat jy hierdie probleem ook sal baasraak."

"Ek het nog nooit in 'n rugsak probeer pas nie," antwoord Julian met 'n ietwat verlore laggie voor hy die motordeur oopsluit en inklim.

"En toe, gaan jy my help?" Rebecca kyk oor die koffiekoppie se rand na Bernie waar hy uitgestrek op haar rooi rusbank lê.

"Wat het jou ooit so iets laat aanbied?"

"Ek weet nie. Miskien omdat ek vir die eerste keer voel hoe dit is om saans na my eie plek toe terug te kom. Dit moet hel wees as 'n mens nie van jou eie plek hou nie."

"Tweede vraag," gaan hy voort. "Wat laat jou dink ek kan dit doen?"

"Jy ken die regte mense en jy weet waar 'n mens alles in die Kaap kan kry. Maar die belangrikste is dat jy dit nie nog 'n showpiece gaan maak nie. Jy sal dit 'n huis maak."

"Jy hou van hom." Die woorde kom so onverwags en met soveel oortuiging dat Rebecca 'n lang ruk net na die laaste gloeiende kole in die kaggel sit en kyk.

"Wil jy daardie stelling kwalifiseer?" vra sy oplaas versigtig.

"Nie regtig nie. Ek dink net êrens gedurende die afgelope paar maande het hy vir jou 'n mens geword. Ek ken jou te goed om allerhande aantygings te maak en spoke te sien."

Rebecca staan gaap-gaap op. "Ek moet nou gaan slaap. Ons moet môre vroeg terug soontoe sodat ons kan besluit wat jy moet doen."

"Het ek al gesê ek gaan jou help?"

Sy buk en soen hom op sy voorkop. "Onthou die meisie met die vreemde fetisj. Dit gaan 'n sappige party-storie word."

"Jy is 'n heks!" roep hy agter haar aan, maar al antwoord wat hy kry, is 'n kekkellaggie.

26

Dinsdagoggend nege-uur moet Rebecca saam met Julian en nog vier ander direkteure Johannesburg toe vlieg vir 'n vergadering. Die vlugtyd word gebruik om te werk en toe die vergadering vieruur die middag verdaag, vlieg hulle dadelik terug Kaap toe. Julian het die aand nog 'n vergadering by die kantoor ook en dis eers na tienuur toe Salie haar by haar huisie aflaai. Julian is nog by die kantoor besig en het gevra dat Salie haar solank gaan aflaai.

Sy het die oggend 'n boodskap van Gert gekry dat hy vir haar 'n Land Rover Freelander opgespoor het en hulle het afgespreek om die volgende week al die nodige papierwerk te gaan afhandel.

Rebecca sluit die voordeur en ervaar weer die ongekende vreugde wat sy elke keer voel wanneer sy by die deur instap, maar toe sy 'n uur later in haar bed lê, is daar 'n duidelike stem van waarskuwing in haar kop. Hierdie is tydelik. Sy mag dit geniet, maar haar pad het nie hier opgehou nie. Sy gaan weer eendag haar rugsak pak en vreemde paaie aandurf. En die motor sal gerieflik wees, maar dit mag nie 'n slagyster word waaruit sy nie weer kan ontsnap nie. Met dié gedagtes raak sy eindelik aan die slaap en word die volgende oggend met 'n vreemde iesegrimmigheid in haar wakker. Dis asof daar twee stemme is wat ewe hard praat en sy weet nie meer na wie om te luister nie.

By die kantoor kyk Rebecca met 'n tikkie geïrriteerdheid na 'n foto van Julian en 'n pragtige blondine op die sosiale blad. Volgens die onderskrif was hulle twee aande

gelede saam by 'n funksie. Hoeveel liefdadigheidsgeleent-
hede word daagliks in die Kaap gehou, en moet Julian na
almal toe gaan! wonder sy byna hardop. En waar op aarde
kry hy die voorraad mooi meisies? En wat het van Angela
geword? Niemand sê 'n woord nie en die koerante bespiegel
ook maar net.

Op die ingewing van die oomblik knip sy die foto uit en
heg dit aan die ander knipsels wat sy uit die dag se koerante
gemaak het. Sy neem dit saam met ander dokumente na hom
toe. Hy is besig om op die telefoon te praat toe sy in die kan-
toor kom en sy sit alles net op sy lessenaar neer.

Rebecca is 'n uur later besig om met groot konsentrasie na
iets op die rekenaar te soek, toe Julian by haar in die kantoor
praat.

"Moenie so frons nie, jy gaan plooie kry."

"Dan sal jy vir my face-lift betaal," antwoord sy sonder om
op te kyk.

"Dankie vir die kontrak. Dis in orde so en ek het reeds
geteken. Jy kan dit maar stuur."

"Sit dit maar neer." Sy beduie na die oorkant van haar
lessenaar. "Ek is byna klaar hier, dan sal ek dit stuur."

"Rebecca . . ." Eers toe sy opkyk, gaan hy voort. "Die
sosiale blaaie se knipsels interesseer my nie."

"Nie?" Haar oë rek gemaak verbaas. "Ek sou dink jy be-
hoort dit in jou swart boekie te file. Dit kan jou baie tyd
bespaar as jy dalk deurmekaar raak met die telefoonnommers
en al die name." Sy glimlag skielik soet. "Jy moet eendag vir
my jou boekie gee, dan kan ek dit vir jou op 'n CD oorlaai,
met foto's en al, asook kruisverwysings, ensovoorts. Ek kan
hulle byvoorbeeld alfabeties lys, asook volgens haarkleur of
borsmaat. Ons kan eintlik die konsep bemark en dit iets noem
soos Double D . . . Digital Dating."

"Het jy dalk te min werk?"

Sy rek weer haar oë gemaak groot. "Nee, waarom?"

"Omdat jy sulke snert kan sit en uitdink."

"Dis my werk om die lewe vir jou makliker te maak. Dis nie nodig om ondankbaar te wees nie."

"Hoe lyk my program vanaand?" praat hy haar opmerking weg.

"Drankies sewe-uur by die Mount Nelson-hotel saam met die Amerikaners en ek moet nog laat weet of jy vir ete beskikbaar is."

"Laat weet ek sal nie kan saameet nie."

Rebecca wil vra met watter een van die meisies hy planne het, maar sy kry dit wonder bo wonder reg om stil te bly.

"Onthou om gemaklike klere vir die naweek in te pak. 'n Paar T-hemde en sommer 'n kortbroek ook. Dit gaan blykbaar nie so koud wees in die noorde nie. Neem net iets warms vir die aande," laat hy van die deur af hoor.

"Ek dag ons gaan werk."

"Nie-amptelik. Jy hoef nie daarvoor op te dress nie."

Sy kyk hom skepties aan, maar sê niks nie en hy stap terug na sy kantoor.

Haar aandag is net terug by die rekenaarskerm voor haar toe die telefoon langs haar lui. Dis Deborah wat wil weet of hulle die aand iets moet saambring. Rebecca het almal genooi om by haar te kom eet.

"Borde en messegoed. Ek het nie genoeg nie. Maar ek sal vir die kos en drank sorg."

"Hoe laat wil jy ons daar hê?"

"Enigiets van agtuur af. Dit behoort my genoeg tyd te gee om by die huis te kom en te begin kos maak."

"Het jy genoeg stoele vir ons almal?"

"Daar kan drie op die bank sit en twee op die stoele, en ek het drie groot kussings gekoop wat ons op die vloer kan gooi. Dis soos dié waarop die Bedoeïene in die woestyn sit."

"As hulle groot genoeg is om op te lê, deps ek een van hulle," besluit Deborah dadelik en dan val sy haarself byna in die rede: "Weet jy Gert bring vir Mimi saam?"

"Ja, hy het my gesê en ek gee nie om nie. Sy is nogal nice."

"Baie jonk en baie naïef, maar ek dink op 'n vreemde manier pas sy nogal by Gert. Ek dink sy laat hom groot en slim voel," beaam Deborah voor sy groet.

Toe haar eerste gaste die aand aan die deur klop, het Rebecca al kans gehad om die kaggel aan te steek, die huisie vol kerse te pak en die uie en kalfsvleisrepies te braai. Al die ander bestanddele staan reg om bygevoeg te word en sy is besig om die slaai te maak. Haar nuwe wynglase is op die toonbank uitgepak en die rooiwyn is oopgemaak.

Gert stoot 'n klein meisietjie by die deur in en skud die reëndruppels van sy jas af. "Jy ken vir Mimi."

"Ja, kom in. Welkom in my manor." Rebecca dink weer aan Deborah se woorde en wonder hoe oud die meisie is. Sy lyk nie veel ouer as twintig nie en het 'n vreemde dogtertjie-verwondering op haar gesig. Asof die hele wêreld haar steeds verras.

"Hei, iets ruik lekker. Ek het gedink jy gaan pizzas laat aflewer."

"Nee, vanaand kry julle wholesome home cooking à la Fagan."

Daar word weer geklop en die ander bondel almal saam die huis binne.

Pierre het twee bottels wyn in sy hande en William dra 'n mandjie met borde en eetgerei. Deborah gee 'n diep snuif. "Jy moes lankal 'n huis gekoop het. Ek het al vergeet hoe handig jy in 'n kombuis kan wees."

"Ek het in genoeg kombuise in my lewe gekom om eintlik as 'n gourmet-kok geklassifiseer te word."

"Ek het musiek gebring," kondig William aan en haal 'n paar CD's uit sy jas se sak. Onder die jas dra hy weer vanaand een van sy veelkleurige lapbroeke, 'n knielengte-hemp en bergklimstewels. Maar sy hare is netjieser as gewoonlik en sy baard is in 'n moderne bokbaardjiestyl geskeer.

"Wow, meneer Green!" spot Rebecca terwyl sy oor die

baardjie streel. "Jy sal maak dat ons met belustige oë na jou kyk."

"Nie na al my moeite nie," brom Irene, maar sy glimlag toe William haar 'n hou op die sitvlak gee. "Moenie jaloers wees nie. Daar is genoeg van my om te deel."

"Wat luister ons vanaand?" Rebecca loer na die CD's.

"Ek het gedink ons begin met Queen en werk ons pad deur na Joe Cocker se rokerstem laataand."

Terwyl William die musiek aansit, begin Gert en Pierre wyn inskink, maar toe die meisies Rebecca in die kombuis wil help, jaag sy hulle uit. "Gaan sit. Julle kan van daar af met my gesels."

Deborah annekseer een van die groot Oosterse kussings en maak haarself voor die kaggel tuis. William maak homself aan die ander kant op die toonbank tuis en druk 'n paar slaaiblare in sy mond.

"Cheers!" roep Gert uit een van die stoele. "Ons drink op Fagan Manor! Mag dit altyd soos 'n oase in 'n betonwoestyn wees."

"Is dit nie 'n betonoerwoud nie?" wil Mimi met groot bokkie-oë weet.

"Jy is reg." Gert se blik spreek van geduldige geamuseerdheid. "Ek is seker as 'n mens lank genoeg soek, sal jy 'n oerwoud met 'n oase in kry."

Rebecca kan nie help om te glimlag waar sy vanuit die kombuis na Gert kyk nie. Hy is óf verlief óf hy is moeg.

Daar volg 'n hewige bespreking oor die bestaan van iets soos 'n oase in 'n oerwoud en as wat dit bekend sal staan.

"Figuurlik gesproke is 'n oase enige aangename plek, maar ek weet nie wat dit in 'n oerwoud genoem sal word nie," laat Irene hoor waar sy opgekrul op die bank sit.

"Hoe sal so 'n oase lyk?" vra Pierre wat langs Deborah op 'n kussing sit.

"Ek dink dis 'n kaal kol in 'n oerwoud," werp Rebecca haar stuiwer in die armbeurs. "Want 'n oase impliseer ook 'n afwisseling."

Gert begin oor die begrip filosofeer en hoe meer verwikkeld sy argumente raak, hoe meer kommentaar word daar gelewer. Almal praat later gelyk en dis net Rebecca en William wat die klop aan die voordeur hoor. William lig homself van die toonbank af en stap voordeur toe. Dan roep hy oor sy skouer: "Becca, dis vir jou."

"Ek het nie ou klere of komberse nie, maar my beursie lê op my bed; daar behoort twintig rand in te wees," roep sy terug, maar daar daal 'n onverklarbare stilte oor die geselskap en sy kyk oor haar skouer.

Langs William staan Julian met 'n groterige karton in sy hand. "Twintig rand sal my nie ver bring op so 'n koue aand nie," spot hy, maar vir 'n oomblik lyk hy vir Rebecca byna verleë.

"As jou smaak nie te duur is nie, behoort jy darem 'n bottel of twee te kan koop," grap sy 'n bietjie desperaat omdat sy aan niks anders kan dink om te sê nie. Sy het nie die vaagste idee waarom hy hier is nie.

"Neef!" groet Gert uitbundig. "As ek geweet het jy kom, het ek gesê jy moet vir ons wyn uit jou kelder saambring." Hy staan op en voor Julian of Rebecca iets kan sê, skink hy nog 'n glas wyn. "Becca, my skat, ek beledig nie jou wyn nie, maar hierdie man het 'n kelder wat jou in trane kan laat uitbars van afguns."

"Ek het eintlik net hierdie kom aflewer." Julian sit die karton op die toonbank neer.

"Is die inhoud dit wat op die prentjie is?" wil Deborah nuuskierig weet.

"Het jy al hier koffie gedrink?" antwoord hy met 'n teenvraag en 'n glimlag wat aan sy mondhoeke pluk.

Irene stap nader. "'n Cappuccino-en-espresso-maker! Kan ek nie eers my koffie drink voor ons eet nie?"

"Was ons veronderstel om presente te bring?" wil Mimi grootoog weet. "Gert, waarom het jy nie gesê sy verjaar nie?"

"Ek verjaar nie, Mimi," kry Rebecca 'n paar woorde in. Sy kyk van die karton met die duur Italiaanse koffiemasjien na

Julian. Sy weet sy moet vir hom sê sy wil dit nie hê nie. Nee, dis nie die waarheid nie, help sy haarself reg. Enige mens wat lief is vir koffie sal sy voortande hiervoor gee, maar sy weet nie waarom hy vir haar so 'n geskenk gebring het nie. Iets sê ook vir haar sy kan nie voor die mense die geskenk van die hand wys nie. Haar vuiste bal onwillekeurig, dan maak sy haar hande weer stadig oop.

"My koffie was nie so sleg nie," neem sy die makliker pad, want sy weet nie of sy veronderstel is om dankie te sê nie. Eintlik is die hele situasie so absurd dat sy nie seker is of sy wakker is nie. Hy staan in haar posseëlgrootte-kombuisie, in sy mooi kasjmierjas, met 'n duur koffiemasjien, terwyl haar vriende soos kinders oe! en a! en hom tussendeur onbeskaamd van kop tot tone bekyk.

"Bly stil, Becca, en sê dankie," roep Deborah. "Dis nie nou die tyd om trots te wees nie. Die lewe is te kort om slegte koffie te drink!"

"Jy kan nie nou weer loop nie," laat Gert ewe gasvry hoor. Hy hou die glas rooiwyn na Julian uit. "Al moet ek dit self sê, vir 'n vrou het sy nogal goeie wynsmaak." Hy beduie na die sitkamer waar die ander hulle intussen weer tuisgemaak het. "Kom sit. Het jy al geëet? Becca, hoeveel kos het jy?"

Julian kyk na Rebecca en skud sy kop. "Ek het nie geweet jy het gaste nie." Sy stem is sagter.

"Hier is genoeg kos," praat haar mond lank voordat sy besluit het wat om te sê. "As jy nog nie geëet het nie," voeg sy dan as nagedagte by.

"Ek sal 'n ander aand die koppie koffie kom drink."

"Is jy bang?" Sy het begin om van die ander bestanddele in die pot te roer en haar blik is op die gereg wat nou liggies begin prut. Haar stem is 'n ligte fluistering in die hoop dat die ander haar nie hoor nie.

"Moet ek wees?"

"Hierdie is nie jou New York crowd wat gaan smile terwyl hulle eintlik vir jou wil frons nie."

"Kan hulle erger as jy wees?" Hy het hom effens gedraai asof hy hulle gesprek deur sy lyf kan afkeer van die ander af.

"Ek is die lammetjie in die groep."

"Dan moet ek hulle een of ander tyd ontmoet."

"Waarom nie vanaand nie?" Sy bring die houtlepel na haar mond en terwyl sy aan die sous proe, lig haar blik na hom.

"Ek gate-crash nie graag parties nie."

"En as ek jou nooi?" Sy begin weer roer.

"Omdat ek vir jou 'n koffiemaker gebring het?"

Rebecca gee meteens 'n hees laggie. "Moenie hare kloof nie! Ek nooi jou om saam met ons te eet, maar ek wil jou net vooraf waarsku dat ek die kos gemaak het. Een woord van kritiek en jou slaapkamer word in pers polkadots gedoen."

Hy begin sy jas uittrek en dan wikkel hy sy das ook los en trek sy baadjie uit. Rebecca gaan sit dit op die splinternuwe bed in haar spaarkamer neer.

"Kan ek jou in die kombuis help?" wil hy weet toe sy weer by hom verbyskuur. Hy moet intussen aan die rooiwyn geproe het, want hy bekyk die inhoud goedkeurend.

"Nee, jy gaan daar binne sit en probeer om slim te klink. Ek wil nie hê hulle moet dink my baas is 'n klip nie."

"Jy is 'n sadis." Sy blik gaan vlugtig na die groepie voor die vuur.

"Gert, sal jy asseblief almal aan almal voorstel!" roep Rebecca, en Julian het geen ander keuse as om nader te stap nie.

Rebecca hoor hoe hy hulle een vir een groet voordat hy op een van die stoele gaan sit. Sy hou haar asem op dat hulle skielik in stilte gaan verval, maar gelukkig begin William met Pierre oor iets praat en sy slaak 'n sug van verligting.

Geleidelik begin almal weer saamgesels en binne minute klink dit soos een van hulle gewone kuiers. Die opgradering van die stadskern is die onderwerp van bespreking en elkeen het 'n ander mening oor hoe dit gedoen behoort te word. Haar blik dwaal kort-kort na Julian wat met die glas rooiwyn in sy hand heel belangstellend sit en luister. Tot haar verbasing hoor sy hoe hy ook later sy mening gee. Sy weet Hoffman's het 'n groot bedrag geld vir die projek geskenk, maar hy maak nie melding daarvan nie. Hy vertel hoe hy die stad onthou toe hy 'n klein seuntjie was en sy pa hom saam kantoor toe gebring het. Selfs toe die gesprek later voortbeweeg na ander onderwerpe, gesels hy saam, maar daar word nooit melding gemaak van die maatskappy of enige van hulle vertakkings of filiale nie. Op hierdie oomblik is hy net Julian.

Rebecca pak al die kos op die toonbank uit en toe roep sy hulle om te kom skep.

"Jy sal 'n man uit jou hand kan laat eet," spot William toe hulle almal weer sit en hy sy eerste hap geneem het.

Rebecca sit kruisbeen op 'n kussing. "Dis my droom om 'n man uit my hand te laat eet." Sy hou haar hand met die palm na bo uit.

Julian kyk na haar ontspanne gesig en die effense blos op haar wange. Hy het haar in die kombuis ook dopgehou. Die manier waarop sy beweeg en haar hande gebruik. Dis soos 'n dans, dink hy. 'n Dans op maat van 'n deuntjie wat net sy kan hoor. Hierdie is haar mense, besef hy. Tussen hulle voel sy veilig genoeg om haarself te wees.

"Goeiste, Gert!" roep Mimi skielik uit. "Ek wou mos sê hy lyk bekend!" Haar blik draai vol verwondering na Julian. "Jy is Julian Hóffman! Jy is baie in die koerant en jy het een of ander belangrike werk." Sy kyk weer na Gert. "Waarom het jy nie vir my gesê Rebecca gaan met hom uit nie?" Haar stem sak effens maar is steeds hard genoeg sodat almal kan hoor.

Rebecca se verbaasde laggie laat haar byna stik aan haar kos. Dan kyk sy na Julian wat onverstoord aangaan met eet, maar om sy oë kan sy die lag sien plooi.

"Dis die eerste woord wat ek ook hiervan hoor," verwyt Deborah terwyl sy gemaak verbaas van Rebecca na Julian kyk.

Rebecca se mond gaan oop om die arme Mimi reg te help, maar Julian spring haar voor. "Ons het dit probeer stil hou, maar dit sou seker een of ander tyd uitgekom het."

Rebecca kyk verbaas na hom en skud haar kop laggend. "Mimi, hulle praat sommer nonsens. Ek werk vir hom."

Mimi is nie te keer nie. "Sjoe, dit moet nogal moeilik wees om mekaar die hele dag te sien en nie aan mekaar te raak nie, of kry julle darem soms die geleentheid om hier en daar 'n paar minute te steel?"

"Ons is gelukkig dikwels alleen agter in die motor," laat Julian tussen twee happe kos hoor en Rebecca wonder of hy die kluts kwytgeraak het. Die ander se gesigte begin hier en daar ook twyfel toon en Rebecca hou haar hand op.

"Mimi, hy maak 'n grap met jou; ek is nie sy meisie nie. As jy die afgelope paar weke die koerante gelees het . . . hy het 'n verskeidenheid, maar ek is nie een van hulle nie."

"O . . ." Mimi kyk teleurgesteld van Rebecca na Julian "Nou kan ek nie meer môre gaan brag dat ek Julian Hoffman se meisie ken nie." Haar oë vernou effens. "Wat hét van jou vorige meisie geword? Sy het soos 'n model gelyk."

Rebecca verlekker haar toe sy sien hoe Julian skielik na woorde soek, en toe hy hulpsoekend na haar kyk, lag sy net vir hom met opgetrekte wenkbroue.

"Ons weë het geskei," antwoord hy oplaas en voor Mimi aan nog 'n vraag kan dink, begin hy William oor sy musiekwinkel uitvra.

'n Uur later is al die bakke leeg geëet en almal sit lui agteroor. In die agtergrond klink die meesleurende klanke van 'n saxofoon op en Gert gooi nog hout op die vuur. Deborah lê op haar sy op die kussing en Pierre sit naby genoeg dat hy elke kort-kort terloops aan haar kan raak.

"Becca, nou sal ek my siel en voortande vir 'n lekker cappuccino verkoop," laat Irene van onder William se blad op die bank hoor. Sy kyk na Julian. "Of mag dit nog nie ingewy word nie?"

"Ek is nog nie seker ek het so iets nodig nie," antwoord Rebecca ligweg. Dis miskien 'n veilige manier om te sê sy kan dit nie aanvaar nie.

"Wie gee om of jy een nodig het?" vra Deborah veront-waardig. "Moenie net aan jouself dink nie. Óns het dringend een nodig."

Julian se blik draai veelbetekenend na Rebecca. "A . . . ek het vergeet dit pas nie in die rugsak nie. Hoe kon ek so in-gedagte gewees het."

"Ken jy tog nie die beroemde rugsak nie?" wil Irene effens verbaas weet.

"Daardie rugsak het die eerste keer saam Johannesburg toe gevlieg," laat Julian gemaak ernstig hoor. "Dis 'n formidabele stuk bagasie."

"Jy het met die rugsak op die Lear geklim, Becca?" Gert skud sy kop ongelowig.

"Dis 'n rugsak met persoonlikheid daardie. Ek wil geen op- of aanmerkings hoor nie." Rebecca staan op en kyk om haar heen. "Wie wil koffie drink?"

"Dit hang af watse koffie." Deborah se kop rus nou al byna op Pierre se skoot.

Rebecca kyk gefrustreerd na Julian. "Hulle het nooit van-tevore oor my koffie gekla nie."

"Es-pres-so, es-pres-so," begin William sing en Gert val vinnig saam met hom in.

"Cap-puc-ci-no, cap-puc-ci-no," dreunsing Deborah, Irene en Pierre agterna en Rebecca sug diep. Irene bied aan om te gaan help met die masjien en sover hulle dit uit die boks pak, word daar uit die sitkamer raad gegee, maar uiteindelik kry almal tog wat hulle bestel het.

"'n Mens kort eintlik klein espresso-koppies hiervoor," laat Julian hoor toe hy die sterk koffie drink.

Rebecca kyk hom wrewelrig aan. "Dis die probleem met besittings! Dit het die geneigdheid om soos konyne aan te teel en voor jy jou oë uitvee, is jy verswelg deur die goed."

"En jou rugsak is net só groot," voeg hy gemaak besorgd by.

Die ander lag lekker en sy gee Julian 'n vernietigende kyk.

Toe Julian se koppie leeg is, staan hy op en begin groet. Rebecca staan ook op en gaan haal sy baadjie en jas en wag dan by die voordeur.

"Baie dankie vir 'n heerlike aand." Hy trek sy baadjie aan en gooi sy jas oor sy arm. "En vir die lekker kos. Ek het nooit gedink jy is so vaardig in 'n kombuis nie."

"Die helfte is jou nog nie vertel nie. Ek is 'n vrou van vele talente," grap sy terug, want sy weet nie hoe om dankie te sê vir die geskenk nie.

"Lekker slaap," groet hy.

"Dankie vir die koffiemaker," fluister sy onderlangs asof sy verleë is. "Ek weet nie waarom jy dit vir my gegee het nie en ek behoort dit eintlik nie te aanvaar nie."

Julian sit sy vinger op haar lippe. "Los die sing-song. Ek het nie duistere motiewe daarmee gehad nie, behalwe om te verseker dat ek 'n lekker koppie koffie kry as ek weer eendag genooi word."

"En as jy nie weer genooi word nie?" kan sy nie help om te vra nie.

"Dan sal ek myself seker maar moet nooi." Sy lippe rus onverwags teen haar voorkop. "Nag, Fagan."

Hy maak die deur oop en sy kyk hom 'n oomblik agterna voordat sy dit toemaak en terugstap sitkamer toe. Tot haar ergernis kyk die ander haar vraend aan, maar sy ignoreer dit en begin die leë koppies bymekaarmaak.

As hulle 'n verduideliking wil hê oor Julian se teenwoordigheid vanaand, sal hulle lank wag. Sy het nie eens een vir haarself nie.

27

"Ek dink hier is groot fout," laat Rebecca Vrydagmiddag hoor toe sy by die vliegtuig se venster uitkyk. "Die loods het óf die pad heeltemal byster geraak óf Johannesburg het verdwyn. Dis snaaks dat daar niks in die koerante daaroor was nie."

"Ons is besig om op die lughawe by Skukuza te land," stel Julian haar gerus. "Sover ek weet, is Johannesburg nog net waar dit altyd was."

"Skukuza? Het die loods ooit geweet ons is op pad Johannesburg toe?"

"Ons was nooit op pad Johannesburg toe nie."

"Jy het gesê ons moet Vrydag vlieg, want jy het nog dinge wat jy in Johannesburg moet gaan doen voor Maandag se vergadering," herinner sy hom aan sy woorde.

"Ek het nie gesê ek het dinge om in Johannesburg te doen nie. Ek het net gesê ek het dinge om te doen en die dinge is om die naweek op die plaas te kom ontspan," help hy haar geduldig reg soos 'n mens iets aan 'n kind sal verduidelik.

"Ek kan jou vir ontvoering laat aankla. Weet jy dit?" Sy kyk weer by die vliegtuig se venster uit. "En dis net bosse en bosse . . . waarom het jy nie vir my gesê ons kom hierheen nie?"

Julian begin haar vasgordel, want sy praat so baie dat sy nie die afkondiging gehoor het nie. "Want ek het geweet wat jou reaksie gaan wees, en ek het ook geweet dit kan jou net goed doen om 'n slag uit die stad te kom. Hier is nog soveel suurstof, jy sal 'n nuwe mens voel wanneer ons teruggaan."

"En wilde diere!"

"Dis presies waarom jy baie vriendelik met my moet wees."

Rebecca sit in die oop safari-jeep waarmee Paul Benadé, die jong plaasbestuurder, hulle op die lughawe kom haal het, en kyk nuuskierig om haar rond.

"My oupa het jare gelede dié stuk grond langs die Kruger-wildtuin gekoop, maar ons het eers onlangs nog grond byge-koop sodat ons die gesogte Groot Vyf kan huisves," verduide-lik Julian.

"Ek neem aan ons praat nie nou van president Mbeki en vier van sy ministers of van jou en vier meisies nie?" wil sy spottend weet.

"Nee, as ons van die Groot Vyf praat, verwys ons na 'n leeu, 'n jagluiperd, 'n buffel, 'n olifant en 'n renoster."

Sy skuif skielik nader aan hom en Julian skud laggend sy kop. "Ek moes jou lankal hierheen gebring het, dan was jy dalk nooit so parmantig met my nie."

Hulle ry deur 'n hek en Julian beduie dat dit die grens-draad tussen hulle en die wildtuin is, maar dat daar tog soms van die diere heen en weer oor die grensdrade beweeg. Toe hulle om 'n draai gaan en 'n kameelperd staan voor hulle in die pad, trek Rebecca hoorbaar haar asem in. "Ek was altyd seker mense maak dié diere op net om die buitelanders te lok." Sy hang oor die rand van die jeep om beter te sien.

"Het jy nog nooit 'n kameelperd gesien nie?" Julian klink opreg verbaas.

"Ook nie die res van die Groot Sewe of wat jy hulle ook al noem, of 'n wildsbok, of selfs 'n veldhaas nie. My neefs het eenkeer 'n paar konyne gehad, maar dis ook omtrent so ver soos my kennis van wildspesies strek."

"Daar is tog wildsbokke teen Tafelberg en in die Kaap-puntreservaat?" Hy klink steeds of hy haar nie glo nie.

Haar voorkop plooi meteens. "Weet jy, ek het dit al ver-geet! My pa-hulle het my tog eenkeer daarheen geneem."

Haar stem klink amper dromerig. "Ek het dit hééltemal vergeet. Maar my ma se suster en haar gesin is nie juis vreeslike natuurkinders nie en ek dink as jy vir hulle voorgestel het dat hulle vir 'n vakansie na 'n plek soos hierdie kom, sou hulle jou laat sertifiseer het." Sy bly staar na die dier voor in die pad. "Dis soos 'n tekening uit 'n kinderboek," sê sy steeds verwonderd. Haar blik keer terug na Julian. "Ek is seker hierdie wêreld bestaan nie werklik nie. Dis net 'n optiese illusie."

"Ek voel weer in die stad of ek soms in 'n illusie leef. Hierdie is vir my soos die aarde bedoel was om te wees."

'n Halfuur later gewaar sy skielik geboue tussen die mopaniebome en sy kyk nuuskierig rond toe hulle by 'n hoë veiligheidshek indraai. In die middel voor hulle is 'n groterige grasdakgebou. 'n Lowergroen grasperk is binne die omheining aangelê.

Die voorrade en hulle bagasie word afgelaai en Julian neem haar op 'n toer van die kompleks. Die huis bestaan uit 'n reusewoonvertrek met wildsvelle op die vloere en gemaklike leermeubels. Aan die een kant van die vertrek staan 'n groot eetkamertafel van spoorwegdwarslêers gemaak. Die gebou het nie plafonne nie en Rebecca gee 'n paar diep snuiwe. Die riete ruik vir haar vreemd soet en aards. Daar is gastekleedkamers en 'n ruim kombuis. Aan die ander kant van die gebou is 'n lang stoep waaruit vyf kamers loop. Die stoep kyk uit oor 'n rivierloop wat reg voor die huis 'n draai maak. Gemaklike rottangmeubels staan die stoep vol en daar is ook 'n lang tafel. Reg voor die woonvertrek vorm die stoep 'n ronding met 'n reusebraaiplek in.

Paul kom agter hulle op die stoep uit en verneem of daar nog iets is wat hulle nodig het.

"Ek hoop nie so nie, dankie," glimlag Julian.

Hy groet en toe Rebecca later 'n voertuig hoor dreun, kyk sy vraend na Julian.

"Woon hy nie hier nie?"

"Nee, hy woon nader aan Skukuza sodat hy ook elektrisi-

270

teit kan hê. Ons wou nie graag hier kragpale en drade aanlê nie."

"Wil jy vir my sê ons gaan vir die hele naweek nie elektrisiteit hê nie? En wat van selfoonontvangs?"

Julian skud sy kop.

"TV?"

"Nee, jy is van my afhanklik vir enige afleiding die naweek."

"Ek behoort jou regtig aan te gee vir ontvoering en ontbering. Miskien moes ek liewer saam met die sexy Tarzan gegaan het. Hy lyk ten minste of hy my in hierdie wildernis kan beskerm."

"Sexy Tarzan is 'n verloofde man, sover ek weet," antwoord hy droog.

"Ai, dis jammer. Hy het soos die tipe ou gelyk wat saam met my die Camel-uithouren sou kon ry." Sy lyk werklik jammer en Julian trek speels haar hare.

"Jy sien nie eens vir 'n naweek sonder elektrisiteit, selfone en TV kans nie, maar jy wil kastig 'n uithouren gaan ry!"

"Ja, maar jy het nog nie die manne gesien wat dit doen nie! Enige meisie sal bereid wees om op te offer om saam met hulle die wildernis in te gaan."

"Kom, laat ek jou kamer vir jou gaan wys," ignoreer hy die opmerking.

"Kry ek tog nie my eie kamer nie? En al die tyd verdink ek jou daarvan dat jy my met minder edele motiewe hierheen ontvoer het."

"Dit hang af hoe jy jou gedra. Ek kan altyd van plan verander." Hy maak 'n deur oop en sy stap 'n ruim kamer binne met 'n dubbelbed en twee bedkassies van 'n mooi donker hout met 'n interessante grein. Teen die een muur is 'n hangkas van dieselfde hout ingebou en by die bed se voetenent staan 'n groot ottoman. Daar is ook twee gemakstoele en 'n klein koffietafel soos 'n mens by die skuifdeur inkom.

"Elke kamer het 'n en suite-badkamer, maar hier is slegs storte. Jy sal tot in die beskawing moet wag om weer te bad."

271

Rebecca loer by die klein maar gerieflike badkamer in en sien dat dit darem een vertrek is waar daar 'n plafon in is.

"Waar slaap jy?"

"In die kamer langs jou, sodat ek kan hoor as jy my dalk roep."

"Waarom sal ek jou dalk roep?"

"'n Mens weet nooit. Daar is dalk 'n wilde dier by jou venster."

"Ek dink dit sal veiliger wees om hom in te laat as om jou te roep."

Hy vryf haar hare deurmekaar. "Dit kan dalk veiliger wees, maar dit sal beslis minder opwindend ook wees." Hy kyk veelbetekenend na haar en sy gee een van haar wyemondglimlagte en maak 'n afkeurende geluid.

Hulle stap saam die kamer uit, hy om vir Ben Zitha, die algemene hulp, te gaan sê waarheen hy hulle bagasie kan bring en sy om te kyk of sy nie 'n dier anderkant die draad gewaar nie.

Ben glimlag vriendelik toe hy haar bagasie in haar kamer neersit en Rebecca wonder hoeveel meisies se bagasie hy al hier ingedra het. Of dra hy dit gewoonlik in Julian se kamer in?

Sy is so ingedagte dat sy nie agterkom waarna sy kyk nie en dis eers toe die olifantbul beweeg dat sy hom bewustelik raaksien en na haar asem snak. Hy staan net 'n entjie anderkant die draad, besig om 'n boom te verrinneweer. Op daardie oomblik kom Julian op die stoep uit en sonder om te dink stap sy nader en neem sy hand. Met haar ander hand beduie sy vir hom om stil te bly. Hulle stap versigtig nader aan die draad en sy beduie stil na waar die groot dier staan.

Julian bly staan doodstil langs haar, met haar hand in syne toegevou. Sy is in soveel opsigte nes 'n kind, dink hy verwonderd.

"Hy gaan die hele boom ontwortel," fluister sy so sag soos sy kan.

"Hulle is bekend daarvoor dat hulle redelike skade aan bome kan aanrig," knik hy. Hy lig sy hand en beduie na waar 'n paar sebras deur die droë rivierloop na die watergat op pad is.

"Goeie hemel!" fluister sy ademloos. "Niemand gaan my glo nie! Dis soos my eie sirkus . . ."

"Wag tot ek vanaand my pak met die blinkertjies aantrek en aan die pale begin swaai," spot hy stilweg. Hy kom agter hy is nie soseer bang dat die diere sal verdwyn nie, sy vrees is groter dat die skraal hand uit syne sal glip.

Agter die sebras kom nog 'n paar kameelperde en dan 'n klein troppie wildebeeste.

Julian het lankal opgehou om na die toneel voor hom te kyk. Hy verkyk hom aan die verwondering op haar gesig en êrens in hom raak daardie vreemde weerloosheid weer wakker. Hy het geen verweer teen haar nie. Die een oomblik maak sy hom so kwaad dat hy haar nooit weer wil sien nie en die volgende oomblik is hy in staat daartoe en hou haar hier gevange. Hier waar hy na haar kan kyk. Waar hy weet sy is veilig en versorg. En dan sien hy haar weer in daardie klein pophuis van haar en hy hoor Norah Jones en hy besef daar is 'n deel van haar wat niemand ooit sal kan besit nie. Dis daardie deuntjie wat net sy kan hoor en dít maak hom weerloos en magteloos.

"Waarom kyk jy vir my?" Sy maak eindelik haar hand uit syne los en staan 'n tree weg.

"Watter antwoord wil jy hê?" Hy steek sy hande in sy broeksakke.

"Dat ek soos Karen Blixen in *Out of Africa* lyk."

"Nee, ek het gedink jy lyk werklik soos 'n kind wat die eerste keer by 'n sirkus kom," verdraai hy so effens die waarheid.

"My familie het ook nie daaraan geglo om hulle geld op sirkusse te mors nie, so ek was nooit by een nie." Sy kyk hom meteens met 'n ernstige uitdrukking aan. "Moet ons die naweek werk of het jy my regtig sommer net saamgebring om te ontspan?"

"Jy mag die hele naweek op die stoep sit of in jou bed lê of my geselskap hou, net wat jou hart begeer. Dis deel van my jammer sê oor die dinge wat ek kwytgeraak het."

"Ek is skielik bly jy het dit gesê, anders het ek dalk nooit hier gekom nie," laat sy oor haar skouer hoor toe sy haar op die stoep gaan tuismaak.

Ben kom vra of hulle iets wil drink. "Gin en tonic, asseblief," bestel Rebecca. "Ek het êrens gelees dit keer dat die malariamuskiete jou steek," verduidelik sy ernstig toe Julian haar vraend aankyk.

"Dan sal dit eerder help as jy die tonic alleen drink. Dis die kinien in die tonic wat help met die weerstand. Die gin beteken absoluut niks."

"Wie drink nou skoon tonic?"

Ben bring hulle drankies stoep toe en Rebecca raak stil terwyl sy na die ondergaande son sit en kyk. Toe draai sy na Julian.

"Ek het so pas besef wat jy met jou lewe sou doen as jy nie Julian Hoffman was nie. Jy sou hier kon bly. Deep down inside is jy eintlik 'n redelik eenvoudige mens. Mense sien jou as hierdie James Bond-figuur, maar eintlik wil jy ook maar net Tarzan wees."

"Het jy my nou sommer in vier sinne opgesom en uitgesorteer? Jy is werklik fenomenaal."

"Is ek verkeerd?" daag sy hom.

"Dis darem nie so eenvoudig nie. Dis eerder die twee pole van my geaardheid. Ek kry net nie genoeg tyd om hierheen te kom nie."

"Jy is dit aan jouself verskuldig. Jy het 'n totale gedaanteverwisseling ondergaan vandat ons hier aangekom het."

Dit raak stil tussen hulle en al geluid wat hoorbaar is, is die voëls wat kwetterend neste toe vlieg vir die nag.

"Ek kan skaars glo daar bestaan plekke soos hierdie," sê

Rebecca nadenkend. Die volgende oomblik klink 'n redelik veraf getjank op en sy spring meteens uit haar stoel op. "Was dit 'n leeu?"

Julian moet keer om nie te lag nie. "Dit was 'n jakkals."

Sy gaan sit weer. "Waarom tjank hy?"

"Hy soek waarskynlik 'n maat vir die nag."

"Ook maar 'n hedonistiese spul hier in die bos." Sy knik dankbaar toe Ben kom vra of sy nog 'n drankie wil hê. Toe sy sien Julian kyk na haar, glimlag sy verdedigend. "'n Mens waag nie kanse met malaria nie."

Hy skud sy kop asof hy moed opgee en dan onthou hy wat hy wou sê. "Dis maar presies wat in die stad ook aangaan. Hulle tjank net nie, maar die bedoelings bly dieselfde. As jy saans in die kuierplekke instap, is daar ook maar 'n groot persentasie wat net daar is om na 'n maat vir die nag te soek."

"Wanneer het jy kastig tyd om in kuierplekke rond te hang sodat jy sulke aannames kan maak?"

"Ek hoef nie daar uit te hang om dit te weet nie."

"Het jy al 'n meisie net vir een aand in 'n kuierplek opgetel?" Tussen haar oë lê 'n duidelike frons.

"Nee."

"Moet ek jou nou glo?"

Sy blik rus reguit in hare. "Jy kan glo wat jy wil, ek sê vir jou wat die waarheid is."

"Glo jy nie aan one-night stands nie?"

Hy kyk ver uit oor die bosse aan die ander kant van die rivier. "Ek verkies om iemand eers te leer ken. Ek hou nie van verrassings nie."

"En al die poppe wat die laaste tyd aan jou arm geparadeer het? Wil jy vir my sê jy het hulle soos 'n soet seuntjie by die huis afgelaai en in jou eie bed gaan slaap?"

"Dié wat saam met my was, ja. Die meeste is sommer net kennisse saam met wie ek afgeneem is."

"Doktor Julian Hoffman, the patron saint of women's virtues," spot sy met 'n wye glimlag. Dis moeilik om te glo nie een van daardie meisies het hom in die bed probeer kry nie. Dis byna verregaande.

"En jy, miss Fagan? Glo jy aan kitsplesier?"

"Ek weet nie eens meer hoe jy die woord plesier spel nie, wat nog te sê kits. Hierdie tipe werk en lewe het nogal 'n uitwerking op 'n mens se sosiale lewe." Sy kou 'n ysblokkie fyn en beduie eers weer opgewonde toe daar in die laaste lig nog 'n olifant uit die bosse aan die oorkant gestap kom.

"Jy het nog nie my vraag geantwoord nie." Sy blik is ook op die olifant wat met 'n stadige swaaibeweging teen die rivierwal afkom.

"Na Gert was daar nog nooit weer iemand anders nie." Sy weet nie waarom sy dié brokkie nuus met hom gedeel het nie en sy voel hoe haar wange warm word.

"Miskien is dit omdat jy nog iets vir hom voel." Julian se stem het 'n versigtige klank, asof hy nie seker is of hy dit 'n stelling of 'n vraag moet maak nie.

"Nee, ek mag oor baie dinge in die lewe dalk nie seker wees nie, maar dis iets waaroor ek nie twyfel nie."

"Nou sê jy my eers dat daar dinge is waaroor jy nie seker is nie en dit nadat jy my vir maande laat glo het jy is Einstein se suster," spot hy met iets soos verligting in sy stem.

Op daardie oomblik kom steek Ben die vuur aan en dan word daar bamboeslanterns op 'n paar plekke teen die draad aangesteek.

"Hoeveel meisies het jy al hier verlei?" Rebecca kan nie ontslae raak van die droomgevoel wat sy al van hulle aankoms af ervaar nie. As sy om haar kyk na die skemerte wat oor die bosse lê, as sy luister hoe die vreemde naggeluide van die bos besig is om te ontwaak, as sy sien hoe die vlamme in en oor die groot stompe lek en sy ruik die aardse reuk van die strooidakke, kan sy haar nie indink dat hy altyd alleen hierheen kom nie.

"Ek moet êrens 'n plek hê waar my lewe ongekompliseerd kan wees."

Rebecca probeer nie eens haar verbasing wegsteek nie. "Jy

wil tog nie hê ek moet glo jy het nog nooit 'n meisie hierheen gebring nie!"

"Angela het altyd gesê as hier die dag elektrisiteit en selfoonontvangs is, sal sy saamkom." Hy wil-wil glimlag. "Freud sou seker gesê het dis waarom ek dit nooit hier wou toelaat nie."

"Wat is tussen julle aan die gang? Nadat ons uit New York teruggekom het, het ek haar nog nie weer gesien of van haar gehoor nie. Is julle besig om mekaar jaloers te maak of het julle maar so 'n oop verhouding?"

"Ek en Angela het saam grootgeword. Ons ma's is beste vriendinne. Dit was so maklik, maar nou het ons grootgeword en daar is 'n paar ander dinge op die spel as net nog 'n matriekafskeid en 'n bal waarheen een van ons moet gaan."

"Ek weet nie veel van die liefde af nie, maar ek neem aan as 'n mens vir iemand lief is, maak jy toegewings vir verskille en dinge wat nie altyd na jou sin is nie."

Julian staar 'n lang oomblik in die vuur. "Ek het 'n vermoede ek en Angela was 'n klassieke geval van 'n gerieflike verhouding wat ons albei in 'n stadium gepas het."

"Vir wie pas dit nou nie meer nie?" Rebecca begin koud kry, maar sy wil nie nou die gesprek onderbreek nie.

"Ek het agtergekom ek soek iets meer as gerief. Hoe vreemd dit ook al klink. Jy het eendag gesê sy is gebore om 'n goeie vrou vir my te wees. Ek wil van jou verskil. Sy is gebore om vir 'n man in my posisie 'n goeie vrou te wees. Ek sal graag vir die vrou met wie ek eendag saamleef iets meer as 'n posisie wil wees." Hy staan skielik op en rek homself met 'n sug uit. "Nou klink ek regtig pateties jammer vir myself."

Rebecca wens sy kan 'n grap maak. Iets soos dat sy hom sal help soek na die regte vrou, maar sy weet dat 'n groot deel van die ware Julian in sy woorde opgesluit lê en sy wonder weer waarom sy van die begin af hierdie vreemde hartseer in hom kon aanvoel. Hy het sy oupa se onafhanklike gees geërf, maar ongelukkig leef hy nie in Marcus se wêreld nie.

277

Sy staan op en gaan haal 'n baadjie in haar kamer. Sy wens sy kon hom help, maar sy kan haarself nie eens help nie. Sy is ook maar soos die jakkals wat dikwels tevergeefs na 'n maat smag.

Rebecca lag spottend toe sy buite kom en sien dis Julian wat die vleis braai. "As dit 'n poging is om jou manlikheid te bewys, laat ek jou gerusstel: ek sal jou glo as jy sê jy is 'n man. Dis nie nodig om vanaand die plek af te brand net om my te oortuig nie."

"Ek wou nog my Tarzanpakkie aangetrek het, maar dis bietjie koud. Aan die ander kant, as ek jou van my manlikheid wil oortuig, sal ek nie vleis braai nie."

"Ek dink ek moet eendag jou biografie skryf. Dit titel kan wees: *The James Bond who turned Tarzan* of dalk: *James and Tarzan . . . the one shaken, the other one stirred.*"

"Weet jy dat niemand anders, behalwe Stephen en Brenda, sulke bisarre gesprekke met my voer nie. O ja, en die ander twee van ons viermanskap wat saam op universiteit was."

"Waarom het ek hulle nog nooit gesien nie?" Sy is skielik vreemd gelukkig om te weet hy het nog vriende vir wie hy net Julian is.

"Die een woon in die Paarl en die ander een boer in Robertson. En voor jy vra, ja, jy sal van hulle hou."

"Hoe het jy geweet ek gaan dit vra?" Sy hou haar glas dat hy vir haar 'n bietjie rooiwyn kan inskink.

"Want, my liewe Rebecca, ek ken jou baie beter as wat jy ooit sal erken."

"Dis nie moeilik nie, ek sê dan presies wat ek dink en ek lieg nooit."

Ben kom dek vir hulle 'n tafeltjie langs die vuur en bring 'n groot bak slaai en 'n tuisgebakte brood uit.

"Herinner my dat ek jou later iets vra," sê Julian terwyl hy die rooster omdraai. "Aangesien jy jou mos nou so op jou eerlikheid roem."

"Waarom vra jy dit nie nou nie?" Sy woorde veroorsaak

vir 'n oomblik 'n effense angstigheid by haar, maar sy besluit dis haar verbeelding. Sy hoef hom nie te antwoord as sy nie wil nie.

"Ek is bang jy steek my met 'n mes as ek jou vra terwyl ons eet."

Hy haal die vleis van die vuur af en gooi nog 'n groot houtstomp op. Die vonke maak klein vuurwerkies.

Dis stil terwyl hulle eet. Julian is in sy eie gedagtes versonke terwyl hy Rebecca onderlangs dophou. Die gedagte dat sy hier oorkant hom sit, is so vreemd dat hy kort-kort voel of hy droom.

Rebecca luister na al die vreemde naggeluide en wonder of sy ooit weer hier sal kom. Sy is 'n stadskind. Gebore en getoë op teerstrate en in uitlaatgasse. Sy ken die stad se geluide so goed soos haar eie hartklop. Sy is hartstogtelik lief vir die stad. Van die straatkinders tot die muedzin wat vanuit die minaret vyf maal 'n dag oproepe tot gebed doen. Die Kaap is in haar bloed, maar hierdie vreemde wêreld gryp haar verbeelding aan en maak haar sinne wakker. Sy kan begryp waarom Julian alleen hierheen kom. En dit laat haar skielik wonder waarom hy haar saamgebring het.

"Ek het vir jou ook 'n vraag," laat sy hoor toe hulle die borde kombuis toe geneem het en weer langs mekaar by die vuur gaan sit. "Waarom het jy my saamgebring as hierdie jou alleenplek is?"

Hy antwoord haar nie dadelik nie en na 'n ruk kyk sy effens verbaas na hom. "Het jy my nie gehoor nie of ignoreer jy my doelbewus?"

"Ek wonder watter antwoord ek vir jou moet gee."

"Waarom nie sommer net die regte rede nie?"

"Ek dink nie jy wil dit hoor nie."

Rebecca se glimlag verstil en sy raak bewus van 'n koue windjie wat meteens opgesteek het, hoewel die bome se takke kwalik roer.

"Wil jy vir my sê jy fire my?" probeer sy die vrees weggrap.

"Dis dalk nie 'n slegte plan nie. Dit behoort dinge aansienlik minder gekompliseerd te maak," antwoord hy sonder om na haar te kyk.

Rebecca weet sy moenie vra nie, dis soms beter om nie te weet nie, maar op die ou end kan sy haarself nie keer nie.

"Ek verstaan nie wat jy bedoel nie en ek is ook nie seker of ek wil weet nie." Sy tel 'n stok op wat langs die vuur lê en begin daarmee in die kole krap.

"Ek dink jy het 'n goeie idee, maar soos met baie dinge, verkies jy om dit te ignoreer." Hy hou haar deur vernoude oë dop en sien hoe 'n rooi gloed vanuit haar nek opstyg en haar wange pienk kleur. Dis so vreemd om haar te sien bloos dat hy homself moet keer om nie aan haar wange te raak nie.

Sy gee 'n kras laggie. "As hierdie gesprek enigsins iets met ons twee te doen het, stel ek nie belang om verder te praat nie."

"Ons hoef nie nou daaroor te praat nie; ek wil net hê jy moet een vraag vir my beantwoord." Hy wag nie dat sy vra wat die vraag is nie. "Is dit my verbeelding dat daar iets meer tussen ons is?"

"Meer as wat?" laat sy effens te hard hoor. "Jy klink nou soos die winkels wat met 'n uitverkoping adverteer dat iets tien persent goedkoper is. Tien persent goedkoper as wat?"

"Tien persent goedkoper as die normale prys," antwoord hy met lagplooitjies langs sy oë. Hy moes geweet het sy gaan hom nie sommer 'n reguit antwoord gee nie.

"En as jy vra of daar meer tussen ons is, wat beteken dit? Wat is in hierdie geval die gewone?"

" 'n Werksverhouding." Sy oë speel wegkruipertjie agter sy wimpers en tussen die lagplooitjies.

"Ons sien mekaar sekerlik baie meer as wat jy van die ander werknemers sien, so — ja, ons het waarskynlik meer as net 'n gewone werksverhouding."

Julian gee 'n diep rammellag. "Dis jammer jy het nie 'n regsberoep gekies nie. Jy sou fenomenaal in die hof gewees het. Jy kan lekker met woorde speel."

"Jy het my 'n vraag gevra en ek het jou 'n eerlike antwoord gegee." Haar blik bly vasgenael op die stok in haar hand.

"Rebecca, kyk vir my."

Hy moet 'n hele rukkie wag voordat sy opkyk.

"Ons is albei intelligente mense wat weet wat ons wil hê. Ek maak nie 'n gewoonte daarvan om verhoudings met my personeel aan te knoop nie, of selfs gevoelens vir hulle te ontwikkel nie. Ek is net so onkant betrap as jy. Dis ook nie my plan om jou nou skielik te bespring of allerhande eise te stel nie. Ek sal graag net die geleentheid wil hê om uit te vind wat tussen ons is." Hy bly stil asof hy haar wil kans gee om iets te sê, maar toe sy weer met die stok in die kole begin krap, sug hy half moedeloos. "Ek het altyd op jou eerlikheid staatgemaak en noudat ek dit die nodigste het, nou laat dit my in die steek."

Rebecca gooi die stok eenkant toe, staan op en stap tot aan die ander kant van die vuur. Dis asof sy die muur van vlamme tussen hulle nodig het vir wat sy nou gaan sê.

"Natuurlik weet ek daar is iets tussen ons aan die gang! Ek is nie 'n moroon nie, maar ek verkies om dit te ignoreer omdat ek weet daar kan niks van kom nie, en ek het ook al geleer as jy gevoelens lank genoeg ignoreer, sal dit weggaan of makliker raak om te hanteer." Haar stem klink ongekend ergerlik en dit lyk of die vlamme saam met haar woorde dans. Asof haar asem hulle laat beweeg. Haar blik rus uitdagend in syne. "Is dit eerlik genoeg vir jou?"

"Ja, dankie. Nou moet jy net vir my verduidelik waarom jy so seker is daar kan niks van kom nie."

"Hoeveel redes wil jy hê?"

"Is daar meer as een?" Hy trek sy vingers deur sy hare. "Sjoe, begin dan maar by die belangrikste rede."

"Jy is Julian Hoffman. Dit is die hoofrede en sommer tegelykertyd 'n opsomming van al die ander."

"En as ek my naam na Jan Hofmeyr laat verander? Sal dit help?" Sy oë spot haar nou.

281

"A rose by any other name . . . jy ken dit tog. Jy kan jou naam na Gotlieb van Tonder toe ook laat verander, dit sal nie help nie. Ek is nie jou tipe nie en ek vermoed die enigste rede waarom jy tot my aangetrokke voel, is omdat ek anders as die ander meisies is wat jy gewoonlik uitneem." Haar lyf en hande beweeg asof in 'n dans saam met die vlamme.

"So jy het alles klaar uitgewerk en ek het geen sê in die saak nie?" Hy maak homself meer gemaklik op die stoel en strek sy bene lankuit voor hom.

"Is daar enigiets wat ek gesê het waarmee jy nie saamstem nie?"

"Ja, daar is terloops 'n paar dinge waaroor ek kan verskil, soos byvoorbeeld dat my naam 'n probleem is. Ek kan nie help wie ek is nie. Tweedens, hoe weet jy wie my tipe meisie is en derdens, hoe weet jy dit sal nooit werk as jy dit nie 'n kans gee nie?"

"Die probleem is nie jou naam nie. Ek pas nie in jou wêreld nie. Ek kan nie eens een aand saam met jou vriende eet sonder om my te vererg nie!"

"Nie vriende nie, sakekennisse," help hy haar stil reg en sy maak 'n swaaibeweging met haar arm.

"Noem hulle wat jy wil. Daardie tipe lewe staan my nie aan nie."

"Rebecca . . ." Hy hou sy hand op om haar woordvloed te stop. "Raak rustig. Jy is besig om na strooihalms te gryp en dit gaan nie help nie."

"Dit sal nooit werk nie." Sy skop-skop met haar skoen se punt teen die braaiplek.

"Rebecca, as dit nie werk nie, het ons niks verloor nie. Ek gaan jou nie skielik afdank of ons werksverhouding versuur nie. Ek dink ons albei is verhewe bo sulke kinderagtigheid."

"En wie gaan besluit of dit werk of nie?" Haar oë trek skrefies in die rook wat skielik na haar kant toe gewarrel het.

"Dit maak nie saak nie."

"Ek sal daaroor dink," laat sy afgetrokke hoor.

Julian staan op en toe Rebecca sien hy stap om die vuur na haar toe, kry sy die kinderlike behoefte om vir hom weg te hardloop, maar dis baie donker en sy weet nie op die oomblik waarvoor sy die bangste is nie. Toe hy by haar kom, neem hy haar gesig in sy hande en sy blik is ernstig toe hy na haar kyk.

"Daar gaan niks met jou gebeur nie. Ons twee gaan mekaar leer ken. Jy mag besluit wat jy wil doen en wat nie. Verstaan jy dit?"

Toe sy woordeloos knik, glimlag hy stadig. "Maar ek gaan jou nou soen omdat ek al van daardie eerste dag in die parkeergarage af gewonder het hoe daardie mond van jou proe."

Sy mond sluit oor hare en vir Rebecca voel dit of alles om haar tot stilstand kom. Vrese wat soos skimme maande lank in haar onderbewuste geleef het, spring nou orent. Hy proe so bekend. Sy ken die buitelyne van sy mond en sy sug onwillekeurig. Sy het nog altyd geweet hy sal lekker soen. Maar wat sy nie geweet het nie, is dat 'n soen haar soos 'n hongere sal laat reageer. Dat sy meer sal wil hê. Dat sy met haar mond sy gesig ook sal wil verken. Daardie plooitjies langs sy mond en oë. Maar dan word haar goedgeoefende oorlewingsdrang wakker en haar hande lig en sy strengel haar vingers deur sy hare en sy soen hom terug. Haar mond beweeg stadig onder sy lippe en toe hy teen haar mond kreun, glimlag sy tevrede.

Hy lig sy kop en sy oë is baie donker. Rebecca bly staan so teen hom. "Miskien wou ek ook van die eerste dag af gevoel het hoe jy soen," verduidelik sy met 'n stem wat net 'n bietjie té hees klink. Nie naastenby so in beheer van haarself as wat sy wou klink nie.

Hy druk sy hande in sy sakke en glimlag 'n stadige, lui glimlag. "Nag, Rebecca."

Sy lig net haar hand in 'n groet toe sy met die stoep langs kamer toe stap. Sy is dankbaar hy kan nie die bewing in haar sien nie.

Sy hoor hom later sy kamerdeur oopmaak en sy lê en kyk hoe sy bewegings skadu's teen die dak gooi. En dan hoor sy hoe hy die lamp doodblaas en dis skielik vreeslik donker. Sy wil haar eers aan daardie kindertydse vrees oorgee, maar sy besluit om net rustig asem te haal. Sy is nie alleen nie.

Terwyl sy so lê, hoor sy weer 'n jakkals tjank en sy kan nie help om 'n opmerking te maak nie: "Foeitog, dink jy dis dieselfde jakkals wat nou nog soek?"

"Wie sê dit was 'n jakkals?" kom sy stem uit die donker. "Dit was dalk ek."

"Jy het my onder valse voorwendsels hierheen gebring," beskuldig sy, maar om haar mond plooi 'n glimlag.

"Ek het, ja."

"Is jy nie eens skaam daaroor nie?"

"Nee."

Rebecca glimlag onseker in die donker. Hy is dalk 'n meer gedugte opponent as wat sy gedink het.

28

Nuuskierigheid dryf Rebecca vroeg die volgende oggend op die stoep uit. Sy word met 'n paar wildsbokke en 'n klein trop buffels by die watergat vergoed. Sy leun oor die stoepreling en haal diep en stadig asem. Die oggendlug is vars en sy vryf oor haar arms. Sy het net 'n hemp bo-oor haar slaap-klere gegooi toe sy 'n geluid buite gehoor het. Die lug is rosig pienk in die ooste en in die bome ontwaak die voëls met 'n oorverdowende gekwetter. Sy skrik toe 'n paar blouapies hier reg voor haar uit 'n boom spring en nuuskierig nader aan die heining kom.

Haar aandag is so vasgenael op die toneel voor haar dat sy ruk soos sy skrik toe sy skielik van 'n lyf agter haar bewus raak.

"Goeiemôre," groet Julian terwyl sy hande weerskante van haar op die reling rus.

Rebecca kan sy asem in haar nek voel en sy ril liggies. Hy maak sy baadjie oop en vou haar voor hom daarin toe. Sy lyf is warm teen hare. Warm en gespierd, en sy wonder wanneer laas het sy so naby 'n man gestaan.

"Ek was so nuuskierig dat ek nie aan 'n baadjie gedink het nie," verduidelik sy ingedagte terwyl sy hoop sy hande bly om haar middel en skuif nie hoër nie, want sy het nog nie 'n bra aan nie en die koue laat haar tepels pynlik saamtrek. Of mis-kien is dit ook nie die koue nie, spot 'n stemmetjie.

"Ek gee nie om nie." Sy ken rus op haar kop en al wil sy wegdraai, kry sy dit nie reg nie. Net nog 'n oomblik, praat sy haarself aan, maar haar lyf luister lankal nie meer nie. Haar lyf wil hier teen hom staan, besef sy. Haar lyf is besig om haar mond te verraai.

"Het jy lekker geslaap?" Sy stem is diep en lui.

"Nee. Ek het nagmerries gehad en jy was in almal."

"Ten minste droom jy van my."

Sy draai haar kop net effens om iets te sê en hy druk onverwags 'n soen in haar hare.

"Is jy besig om my te probeer verlei?" vra sy met 'n lyf wat op die oomblik verraderlike genot ervaar.

"Is jy verleibaar?"

"Hoe kan enige vrou jou weerstaan?" spotlag sy.

"Ek gaan maak of ek nie daardie spot gehoor het nie." Hy trek haar stywer teen hom vas. "Ek gaan nice wees en jou warm hou, want ek kan voel jy kry koud."

Rebecca is seker hy weet sy het nie onderklere aan nie en sy begin haar uit sy arms losdraai. "Dan beter ek my warmer gaan aantrek."

"Ek gee nie om nie." Hy kyk haar openlik agterna en sy vou haar arms voor haar bors.

Na ontbyt neem Ben hulle met die safari-jeep om te gaan wild kyk. Rebecca kan beswaarlik stilsit soos sy rondkyk.

"Ek gaan in die vervolg sorg dat jy meer dikwels hierheen kom," laat sy beslis hoor toe sy eenkeer na Julian kyk en die ontspanne tevredenheid op sy gesig en in sy lyf sien.

"Sal jy saam met my kom?" Sy arm rus gemaklik agter haar op die sitplek se leuning.

"Ek is 'n stadsmens. Ons soort is nie gemaak vir die bosse nie," glip sy onder die vraag uit.

"Jy mag 'n stadsmens wees, maar jy is mal oor hierdie plek. Ek kan dit op jou gesig sien. En moenie probeer stry nie."

"Dis net so anders," beduie sy om hulle. "Ek het byvoorbeeld nie eens geweet 'n mens kan soveel van die hemelruim sien nie. En het jy gisteraand al die sterre gesien? Ek wonder of die sterrekundiges ooit weet van plekke soos dié waar hulle al die sterre kan sien."

"Ek is seker hulle weet dit darem," antwoord hy met 'n geduldige glimlag.

Sy klik haar tong en stamp hom in die ribbes met haar elmboog. "Jy spot met my."

Julian trek haar nader en druk 'n soen in haar hare. "Ek sal nooit met jou spot nie. Dis net so vreemd om iemand te sien wat nog opgewonde oor iets kan raak."

Sy bly sit so teen hom. Aan die een kant omdat sy wil en aan die ander kant omdat sy te lui is om weer weg te skuif. Die rede maak op die oomblik nie juis saak nie. Sy vingers begin in haar nek met haar hare speel en Rebecca sug byna hoorbaar.

Na 'n laat middagete strek sy haar op een van die rusbanke op die stoep uit terwyl Julian in die stoel langs haar sit-lê en tot haar verbasing 'n boek begin lees.

"Ek het nie geweet jy lees nie."

"Het jy nie geweet ek is lief vir lees nie of het jy nie geweet ek kan lees nie? Daar is nogal 'n verskil."

"Doktor Hoffman, ek het nie geweet jy is lief vir lees nie," laat sy formeel hoor.

"Hoe kan jy my soen en my dan nog steeds 'doktor' noem?" Sy hand rus op haar kop en hy draai ingedagte haar hare om sy vingers.

"Korreksie! Jy het my gesoen."

"En jy het my nie teruggesoen nie?"

"Nie wat ek van weet nie."

"Hm . . . kom ons los dit maar daar. Ek is te lui om met jou te argumenteer."

Rebecca se oë bly toeval, maar uit nuuskierigheid loer sy kort-kort of daar nie diere by die watergat is nie. Uiteindelik neem die vaak oor en sy raak aan die slaap.

Die oomblik toe sy aan die slaap raak, kom Julian dit dadelik agter, en soos in die vliegtuig, sit en kyk hy onbeskaamd na haar. Dit bly vreemd om haar so stil te sien. Hy kyk na haar wimpers wat soos donker waaiers onder haar oë lê, haar mond wat ontspanne lyk en selfs in haar slaap in 'n effense glimlag geplooi is.

In sy relatiewe kort tyd by Hoffman's het hy al 'n paar maatskappye oorgeneem, maar hy het 'n vermoede hierdie projek gaan loshande die moeilikste van sy lewe wees. Hy het niks wat hy haar kan aanbied nie. Soveel aardse besittings soos hy het, so arm is hy as hy voor haar staan. Die enigste troos wat hy op die oomblik het, is die gemaklikheid waarmee haar lyf op hom reageer. Hy weet nie of hy 'n geveg met haar kop gaan wen nie. En hy pas ook nie in 'n rugsak nie, so hy sal ander maniere moet bedink om haar te oorwin.

Sy beweeg liggies in haar slaap en hy gaan haal 'n kombers en gooi dit oor haar.

Dit sal soveel makliker wees om van haar te probeer vergeet. Maar dis nie meer moontlik nie. Hy weet nie of dit ooit ná die eerste ontmoeting 'n moontlikheid was nie. Sy het letterlik en figuurlik daardie dag sy lewe ingestap en daar was niks wat hy daaraan kon doen nie.

"Jy weet niks het ooit maklik vir my gekom nie," praat sy skielik en hy dink eers sy praat in haar slaap, maar dan kom sy effens orent en hy sien sy is wakker. "En ek vermoed dis waarom ek ons twee ook nie vertrou nie. Dis net te maklik. Dit was van die begin af net te maklik. En dit terwyl ons soos die son en die maan verskil. 'n Mens sou dit seker nog kon verstaan het as ons dieselfde was, maar ek dink die Noord- en die Suidpool is nader aan mekaar as ons twee. Is daar nie iets aan hierdie scenario wat jou ook effens bekommerd maak nie?"

"Nie so bekommerd dat ek nie bereid is om 'n kans te waag nie."

Sy sit regop en stryk haar hare plat. "Ek vertrou nie 'maklik' nie." Haar stem klink veraf asof sy met haarself praat.

Julian gaan sit langs haar op die bank en trek haar onder sy arm in. "Jou probleem is dat jy te veel dink. Los nou eers die pole en die hemelliggame en kyk hoe die diere na die watergat toe kom."

Sy bly sit met haar kop teen sy skouer en saam kyk hulle hoe die diere uit die skemerte aangestap kom. Sommige alleen, ander in pare en nog ander in troppe.

"Ek sal dit haat as my man sulke romantiese naweke saam met sy persoonlike assistent het," laat sy ingedagte hoor en hy lag teen haar voorkop.

"As jy my vrou was, sou ek nie vanaand saam met my persoonlike assistent hier gewees het nie."

"A, jy praat so maklik. Die regte lewe is nie so idillies nie. As sy mooi en gewillig is en jou vrou sit met 'n baba by die huis . . ."

Julian lig haar gesig en dan fluister hy teen haar lippe: "Sjjjt . . . daar is niemand by die huis met 'n baba nie en as daar iemand was, sou ek nie hier gewees het nie. Hou op spoke sien." Hy vryf met sy duim oor haar mond en Rebecca wonder of hy weet wat hy aan haar lyf doen. Sy het 'n konstante geveg met haarself aan die gang.

Ben kom steek later weer die vuur aan, maar vanaand maak hy kos in 'n swart pot op die vuur en hulle eet by die tafel op die stoep. Toe die eerste jakkals tjank, kyk hulle na mekaar en begin gelyktydig lag.

"Dink jy hy soek vanaand iemand anders?" wil sy met 'n giggel weet. "Miskien het dit gisteraand nie so goed gegaan nie."

"Of miskien soek hy weer dieselfde een."

Sy skud haar kop. "Ek twyfel. Mans hou van 'n verskeidenheid."

"Weet jy, Fagan, vir iemand wat beweer sy was jare laas saam met 'n man, het jy darem baie teorieë oor mans."

"'n Mens hoef nie met hulle uit te gaan om te weet hoe hulle koppe werk nie." Sy sit selfvoldaan agteroor. "Dis soos ek gisteraand vir jou gesê het, jy is op die oomblik tot my aangetrokke omdat ek anders is. Hulle beweer enige verandering is so goed soos 'n vakansie en dalk het jy maar net op die oomblik 'n vakansie nodig."

"En waarom is jy tot my aangetrokke?" Sy blik hou hare oor die tafel gevange en sy lag skalks.

"Miskien is ek net agter jou lyf aan."

Hy maak sy arms oop. "Hier is hy. All yours. Waarvoor wag jy?"

Rebecca se wange raak warm en sy lag. "Dit was 'n grap. Ek sal waarskynlik nie eens meer weet wat om met 'n man se lyf te doen nie."

"Ek is 'n geduldige leermeester as jy 'n proefkonyn soek om jou skills op te knap."

"Ek sal beslis verkies om op iemand met minder ervaring te oefen, dankie." Sy rem aan haar baadjie se rits, want dis skielik warm hier waar hulle sit.

Gelukkig kom haal Ben die borde en Rebecca verskuif na een van die rusbanke op die stoep. Die tafel is eenvoudig te na aan die vuur.

"Vertel my van jou vriende," verander hy onverwags die onderwerp toe hy langs haar op die bank kom sit. "Ek het nou die aand die gevoel gekry dáár is ook genoeg intrige om 'n boek te skryf."

Rebecca begin van haar en Irene se jare lange verbintenis vertel. "Ons was saam op skool en as dit nie vir haar familie was nie, sou ek dit seker ook nie aldag gemaak het nie. Hulle was maar die aanmoedigers en dié wat drukkies uitgedeel het as dit swaar gegaan het. Ek en William het mekaar op universiteit ontmoet. Hy het B.Rek. geswot, maar dit was altyd sy droom om eendag sy eie musiekwinkel te hê. Irene het modeontwerp in Kaapstad gedoen maar dikwels naweke op Stellenbosch kom kuier. En dis waar sy en William mekaar een aand raakgesien het. Ek dink dit was belusting van die eerste ontmoeting af, maar ai, hy het net nie by haar idee van 'n boyfriend gepas nie en in daardie stadium was hy ook nie bereid om enige toegewings te maak nie. Nie wat hare, klere of leefstyl betref nie. Hulle probeer nou al 'n paar jaar om daardie goue middeweg te vind, en ek dink hulle is nou vir die eerste keer besig om dit reg te kry. Miskien omdat hulle ook nou al ouer is en die kaf en die koring van mekaar kan skei."

Julian is bly hy het haar oor haar vriende gevra. Haar senuagtigheid van 'n rukkie vroeër is weg en sy beduie ontspanne met haar hande, terwyl haar oë geamuseerd blink onderwyl sy almal se stories vertel.

"En Deborah is ook maar tipies soos vroue wat verwag dat die prins op 'n wit perd sal wees. Die arme Pierre was blykbaar al die tyd een van dié wat op 'n swart perd ry en daarom het sy hom nie herken nie. Ek dink ook sy het net nooit nice mans vertrou nie. Sy was meer gerus om met bliksems uit te gaan, want dan het sy minder verwag. Maar sy geduld is besig om vrugte af te werp, soos jy kan sien. Sy spin omtrent soos 'n klein katjie as hy naby is."

"En waarop gaan jou prins ry?" wil hy met lagplooitjies om sy oë weet.

"O hel, seker op 'n dinosourus of so iets bisars."

"Dit beteken ten minste dan dat jy hom sal herken," spot hy. "Ek dink min meisies verwag hulle prins op 'n T. Rex."

Haar gesig versober merkbaar. "Dis nie maklik om te erken nie, maar ek weet jy weet ek het issues."

Hy trek sy skouers op. "Wie van ons het nie issues nie?"

Dit raak ineens baie stil. Toe praat Rebecca.

"Ek het in my en Gert se finale jaar swanger geraak. Dit was net voor die eindeksamen. Ek kon dit nie vir hom sê nie en ek het niemand anders gehad om na toe te gaan nie. Teen daardie tyd het ek my familie selde gesien. Ek het gebel wanneer daar 'n verjaardag was, maar dit was soos 'n stroompie wat geleidelik net opgedroog het. Hulle was nie 'n opsie nie."

Soos die dag toe sy dit vir Deborah vertel het, hop haar

woorde soos 'n bal tussen hulle en sekondes later is nie een van hulle seker sy het dit wel gesê nie. Julian soek na woorde, maar dan begin 'n vae deuntjie in sy kop vorm aanneem. En saam met die deuntjie sien hy haar die eerste dag in die parkeergarage. Hy sien haar ongeërg wegstap. Hy sien haar in sy kantoor, besig om iets met haar lyf en hande te verduidelik, maar altyd daardie ongeërgdheid oor haar lyf. Hy onthou hoe sy gelyk het toe sy besig was om in haar kombuisie vir hulle kos te maak. Altyd op maat van 'n onhoorbare tempo en deuntjie, en onbewus van haar lyf.

Sy gee 'n skewe glimlaggie en begin om vir hom die storietjie van Pooh en Tigger te vertel. "Ek wil hê jy moet weet ek is nie as kind mishandel nie; ek dink my ma se suster het gedoen wat sy kon, maar ek wou altyd meer hê. Ek vermoed ek is gebore met 'n behoefte om te behoort."

Hy wil vir haar sê almal het daardie behoefte, maar hierdie is haar storie. Ander se behoeftes en begeertes is nou eers irrelevant.

"Bernie het my kliniek toe geneem, ek het my oë toegemaak en toe dit verby was, saam met hom huis toe gegaan. Hy het vir my warm tee gemaak en ek het die nag by hom geslaap. Die volgende dag moes ek begin swot vir die eksamen." Sy kyk op in sy oë. "Dis die feite. Gert weet nie en ek wil nie hê hy moet ooit weet nie. As ek genoeg konsentreer, kan ek myself seker verbeel dit het nie gebeur nie. Maar dis ongelukkig nie so maklik nie. My lyf het herstel, maar daar het vrese gebly waaraan ek niks kan doen nie. Ek het bang geraak vir myself, vir my behoeftes en vir verlies, selfs banger as wat ek alreeds na my ouers se dood was." Sy maak 'n draaibeweging met haar arm en glimlag effens verlate. "Gooi al hierdie feite en emosies en vreemdhede bymekaar, roer dit goed en jy sit met my. 'n Vrou van amper ses en twintig wat verkies om uit 'n rugsak te leef, nie te lank te bly sodat daar wortels groei nie en wat baie praat om die geraas in haar kop te probeer stilmaak. Lekker screwed up, nè?"

Julian wonder hoe hy ure lange vergaderings kan hou en altyd weet wat om te sê en nou voel dit of daar 'n lugleegte in sy kop is. Hy het nie woorde vir haar nie, en ook nie troos nie. Hy kan nie vir haar sê hy is jammer nie, want hy vermoed dis die laaste ding wat sy wil hoor. Die enigste ding wat hy kan doen, is om haar nader te trek en haar teen hom vas te hou. Hy kan voel hoe sy liggies teen hom bewe, maar dit bedaar mettertyd en geleidelik merk hy hoe haar lyf ontspan.

"Ek sê weer: dis te maklik met jou." Haar kop rus ontspanne teen sy skouer. "Jy is nie veronderstel om te weet wat om te doen nie; te weet wat ek nodig het nie."

"Jy was ook nie veronderstel om te weet watter stryd ek met my oupa en my pa se skadu's oor my het nie en tog het jy dit dadelik geweet. Miskien beskik ons albei maar net oor die vermoë om agter die ander een se mure en skanse te sien."

"Jy het gisteraand gesê jy wil net die kans hê om te sien wat daar tussen ons is. Dit is waarskynlik 'n goeie beskrywing vir wat tussen ons is. 'n Heldersiendheid."

"Ek dink nie dis al nie." Sy mond rus teen haar voorkop en sy trek nie weg nie.

"Jou lewe is gekompliseerd genoeg. Soek vir jou iemand met minder bagasie, iemand wat nie bang is vir haar eie skaduwee nie."

"Is dit nie vir my om te besluit nie?"

Rebecca gee 'n meewarige laggie. "Jy weet nie altyd wat die beste vir jou is nie. Dis waarom ek daar is om namens jou te besluit."

"En wie mag namens jou besluit wat die beste vir jou is?"

"Ek is slim. Ek weet wat die beste vir my is. En dis nie om my lewe te kompliseer nie en glo my, jy is 'n komplikasie."

"As 'n mens vir elke komplikasie skrik, sal jy nie ver in die lewe kom nie," antwoord hy ligweg. "As jy nie daardie eerste dag verby die veiligheidswagte geloop het nie, het jy nooit die werk gehad nie."

Sy gee 'n hees laggie. "Ek het darem 'n plan B ook gehad.

As ek nie in die garage kon inkom nie, sou ek jou een aand by jou huis voorgelê het. Dis waarom ek die adres geken het."

Hy skud sy kop en wonder wat hy dalk in 'n vorige lewe verkeerd gedoen het om soveel pyn te verdien. Want om so met haar teen hom te sit en haar stem teen hom te voel vibreer, is onverdunde pyn. Om te weet hy moet haar laat gaan, voel of hy deur die hel self sal moet loop. Maar wat haar betref, het hy min keuses. Sy het gesê hulle moet eendag poker teen mekaar speel, maar hy het 'n vermoede hierdie is die finale spel, en die kaarte wat hy gekry het, lyk power.

Sy sit skielik orent en strek haar arms bo haar kop. "Ek moet nou gaan slaap."

"Wil jy nie koffie drink nie?" Sy arm voel leeg en daar waar sy teen hom gesit het, is meteens 'n koue kol.

Sy skud haar kop. "Die laaste ding wat ek vannag wil doen, is wakker lê. Ek het vanaand vir jou dinge vertel wat ek nie eens meer aan myself erken nie. Dis nogal scary om te weet hoe goed jy my na dese ken." Sy staan op en begin in die rigting van haar kamer stap.

"Ek het jou altyd geken . . . dis net die detail wat ontbreek het," roep hy agter haar aan.

Sy knik. "Dit maak dit nog meer scary."

Rebecca weet nie wat haar wakker gemaak het nie. Sy het vroeër met moeite haarself sover gekry om doodeenvoudig in die bed te klim en met 'n ysere wil haar gedagtes hok te slaan, en gelukkig het al die vars lug gemaak dat sy redelik gou aan die slaap geraak het.

Maar nou is sy wawyd wakker en in haar lê die bekende verlatenheid. Daardie stuk alleen waarvoor sy nie woorde het nie. Haar lyf is koud, al is die kamer lekker warm en al is daar genoeg komberse op die bed. Dis 'n koudheid wat niks met die temperatuur te doen het nie, weet sy. Sy gooi die beddegoed van haar af en stap kaalvoet deur toe. Die deur gly geluidloos oop en sy stap op die koue stoep uit. By die watergat is 'n paar skaduwees, maar sy kan nie uitmaak wat dit is nie. Dit maak ook nie saak nie. Sy soek net vars lug. Suurstof om haar brein weer helder te maak en haar onderbewuste te verdoof. Sy gee 'n paar diep asemteue, maar dis nie vannag so maklik om beheer oor haar lyf te kry nie. Nie hier waar die aarde asemhaal nie. Waar die jakkalse stil geword het nie.

Sy draai om en stap asof in 'n droom na die toe deur toe. Dit gly egter oop toe sy daaraan raak en sy stap geluidloos oor die klipvloer. Sy het die gordyne effens oopgelos sodat sy kan sien. Hy lê op sy rug, sy arms bo sy kop. Die duvet het afgeskuif en sy kan sien hy is kaalbolyf. Sy gee 'n tree nader en kyk op hom af, maar dit neem 'n hele rukkie voordat sy besef sy oë is oop.

"Jy is wakker . . ."

"Ek het vir jou gewag." Sy stem is stil in die donkerte. "Ek het jou deur hoor oopgaan."

Sy wil agteruit tree, maar sy hand sluit om hare en hy trek haar op die bed langs hom neer. Hy vryf oor haar arms. "Jy is yskoud." Met een beweging lig hy die duvet op en trek haar teen hom vas. Sy lyf is kaal en warm teen hare en sy voel 'n bewing diep in haar begin.

Hy begin haar egter saggies wieg, soos 'n mens met 'n baba maak, terwyl sy mond warm teen haar wang rus.

"Julian . . ."

Sy naam kom so onverwags oor haar lippe dat hy vir 'n oomblik eers stil is voor hy sy vinger op haar mond plaas. "Sjjjt . . ."

"Ek wou by jou wees . . . net vir vannag," praat sy by sy vinger verby.

Toe hy praat, is sy stem skor. "Ek wil by jou ook wees."

Sy draai in sy arms om sodat sy hom kan sien. "Die jakkalse het stil geword."

"Ek het gehoor." En toe is sy mond warm op hare en die bewing in haar begin vir die eerste keer bedaar. Hy soen haar sag en versigtig, byna proe-proe, terwyl sy hande haar lyf stadig begin verken. Soos die hande van 'n blinde 'n nuwe stuk braille sal verken.

Sy kan die hitte in sy lyf voel, maar dis of hy homself inhou. Asof hy vir haar wag om by te kom. Toe sy aan hom raak, kreun hy hoorbaar, maar hy wag geduldig dat sy tydsaam sy lyf verken. Intussen veroorsaak sy hande brandkolle op haar lyf. Sy kan elke aanraking voel en haar lyf reageer soos iemand wat te lank in die woestyn was. Hierdie is soos die eerste soet water van die oase, dink sy terwyl sy mond oor haar tepel sluit en sy haar oë toemaak. Sy het nie geweet plesier en marteling lê so na aan mekaar nie. Sy het ook nie geweet dit kan só wees nie. Hy maak al haar sinne wakker. Hy laat haar bewus word van haar eie liggaam, van elke behoefte en begeerte wat sy diep weggebêre het. Dis asof hy met sy lyf die pyn besweer.

Haar hande gaan om sy nek en sy strek haar lyf lankuit teen syne. Hulle pas, dink sy verwonderd. Soos twee stukke van 'n legkaart pas hulle lywe teenmekaar.

Toe hy haar weer soen, is dit nie meer versigtig nie en sy voel hoe haar mond onder syne kneus. Sy proe sy asem op haar tong en sy gee haarself oor aan 'n godsgenadige warmte wat deur haar trek.

Hy swaai haar onder hom in en sy maak haar oë toe.

"Maak oop jou oë," beveel hy sag. "Ek wil hê jy moet weet jy is by my."

"Hoe kan ek dit nie weet nie," antwoord sy teen sy mond.

"Ek wil jou oë sien . . ."

Hulle lywe begin stadig en ritmies saam beweeg en sy hou hom asof gehipnotiseerd dop. Haar lyf raak vry van enige aardse aantrekkingskrag en sy dryf gewigloos en pynvry saam met hom tot waar hulle mekaar krampagtig vasgryp en die ander een se naam 'n asemteug word. Hy vou haar toe in sy arms en sy asem jaag teen haar voorkop.

Sy wil so graag vir hom iets sê, maar haar sinne is dof en

haar lyf is swaar en voordat sy woorde kan vind, raak sy in sy arms aan die slaap.

Julian kyk na haar profiel teen hom. "Here, help my," prewel hy sag. "Ek weet nie wat om te doen nie."

Êrens in die nag draai hulle om, maar die enkele bewusraak van mekaar is genoeg om die behoefte na mekaar weer te laat opvlam. Hierdie keer is hy nie geduldig nie en sy hou ook nie terug nie. Hulle spoor mekaar aan en val uiteindelik uitasem langs mekaar neer, te moeg om te praat. Toe hulle weer aan die slaap raak, is dit met haar hand in syne en haar kop op sy bors.

Rebecca kyk verward om haar rond toe sy wakker word en dan begin die herinneringe terugkom en in die oggendlig wat deur die gordyne sif, bly sy 'n oomblik doodstil lê. Langs haar is die bed leeg en sy voel teleurgesteld maar ook terselfdertyd verlig. Dis vreemd hoe 'n mens se nagtelike dade jou in die daglig wil-wil aanklai, maar sy gaan daardie stem nie vandag toelaat nie. Nie terwyl haar lyf soveel rustigheid ervaar nie.

"Goeiemôre," klink Julian se stem skielik van die deur af op en sy merk hoe hy haar kans gee om die duvet oor haarself te trek voor hy die vertrek binnekom. Hy sit 'n skinkbord met koffie en beskuit op die bedkassie neer. "Ek het slegte nuus. Ons moet terug Kaap toe. Een van ons direkteure is gisteraand vir bedrog in hegtenis geneem en ek moet daar kom om te sien hoe dit ons gaan raak."

Hy is reeds aangetrek en nadat hy die koffie neergesit het, staan hy effens weg. "Paul het die boodskap gebring en hy wag sommer om ons Skukuza toe te neem. Ek is jammer jy kan nie laat lê nie."

Rebecca neem dankbaar die koppie en begin drink die warm vloeistof asof haar keel oornag 'n blikvoering gekry het. "Ek sal vinnig stort en aantrek," laat sy tussen die slukke hoor. Sy weet nie wat sy vanoggend verwag het nie, maar nie hierdie vriendelike, beleefde stemtoon nie. Tog sê 'n stem êrens in haar dis presies wat sy vandag wil hê. Sy sien nie kans vir post mortems nie. Hulle wou gisteraand bymekaar wees. Vandag is 'n nuwe dag en hulle gaan gelukkig terug huis toe.

29

In die vliegtuig op pad Kaap toe, werk Julian byna onver-
poos op sy rekenaar terwyl Rebecca haarself besig hou
deur van die lêers te lees. Dis eers toe hulle aangesê word
om hulle vas te gordel vir die landing in die Kaap, dat hy
opkyk.

"Baie dankie vir 'n heerlike naweek." Hy klink en lyk
vriendelik, alhoewel sy tog die bekommernis op sy gesig kan
sien oor wat vir hom by die kantoor wag.

"Ek is bevoorreg dat ek jou plek gesien het," antwoord sy
op dieselfde stemtoon. "Ek sal dit nie gou vergeet nie."

"Oor gisteraand . . ." begin hy effens onseker.

"Ek sal bly wees as ons nie daaroor praat nie," spring sy
hom voor.

Hy knik en glimlag skeefweg. "Your wish is my command.
Maar kan ek net seker maak waar ons van hier af gaan?"

"Gaan ons nie kantoor toe nie?" Haar mond plooi in 'n
glimlag en hy knik weer plegtig, maar om sy oë lê die lag-
plooitjies.

"Kan ek darem soms kom koffie drink?"

"Jy het die koffiemaker gekoop." Sy laat die woorde tussen
hulle hang, maar dan versober sy. "Ek dink ons besit die po-
tensiaal om goeie vriende vir mekaar te wees."

"Is dit wat jy wil hê?"

Sy knik, maar kyk nie na hom nie. "Dis nie soseer wat ek
wil hê nie, maar dis al wat ek kan gee."

"En jy weet altyd die beste, nè?"

"Ek weet wat vir jou goed is." Sy kyk hoe die vliegtuig

stadig oor Valsbaai draai en probeer haar bes om die koue wat haar meteens weer binnegedring het, te ignoreer.

'n Maand nadat Rebecca en Julian terug uit die Bosveld is, betrap sy haarself soms dat sy wonder of alles nie 'n droom was nie. By die kantoor gaan alles soos voor hulle weg is. Hulle was die afgelope maand baie besig met al die ondersoeke na die omvang van die bedrog wat gepleeg is en sy moes haarself soms hard aanpraat om nie die bekommernis om sy oë weg te streel nie. Sy hou soms sy hande dop as hy praat en dan moet sy erg konsentreer om nie sy hande op haar te voel nie, maar soos die tyd verloop, kry sy haarself weer gekondisioneer om sonder herinneringe na hom te kyk.

Dis eintlik vreemd, want hulle gesels soms oor die plaas, of hy sal haar vertel daar het 'n nuwe olifantkalfie aangekom, maar oor daardie nag swyg hulle albei soos die graf. Soms tot haar ergernis. Dis nie dat sy daaroor wil praat nie, maar soms as sy alleen in haar bed lê, wonder sy of hy dit onthou. Soms wil sy net by hom in die kantoor instap en vra of hy dit ten minste geniet het, maar sy is so bang vir die antwoord dat sy dit waarskynlik nooit sal doen nie.

Sy dwing haar konsentrasie terug na die vergadering waarmee hulle besig is en hoop niemand het gesien hoe ver haar gedagtes gedwaal het nie. Terwyl sy na die spreker kyk en probeer onthou waaroor alles gaan, skuif Julian sy notaboek tot voor haar.

A penny for your thoughts.

Jy sal 'n beter aanbod moet maak, skryf sy so ongemerk as moontlik terug.

Aandete by Stephen en Brenda?

Amptelik of informeel?

Informeel.

OK.

Kry jou halfagt.

Have wheels, will drive myself.

Me from old school. Me pick girl up.

Rebecca moet keer om nie te glimlag nie. Hulle het al dikwels sulke kriptiese gesprekke op skrif gehad. Dis gewoonlik as 'n vergadering te lank aanhou en die sprekers nie einde kan kry nie en hy hoogs verveeld is. Sy weet net nie hoe hy dit regkry om dan terselfdertyd nog tussenin vrae aan die spreker ook te vra nie.

"Wat is die okkasie?" Rebecca kyk hoe behendig Julian die groot motor deur die verkeer vleg. Vir iemand wat nie dikwels bestuur nie, is hy besonder vaardig agter 'n motor se stuurwiel.

"Hulle kry my jammer omdat ek uit my huis geskop is."

"'n Mens sou sweer jy slaap op straat!" Sy skud haar kop. "Die weelde waarin jy wakker word, is dieselfde, dis net die grootte wat verskil en Gertrude kook nog steeds vir jou en jou honde is nog steeds by jou. Ek sien geen rede waarom iemand jou jammer moet kry nie."

"Wanneer kan ek terugtrek?"

"Volgende week. Hulle is nog net met 'n laaste paar dinge besig."

Sy blik gaan sydelings na haar. "Wat as ek nie daarvan hou nie?"

"Dan sal ek bedank."

"Hoe de hel gaan dit my help?"

Sy glimlag vir hom en haar vingers gaan rakelings oor sy arm. "Dan hoef jy ten minste nie elke dag in die oorsprong van jou wrewel vas te kyk nie."

Julian skud sy kop. "Dit klink soos 'n lafaard se oplossing."

Hulle draai gelukkig al by Stephen en Brenda se oprit in en sy hoef hom nie te antwoord nie.

Stephen maak die deur met die baba op die arm oop. "Dankie vader julle is hier, ek is al dood van die honger en Brenda wil nie hê ek moet aan iets proe nie." Hy hou praatpraat die baba na Rebecca uit en sy moet vinnig haar hande uitsteek om nie die kleintjie te laat val nie. Dis egter so 'n vreemde gevoel dat sy nie kan beweeg nie.

"Brenda het gesê jy moet na haar toe in die kombuis kom," sê Stephen terwyl hy Julian na die televisiekamer toe beduie. "Hulle is besig om die span vir Saterdag se wedstryd teen Australië aan te kondig."

Julian kyk 'n oomblik oor sy skouer en tot sy verbasing staan Rebecca nog steeds met effens uitgestrekte arms na die baba en kyk. Die verwese uitdrukking op haar gesig laat hom terugdraai en toe hy by haar kom, neem hy sonder 'n woord die kleintjie by haar.

"Die kombuis is deur daardie deur," beduie hy met sy kop en verwonder hom aan die ligte bewing in haar hande. Sy kyk dankbaar op en 'n kort oomblik ontmoet hulle oë oor die baba se kaal koppie. Rebecca se mond gaan oop asof sy iets wil sê, maar dan draai sy weg en maak die deur na die kombuis oop.

"A, julle is hier." Brenda kom druk Rebecca teen haar vas. "Welkom, ek beplan nou al hoe lank om jou 'n slag vir ete te nooi."

"Dis gaaf van jou. Ek wou blomme bring, maar Julian het my verseker jy het 'n groot blomtuin, toe bring ek maar 'n boek." Sy maak haar handsak oop en haal 'n klein boekie uit met resepte en kombuisstories uit Toskane.

"Jy is 'n vrou met insig!" Sy druk Rebecca 'n tweede keer. "Weet jy, ek dink sodra die kleintjie effens groter is, moet ons twee saam Italië toe gaan. Ek het 'n vermoede ons gaan 'n ball hê."

"Ek kan jou altyd gaan leer om olywe te oes," spot Rebecca terwyl sy haar teen 'n kombuiskas tuismaak.

"Dit klink na werk. Ek het meer sinlike genietinge in gedagte gehad."

"Ek hou van jou familie," is Rebecca se slotsom toe hulle laataand by haar huisie stop. Sy het 'n heerlike, ontspanne aand gehad en haar net weer verwonder aan Stephen en Brenda se ongeaffekteerdheid. "Ek is bly jy het sulke mense ook in jou lewe." Sy sluit die veiligheidshek en die voordeur oop en wil net terugdraai om hom te groet toe hy agter haar ingestap kom.

"Gaan jy vir my koffie maak?"

Rebecca stap die kombuisie binne en skakel die lig aan. "Kan jou ander meisies nie koffie maak nie of waarom is dit altyd my job om koffie te maak?" Sy meet die koffie in die espresso-maker af. Sy hoef nie eens te vra wat hy dié tyd van die aand wil drink nie.

"Impliseer jy met die woord 'ander' meisies dat jy ook een van my meisies is?" Hy kom staan in die deuropening.

"Nee, moenie woorde in my mond lê nie."

"Nou verduidelik dan vir my wat jy bedoel. Ek wil graag weet."

Rebecca hou haarself besig om twee klein, egte espresso-koppies, wat hy eendag by die kantoor vir haar aangebring het, uit te haal. "Jy maak 'n gewoonte daarvan om dikwels te kom koffie soek nadat jy jou glamour girls afgelaai het. Kan hulle nie koffie maak nie of is koffie nie op die lys van dienste wat hulle daardie tyd van die aand aanbied nie?"

Sy lag rammel deur die kombuis. "Waaroor is jy nou eintlik kwaad?"

"Ek is nie kwaad nie. Ek wens net hulle wil vir jou koffie gee sodat ek nie laataand uit my bed moet klim om dit te doen nie."

"Dit was hoogstens twee keer dat jy al in jou bed was, en as jy saam met my gegaan het, sou jy nog nie in die bed gewees het nie."

"Ek gaan nie saam met jou na jou clan se partytjies toe nie."

"Rebecca, ek het nie 'n clan nie en die foto's wat jy in die koerante sien, is dikwels net groepfoto's wat hulle neem. Die meeste kere het ek nie eens 'n metgesel daar nie. Ek weet nie waar dink jy kry ek die tyd om so sosiaal te wees nie. Ek gaan dikwels net vir 'n uur of wat om my gesig te wys en dan gaan ek huis toe of terug kantoor toe."

"Jy hoef nie jou persoonlike lewe aan my te verduidelik nie."

"Ek wil hê jy moet my lewe verstaan."

Sy pak die koppies op 'n skinkbord en beduie dat hy dit sitkamer toe moet neem. Toe sy op die rusbank gaan sit, vou sy oudergewoonte haar bene onder haar in.

Hulle drink die koffie in stilte en toe hy sy koppie neersit, staan hy op. "Dankie. Die koffie was ten minste lekker warm, terwyl ek nie juis dieselfde van die atmosfeer kan sê nie."

Sy stap saam met hom voordeur toe en wens sy kan haar gewone glimlag opsit, maar sy is skielik nie lus daarvoor nie.

By die deur vou sy hande om haar gesig. "Wat het van Stephen-hulle af tot hier gebeur dat al die aand se pret skielik uit jou oë is? Was dit regtig soveel moeite om 'n koppie koffie te maak?"

Rebecca probeer haar gesig wegdraai, maar hy laat haar nie toe nie. "Ek het seker maar PMS."

"Vir iemand wat nooit bang was om te sê hoe sy voel en wat sy dink nie, skuil jy darem deesdae maklik agter sulke niksseggende antwoorde." Sy lippe rus kortstondig teen haar voorkop. "Nag, Rebecca. Ek hoop die PMS is gou beter."

Sy maak die deur agter hom toe maar bly staan eers met haar rug daarteen. Miskien het sy net PMS, maar dit hou nou bietjie lank aan en dit irriteer haar. Sy voel net nooit meer heeltemal goed nie. Sy het nie pyn nie en sy het nie ander bekommernisse wat haar ry nie, maar sy het deesdae 'n knaende geïrriteerdheid waarvan sy nie ontslae kan raak nie. En dit help nie dat Julian soms laataand in 'n aandpak hier opdaag op soek na koffie nie. Om hom in haar huisie te hê, is soos om iets moois op sig te neem maar te weet dit moet weer teruggaan, erken sy met 'n sug aan haarself terwyl sy kamer toe loop. Sy hou daarvan om hom te sien, miskien te veel, en dit pla haar. Dit pla haar dat hy so ongemerk so 'n belangrike deel van haar lewe kon word. Selfs die paar keer dat haar vriende hom al hier raakgeloop het, kuier hulle asof hulle ou pelle is. En dit voel soos verraad van hulle kant af.

Toe sy later die lig afskakel, besluit sy al wat sy nodig het, is 'n aand uit saam met 'n opwindende man. Sy is selfs bereid om op 'n toe-oë-afspraak te gaan, dink sy moedeloos. Enige iets is beter as hierdie knaende onvergenoegdheid wat sy deesdae ervaar. Sy begin dink aan die mans wat haar die afgelope maande al uitgevra het en tot haar misnoeë vind sy met elkeen fout. Dis ook nie 'n wonder hulle het later moed opgegee en nie meer gevra nie. Sy kan net nie onthou dat hulle haar toe ook al geïrriteer het nie. In daardie stadium was sy werklik net te besig om nog uitnodigings ook te aanvaar.

Deborah sal wel iemand ken, besluit sy voor sy haar oë toemaak.

"'n Man! Jy soek 'n nice man by my?" Deborah gooi haar kop agteroor en lag uit haar maag terwyl sy haar agteroor op haar rusbank gooi. Dis vyfuur op 'n Sondagmiddag en hulle het so pas 'n hele pot tee opgedrink en elkeen 'n groot sny sjokoladekoek geëet.

"Ek kan vir jou 'n lys name gee, maar ek aanvaar geen verantwoordelikheid nie."

"Wat van daardie oulike rooikop wat een aand saam met jou by Irene was?"

"Hy is op die oomblik in Tibet by 'n Boeddhistiese retreat nadat sy laaste meisie hom gelos het."

Rebecca se voorkop plooi soos sy dink. "Wat van Thinus of Theuns of wat is sy naam? Hy het 'n ruk met daardie mooi blondekop uitgegaan."

"Hy gaan steeds met die mooi blondekop uit."

"Pieter! Ons twee het nog altyd lekker gesels."

"Pieter se eksvrou is twee maande gelede weer getroud en

hy verwerk dit baie moeilik. Maar as jy nog altyd graag 'n siel-kundige wou wees, is hy die regte date vir jou."

"Wat van John? Hy was nog altyd vir my vreeslik sexy."

"John is gay."

Rebecca se mond gaan oop en bly 'n lang oomblik so voor sy iets kan uitkry. "You must be joking! Die meisies kwyl oor hom."

"Hm . . . net jammer hy kwyl nie terug nie."

"Dammit, Deborah, daar moet een man wees met wie ek een aand kan uitgaan. Ek wil nie trou nie. Ek soek net 'n lek-ker tyd."

"Ek sal vir Pierre vra. Miskien ken hy nog een wat nie lam, siek of die kluts kwyt is nie." Deborah lig die teepot op, maar dit is dolleeg en sy staan op om die ketel te gaan aansit. "Waar-om vra jy nie sommer net vir Julian uit nie? Dan is jy ten minste verseker van 'n lekker aand."

"Ek soek 'n date. Nie 'n aand saam met my baas nie."

"Ha, Rebecca! Daai man is lankal nie meer net jou baas nie. Ek weet nie wie jy probeer flous nie."

"Ons is seker soort van vriende ook, maar hy bly nog steeds nie 'n date nie."

"Jy verstaan my opsetlik verkeerd, maar los dit daar. Ek het 'n vermoede jy wil dit nie reg verstaan nie."

"Reël jy net vir my 'n lekker date, dis al wat ek vra en dit kan wraggies nie so moeilik wees soos jy dit wil laat klink nie."

"Hm . . . ek sal sien wat ek kan doen," laat Deborah ont-wykend hoor vanuit die kombuis.

Rebecca kan dit nie glo toe daar Dinsdag 'n man met die naam Henré bel en vra of hulle nie die aand bietjie kan gaan kuier en iets eet nie. Sy bel dadelik vir Deborah, maar volgens haar ken sy hom nie goed genoeg om 'n opinie uit te spreek nie en sy raai Rebecca aan om met 'n oop gemoed te gaan.

"Ek weet jy moet nog sesuur mense sien, maar kan ek

asseblief vanaand voor sewe huis toe gaan? Ek het nog nooit gevra om vroeër te loop nie," bombardeer sy Julian net voor middagete toe sy vir hom dokumente neem.

"Wat is so dringend dat dit nie tot na die vergadering kan wag nie?" Hy onderteken die dokumente terwyl sy staan en wag.

"Ek het 'n date en ek wil nog gaan stort en darem die skottelgoed was en die plek bietjie opruim."

"Wie is die ongelukkige man?" Sy blik lig net vlugtig voor hy weer afkyk.

"Jy ken hom nie."

"Ja, jy kan maar vroeër loop, maar moet in vadersnaam nie so kuier dat jy nie môreoggend kan kom werk nie."

Rebecca sit haar hande op haar heupe. "Het ek dit al ooit gedoen?"

Haar stemtoon laat hom opkyk en hy glimlag. "Nee, maar daar is altyd 'n eerste keer."

Sy tel die dokumente op en swaai om, maar by die deur laat sy oor haar skouer hoor: "Jy verdien my nie!"

"Jy wou die werk hê!" roep hy terug.

"Dis voordat ek jou geken het!" Sy maak die deur toe voor hy nog iets kan sê.

Henré verkoop Ferrari's en hy kom haal haar in een van die nuutste modelle. Rebecca is bereid om hom die voordeel van die twyfel te gee: hy wil haar waarskynlik nie beïndruk nie, maar gebruik die motor slegs vir advertensiedoeleindes. Toe hy egter hopeloos te vinnig wegtrek en terloops opmerk dat dit lekker sou wees as alle vrouens so gewillig was, wil sy op die plek omdraai. Sy is selfs bereid om 'n regte migraine te kry as sy net kan huis toe gaan. Hulle gaan drink eers iets by 'n nuwe restaurantkroeg in Kampsbaai voordat hulle om tien-uur by die restaurant opdaag. Teen daardie tyd weet sy alles van hom af. Dat hy van Johannesburg af kom, maar al vier jaar in die Kaap woon. Dat hy steeds Johannesburg se energie mis, dat hy dol is oor Italiaanse motors en probeer om elke jaar ten minste een van die groot Formule Een-wedrenne by te woon.

Rebecca gee nie om om te luister nie. Dis in elk geval makliker as om iets te probeer uitdink om oor te gesels. Toe daar 'n oomblik se stilte tussen hulle daal, laat sy ewe moedswillig hoor dat sy ook al 'n wedren by die Monza-baan in Italië en die Monaco Grand Prix bygewoon het. Daar lê eers ongeloof in sy oë en dan is dit asof hy so pas 'n geesgenoot raakgeloop het. Wat sy hom nie vertel nie, is dat sy elke keer deur die jong mense saam met wie sy op die plase gewerk het, omgepraat is om te gaan. Die een Italianer se oupa het die een of ander konneksie êrens gehad en hulle het goedkoper kaartjies gekry, en na die een in Monaco toe het hulle net vir die dag met die trein gery. Dit was heel interessant omdat sy geweet het sy sou dit nie sommer gou weer doen nie, maar in Henré se oë het sy onmiddellik 'n godin van die renbaan geword. Sy is seker hy kan hulle twee al saam sien, sy in 'n skrapse bikinitop en kortbroek en hy in 'n Ferrari-hemp.

Toe hy haar middernag by die huis aflaai, is die migraine baie naby en sy nooi hom nie vir koffie of enigiets anders in nie. Sy wil nou in vrede aan haar polse gaan lê en knaag. Waarom het sy nie geluister toe Deborah haar gewaarsku het nie! Maar in alle billikheid kan sy ook nie op grond van een aand nou sommer weer al haar planne laat vaar nie.

"Hoe was die groot date gisteraand?" wil Julian terloops hoor toe hulle net na middagete op pad is na 'n vergadering op Stellenbosch.

"Baie lekker. Ek het net weer besef ek het die afgelope tyd so hard gewerk dat ek hopeloos te min nuwe mense ontmoet het."

"Wat doen die ou?"

"Hy verkoop Ferrari's."

"Henré of Peter?"

Rebecca kyk vraend na hom.

"Hulle twee maak beurte om my elke paar maande te bel om te hoor of ek nie in een belangstel nie. Ek dink dis hulle name. Ek weet die een is 'n motorwedrenfanatikus en die enigste keer dat ek hom wel in my kantoor toegelaat het, het ek 'n verslag van elke Formule Een-wedren gekry wat op gods aarde al gery is."

"Dis Henré." Rebecca kners byna hoorbaar op haar tande uit frustrasie, maar dan neem haar positiewe natuur oor en sy glimlag. "Weet jy dat van die sjampanje wat Schumi by die laaste byeenkoms gespuit het, op hom geval het?"

Julian se oë verkreukel van lekkerkry. "Nee, daardie stukkie trivia is my gespaar."

Sy skud net haar kop.

"So, wanneer sien jy hom weer? Jy moet in die koerant kyk, daar word omtrent elke naweek êrens in die Kaap een of ander motorwedren gery. Julle kan groot pret hê."

Sy draai haar gesig venster toe. "Ek gaan nie verder met jou praat nie."

"Wat gaan jy vir jou verjaardag doen?" verander hy die onderwerp en sy kyk hom vraend aan.

"Ek het nog nie sover gedink nie."

"Waarom nooi jy nie jou vriende en kom hou 'n party by my huis nie? Volgens Bernie behoort hulle môre klaar te maak en dan is dit sommer vir hom 'n goeie geleentheid om met sy handewerk te spog. Brenda sê ek skuld jou 'n party vir al jou harde werk met die huis."

"Het sy al gaan kyk?" Rebecca het al weer vergeet dat sy minute vantevore nie meer met hom wou praat nie.

"Sy was blykbaar gister daar en sy en Bernie is sedertdien onafskeidbaar. Hy gaan haar help om haar huis ook reg te maak. Ek verstaan nie wat die bohaai is nie, want die man is nie 'n binneversierder nie."

"Wag tot jy jou huis sien. Jy sal my altyd dankbaar wees."

"Vir jou of Bernie?"

"As ek nie gesê het ek wil dit doen nie, het jy nou nog in daardie museum gesit." Sy frons liggies. "Al waaroor ek jammer is, is dat jou vrou dit waarskynlik weer sal verander sodra sy die dag intrek."

"Jy weet nie eens met wie ek gaan trou nie, maar jy maak aannames oor haar. Dis redelik arrogant."

"Ek weet met watter tipe vrou jy gaan trou." Sy vang Salie se oog in die truspieëltjie en knipoog vir hom. "Of wat sê jy, Salie? Hy gaan een van daardie vreeslike grênd vrouens vat."

"Dan retire ek. Ek het genoeg gehad van 'n moeilike vrou agter in die kar."

"Salie, as ek vir jou kan raad gee, moenie dat sy jou insleep by haar wegholtrein van 'n mond nie. Sy weet op die beste van tye nie waarvan sy praat nie."

Salie en Rebecca kyk in die truspieëltjie vir mekaar en albei lag, terwyl Julian met moeite op die dokumente in sy hand konsentreer. Hy ruik haar weer vandag en net haar teenwoordigheid hier langs hom in die motor laat hom byna van sy voornemens vergeet. Maar hy is 'n man wat soms geweldige geduld aan die dag kan lê, en aangesien hy besig is om met die swakste pokerhand te probeer wen, moet hy noodgedwonge op die oomblik geduld beoefen.

Donderdag word Rebecca deur 'n vriend van Pierre uitgevra en sy hoop en bid dit gaan beter as met haar vorige afspraak. Sy kry so min tyd vir uitgaan dat dit soos 'n totale vermorsing voel om 'n aand om te wens. Tot haar verbasing en vreugde is Herman egter 'n aangename jong man met mooi maniere, wat heel onderhoudend kan gesels. Hulle eet lekker seekos en toe hulle by die huis kom, nooi sy hom in vir likeur en koffie. Hy maak homself in die sitkamer tuis terwyl sy die likeur inskink en die koffiemasjien aanskakel.

Sy het net die twee glasies ingeskink, toe daar aan die deur geklop word. Met die twee glasies in een hand sluit sy die deur oop – en sug toe sy vir Julian sien staan.

310

"Dis nou presies wat ek nodig het," laat hy hoor toe hy die glasies sien.

"Ek het 'n gas," fluister sy geïrriteerd.

"Ek moet net gou met jou praat, dit sal nie lank neem nie."

Sy sluit die veiligheidshek oop en Julian stap agter haar aan sitkamer toe waar sy die twee mans aan mekaar voorstel. Sy kan in Herman se blik die herkenning sien en toe hy weer gaan sit, is daar 'n duidelike ongemak in die manier waarop hy Julian se vrae beantwoord. Dié het hom intussen op een van die stoele tuisgemaak en lyk asof hy hom regmaak vir 'n lekker kuier.

"Waaroor wou jy my sien?" besluit Rebecca om tot die punt te kom.

Daar is 'n oomblik lank 'n frons tussen Julian se wenkbroue asof hy nie weet waarvan sy praat nie. "O ja. Ek vlieg môreoggend vroeg Durban toe maar sal net na middagete weer terug wees. Ek het dokumente op jou lessenaar gelos wat jy asseblief vir my moet deurgaan en dan sorg dat dit by die prokureurs kom."

Rebecca wil vra of hy dit nie oor die telefoon vir haar kon gesê het nie, maar sy kan darem ook nie blatant onbeskof wees nie. Daarom knik sy net en begin opstaan, in die hoop dat hy haar voorbeeld sal volg. Hy het intussen weer met Herman begin gesels en toe sy kombuis toe loop om die koffie te gaan haal, roep hy agterna: "As dit nie moeite is nie, sal ek ook graag 'n likeur drink . . . en as jy koffie maak . . ."

Rebecca haal met opset die koppies en pierings met 'n geraas uit die kaste. Die eerste aand in 'n duisend jaar wat sy saam met 'n heel oulike ou uitgaan en nou kan sy nie eens in vrede saam met hom koffie drink nie.

Toe sy die koffie in die sitkamer indra, bly Julian sit en Herman spring op om die skinkbord by haar te neem. Sy neem haar koffie en gaan sit op die bank, haar bene onder haar ingevou.

Julian drink eers stadig sy glasie likeur leeg voor hy tydsaam met sy koffie begin. Intussen gesels hy en Herman oor die ekonomie en die regsbedryf en die howe wat in soveel chaos verval het en 'n miljoen ander onderwerpe. Rebecca luister net met 'n halwe oor, maar toe Herman opstaan en sy koppie op die toonbank gaan neersit, kyk sy vraend na hom.

"Baie dankie vir 'n lekker aand, Rebecca," begin hy tot haar verbystering groet en sy is genoodsaak om ook op te staan en saam met hom voordeur toe te stap, waar hy ewe formeel vir haar totsiens sê. Sy maak die voordeur met 'n slag toe en dan stap sy met afgemete treë sitkamer toe.

"Het jy jou sinne verloor of het jy net geen maniere nie?"

"Wat het ek verkeerd gedoen?" Daar lê werklike verbasing in sy stem.

"Jy het so pas die einde van 'n lekker date gegate-crash!"

"Is hy nie bietjie jonk vir jou nie?" Julian kyk voordeur toe asof Herman nog daar staan.

"Hy is twee jaar ouer as ek."

"Ek is regtig jammer, maar hoe moes ek weet dis jou date? Ek het gedink dis dalk die bure se kind wat sommer kom koffie drink het of so iemand."

"Moet in die vervolg nie dink nie. As ek vir jou sê ek het 'n gas, aanvaar asseblief dis nie die bure se seun nie en gaan weg."

"Rebecca, weet jy jy is deesdae vreeslik beneuk? Wat is aan die gang? Is die werk vir jou te veel of het jy persoonlike probleme?"

"Daar is niks met my verkeerd nie. Ek probeer net soos enige ander jong mens 'n sosiale lewe ook ingepas kry. Ek vra nie elke dag om vroeër te loop nie, ek doen nog steeds al my werk, maar ek wil nie dan nog hierdie tyd van die aand ook gepla word met onsinnige opdragte wat jy maklik vir my oor 'n telefoon kon gegee het nie."

"Ek is jammer. Dit was baie onbedagsaam van my. Sal ek hom môre bel en verskoning vra?"

"Nee. Los dit." Sy vee haar hare uit haar oë en voel skielik soos 'n kind wat oor 'n totale onbenulligheid 'n helse bohaai opgeskop het. Maar elke keer as Julian hom in daardie stoel tuismaak, begin sy onnodig onthou. Dis beter by die kantoor, want daar kan sy nog op ander dinge konsentreer, maar hier in haar huis is dit onmenslik moeilik.

"Is jy orraait?" Hy het stil van die stoel af opgestaan en langs haar op die bank kom sit en sy hande vou om haar gesig. "Ek is regtig jammer oor vanaand." Sy blik rus stil in hare en sy skud haar kop.

"Vergeet dit . . . dis nie asof ek enige belangrike planne met hom gehad het nie."

"Nee, maar ek het 'n lekker aand vir jou bederf."

"Hou nou op verskoning maak. Jy laat my soos 'n kind voel wat onnodig haar speelgoed uit die cot gegooi het."

Hy trek haar kop op sy skouer neer en tot sy verbasing stribbel sy nie teë nie. "Ek laat jou te hard werk. Miskien moet jy 'n paar dae vakansie neem."

"Ek wil nie nou vakansie neem nie."

"Jy het my nog nie 'n antwoord oor Saterdagaand gegee nie, maar tussen Gertrude en Brenda het hulle nou al 'n spyskaart beplan en jy moet net die mense nooi en vir Gertrude laat weet hoeveel mense kom."

"Ek kan nie in jou huis partytjie hou nie. Vir al wat jy weet, dra ons al jou waardevolle goed weg."

"Volgens jou sal dit ook nie 'n skade wees nie." Hy druk 'n soen teen haar voorkop. "Gaan klim in die bed. Jy lyk vir my moeg."

"Daardie aand," begin Rebecca en toe die woorde uit is, kan sy haar tong afbyt.

Hy wag vir haar om voort te gaan, maar toe sy niks verder sê nie, kyk hy skeefweg na haar. "Van watter aand praat jy nou?"

Sy moet eers kug voor sy verder kan praat en dan gaan sy moedig voort: "Die aand op die plaas."

"Die eerste of die tweede aand?"

Sy kan die lag in sy stem hoor en sy stamp hom met haar elmboog in die ribbes.

"Kan jy vanaand enigsins dommer wees?"

Sy arm gaan om haar skouer en hy trek haar tot in die waai van sy arm. "Wat van daardie aand?"

Rebecca wens sy kan op hierdie oomblik soos 'n outydse heldin 'n toeval kry, want selfs haar reguit manier van dinge doen, het soms perke en sy vermoed sy het vanaand agtergekom waar haar grens lê.

"Rebecca, ek kan jou net antwoord as ek weet wat die vraag is."

"Was dit vir jou lekker?" Haar hele lyf vat vlam toe die woorde uit is en sy is bly sy sit so naby hom dat hy nie haar gesig kan sien nie. Praat van soos 'n onbeholpe kind voel!

Julian se hele lyf en verstand raak stil. Hoe de duiwel kan sy dit vir hom vra! Hoe kan hy vir haar sê hy lê snags wakker en verlang na haar, of dat hy drome oor daardie nag het. Onstuimige, onrustige drome wat hom geïrriteerd laat wakker word en hom die res van die dag magteloos laat voel.

"Ek dink jy weet dit was vir my baie lekker," antwoord hy oplaas effens hees.

Sy bly sit nog 'n rukkie so teen hom voordat sy opstaan. "Jy moet nou gaan, ek is nogal vaak."

Sy kan nie vir hom kyk nie en is bly toe hy woordeloos opstaan en voordeur toe stap, maar toe hy by die voordeur 'n soen in haar hare druk, voel dit vir haar of sy kan begin huil. En toe sy die voordeur toemaak, besluit sy dis miskien nodig om 'n dokter te gaan sien. Sy kan nie onthou wanneer sy laas by een was nie, behalwe ná die aanranding, maar daar is iets met haar hormone verkeerd. Sy is baie seker daarvan en dit maak dat sy irrasioneel optree en dis nie sy nie. En dit maak haar bang.

30

Saterdagoggend word Rebecca met gemengde gevoelens wakker. Sy is ses en twintig jaar oud. Sy woon in haar eie huis, of huisie, as 'n mens tegnies korrek wil wees, sy besit 'n Land Rover en het 'n werk waaroor sy mal is. Almal pluspunte.

Die minusse: sy is rusteloos, wat nie 'n vreemde gevoel vir haar is nie, maar as sy na die plusse kyk, verwag sy nie om op die oomblik so te voel nie. Sy is iesegrimmig, en dis 'n nuwe ervaring. Sy kan soms vreeslik kwaad raak, maar sy loop nie dae lank en broei en mors haar waardevolle energie nie. Dus weet sy nie waar die iesegrimmigheid vandaan kom nie, maar dis beslis 'n minus. Haar huis, een van die groot pluspunte kan ook aan die minuskant geskryf word. Sy is besig om té geheg hieraan te raak. Dis of die klein plekkie arms het wat saans om haar vou. Haar vriende – sy het vergeet om hulle bo-aan die plusse te noem – kan ongelukkig ook by die minusse inpas, want hulle het ook arms wat haar koester en alles met arms is potensieel gevaarlik. Selfs haar rooi rusbank met die twee armleunings omarm haar en wil haar dikwels nie laat opstaan nie.

Miskien moet sy alles met arms uit haar lewe verban, dink sy met 'n sug terwyl sy opstaan om te gaan koffie maak. In die kombuis staan sy 'n rukkie na die koffiemaker en kyk. Selfs dié ding het twee armpies! En die gewer van die ding het beslis ook twee arms, en twee hande wat haar drome in nag-merries laat verander.

Die ry plusse raak skielik kruise en op die ou end kan sy nie meer tussen seëninge en kruise onderskei nie.

315

Haar telefoon lui in die kamer en sy stap kaalvoet terug daarheen. Dis Deborah wat met 'n vreeslike oggendheesheid probeer om "Happy Birthday" te sing. "Hoe voel jy?" wil sy dadelik weet toe die laaste noot wegsterf.

"Gebukkend onder kruise."

"Is jy lus vir ontbyt of lunch of sommer net 'n bottel sjampanje by Clifton op die strand?"

"Nee dankie. Ek gaan vandag in afsondering deurbring en my batterye laai sodat ek vanaand my ou self kan wees."

"Ek kan nou nog nie glo ons gaan vanaand in die manor party hou nie. Ek dink tog dit vra vir 'n nuwe nommertjie."

"Dit gaan net die gewone klomp wees, so jy gaan jou geld mors," waarsku Rebecca.

"Ja, maar net die gedagte daaraan dat ek Maandag by die werk kan sê ek was Saterdagaand in Bishopscourt! Julle weet, my vriendin het mos aan Julian Hoffman verloof geraak, ja, ek ken al die inside info! *Huisgenoot* het my natuurlik ook al vir kommentaar genader . . ." Deborah begin lag vir haar eie grap. "Ai, sal dit nou nie my jaar maak nie," sug sy met oorgawe.

"Baai, Deborah. Sien jou vanaand en probeer om teen daardie tyd nugter te wees," ignoreer Rebecca die gespot.

"Wag, Pierre wil ook geluk sê," keer Deborah.

"Wat bedoel jy Pierre wil ook geluk sê? Is hierdie 'n conference call?"

"Foeitog, my vriendin, ek kan hoor die ouderdom is besig om sy tol te eis. Die brein is ook nie meer so skerp nie."

"My brein makeer niks, maar hoe de duiwel moet ek weet julle het al gevorder tot by die punt waar Pierre uit jou bed vir my kan gelukwens?"

"Carpe diem, seize the day and the moment en sommer die geleentheid ook as hy aan jou deur klop. Mense dink goeie geleenthede kom klop oor en oor, maar dis nie waar nie. 'n Mens moet dit die eerste keer gryp as dit verbykom en dié oulike man het toevallig nou oor my pad gekom."

316

Rebecca hoor 'n stem in die agtergrond, gevolg deur Deborah se gegiggel, en sy is op die plek weer iesegrimmig. Vader, kan hulle nie ten minste net wag tot hulle die telefoon neergesit het nie, dink sy ergerlik, maar dan klink Pierre se stem in haar oor en hy is so opreg in sy wense dat sy hom sommer weer vergewe. Maar ook net vir hom. Sy weet nie waarom Deborah so gelukkig kan wees om so 'n ou te kry nie en die ergste is, die man het geduldig gewag en gewag. En nou verkondig Deborah kastig van geleenthede wat net een keer verbykom!

Sy sit die telefoon neer en gaan skink haar koffie, maar moet dadelik weer terug kamer toe, want die telefoon lui al weer.

William se "Happy Birthday" word in 'n mooi tenoorstem uitgevoer en sy glimlag met 'n knop in haar keel. Sy is baie lief vir hierdie vriend van haar.

"Wat het jy al vandag gedoen wat lekker is, my vriendin?"

"Koffie gemaak en my seëninge getel, maar toe raak die plusse kruise en toe weet ek ook nie meer nie."

"O hel, dit klink nie goed nie. Sluit al die skerp goed weg en kom uit die huis uit."

"Hoeveel skade dink jy kan 'n teelepel se steel aanrig?" wil sy met 'n sug weet. "Want ek is te lui om terug kombuis toe te gaan om iets skerpers te gaan haal."

"Irene sê jy moet oorkom, dan maak ons vir jou 'n designer ontbyt."

"Is Irene by jou?"

"Lê nog in my arm as jy moet weet, maar sy laat weet darem al die nodige gelukwensinge. Sy sê sy sal vanaand al die plegtige soene en drukkies gee."

"Wat is dit met julle almal? Het julle nie julle eie huise nie!"

"Becca . . . is jy orraait?" William klink skielik bekommerd.

"Ek is fine. Ek sien julle vanaand. Sê vir Irene dankie vir die uitnodiging, maar ek is die hele dag besig."

Rebecca druk die selfoon dood en sit agteroor met haar koppie koffie, wat teen hierdie tyd ook nie meer so warm is soos sy daarvan hou nie, maar sy is te lui om 'n varse te gaan maak. Toe die telefoon 'n derde keer lui, wil sy dit eers ignoreer, maar sy sien dis Gert en sy antwoord.

"Is dit sweet sixteen vandag and never been kissed before?" grap hy toe hy haar stem hoor.

"Dis omtrent presies wat dit vandag is, ja."

"Jy klink nie lekker nie. Is jy siek?"

"Nee, ek makeer niks. Dankie vir die gelukwensing en ek sien julle vanaand."

Rebecca kan nie glo toe sy sowaar in die agtergrond nog 'n stem hoor nie.

"Mimi sê baie geluk en vra wat ons vanaand moet aantrek?"

"Net wat julle wil!" Sy druk die telefoon dood en gooi dit onder die kussings in, maar soos klokslag lui dit vyf minute later weer. Hierdie keer registreer Julian se naam op die skermpie.

"As jy iemand by jou in die bed het, wil ek dit nie weet nie, ek wil ook nie gelukwensinge van haar hoor of enige boodskappe kry nie! Verstaan jy?"

"Ai, dis jammer, want hulle albei het hulle reggemaak om vir jou te sing. Die een in Russies en die ander een in Pools, dink ek. Ek kon nog nie agterkom wat sy eintlik praat nie. Dit kan dalk net swak Afrikaans ook wees."

"Ek is nie in 'n bui vir jou grappe nie," laat sy ergerlik hoor. Sy het skielik 'n beeld in haar kop van twee eksotiese meisies saam in sy bed en dit voel of sy 'n galaanval wil kry. Die koffie moet te sterk gewees het.

"Fagan, wat in die liewe hemel is jou probleem vandag? Ek dog jy gaan die vrolikheid self wakker word."

"Jammer vir jou, maar my oggend het nie so goed begin nie. Wat wil jy in elk geval hê? Ek gaan nie vandag kantoor toe nie."

"Ek wil jou graag gelukwens met jou verjaardag, maar as dit dalk nog 'n aanval van woede kan aanbring, sal ek myself daarvan weerhou en net sê ek hoop jy het 'n lekker dag en mag die vrede van die heelal oor jou daal, voor vanaand as dit moontlik is."

"Is jy alleen in jou bed?" ignoreer sy sy woorde.

"Waarom wil jy weet?"

"Antwoord my net en moenie lieg nie."

"Ja, Rebecca, ek is alleen in my bed."

"Dankie vader. Dankie vir die gelukwensing, ek voel klaar beter en ek sal vanaand my gewone stunning self wees, behalwe as hier nou nog gelukwensinge uit een bed kom."

"Het jy al gisteraand jou verjaardag begin vier?" Hy klink skielik bekommerd.

"Nee. Koebaai, ek moet gaan. Daar is iemand by die deur."

Sy gooi 'n langmouhemp bo-oor haar slaapklere en stap voordeur toe. Tot haar verbasing staan Salie met 'n groot mandjie op haar drumpel.

"Happy, happy! Ek hoop dis 'n baie mooi jaar vir jou, Rebecca." Hy beduie na die mandjie. "Julian het gevra ek moet dit aflewer."

Rebecca sluit die veiligheidshek oop en gee hom eers 'n druk voor sy die mandjie neem. "Baie dankie vir jou moeite. Het hy my weer jammer gekry en kos gestuur?"

Salie het egter al omgedraai en antwoord van die motordeur af terug. "Ek weet nie wat alles in die mandjie is nie."

Sy waai vir hom en dra dan die mandjie sitkamer toe waar sy op die rooi bank gaan sit en dit versigtig begin oopmaak. Aan die een kant is 'n bottel egte Franse sjampanje en sy glimlag. Dis nou Hoffman-styl op sy beste. Deborah sal beïndruk wees. Die volgende oomblik skrik sy so dat sy die mandjie byna laat val. Iets het onder die gaasdoek geroer en sy lig versigtig die punt van die lap op. Binne-in die mandjie, langs die bottel sjampanje, lê 'n klein gestreepte gemmerkatjie in 'n bolletjie opgekrul, vas aan die slaap.

Rebecca staar verdwaas na die klein diertjie. Sy het in haar hele lewe nog nooit 'n troeteldier gehad nie. Wat sal die man besiel om nou vir haar 'n kat present te gee? Terwyl sy nog stomgeslaan sit, begin die dingetjie sy bene strek en dan maak hy sy oë oop en hulle twee kyk een lang oomblik na mekaar. Die volgende oomblik steek hy sy een gestreepte pootjie uit en kap-kap met sy babanaels na haar vinger. Sy krap versigtig onder sy maag en hy draai op sy rug terwyl hy sag begin spin. Dan sien sy vir die eerste keer die klein naamplaatjie wat om sy nek vasgemaak is. Sy draai die plaatjie om en lees: *My naam is Becci.*

Sy kan nie help om te glimlag nie, maar terselfdertyd raak sy van 'n vreemde hartseer bewus. "Magtig, Fagan!" praat sy hardop met haarself toe die eerste traan op die kat se rug val. "Jy is ses en twintig jaar oud. Jy gaan nie oor 'n kat huil nie. Dis 'n verdomde grap!" Sy tel hom uit die mandjie en hy voel soos 'n bondeltjie wol in haar hand. Toe sy hom op die bank neersit, begin hy eers sy nuwe omgewing inspekteer voordat hy hom in 'n hoek opkrul en dadelik weer aan die slaap raak.

Rebecca skakel Julian se selfoon eerste, maar sy antwoord-masjien is aangeskakel. Daarna probeer sy die huisfoon, maar Gertrude tel op en sê Julian is nie daar nie. Sy wens Rebecca geluk en maak seker dat almal weet hulle moet sewe-uur daar wees. Toe Gertrude eindelik klaar gepraat het, skakel Rebecca weer Julian se selfoon, maar dis weer net sy stem wat vra dat sy 'n boodskap moet los.

"Bel my dadelik!"

Teen tienuur het hy nog nie teruggebel nie en elke keer as sy bel, hoor sy sy moet 'n boodskap laat. Teen daardie tyd is die boodskappe wat sy laat nie meer mooi nie, maar dit alles help haar niks. Heel onder in die mandjie het sy 'n sandbak met 'n sak katsand gevind, asook 'n paar blikkies katkos, 'n klein krappaal en 'n wollerige muis.

Sy gooi die sand in die bak en besluit om dit in die bin-nehof te sit. Onder die afdakkie sal die sand nie natreën nie.

Sy maak een van die blikkies oop en skep 'n bietjie kos in 'n piering en in 'n ander piering gooi sy 'n bietjie melk. Becci, sy kry dit nie reg om die kat so te noem nie, eet al die kos op en toe drink hy nog die melk ook op en daarna begin hy sy gesig met sy voorpote was. Rebecca sit plat op die vloer en bekyk die ritueel. En dan, sonder waarskuwing, laat sak sy haar gesig in haar hande en begin huil. Tussen haar trane deur voel sy hoe haar nuwe huisgenoot op haar skoot klim en sy druk haar gesig in sy pels en huil net verder.

"Dammit, Hoffman! Jy het geen reg om my lewe so deurmekaar te krap nie!" laat sy snikkend hoor toe die katjie in haar nek begin spingeluide maak.

Sy weet nie hoe lank sy so gesit het nie, maar uiteindelik kry sy haarself sover om te stort en aan te trek en toe laai sy vir Becci met sy kombersie in die Land Rover en sy begin ry.

"Ek is jammer," praat sy met hom waar hy op die sitplek langs haar lê. "Ek het niks teen jou nie, maar vandag is nie 'n goeie dag vir my nie. Jy kan die naweek bly, maar ek kan jou nie hou nie. Ek gaan dalk een van die dae weer weg en wat maak ek dan met jou?"

Rebecca skud haar kop toe sy agterkom dat sy met 'n babakat wat vas aan die slaap is, sit en praat. Sy kies koers in Seepunt se rigting, en vandaar ry sy al met die kus langs tot sy later in Houtbaai is. Gelukkig is Chapmanspiek weer oopgestel na die laaste rotsstorting en sy verlekker haar aan die draai-draaipad en die panoramiese uitsig oor die Atlantiese oseaan. Die Land Rover voel soos 'n verlenging van haarself. Soos met haar huisie was dit liefde met die eerste oogopslag. Sy is net jammer sy het nog nooit regtig tyd gekry om 'n ver ent daarmee te ry nie.

By Noordhoek parkeer sy die motor, en met Becci half onder haar baadjie ingedruk, gaan stap sy 'n ent teen die verlate strand af. Sy weet mense word elke dag gewaarsku om nie meer alleen op sulke verlate plekke te stap nie, maar sy is seker haar aura is vandag so swart dat niemand dit naby haar sal waag nie. Sy sit later vir Becci neer en kyk verbaas hoe hy 'n gaatjie in die sand krap.

"Waarom kom julle slim in die wêreld en ons sukkel ons gedaan om uit te vind hoe die lewe werk?" vra sy hardop en is bly niemand kan haar hoor nie. Dis al September, maar vandag wil-wil dit weer net reën en sy begin stadig terugstap.

"OK, Fagan!" praat sy teen die wind op. "Jy is nie een om te sulk nie. Die lewe het al 'n paar curve balls vir jou geboul, maar jy het dit tog reggekry om hulle terug te slaan. Of jy het gekoes, maar jy het nie gaan lê nie." Haar woorde waai agtertoe en in haar gedagtes raak dit 'n dun wolkie wat oor die see gaan lê.

Sy is besig om op Julian Hoffman verlief te raak. Miskien is verlief ook nie eens die regte woord nie. Sy vermoed sy is lief vir hom. Meer as wat 'n mens veronderstel is om vir jou vriende te wees. Dis nie die ergste wat al met haar gebeur het nie, troos sy haarself, maar tog maak dit haar baie banger as wat sy al ooit in haar lewe was. Op die plaas het hy gesê daar is meer tussen hulle, maar sy is nie seker hoeveel daar meer van sy kant af is nie. Sy vermoed steeds dis die andersheid. Dis soos die hoofseun van die skool wat met die wildste meisie wil uitgaan, of die rebel wat probeer om die onskuldigste meisie te kry. Dis daardie andersheid wat mense aantrek.

Miskien is dit wat sy hoop, want die alternatief is dat dit die mán is vir wie sy lief is en van wie sy nie sommer sal kan wegstap nie. Aan daardie moontlikheid wil sy nie eens dink nie. Want wat gebeur as hy die dag genoeg van die andersheid gehad het? Sy het baie kennisse, maar wanneer sy vriende maak, is dit blykbaar tot die dood. Hoeveel te meer nog as sy die dag 'n man kies? Maar hoe sal sy ooit weet dis vir hom ook tot die dood? Aan die pyn wat saam met so iets gaan, wil sy nie eens dink nie. Dis waarom dit beter is om hierdie gevoel te erken vir wat dit is, maar dit dan te ignoreer. Haar rugsak is 'n baie getrouer metgesel as 'n man wat min of meer alles kan kry wat sy hart begeer.

Sy begin sommer vinniger stap en voel ongekend trots op haarself. Sy is soos 'n krieketspeler wat die bal sien aankom, die tipe bal herken, maar besluit om te koes. Sy hoef wraggies ook nie alle balle te speel nie.

Hulle is nog 'n entjie van die motor af toe dit begin reën en een druppel vind sy weg tot op Becci se kop. Hy is verontwaardig en kruip so vinnig dieper onder haar baadjie in dat sy laggend begin sing: "Why does it always rain on me, even when the sun is shining, I can't avoid the lightning . . . Ja, Becci! Such is life," sug sy toe sy die motordeur oopsluit en inklim.

31

William en Irene kom laai vir Rebecca op en verkyk hulle eers behoorlik aan die nuwe intrekker. En toe sy vertel dat hy saam met 'n bottel Franse sjampanje gearriveer het, lag albei.

"Die man het styl," laat William hoor terwyl hy met Becci in die arm staan.

"Ek sal hom moet saamneem, want ek het nie 'n idee wat so 'n klein katjie alles alleen kan aanvang nie. Hy het ten minste klaar kos gehad en verder hoop ek net nie hy swaai aan Julian se nuwe gordyne nie. Bernie kry 'n hartaanval."

Rebecca het een van haar lang Indiese uitrustings aan, met silwer armbande wat om haar polse klingel en breë hoepel-oorbelle ook van silwer. Volgens William lyk sy soos 'n eksotiese blom. Sy trek haar jas bo-oor aan en tel vir Becci op.

By Julian se huis kyk Rebecca verbaas na die ander wat almal buite die voordeur staan. En dan sien sy die groot seremoniële strik wat Bernie oor die voordeur gebind het en sy lag uitgelate. Sy gaan vanaand pret hê, belowe sy haarself. Reën of bliksemstrale!

"Uiteindelik!" roep Gert toe hulle uitklim en nader stap. "Ek dood al van die dors en die uwe moet blykbaar die strik kom knip." Hy soen Rebecca op haar mond en dan kyk hy na die lewende ding in haar arms. "Wat de . . .?"

"Dis Becci," stel Rebecca die katjie voor. "My date vir die aand." Haar blik gaan na Julian wat eenkant met sy hande in sy sakke na haar staan en kyk, maar sy besluit dis nie nou die tyd om 'n geveg met hom aan die gang te sit nie. "Jy beter net sorg dat daardie honde van jou hom nie opvreet nie," laat sy sydelings hoor toe sy by hom verbystap. Hy kry haar egter aan haar hand beet en trek haar nader en 'n oomblik is sy mond warm op hare.

"Baie geluk."

"Dankie." Sy voel die hoendervleis onder haar jas en herinner haarself net weer aan 'n krieketveld. Sy mág koes.

Die ander staan ook nader om haar geluk te wens en dan druk Bernie 'n groot skêr in haar hand. "Knip, suster, dat ons vir die arme man gaan wys wat ons met sy huis aangevang het."

William neem vir Becci by Rebecca en sy druk die skêr tussen die materiaal in en gee een knip, toe val die twee kante oop. Agter haar is 'n handegeklap en gejuig en dan maak Bernie die voordeur oop; hy gaan staan net binne die portaal en verwelkom almal soos hulle inkom.

Rebecca ken Julian goed genoeg om die huiwering in sy oë en sy lyf te herken en dit gee haar op die oomblik groot genoegdoening. Laat hy ook maar 'n slag onseker van iets wees.

"Julian," roep Brenda. "Moenie 'n sissie wees nie!"

Rebecca het 'n paar keer kom kyk terwyl die werkers besig was en dit was presies soos sy en Bernie dit bespreek het maar vanaand lyk dit selfs mooier as wat sy dit vir haar voorgestel het.

Julian tree agter haar oor die drumpel en dan gaan staan hy botstil. Dis nie asof daar reuseveranderings aangebring is nie. Hy herken nog die huis as dieselfde plek wat hy as klein seuntjie leer ken het toe sy oupa-hulle hier gewoon het. Die veranderinge is so subtiel dat hy baie stadig en met groot aandag deur die huis sal moet stap. Hier en daar is 'n muur 'n skakering donkerder geverf. Hier en daar is 'n stoel of bank met ander materiaal oorgetrek. Een van die grootste veranderinge is dat daar, veral in die gesinskamer en studeerkamer, baie meer familiefoto's teen die mure hang. Foto's van die kinders toe hulle klein was. Goeie oomblikke waar hulle soos gewone kinders by die see laggend vir die kamera kyk. Mooi foto's van hulle pa en ma waar hulle jonk is en gelukkig lyk. Ouer foto's van Marcus en sy vrou en die kleinkinders. Brenda het selfs vir Rebecca 'n foto opgespoor waar Marcus, Julian en sy pa al drie by 'n formele geleentheid afgeneem is. Drie aantreklike mans in aandpakke. Die foto's gee lewe aan die vertrekke. In die formele sitkamer was dit moeiliker en daar het hulle meer met die bestaande skilderye gewerk. Dis verbasend hoe anders 'n vertrek kan lyk as skilderye net in ander groeperings gehang word. En daar is twee stoele ook geherstoffeer. Nie omdat hulle al oud gelyk het nie, maar juis omdat hulle styf en ongemaklik voorgekom het. Nou lyk hulle gemaklik, asof hulle jou nooi om te kom sit.

Julian voel asof daar êrens 'n lig in die huis aangeskakel is, maar hy weet nie waar nie. Die donker houtpanele in die onderste vertrekke en teen die trapmuur is afgeskuur en net weer geolie en het die somberheid verloor. Die huis voel ingeleef, besef hy ineens. Dit voel asof hier 'n gesin woon en nie net een mens soms 'n nag hier deurbring nie.

Brenda kan haar opgewondenheid nie keer nie en sleep Julian van vertrek tot vertrek en Bernie begin stadig ontspan.

"Donner, nou het ek 'n dop nodig," fluister hy vir Rebecca toe hulle alleen in die woonvertrek is. "Ek kan nie glo jy het my ooit hierin gepraat nie!" Hy vee oor sy voorkop. "My senuwees kan nie sulke goed hanteer nie. Gee my blomme om in 'n pot te steek of 'n tafel om te dek, maar nie so 'n plek om op te jazz nie."

"Dis dieselfde beginsels wat geld, Bernardt," laat Rebecca streng hoor. "Mense hou daarvan om goed en welkom te voel. Of dit nou deur 'n bos blomme of aan 'n tafel is. En kyk net om jou! Die plek lyk vir die eerste keer asof hy asemhaal. Ek voel vanaand welkom hier en ek is seker die ander voel ook so." Sy soen hom op sy wang. "A job well done! Jy kan baie trots op jouself wees. En jou blomme orals in die vertrekke is asemrowend."

"Wens julle twee mekaar al geluk en niemand het my nog gevra wat ek hiervan dink nie?" onderbreek Julian se stem hulle en Bernie begin sommer van voor af weer sweet.

Julian sit sy arm argeloos oor Rebecca se skouers en hou sy ander hand na Bernie uit. "Ek moet net eers sê: my wantroue was nooit in jou nie. Ek is net nie altyd van hierdie een se smake seker nie." Hy trek haar nader en sy gaan gewillig teen hom staan. "Maar ek weet nie hoe ek jou sal kan vergoed nie. Ek het nie gedink dis moontlik om hierdie plek gesellig te kry nie; tog kan ek vanaand met alle eerlikheid sê ek hou van my huis."

"Ek het jou gesê jy sal," kom Rebecca tussenbeide. "O ye of small faith!"

"Die aand het nog nie eens begin nie en sy haal reeds uit die hoë Engelse Bybel aan! Dit gaan 'n lang aand word." Julian slaan sy oë hemelwaarts en beduie vir Bernie om solank iets te kry om te drink.

Toe die ander uiteindelik hulle nuuskierigheid bevredig het en almal weer in die woonvertrek bymekaar is, lig Gert sy glas. "Uitstekende job, Bernie! Baie geluk."

"Doktor Hoffman," begin Deborah en dan klik sy haar tong. "Nee o hel, kan ek nie maar Julian sê nie? My tong gaan later nie meer daardie twee woorde reg kan uitspreek nie."

"Dis snaaks, want Rebecca kan weer net laataand 'Julian' uitspreek," antwoord hy haar terwyl hy vir Rebecca kyk, en sy besluit dis 'n goeie tyd om haar jas uit te trek.

"In elk geval, Julian, weet jy hierdie huis is groot genoeg dat jy meer as een vrou sal kan aanhou sonder dat hulle ooit van mekaar sal weet?"

"Dis my plan," spot hy. "Maar as dit so moeilik is om een te kry, waar de duiwel gaan ek meer as een kry?"

"Ek sal nooit met 'n man kan trou as hy reeds 'n vrou het nie," laat Mimi ontstemd hoor. "Ek deel nie eens my tandeborsel nie."

"So het ek agtergekom," antwoord Gert onderlangs en

William en Stephen wat langs hom staan, begin lag vir die uitdrukking op sy gesig.

"En nou is dit seker tyd dat ons die grande dame toast," laat William hoor terwyl hy sy arm om Rebecca se skouers sit en met sy ander hand sy glas lig: "Sy was nooit hééltemal van ons, maar nooit só ver soos hierdie nag . . ." begin hy Elisabeth Eybers aanhaal, tot die ander se groot vermaak. Hy skud sy kop en hou weer sy glas omhoog. "Dit bly 'n voorreg! En mag ons nog baie jare dit vir mekaar kan sê." Hy soen haar op haar voorkop. "And her beauty grew in her old age."

Rebecca staan laggend weg. "Ek sal liewer self die speeches maak, dankie." Sy kyk in die rondte en toe haar blik op Julian val, wil haar moed haar 'n oomblik begewe, maar dan voel sy hoe sy haarself regop trek.

"Eerstens, aan ons gasheer baie dankie vir die gebruik van sy huis. Ek is skaam om te sê hoe vinnig almal die uitnodiging aanvaar het toe hulle hoor hulle hoef nie borde en messe saam te bring nie." Sy lig haar glas in Julian se rigting, maar haar blik huiwer net-net bo sy kop. "Ek waardeer die gebaar.

"Tweedens, aan Gertrude en Brenda vir al die beplanning en die maak van die kos. Weer eens, my hartlike dank. Dit word opreg waardeer.

"En dan aan julle almal wat vanaand hier is." Sy neem eers 'n slukkie wyn. "Kahlil Gibran het gesê jou vriend is jou maaltyd en jou vuurherd. Want jy kom na hom as jy honger het en jy soek hom vir vrede. Dis al wat ek vir julle kan sê. Baie dankie vir ontelbare maaltye en warmmaakvure."

Daar hang 'n oomblik lank 'n stilte in die vertrek en dan gee Bernie 'n snuif. "Nee, magtig, kinta, wil jy my nou vanaand laat tjank!"

Deborah vee onbeskaamd oor haar oë en Irene kom gee Rebecca 'n druk.

"Sjoe, 'n mens kan sien sy skryf deesdae vir neef Julian speeches," laat Gert van hom hoor waar hy met sy arm om Mimi se lyf staan. "Very grown-up stuff!"

William kyk skielik na Julian. "Mag ek net byvoeg, as daar enige inside stories oor jou of jou bed of jou badkamer of jou klerekas in *Rapport* of *Huisgenoot* verskyn, dit was nie ek nie." Sy oë draai na Deborah. "Maar as ek jy is, beperk ek haar tot die portaal of die kombuis. Jy weet nooit wat sy alles kan gaan vertel nie."

"William, dink jy ek kan nie diskreet wees as ek wil nie?"

"Wie by jou werk weet nié waar jy vanaand is nie?" spot Pierre onverwags en sy kyk hom gebelgd aan.

"Moet ek lieg as die mense my vra waarheen ek vanaand gaan?"

Julian lag en skink haar glas vol. "As jy moet kies, kies *Rapport* se agterblad. Ek wou nog altyd daar gewees het. Ek is nou al moeg vir die *Sakeblad*."

Die geselskap raak by die uur meer luidrugtig en Rebecca is bly om te sien haar voorgevoel was reg. Stephen en Brenda pas in asof hulle al jare saam met die ander kom. En as daar nog enige vreemdheid tussen die groep en Julian was, maak Deborah vanaand seker dat hy almal se skandes en skades leer ken en sy vra hom blatant oor syne ook. Brenda en Bernie gesels soos siele wat mekaar in 'n ander leeftyd geken het, en tussen Stephen, William en Julian vlieg die kommentaar onverpoos.

Die ete word in die eetkamer aan die lang tafel voorgesit en toe almal hul plekke ingeneem het, word daar Franse sjampanje geskink en Julian lig sy glas vir Rebecca sonder om iets te sê. Hy sit op die een kop en sy sit regs van hom, tussen hom en Bernie, en Bernie kyk na die twee van hulle.

"Ek het nooit gehoor hoe die Bosveld was nie. Nie dat ek persoonlik dink dis my tipe plek nie, maar dié wat al daar was, sê dit kan nogal 'n ondervinding wees."

"Jy sal vir Rebecca moet vra. Dit was haar eerste belewenis van die wildernis."

"Dit was wild," laat sy tussen twee slukke hoor.

"Paul sê hy het anderdag twee babajakkalsies gewaar," laat

Julian gemoedelik hoor, maar toe Rebecca vlugtig in sy oë kyk, sien sy die lag en sy glimlag breed.

"Good for them. Dit wys jou, manlikheid het nie heeltemal uitgesterf nie. Dis net onder die menslike spesie wat dit aan die verdwyn is."

"Moenie stellings maak waarop jy dalk nie antwoorde wil hê nie," antwoord Julian haar met 'n veelbetekenende blik.

"Ek maak nooit stellings as ek nie seker is van my saak nie," gaan sy dapper voort. Verseker in die wete hy sal haar nie in die verleentheid bring nie.

Gertrude het haar beste kosmaakvaardighede uitgehaal en oral om die tafel gaan kreune op toe die borde leeg is.

"Eet jy elke aand so?" wil Deborah by Julian weet toe hulle besluit om nagereg in die woonvertrek te gaan eet.

"Nee, Gertrude het my halfpad help grootmaak. Ek word beslis nie so bederf nie. Ek hoop maar ek kry eendag 'n vrou wat my elke aand so bederf."

"Droom voort, swaer. Miskien nog terwyl daar nie babas is nie, maar sodra daar eers 'n ander mond in die huis is, word daar gerieflikerwys van jou vergeet."

"Jy kan vir jouself iets vat om te eet," kap Brenda na haar man. "Hoe wil jy hê moet die arme, onskuldige, hulpelose baba na haarself kyk?"

"Borsvoeding is een van die grootste euwels van die eeu," antwoord Stephen terug. "Julle moet sien hoe salig lê en slaap die twee van hulle terwyl die kleintjie drink. Maar laat ek nou so —"

"Stephen, ons is nou in ordentlike geselskap!" Brenda se wange word rooi onder haar soel vel.

"Ek wou net sê, laat ek nou so lê en slaap, dan word daar allerhande opmerkings gemaak."

Brenda soen hom op sy mond. "Ag toemaar . . . een van die dae is my lyf weer net joune!"

"Wie vergeet nou ons is in geselskap?" Hierdie keer is dit Stephen wat verleë lyk.

"Weet julle, hulle moet mense laat uitpasseer voor hulle babas kan kry. Wie vertel ooit vir jou sulke dinge," laat Irene met 'n paniekklank in haar stem hoor. "'n Mens sien deesdae net die designer swanger mae, en die designer stootwaentjies en die babaklere is genoeg om jou groen van jaloesie te maak, maar wie sê ooit vir jou jou man gaan afgeskeep voel as jy die baba borsvoed?"

Stephen en Brenda begin gelyktydig lag. "Dis beslis 'n aanpassing," laat Brenda hoor en dan val Stephen haar met 'n vonkel in sy oog in die rede. "Maar dis nie so erg nie. Ek is nog nie besig om oor etenstyd Teazers toe te gaan nie."

"Irene, wanneer in jou lewe het jy al 'n designer swanger maag gesien?" Deborah kyk met 'n vreemde blik in haar oë na haar vriendin. Asof sy so pas die kluts kwytgeraak het.

"Jy moet sien hoe lyk party van die vrouens wat in die winkel kom! En die nuutste is om jou bruingebrande maag te laat uitsteek. Met goue naeltjiering en al."

Rebecca maak asof sy na die gesprek luister, maar sy probeer haar bes om nie te hoor nie. Sy skuif ongemerk van haar stoel af en gaan sit op die vloer waar Becci op sy kombers lê en slaap. Sy begin ingedagte met die los nekvelletjie speel. Dan skuif sy effens agteruit tot sy 'n stut vir haar rug kry en sy tel die kombers met die katjie op haar skoot.

Dis eers toe sy iets in haar nek voel en sy skeef omkyk dat sy sien sy sit voor Julian op die vloer en dis sy vingers wat met die hare in haar nek speel. Sy vingers is koel teen haar vel en sy voel hoe al haar goeie voornemens langs die strand letterlik in die wind wegwaai. Sy begeer hierdie man. Soos wat sy 'n gesin van haar eie begeer, so begeer sy dat hy deel van daardie prentjie moet wees. Begeerte is 'n sterk emosie. Die Bybel waarsku nie verniet teen begeerte nie. Dit kan 'n mens allerhande beloftes aan jouself laat vergeet. Solank sy net nie vergeet wat die woord "verlies" beteken nie, maan sy haarself. Solank sy onthou dat dit ook beteken iets raak verlore.

"Is dit jy of die kat wat so spin?" onderbreek Stephen haar gedagtes en Rebecca kyk verleë op.

"Dit moet Becci wees. Ek kan net tjank." Die woorde is skaars by haar mond uit, toe voel sy hoe sy vanuit haar haarwortels rooi word. 'n Nuwe ervaring vir haar. Sy weet nie eens of Julian die betekenis gesnap het nie, maar sy is skielik oorbewus van haar woorde en sy wonder vies waar is die meisie wat met soveel waagmoed voor hierdie man gestaan het en gesê het sy wil 'n werk hê. So val die helde, dink sy gelate.

"Rebecca het graag saans op die plaas na die jakkalse se getjank geluister. As ek haar reg verstaan, het sy ook nou die gewoonte aangeleer."

Julian se hand is in haar nek en sy wonder of die ander dit kan sien en as hulle dit sien, wat hulle daarvan dink. Blykbaar pla dit hom nie.

Daar is skielik 'n geluid in die portaal en dan klink daar 'n stem uit die gang op. "Rebecca Fagan!"

Rebecca glimlag onbevange toe sy Marcus se stem herken en sy staan haastig op en sit sonder om te dink vir Becci op Julian se skoot neer.

Marcus het al tot in die deur gevorder en kyk haar met onverbloemde vreugde aan. "Ai, as ek net tien jaar jonger was," sug hy.

"Nou die dag was dit twintig," help Julian hom reg, maar hy ignoreer sy kleinseun en neem Rebecca se hande in syne terwyl hy haar op albei wange soen. "As ek geweet het die party is so gevrek, het ek lankal gekom. Ek verhuur myself deesdae uit om lewe in parties te blaas."

"Tot Oupa jou laaste asem uitblaas," waarsku Brenda.

"Dan was dit ten minste vir 'n goeie doel." Hy kyk na Rebecca. "A feast for my eyes. Baie geluk met jou verjaardag." Hy haal 'n klein pakkie uit sy sak en druk dit in haar hand. "En nou moet jy vir my sê in watter kostuum ek vir jou moet dans. Ek kan 'n polisieman wees of Tarzan. Dis ongelukkig al wat ek by my het."

Rebecca haak haar arm deur syne. "Waarom het u nie kom saameet nie?"

"Ek kon ongelukkig nie. Daar is hierdie buurvrou van my wat vreeslik agter my lyf aan is en sy het my lankal uitgevra. Ek het al so dikwels nee gesê dat ek nie nog 'n keer kon nee sê nie."

Hy kyk skielik om hom rond. "Genade, Julian, is ek by die regte huis? Het dié vertrek nie eers anders gelyk nie? Wat het van daardie styfgestopte stoele van jou ma geword?"

"Doktor Hoffman, kan ek my vriende aan jou voorstel?" Rebecca is bewus daarvan dat die vertrek om haar doodstil geword het. Sy stap met hom in die rondte en almal staan op wanneer hulle hom groet.

"Mag ek net sê," laat Deborah vreesloos hoor, "as die ouderdom vir Rebecca pla, vir my is dit geen probleem nie. Sexy bly sexy, of dit nou op twintig of tagtig is."

"Jy het kompetisie gekry, Rebecca Fagan," grap hy terwyl hy Deborah se hand 'n drukkie gee.

Toe hy almal gegroet het, neem hy op een van die stoele plaas maar bekyk kort-kort die vertrek. "Wat hét jy aangevang? Die plek lyk vir die eerste keer in jare of 'n mens hier sal wil kuier."

"Oupa moet die res van die huis sien," val Brenda hom in die rede. "En dis alles Rebecca en Bernie se werk. Julian het vir Rebecca gefire en dit was haar voorwaarde toe hy haar gaan smeek het om terug te kom. Dat sy sy huis mag oordoen."

"Brenda, huil jou baba nie?" Julian weet daardie opmerking gaan Marcus nie by hom laat verbygaan nie en toe sy blik ernstig op Julian tot stilstand kom, trek Julian sy skouers op.

"Dit was 'n misverstand. Ek het haar nie gefire nie."

Rebecca kyk veelbetekenend na Stephen en dié kug onnodig hard.

"Ek het jou gesê jy moet vir my kom werk." Marcus kyk na Rebecca wat weer op die vloer voor Julian sit.

"Ek sal dit na dese ernstig oorweeg," belowe sy.

Op daardie oomblik stoot Gertrude se dogter die nageregtrollie in en oral word weer gekreun.

Rebecca se bui het aansienlik gelig en op die ou end vermaak sy almal met stories van die jare toe sy kelner was.

"Ek eet nie weer uit nie," kondig Gert later ontsteld aan. "Hoor jy, Mimi, van nou af is dit take-aways!"

Almal kuier so lekker dat niemand agterkom hoe laat dit is nie, totdat Marcus op sy horlosie kyk en besluit dat hy moet gaan. Sy motorbestuurder sal wonder wat vanaand met hom aangaan, spot hy.

Rebecca en Julian gaan sien hom by die motor weg en toe hulle weer by die ander kom, het hulle haar geskenke op 'n hoop gepak en sy word aangesê om hulle oop te maak, want almal is nou skielik vaak en wil gaan slaap.

Sy begin by die plat pakkie wat bo-op lê. Dis 'n groot koffietafelboek van Toskane en binne-in het Brenda geskryf: *Ons date staan nog.* Rebecca glimlag en druk die boek 'n oomblik teen haar vas. Sy besit nie sulke boeke nie.

William en Irene het vir haar vier CD's present gegee, waaroor sy baie bly is. William ken haar smaak en sy vertrou hom om vir haar te koop waarvan sy hou.

By Deborah en Pierre het sy 'n geskenkbewys vir 'n dag by 'n hydro gekry.

Gert en Mimi se pakkie lewer allerhande kosse van die nuwe delikatessewinkel op.

Die laaste pakkie is die een wat Marcus gebring het en toe sy dit oopmaak, word sy doodstil en dit voel vir haar of 'n deur êrens oopgegaan het, want sy kry meteens koud. Op 'n stukkie verweerde swart fluweel lê 'n ou silwerkettinkie met 'n ovaal hangertjie onderaan. Op die hangertjie is twee stelle voorletters in sierskrif gegraveer. Sy maak die hangertjie oop en binne-in is 'n vergeelde foto van Marcus en 'n vrou met 'n wye glimlag.

"Dis my ouma," laat Julian stil hoor.

"Dis absoluut beautiful," kom dit van Deborah en Irene soos in 'n koor.

Rebecca maak die boksie toe en begin skielik haar geskenke oppak. Dan kyk sy na William. "Ons kan maar gaan."

"Julian gaan jou sommer huis toe neem," laat William terloops oor sy skouer hoor terwyl hy begin om die ander te groet.

32

Rebecca praat nie 'n woord op pad huis toe nie. Sy hou-vas net vir Becci op haar skoot asof haar lewe daarvan afhang. By die huis sluit sy die deur oop en dan staan sy opsy dat Julian haar pakkies kan indra. Sy skakel die staanlamp in die sitkamer aan en sy word vir die tweede keer die aand ys-koud. Teen die muur agter haar rooi bank hang die skildery van die meisie by die pottebakkerswiel met die Zen-gesegde onderaan. Rebecca sit vir Becci neer en dan draai sy na Julian. Haar stem is bedrieglik kalm toe sy praat, maar langs haar mond spring 'n spiertjie.

"Hoe kom dit in my huis?"

"Salie het dit kom hang. Irene het haar sleutel vir hom ge-leen."

"Waarmee is jy besig? Dink jy as jy my omkoop, sal ek weer saam met jou bed toe gaan? Dis nie nodig nie. Ek hoef nie omgekoop te word nie, want ek gaan nie saam met mans bed toe as ek nie wil nie en as ek nie vir hulle iets voel nie. In jou geval is dit ongelukkig meer gekompliseerd, want ek dink ek is besig om vir jou lief te word, maar ek het ook besluit om daardie gevoel te ignoreer. Dus, geskenke is nie nodig nie."

"Is jy klaar?" Hy staan kalm na haar en kyk, maar sy oë is baie donker en sy stem is koel en berekend. "Ek dink nie ek is lief vir jou nie, ek wéét ek is. Ek vermoed ek het daardie eerste dag in die garage op jou verlief geraak. Ek is egter nie 'n man wat sommer toelaat dat my emosies met my weghard-loop nie en ek wou doodseker maak. Intussen het ek agtergekom as ek enigsins deel van jou lewe wil word, sal ek in 'n rugsak moet pas. Ek het daardie moontlikheid 'n paar minute oorweeg, maar op die ou end besef dis hopeloos. My tweede opsie was om seker te maak dat as jy die dag besluit om op te pak, ek nie alleen hoef agter te bly nie. Dat daar nog 'n paar goed is wat jy nie by die tweedehandse winkel sal kan gaan inruil nie. Maar vanaand, nadat ek vir Salie gevra het om jou skildery te kom hang, het ek besef ek het nie lus vir sulke speletjies nie. Ek het besluit as jy daardie eerste dag vreesloos vir my kon sê wat jy wil hê, kan ek dit ook doen."

Sy hande bly in sy broeksakke asof hy op dié manier probeer keer dat hy aan haar raak. "Ek wil jou hê. Ek weet nie of jy beskikbaar is nie. Ek weet nie wie die kandidate is wat jy ooit sal oorweeg nie, maar ek weet ek wil met jou trou. Ek weet nie wat dit alles behels nie, maar ek is seker ek sal kan leer. Ek kan ook vir jou getuigskrifte bring, maar ek weet wat jy daarvan dink. So, al wat ek kan doen, is om voor jou te staan en te vra dat jy my die kans gee om jou gelukkig te maak. Om die seer wat al so lank deel van jou is, te probeer wegneem. Dit gaan nie altyd 'n maklike lewe wees nie, maar ek sal altyd daar wees." Hy gee 'n skewe glimlaggie. "Dis so ironies. Ek het nog nooit saam met enige van die ander meisies kans vir hierdie lewe gesien nie en dit is wat hulle die graagste wou hê. Toe kom jy en jy maak my opgewonde oor wat ek doen en jy gee my hoop vir die toekoms, maar jy is ook die een wat nie my lewe wil deel nie." Hy haal sy hande vir die eerste keer uit sy broeksakke en neem haar yskoue hande in syne.

"Rebecca, ek kan nie vir jou die ongekompliseerde lewe gee wat jy wil hê nie en ek kan nie in jou rugsak pas nie. Ek kan net myself vir jou gee. Jy sal my soms met my wêreld moet deel, maar my lewe sal by jou wees. My liefde sal by jou wees."

Rebecca bewe teen hierdie tyd so dat dit vir haar voel of haar tande besig is om hoorbaar opmekaar te klap. En by gebrek aan woorde begin sy aanhoudend haar kop skud, tot sy eindelik iets kan uitkry.

"Ek kan nie! Ek het gedink jy sal verstaan! Ek weet wat dit is om te begeer ... ek het daardie kind begeer, en op die oomblik begeer ek jou met my hele hart. Verstaan jy hoe bang dit my maak? Verstaan jy dat ek nie meer kan verloor nie? Dat geen behoeftes beter is as daardie gevoel van verlies!"

"Die lewe gee nie waarborge nie, Rebecca. Ons almal kan seerkry en verloor, maar desnieteenstaande neem ons nog kanse, omdat ons lewe. Omdat ons andersins net sowel dood kon gewees het."

"Dis maklik vir jou om te praat!" Haar mond begin weer bewe.

"Weet jy, Rebecca, die lewe het my geleer dat alle mense pyn het, ons almal hanteer dit net verskillend. En 'n ander een se pyn lyk altyd kleiner, maar dit bly pyn en dit bly iets waarmee daardie persoon moet vrede maak."

"Ek kan nie, Julian." Sy voel hoe die woorde in haar keel wil vassteek, maar op die ou end kry sy hulle gesê. "Ek is bang. Ek is bang vir die gevoel wat ek vir jou het, ek is bang vir die drome wat jy my laat droom. Ek is bang, en jy het nie die reg om my vrees af te maak as onbenullig nie."

Hy vee met sy hand oor sy gesig. "Ek dink nie dis onbenullig nie. Ek wil dit net saam met jou besweer. Ek wil by jou wees sodat jy nie meer so verdomp alleen is nie. Ek wil jou saans vashou tot jy slaap sodat jy weet jy is nie alleen nie. Ek wil met jou liefde maak en my lyf vir jou gee sodat jy weet jy is nie alleen nie. Ek wil eendag vir jou kinders gee sodat jy weet jy is nie alleen nie."

"Ek kan nie!" Sy skreeu byna die woorde vir hom en dis asof hulle albei uit 'n soort beswyming wakker skrik. Hy druk weer sy hande in sy broeksakke.

"Ek vlieg môreaand Parys toe vir 'n week. Dis iets wat skielik voorgeval het, maar jy hoef nie saam te gaan nie. Jy hoef ook nie kantoor toe te gaan nie. Bly by die huis en bedink hierdie lewe wat jy vir jouself gemaak het. Weet jy hoe bleddie sad was dit om vanaand te sien wat jou vriende vir jou gekoop het!"

"Wat bedoel jy?" Haar oë flits skielik ergerlik.

"Hulle is so geïndoktrineer dat jy dalk nie vir altyd hier gaan wees nie dat hulle dit nie waag om vir jou iets te gee wat blywend is nie. Wie gee jou die reg om vir ander mense te sê wat hulle vir jou moet gee? Wie gee jou die reg om te besluit hoe ander oor jou mag voel, hoe seer hulle namens jou mag kry en hoe ver hulle vriendskap mag strek? Elke verhouding wat jy aangaan, of dit 'n vriendskaps- of liefdesverhouding is, is 'n tweerigtingstroom en jy het nie die alleen-sê oor daardie stroom nie!"

"Ek skryf nie vir mense voor hoe hulle oor my mag voel en wat hulle vir my mag gee nie!" Rebecca weet nie wanneer in haar lewe sy al so ontsteld was nie. Haar keel brand van ingehoue trane.

"Kyk na jou geskenke, Rebecca, en jy sal sien ek praat die waarheid. Dis ook die rede waarom jy nie vir my gesê het toe jy aangerand is nie. Jy het gekies hoe om ons verhouding te hanteer en dit het nie 'n donner saak gemaak dat jy al teen daardie tyd geweet het ons voel iets vir mekaar nie. Jý besluit hoe, waar en wanneer." Hy draai om.

"Hierdie gesprek het niks met jou pos by my te doen nie. As jy na dese wil aanbly, sal ek hierdie saak as afgehandel beskou en ons sal nie weer daaroor praat nie. As jy wil bedank, kan jy dit ook doen. Ek kan jou nie hou nie." Hy kyk na die skildery teen die muur. "Nie met skilderye, koffiemasjiene of katte nie. Nie eens met my liefde nie. So, as jy wil gaan, vat die hele lot en gaan gee dit vir die armes of die haweloses of gaan gee dit vir jou vriende by die Backpackers'. Of doen daarmee net wat jy wil. Ek stel nie belang om te weet nie."

Hy stap voordeur toe en buk net vlugtig om Becci te vryf toe dié teen sy been skuur. By die deur draai hy om. "Dis daardie oerstem in jou waarna ek verwys het. Dis te sterk,

Rebecca. Ek kan dit nie uitdoof nie en ek weet nie of iemand dit ooit sal kan doen nie."

Rebecca hoor hoe sy motor wegtrek en sy stap soos in 'n droom terug sitkamer toe. Die vrou sit steeds by haar wiel. Haar hande is steeds om die pot gevou. *We make clay into a pot but the emptiness within holds what we desire.*

Is dit haar lewe? Is dit al wat sy haarself toelaat? Die leegheid. En die pragtige pot . . . is dit irrelevant? Ja, want dit kan breek. Die leegheid kan nie breek nie. Leegheid is niks en dis daardie niks wat haar anker is.

Sy staar so lank na die skildery dat dit later lyk of die meisie haar kop effens gedraai het en Rebecca tog haar gesig kan sien. En die bevrediging oor dit wat sy tot stand gebring het. Maar die leegheid is altyd daar. Dis wat háár aantrek.

Becci kom vra later om opgetel te word en hy krul hom op haar skoot op. Toe dit begin lig word in die ooste, sit Rebecca op haar rooi bank, onder die skildery van die meisie met die pot, en op haar skoot is 'n warm holte waar Becci lê. Sy het êrens in die vroeë oggend aan die slaap geraak en word eers wakker toe Becci begin roer. Alles aan haar is styf en seer en sy staan stadig op en begin haar versigtig uitrek. Dit voel of sy in twee kan breek.

Sy gee eers vir Becci kos en maak die deur na die patio oop voor sy haarself tot in die stort voortsleep, waar sy die krane so groot oopdraai dat sy haarself byna verdrink.

"'n Hang-over sou genadiger gewees het as hierdie gevoel," praat sy deur die strale water. Ten minste is daar raad as jy te veel gekuier het, maar wat maak jy as jou hart gebreek is en jou lyf enige oomblik dalk dieselfde pad kan loop?

Die telefoon lui en sy besluit om dit te ignoreer, maar sy weet ook dit sal nie help nie. En as sy nie die hele dag besoekers wil hê nie, sal sy op die een of ander manier 'n boodskap by hulle moet uitkry. Daarom verander sy die boodskap op haar selfoon om as volg te lui: Baie dankie aan almal wat meegehelp het om gisteraand onvergeetlik te maak. Ek makeer niks maar het myself die dag afgegee en sal bly wees as julle my nie steur nie. My nag was effens kort. Sal weer môre met julle praat. Rebecca weet dit klink dalk of Julian oorgeslaap het, maar sy gee nie om wat hulle van die boodskap dink nie. Solank hulle haar net vandag uitlos sodat sy beheer oor hierdie pyn kan kry.

Rebecca het nooit geweet 'n week kan so lank wees nie. Sy gaan nie kantoor toe nie, want elke oggend is die pyn steeds daar en dan sien sy nie kans om uit die bed op te staan nie. Sy kry dit nog reg om die ander te vermy met kort gesprekke waarin sy verduidelik hoe besig hulle die week is en sy skaam haar nie eens meer oor hoe maklik sy skielik lieg nie. 'n Week is veronderstel om sewe dae te wees, dink sy ergerlik, maar 'n week kan ook vyf dae wees. Dit hang af hoe jy na 'n week kyk. Sy bel op die ingewing vir Salie.

"Hy kom Vrydagmiddag terug. Ek moet hom drie-uur op die lughawe kry. Wil jy saamry?"

"Nee dankie, Salie. Daar is sommer iets wat ek met hom moet bespreek. Maar dit kan wag."

Rebecca eet nie en slaap ook nie. Die meeste nagte sit sy en Becci op die rooi bank. Dit het weer begin reën en sy kry darem eenkeer die energie om 'n vuurtjie te maak, maar toe die eerste hout uitgebrand is, het sy nie die wil om nog op te gooi nie en sy sit en bibber maar liewer.

Donderdagnag sit sy nie eens meer op die rooi bank nie, sy stap heen en weer deur die huisie. Op en af. Van die voordeur tot in haar kamer. Van haar kamer tot in die sitkamer. Sy stap uit op die binnehof en kyk na die gloed van die stadsligte teen die wolke. En kort-kort raak sy aan die silwerhangertjie om haar nek. Niemand het al ooit so iets vir haar gegee nie. Miskien omdat dit die soort ding is wat gewoonlik in 'n familie van een geslag na 'n ander oorgedra word. Haar ma het nie mooi en duur juwele gehad nie. En Rebecca kan nie onthou wat van haar paar stukkies juweliersware geword het nie.

Vrydagmiddag sit sy in haar Land Rover en kyk na die motors wat by die opritte in- en uitdraai. Die meeste is peperduur voertuie. Sommige het kinders in, ander het honde in en sommige word deur 'n chauffeur bestuur.

Dis snaaks dat sy nog nooit aan Salie as 'n chauffeur gedink het nie. Sy hou haar horlosie dop en toe sy sien dis byna vieruur, klim sy uit, hang die plakkaat om haar nek en haal haar rugsak agter uit die motor.

Sy neem stelling in langs die hek en wag. En bid dat hy nie eers kantoor toe is nie, maar oomblikke later sien sy die motor om die hoek gery kom en sy voel hoe haar hart met pynlike slae teen haar ribbes begin klop.

Julian sien haar die oomblik toe die motor by die oprit indraai en met een blik neem hy die prentjie voor hom in. Sy dra weer dieselfde broek as die dag in die garage, behalwe dat vandag se T-hemp *Sag en Volrond* oor die rondings van haar borste verkondig. Hy lees die woorde op die plakkaat: *Have job, money, car, cat, coffee-machine and painting. Need LOVE urgently in exchange for a backpack. Please help if you can.* Sy hou haar rugsak met een hand vas.

"Ag siestog, die arme kind. Vir wat kon sy nie vir haar 'n gawe man gesoek het nie?" laat Salie met 'n sug hoor.

"En wat van my? Weet jy deur watse hel het sy my al gesit?" kap Julian terug.

"Jy is groot en sterk, maar kyk na haar . . . Sy is eintlik nog maar 'n kind." Salie klik sy tong.

"Ek moes haar daardie eerste dag laat verwyder het. Ek het 'n voorgevoel gehad, weet jy?" Julian se stem klink moeg.

"Ek weet. Ek kon dit in jou oë sien toe jy soos Lot se vrou teruggekyk het." Salie verminder spoed om te stop.

"Ry, Salie. Die hek is oop."

Salie se blik vang Julian s'n in die truspieëltjie. "As jy haar vandag op hierdie pavement los, vergewe ek jou nooit nie."

"Ry, Salie." Julian se stem klink skielik ergerlik en Salie ry deur die hek.

Rebecca kyk die motor verslae agterna. Dit voel of sy die laaste bus, trein en vliegtuig verpas het en vir ewig op hierdie sypaadjie gestrand gaan wees. Sypaadjies het haar nog nooit banggemaak nie, maar op die oomblik ervaar sy 'n matelose gevoel van verlatenheid en vrees. Sy stap stadig terug motor toe. Die rugsak en plakkaat sleep agter haar aan. In die motor vryf sy oor haar arms, want 'n ysigheid het in haar kom lê.

Sy vleg deur die Vrydagmiddagverkeer sonder om te weet waarheen sy op pad is en herken eers haar omgewing toe sy voor haar huisie stilhou. Becci kom nader gehardloop toe sy die voordeur oopsluit en sy laat val die rugsak en plakkaat in die portaal en tel die bondeltjie kat op voor sy haarself in 'n hoek van die rooi rusbank gaan opkrul. Sy streel ingedagte die sysagte pels.

"Mans is bliksems, Becci," laat sy stil hoor, maar toe hy sy kop lig, glimlag sy skeefweg. "Behalwe jy."

Sy kop sak weer op haar skoot en hy spin verder.

Vir die eerste keer in haar lewe het sy haar hand oorspeel, dink sy verslae. En wat het haar in elk geval laat dink hy gaan haar 'n tweede kans gee?

Dan kyk sy moedeloos op toe sy 'n sleutel in die slot hoor draai. Haar vriende het almal sleutels, maar op die oomblik sien sy nie vir een van hulle kans nie. Hierdie seer kan sy met niemand deel nie. Dis of al die ou rowe weer afgekrap is en daar is 'n rouheid in haar.

Sy sien hoe 'n voet die rugsak en plakkaat uit die pad skop en dan verskyn Julian in die deur, met 'n oornagtas in sy hand. Rebecca staar na hom, terwyl sy stadig begin kwaad word, maar diep in haar begin 'n warmte die koue verdryf.

"Wil jy hê ek moet my bene breek?"

Becci spring van haar skoot af en gaan vlei hom teen Julian se bene.

"Dis goed om te weet iemand is bly om my te sien," laat hy droog hoor terwyl hy langs haar kom sit.

"Wat maak jy hier?" Sy probeer opskuif, maar sy het haarself ongelukkig byna in die rusbank se hoek begrawe.

"Ek kom haal my rugsak." Sy vinger begin oor haar arm streel.

"Die aanbod het verval." Rebecca probeer die hoendervleis ignoreer.

"Wat van die rugsak se eienaar?" Sy oë maak lagplooitjies.

"Sy was nooit juis beskikbaar nie."

"Nie eens vanmiddag nie?" Sy hand is in haar nek en hy draai 'n string hare om sy vinger.

"Dit was tydelike waansin, maar ek het gelukkig weer al my varkies op hok."

"Weet jy wat beteken 'n hostile take-over?" wil hy steeds met 'n glimlag weet.

Toe Rebecca die vraag ignoreer, gaan hy ongestoord voort: "Dis wanneer 'n swakker maatskappy nie sy samewerking wil gee vir 'n samesmelting nie."

"Ek neem aan ek is die swakker party waarna jy verwys!" Sy probeer haar bes om verveeld te klink, maar dit raak al moeiliker met sy mond wat by haar oor is.

"Jy was nog altyd flink van begrip, maar ek het nooit geweet jy is so 'n swak verloorder nie."

"Waarom het jy nie gestop nie?" ignoreer sy die opmerking.

Hy soen haar eers voor hy antwoord. "Eerstens omdat ek 'n week laas geslaap het en visioene van daardie eerste dag in die parkeergarage gehad het. Ek moes waarskynlik daardie dag omgedraai het. En tweedens omdat jy moet leer om nie met ou meesters speletjies te speel nie. Veral nie as hulle sulke swak kaarte het nie. Hulle is dan geneig om skelm te speel." Hy kom weer nader om haar te soen, maar sy leun agteroor.

"Ek staan letterlik en figuurlik op die sypaadjie, met my hart op my mou, en jy speel speletjies!"

"Ek het nie hiervan 'n speletjie gemaak nie; jy het."

"Waar het jy 'n sleutel gekry?"

"Irene was so vriendelik om hare vir my te leen, want ek het 'n vermoede gehad jy gaan dalk nie die deur vir my oopmaak nie."

"Jy was doodreg." Sy staan op en huiwer 'n oomblik voor hom. "Jy kan my nie op 'n sypaadjie laat staan en dan dink ek moet jou maar net vergewe nie."

"Ek is jammer . . ." Hy strek om haar hand te vat, maar sy tree agteruit.

"Dit help nie jy sê jy is jammer nie. Jy het my seergemaak."

Hy staan op en klink ontsteld toe hy praat. "Jy moes geweet het ek sal na jou toe kom!"

"Nee, ek het nie. En ek sal bly wees as jy nou gaan."

"Rebecca . . . " Dit klink of hy fisiek pyn ervaar en Rebecca retireer terwyl sy begin glimlag.

"Moenie met ou meesters speel nie, doktor Hoffman." Sy swaai om, maar voordat sy haar kamerdeur kan toeklap en sluit, is sy voet in die deur en dan duik hy haar op die groot bed plat. Rebecca begin lag. 'n Onbevange lag waarvan die geluid selfs vir haar vreemd is.

Hy soen haar egter stil en haar arms vou agter om sy nek terwyl sy sag kreun.

"Onthou, jy het gesê ons moet mekaar eers leer ken en seker maak wat tussen ons is." Rebecca lê met haar kop op sy bors en luister hoe sy hart geleidelik stadiger begin klop. Sy hande streel oor haar warm lyf en veroorsaak dat sy van voor af uitasem raak.

"Na dese ken ons mekaar goed genoeg." Sy stem het 'n lui, tevrede klank.

"Jy weet die aanbod van die rugsak was net 'n gebaar, nè," laat sy 'n rukkie later slaperig hoor. "En daar is nog baie waaroor ons moet praat . . ."

Hy soen die woorde van haar lippe af.

"Fagan, sjjt. Hierdie is game, set en match vir my. Al wat

vir jou oorbly, is om my geluk te wens. En as jy dit behoorlik doen, laat ek jou dalk die plek en die gaste kies."

"En wat van die datum?" prewel sy in sy nek.

"Nee. Soos ek jou ken, wag jy dalk tot ek so oud soos my oupa is."

Sy maak haar oë toe en raak met 'n glimlag in sy arms aan die slaap.